JULIETTE BONTE

Rendez-moi Noël !

ROMAN

&H

HARPERCOLLINS FRANCE
83-85, boulevard Vincent-Auriol, 75646 PARIS CEDEX 13.

www.harlequin.fr

ISBN 978-2-2804-6528-1 — ISSN 2271-0256

À A. et aux souvenirs empilés dans les placards,
À E. et à ton entrain communicatif,
À P.

PLAYLIST

Gloomy Winter (Scottish Traditional) – Quadriga Consort
Carol of the Bells – John Williams
Winter's Tale – BrunuhVille
Winter's Heart – Peter Gundry
The Four Seasons, Winter in F Minor, RV.297 : I. Allegro Non Molto – Antonio Vivaldi
The Round Table – Enaid
Winter Wedding Dance – Thomas Hewitt Jones & The Chamber Orchestra of London
Yule (acoustic) – Sowulo
The Last of Her Kind – Peter Gundry
Journey Through The Highlands – Tartalo Music
Dragonfly Keeper – Phildel

1

Le Retour Des Burns

— Attention ! Ça va…

Maxwell n'a pas le temps de finir sa phrase. Il place précipitamment la main devant son visage tandis qu'une masse effroyable de poussière explose dans l'air. Et quand je dis « masse », je pèse le mot.

Des millions de particules sont projetées à travers la pièce. Elles en asphyxient jusqu'aux rainures du parquet.

— Bon sang, Maxwell… Qu'est-ce que vous avez fait ? !

Du gris au plafond. Du gris au sol. Du gris sur les murs. Partout, les couleurs sont absorbées et recrachées dans des tons ternes. Je distingue tout juste la silhouette généreuse de ma mère qui s'agite près du comptoir ; les poings serrés, elle fend la pièce de son pas furieux.

Elle fonce sur le vieil homme encore figé devant la cheminée fumante. Il a l'air un peu hagard. Enfin, pour ce que j'aperçois de lui. La suie a recouvert ses vêtements, depuis le bonnet en laine jusqu'aux bottines usées.

— La poche a dû craquer… je crois…

— Vous *croyez* ? Regardez-vous : vous êtes tout sale !

Penaud, Maxwell époussette son chandail sous l'œil intransigeant de ma mère. Je les rejoins en retenant une quinte de toux.

— Je vous avais prévenue, madame Ferguson, dit-il. L'entretien de votre cheminée doit être fait régulièrement. Vous l'utilisez trop souvent pour vous permettre de...

— De ?

— De... De ne pas...

Il se met à battre des paupières.

— De quoi, Maxwell ?

— De... non, rien.

Il détourne le regard, faisant mine de frotter une tache sur son pantalon. Abandon par K-O. Tenir tête à Gillis Ferguson n'est pas une bonne idée, c'est de notoriété publique. Ceux qui s'y sont risqués ne s'en sont jamais relevés. Les autres savent que ça leur vaudrait les foudres d'une planète rétrograde.

— Tenez.

Maxwell empoigne la serviette que je lui tends avec une moue d'excuses.

Il a raison, pourtant : nous aurions dû effectuer le ramonage de la cheminée plus tôt.

Chaque année, c'est le même cirque : à l'approche de Noël, la chocolaterie croule sous les commandes. On empaquète des centaines de ballotins qui sont ensuite vendus derrière le comptoir ou livrés aux quatre coins de la ville. De décembre à février, tout le monde veut ses chocolats : c'est une loi universelle. Je termine systématiquement cette période apocalyptique avec les cuisses aussi musclées que celles d'Usain Bolt et une endurance similaire aux marathoniens qui concourent au Great Scottish Run.

De fait, nous manquons souvent de temps et il arrive que certaines tâches soient mises de côté, comme le déblayage du toit ou le nettoyage d'un conduit de cheminée encrassé, par exemple. Maxwell Pritchard, le seul habitant de Wick encore habilité à utiliser un balai télescopique, ne manque jamais de nous le rappeler.

— Vous pensez terminer le ramonage à quelle heure ? demandé-je. On aimerait ouvrir ce matin, si possible.

— Ça ira vite, m'assure-t-il, la suie enfoncée dans les plis de sa peau ajoutant dix années de plus à son air navré.

Ma mère renifle bruyamment.

— Ça vaudrait mieux, *aye* ! Quel client accepterait d'entrer à l'intérieur d'une boutique dans un état pareil, vous pouvez me le dire ? Il va falloir une heure entière avant d'espérer retrouver la couleur du plancher…

— Je suis désolé, madame Ferguson, mais je vous ai suggéré de mettre des draps sur vos objets de valeur. Au cas où la suie… enfin, vous savez.

— Nous sommes dans une chocolaterie, Maxwell. Nous avons tout un éventail de rubans, de torchons, de boîtes et de tabliers à disposition, mais les draps manquent à l'appel.

Je me frotte le visage, lequel est couvert de poussière, alors qu'elle complète, les poings contre ses hanches :

— J'aurais amené ceux du cottage si vous m'aviez prévenue avant. Évidemment ! À pied, bien sûr, puisque ma voiture n'a pas démarré ce matin, comme si Mercure n'était pas déjà assez sadique comme ça… Savez-vous ce qui s'est passé d'autre, cette nuit ?

Le ramoneur hausse les épaules, ne sachant plus trop s'il doit répondre ou creuser un trou sous le plancher.

— Une chute de neige, Maxwell ! Nous nous sommes réveillés au beau milieu d'un paysage tout blanc, de la terre jusqu'au ciel. Et vous savez ce que ça veut dire ?

— Eh bien...

— Des trottoirs verglacés, Maxwell ! Le cordonnier n'a pas reçu mes nouvelles semelles, j'ai donc dû traverser Wick avec une paire de chaussures aussi usées que le dentier de mon arrière-grand-père ! Paix à son âme, le pauvre.

Maxwell fait un rapide signe de croix.

— Et puis Mabel qui est tombée sur son coccyx à mi-chemin de la chocolaterie... Une dame âgée, vous réalisez ? Bien sûr, nous l'avons raccompagnée au cottage et avons attendu le docteur Creighton, laps de temps durant lequel ma sœur Norma et son système immunitaire de larve impotente ont jugé bon de prendre froid...

— Paix à son âme.

— Elle n'est pas morte.

— Pardonnez-moi.

— Sans oublier nos sacs de gouttes de chocolat. Ah ! Les chocolats ! Ils sont toujours bloqués à Lothbeg puisque le transporteur n'a pas mis de chaînes sur les roues de sa camionnette ! Un homme du coin, pourtant. Vous y croyez, vous ?

Les paupières de Maxwell se remettent à battre le tempo du malaise.

— Tout ça m'a l'air... fâcheux. Mais pour en revenir au désordre de votre boutique, sachez que la suie n'adhère pas trop aux surfaces si on l'enlève rapidement...

Les joues de ma mère rougissent à vue d'œil : le conseil

avisé du ramoneur a réveillé le démon cracheur de flammes qui sommeille en elle.

D'un petit mouvement de tête, j'indique à Maxwell de ne pas insister.

— Robyn, va chercher des chiffons, me lance-t-elle sur un ton sec. Il doit y en avoir dans l'arrière-salle.

Déjà en route, je demande :

— Tu as essayé d'appeler Kate ? Ou papa ? Ça fait un moment qu'ils sont partis pour récupérer la livraison, peut-être que...

— La neige a coupé les lignes téléphoniques, tu te doutes bien. Les chiffons, Robyn ! Si nous n'ouvrons pas ce matin, nous n'aurons jamais le temps d'écouler le stock de... Oh ! Il y a même de la suie sur nos coffrets de pâtes de fruits !

Et tandis que la cheminée continue de crachoter des volutes de poussière irritante, Gillis Ferguson rejoint le comptoir en pestant contre « cette tordue de Mercure ».

La Chocolaterie Ferguson n'est pas sujette à ces tensions, d'habitude ; on dit même de l'ambiance qu'elle y est chaleureuse. Six générations de femmes aux caractères affirmés ont fait, et font prospérer cette boutique familiale, dont l'aventure a débuté en 1868.

Une longue histoire.

À l'époque, Jane Ferguson n'avait que vingt-quatre ans mais déjà une sacrée détermination. De quoi lui bâtir une solide réputation. Elle était mariée à un archéologue de Caithness, un homme aussi respecté par ses collègues qu'il était absent pour sa famille.

Robert Ferguson a toujours aimé voyager. C'est le nœud du problème.

Il mettait sur pied des expéditions grandioses, à s'aventurer au fin fond de l'Égypte pour y fouiller des pyramides dans l'espoir d'y retrouver la dépouille mortuaire d'un pharaon ou les trésors maudits d'une ancienne dynastie... Forcément, face à ces aventures-là, sa famille ne faisait pas le poids, et femme et enfants sont passés au second plan.

C'est au cours d'une des expéditions de son mari que Jane Ferguson a eu l'idée de racheter une maison dans la capitale du comté, Wick, afin d'y implanter son commerce. D'après la légende, c'est la solitude qui lui a donné cette âme d'entrepreneuse. Moi, je pense surtout qu'elle avait besoin d'indépendance. Et d'émancipation. Des libertés auxquelles les femmes n'avaient pas tout à fait droit à cette époque.

Wick n'était qu'une ville portuaire, perdue tout là-haut dans les Highlands. Un endroit dominé par la pierre grise, où les odeurs de hareng frais côtoyaient celles d'une distillerie de whisky. Elle était peuplée de pêcheurs, de beaucoup de pêcheurs. Des hommes qui bravaient les vents violents en mer pour rapporter de quoi faire fructifier leurs affaires sur terre, et qui terminaient en général avec le whisky de la distillerie dans le foie.

À la pensée d'installer une chocolaterie tenue par une femme dans ce décor saturé de testostérone, ça riait. La rumeur avait l'air d'une mauvaise blague.

Pourtant, Jane a convaincu son mari d'acheter une petite bâtisse en briques. Un taudis, certes, mais un taudis qui longeait la rue passante. Et ça, ça n'avait pas de prix.

Officiellement, Robert Ferguson en était le propriétaire, mais officieusement, tout le monde savait que Jane faisait tourner la boutique.

Avec sa poigne de fer, elle a organisé les travaux, trouvé les grossistes, créé notre fameux chocolat à la liqueur de whisky, et tordu le cou aux sceptiques. Surtout, elle a offert une âme à ce lieu transmis depuis de mère en fille.

Aujourd'hui, c'est Mabel, ma grand-mère, qui tient les rênes. Une grande fierté. Mais on y travaille toutes, que ce soit ma mère, ma tante Norma ou moi-même. Il n'y a que Bonnie, ma petite sœur, qui, prise par le lycée, échappe pour le moment à la tradition.

Juchée sur un escabeau, j'astique les suspensions infestées de saleté quand la clochette de la porte retentit.

— Nous ne sommes pas encore ouverts ! assène ma mère, alors qu'un courant d'air glacé parcourt la boutique.

— C'est ce que je constate, oui.

Le vieux parquet craque sous des pas lourds.

— Vous faites dans le gothique, maintenant ? La déco de l'an dernier était plus sympa…

Une silhouette familière se découpe dans la lumière apportée par les carreaux givrés.

Des épaules robustes. Un manteau épais. Un sourire solaire, au-dessus d'une écharpe à grosses mailles. Et un regard taquin qui pétille sous la lisière d'un bonnet blanc.

— Stew ?

Je descends de l'escabeau avec précaution, aussi surprise qu'heureuse de revoir cet ours des montagnes sur le seuil de notre chocolaterie.

— Tu as du mal à me reconnaître ? me lance-t-il, amusé.

— Tu as laissé pousser ta barbe !

Il glisse une main sur son menton décoré d'une toison inédite.

— Tu en penses quoi ? On m'a dit que ça me donnait un petit air de Sam Heugan.

— Sam Heugan est roux, Stew…

— Ne gâche pas tout.

Même en fournissant tous les efforts du monde, je ne vois qu'une palette de noirs sur ce visage bourru : des cheveux noirs comme la réglisse, des sourcils couleur charbon, des prunelles d'un noir d'encre et une barbe infiniment sombre. Pourtant, il dégage la lumière réconfortante d'un rayon de soleil.

La marque de fabrique de Stew Burns.

Je ne peux pas m'empêcher de lui rendre son sourire avant de l'enserrer dans mes bras. Revoir un ami de longue date procure le même effet qu'une bonne gorgée de grog : le cœur se réchauffe dans l'instant.

— Tu aurais dû me prévenir que tu rentrais plus tôt, cette année ! J'aurais pu préparer quelque chose.

— Je l'ai fait, Robyn. Je t'ai envoyé deux textos ce matin. Tu es toujours aussi accro à la technologie, à ce que je vois…

— On a surtout fait les frais d'une tempête de neige ! intervient-on.

Occupée à polir les poignées en laiton du cabinet de rangement, ma mère ne jette qu'un bref coup d'œil au nouvel arrivant. Stew et elle se connaissent pourtant bien… disons qu'ils ont un long passif de prises de tête.

Stew Burns était l'un des seuls gamins de la ville à ne pas la craindre. Un exploit. Ou de la folie, au choix. Je me souviendrai toujours de leur « querelle à la glu », laquelle a conduit au raccourcissement forcé du chignon de ma mère par la coiffeuse.

En la croisant après le désastre, Stew – dont les doigts ont dû être décollés à l'acétone, a osé exploser de rire. Cette audace. Je n'ai jamais vu un enfant courir aussi vite de toute ma vie.

— Je vois : la tempête a coupé les communications,

comprend-il. On n'a plus ce problème dans les grandes villes.

— Quand on vit à Édimbourg, on a tout le confort à portée de main, c'est sûr.

— Serait-ce de la rancœur que je perçois dans ta voix, Gillis ?

Ma mère réfute, faussement concentrée sur l'astiquage de ses poignées.

— De la frustration, alors ? Je ne t'aurais quand même pas manqué à ce point, rassure-moi ?

— Qui manque à qui, espèce d'ingrat ?

Ils s'observent un instant, l'un curieux de savoir quand les naseaux du dragon s'enflammeront, l'autre tentant désespérément de se contenir.

Si ma mère le fusille du regard, il ne réagit pas. Même adulte, il reste immunisé contre son pouvoir.

— Tu es toujours aussi insolent, Stew, ça n'a pas changé !

— Et toi, toujours aussi ronchonne.

— Sale gamin impoli !

— Vieille chouette !

Une seconde passe, puis une deuxième. À la troisième, un sourire complice fleurit sur leurs bouches.

— Bon retour au bercail, mauvaise graine.

2

L'Invitation

Stew Burns effectue le trajet entre Édimbourg et Wick une fois par an.

Ses parents vivent tout près d'ici, au château d'Ackergill. La proximité entre le domaine des Burns et la Chocolaterie Ferguson lui permet de faire d'une pierre deux coups : la visite familiale et les retrouvailles amicales.

— Comment se fait-il que tu aies pris des congés plus tôt ? dis-je, une fois à l'extérieur.

En temps normal, nous nous réunissons à la mi-décembre, au moment où l'ambiance de Noël sature déjà les rues, les couronnes de houx décorent les portes et l'odeur du pain d'épices parfume l'intérieur des mansardes. D'où mon étonnement.

Il sort le nez de son écharpe pour me répondre :

— Mes parents ont demandé à ce que je débarque un peu en avance.

— Tu comptes repartir plus tôt ?

— Non, mes vacances s'allongent, dit-il, ce qui me fait chaud au cœur.

— Et ton travail au pub ?

Stew est serveur au Captain Whydah's, un pub fréquenté de la capitale. Ironie du sort, c'est un bar tout ce qu'il y a de plus anglais – son sang des landes hurle au scandale chaque fois qu'il pousse la porte d'entrée.

— Aucun problème de ce côté-là : on a embauché une nouvelle serveuse, elle me remplace. Mon boss n'a même pas essayé de me retenir.

— Il est conciliant.

— La gentillesse est à Édimbourg ce que la mauvaise humeur est à ta mère, c'est dire…

Un épais nuage de condensation jaillit de son sourire. Je resserre les pans de mon manteau et poursuis la marche. Nos semelles font craquer la neige fraîchement déposée sur le trottoir.

— Mais rentrer plus tôt à Wick n'est pas… habituel, je te l'accorde, reprend-il. Je pense que ma famille a une idée derrière la tête.

— Comme quoi ?

Il hausse les épaules.

— Je ne sais pas. Mais mes parents ont insisté pour que Walter et Emilia fassent le trajet, eux aussi.

La surprise me fige au milieu du trottoir.

— Ton frère et ta sœur ?

— En personne, oui.

— Ici ?

— Ici. Je ne sais pas quels arguments ont été avancés pour les convaincre, mais ils ont accepté de prendre l'avion pour revenir au château, le temps des vacances.

L'information est mal accueillie par mon cerveau. Pire, elle me sidère. Et pour cause :

— Attends, Stew… Walter et Emilia ne viennent plus en Écosse depuis une éternité. On ne les a pas vus depuis au moins quoi, dix ans ?

— Je sais bien. Je te dis, les arguments ont dû être convaincants.

— C'est à peine si je me rappelle leurs visages.

Et je n'exagère presque pas.

Dès qu'un enfant Burns atteint sa treizième année, il est envoyé à Gordonstoun, un pensionnat situé à Elgin, à environ trois heures d'ici. Tout le monde le sait – tout le monde sait tout dans les petites villes. Emilia, Walter et Stew n'ont pas dérogé à la règle ; ils y étudiaient à l'année et ne rendaient visite à leurs parents que si leurs résultats scolaires étaient jugés suffisants – autant dire qu'on ne les a pas vus souvent. Après l'obtention de leurs diplômes, ils ont tous les trois pris des voies séparées.

Stew est le seul à avoir gardé un pied sur les terres écossaises, les deux autres se sont volatilisés pour ne jamais réapparaître.

Mis à part leurs chevelures noires comme un ciel sans étoiles, et leurs regards aussi sombres que le fond d'un loch gelé, typiques des Burns, j'ai conservé très peu de souvenirs d'eux.

— Je me demande si ma mère ne veut pas nous faire une annonce, dit-il en reprenant la promenade.

— Tu penses à quoi ?

— Une mauvaise nouvelle.

— Mmh. Personne n'exige de ses enfants qu'ils soient présents à Noël pour leur balancer des horreurs au visage, Stew. Ta mère n'est pas un monstre.

— Elle tient peut-être à marquer le coup, qui sait ?

— Elle doit juste chercher à réunir les siens autour d'une fête fédératrice. Noël est un moment de partage. Vois-le comme une chouette occasion de se retrouver.

— C'est bien une phrase de Ferguson, ça. Vous et votre amour démesuré pour cette fête…

— Tout le monde aime Noël, me défends-je.

— À part les lutins. On ne pense jamais aux lutins, alors qu'ils sont exploités par un tortionnaire à barbe blanche qui a copié le code couleur d'une multinationale pour faire sa tenue officielle.

Je lève les yeux au ciel.

— Laisse le Père Noël tranquille, espèce de harpie.

— Ce n'est même pas un buveur de Coca-Cola. Une arnaque, ce type.

Son sarcasme est couvert par le son d'un klaxon. En tournant la tête, j'aperçois une citadine cabossée, aux phares aussi ronds qu'une paire de cupcakes.

Les roues crachent des gerbes de neige souillée sur le bas-côté tandis qu'elle remonte l'avenue principale. Son moteur crapotant donne l'impression qu'elle agonise à chaque nouveau mètre parcouru.

— Ce n'est pas ta voiture ? me lance Stew, surpris.

— Si. Je t'interdis de dire qu'elle est vieille et moche.

— Je n'oserais pas. Qui est au volant de ce tacot dégueulasse ?

— Mon père. Kate l'accompagne.

Je lui résume rapidement les déconvenues survenues depuis le réveil, et parce que cet homme est un ami totalement irrespectueux, il éclate de rire.

— Ta mère a raison de se plaindre de Mercure, elle vous en veut !

À peine la voiture est-elle garée que Kate en sort du côté passager. Elle est accoutrée d'un anorak deux fois trop grand pour elle, et de sa tête des mauvais jours. Le trajet jusqu'à Lothbeg a dû être compliqué.

Elle s'empresse d'ouvrir le coffre prêt à exploser.

— Grant, je vais avoir besoin d'aide, ça déborde de partout ! s'écrie-t-elle.

Mon père n'a pas encore posé une seule botte sur le trottoir qu'elle jette déjà un sac en toile de jute sur le pas de notre boutique, ceux qui contiennent les gouttes de chocolat. Dix kilos balancés comme s'ils pesaient le poids d'une mouche. Ni plus ni moins. Kate est pourtant fine, plus encore qu'une ballerine. Je n'ai jamais compris où elle cachait ses muscles.

— Grant !

— *Aye !* J'arrive, j'arrive.

Plus flegmatique, mon père déroule ses longues jambes avec une lenteur propre à lui, comme un vieux matou étirerait ses pattes après une sieste. De la buée recouvre le verre de ses lunettes, et le bas de son pantalon en tweed est trempé jusqu'aux mollets.

Il ajuste ses gants puis claque la portière, avant de croiser nos regards ; celui de Stew fait naître une émotion particulière sur son visage.

— Tu ne serais pas un peu en avance, bonhomme ?

De la joie. Elle écarquille ses grands yeux et empourpre des joues que le temps froisse un peu plus à chaque bougie soufflée.

Ils échangent une accolade chaleureuse sous la brise qui charrie de nouveau quelques flocons.

— Comment vont tes parents ? s'enquiert-il. On n'a pas la chance de les croiser souvent au village. Je crois que j'ai aperçu la vieille Porsche de Hugh au croisement de Green Road la semaine dernière, mais c'était tellement rapide qu'une poussière dans l'œil m'aurait fait le même effet !

— Mon père décrasse ses voitures de collection de temps en temps, c'est possible qu'il ait fait un tour dernièrement, acquiesce Stew. Je lui demanderai cet après-midi, je n'ai pas encore été au château.

— Tu penseras à lui dire bonjour de ma part.

— Ce sera fait.

— Grant !

L'impatience de Kate lui fait lever les yeux au ciel.

— Il doit y avoir du sang londonien dans ses veines, ce n'est pas possible d'être aussi...

— Je t'entends, Grant !

— J'arrive ! Comment ma belle-sœur a fait pour se marier avec une femme aussi nerveuse qu'une cafetière à piston ? grommelle-t-il. L'univers est vraiment peuplé de mystères...

Dans un soupir, il plonge la main dans la poche de son manteau pour en sortir une enveloppe aux bords nervurés. Il la tend vers moi.

— Tiens, c'était dans notre boîte aux lettres.

— Vous êtes repassés au cottage ? dis-je en la prenant.

— *Aye*. Je voulais vérifier l'état de ta grand-mère, elle est tombée sur son coccyx, ce matin.

— Maman m'a dit. Rien de grave, j'espère.

— Elle est solide, ne t'en fais pas. Kate en a profité pour déposer les médicaments dont Norma a besoin pour son rhume. Action, réaction, tu vois ce que je veux dire.

— Je t'entends toujours, Grant !

— Bon sang, sauvez-moi... J'arrive !

L'enveloppe texturée n'a pas les dimensions des courriers

officiels. Elle est plus petite et carrée que celles envoyées par les administrations. Aussi, elle est adressée à la « famille Ferguson », pas seulement à moi.

— Tu aurais pu l'ouvrir, dis-je, alors qu'il contourne le capot pour décharger le coffre.

— Si elle concerne la chocolaterie, c'est à toi de t'en occuper. La paperasse, c'est ton travail, ma fille.

Perplexe, je retire le cachet de cire rouge qui scelle le papier. Le jeu de relief permet d'y distinguer une rose fermée, aux épines mordantes.

— Qu'est-ce que...

Stew s'approche pendant que je manipule ce qui ressemble à un carton d'invitation.

Monsieur, Madame et les enfants Burns ont le plaisir de vous inviter, vous ainsi que vos proches, au déjeuner d'ouverture hivernal qui se déroulera ce samedi 1er décembre, à 11 h 30, au château d'Ackergill.

Tenue appropriée exigée. Cette carte sera à présenter à l'entrée.

— Une invitation au château ? réagit Stew. Mes parents vous invitent dans leur château ?

— C'est quoi un « déjeuner d'ouverture hivernal » ?

Nous nous dévisageons l'un et l'autre, confus.

— Tu étais au courant ? lui demandé-je.

— Absolument pas, non. Le « enfants Burns » doit être écrit pour faire joli...

Je relis les mots en cherchant le piège. Parce qu'il y en a forcément un. Le château d'Ackergill est normalement interdit au public.

Des grilles ont été installées tout autour du domaine

il y a des années, et des chiens surveillent les lieux. Cet endroit est entouré de mystères et de restrictions, même pour moi, qui suis amie avec l'un de ses anciens résidents.

Stew n'a jamais réussi à m'y inviter. Toutes ses tentatives se sont soldées par des échecs. Quant à cette histoire de « déjeuner d'ouverture », c'est la première fois que j'en entends parler.

Le regard de Stew se voile tandis que les flocons dansent désormais par milliers autour de lui.

— Quand je te dis que ça sent la mauvaise nouvelle, tu me crois, maintenant ?

3

Le Château d'Ackergill

Aujourd'hui, les rubans de brume sont assez épars pour que le château soit visible à plusieurs kilomètres.

Il m'a toujours fait penser à une petite tache grise, tassée tout au fond du paysage. Un assemblage de pierres asymétriques, érigé à la frontière entre les pâturages et la mer. Un monde inaccessible, entre le vert émeraude qui s'étend à perte de vue, et l'écume blanchâtre qui vient recracher son iode sur la côte.

Il est sublime.

Je l'ai souvent observé de loin. Jamais de près. L'enceinte est sécurisée et le portail plus protégé qu'une propriété royale. Tenter d'entrer là-dedans sans y avoir été invité revient à jouer à la roulette russe : tu peux t'en sortir indemne et dans ce cas, les félicitations s'imposent. Tu as aussi de grandes chances de te briser une cheville sur un piège à loup, après une course-poursuite digne d'une superproduction américaine avec des chiens enragés aux trousses.

Autant s'éviter la torture.

— Ils ont invité la moitié de Wick.

Je détache mes yeux du paysage pour les braquer dans le rétroviseur ; ma mère gesticule sur la banquette arrière, insensible au décor. Elle préfère frotter sa veste de tailleur avec énergie, dans l'espoir de la défroisser.

— Comment peut-on inviter la moitié d'un village à un seul endroit, le même jour et à la même heure ? C'est de la folie !

— Et ça n'a aucune logique, ajoute Norma, assise à ses côtés.

Ma tante, elle, essaie par tous les moyens de dompter ses boucles sauvages. Il n'y a que ma grand-mère qui ne montre aucun signe de nervosité.

Installée sur le siège passager, Mabel regarde le paysage défiler par la fenêtre dans un silence contemplatif.

— De quelle logique tu parles, Norma ? demandé-je.

Elle tasse ses cheveux sur le haut de son crâne en m'expliquant :

— Les gens comme les Burns n'organisent pas de petites sauteries sans raison. Ils attendent quelque chose de nous, j'en suis sûre, mais je n'arrive pas à savoir quoi.

— Ne commence pas avec tes théories, intervient ma grand-mère.

— Je ne théorise pas, Mabel, je déduis. J'ai parlé avec plusieurs personnes : les Burns ont invité les Langan, les Wheatley et les MacKinnon, entre autres.

— Les MacKinnon ?

— Les MacKinnon, *aye*. Une famille de poissonniers. Pourquoi des poissonniers ? Et pourquoi nous ? Pourquoi plein de commerçants ? Peut-être qu'ils ont l'intention d'ouvrir une boutique dans le centre-ville… Imaginez un peu la concurrence ! Les Burns en ville ? Ce serait la faillite assurée !

— Ils n'annonceraient pas ça en grande pompe, réfute ma mère, aux prises avec le col de sa veste.

— Et pourquoi pas ? La fête servirait à faire passer la pilule. Elaine Langan, la bijoutière, m'a confié qu'elle avait entendu dire que Ann Burns avait engagé des joueurs de cornemuse.

— Quel rapport ?

— Eh bien ! Ann Burns est la maîtresse de maison. Elle veut nous amadouer, c'est certain.

— Avec le son de la cornemuse ?

— Tu es sotte ou bien ? Personne n'embauche de musiciens pour une simple fête, Gillis ! Réveille-toi, enfin ! Les Burns veulent nous émerveiller pour mieux nous endormir ensuite. L'annonce sera énorme et déplaisante, j'en suis certaine. Aussi piquante qu'un bouquet de chardons, c'est moi qui vous le dis.

Le côté complotiste de Norma nous fait sourire. Pourtant, j'en connais un qui serait de son avis.

Stew m'a envoyé plusieurs SMS depuis la découverte du mystérieux carton d'invitation et j'ai pu y sentir son inquiétude.

Ses parents étant des gens discrets, il ne comprend pas la raison qui les pousse à ameuter tout un village pour manger du haggis réchauffé sur les pianos de leur cuisine. Ça n'a pas de sens. Et je suis d'accord avec lui. Un « déjeuner d'ouverture hivernal »... rien que l'appellation est étrange.

Les pots d'échappement qui nous précèdent soufflent des nuages blancs qui s'effilochent dans l'air vif de la fin de matinée alors que je dépasse une grille aux moulures givrées. Elle nous engage sur une interminable ligne droite, cernée d'arbres que l'hiver a déshabillés.

Les voitures se succèdent, nombreuses, sur la route glissante qui mène au château.

Mabel, elle, reporte son attention sur la bâtisse qui se détache du ciel.

— C'est impressionnant, l'entends-je chuchoter.

La petite tache insignifiante de mon enfance s'est muée en un château à la beauté hors du commun.

Des toits en dentelle accueillent des stalactites à des niveaux différents, plus ou moins haut dans le ciel, plus ou moins loin de la mer, plus ou moins proche du sol. De petites fenêtres à carreaux sont posées ici et là. Des dépendances courent à gauche et à droite. D'anciennes écuries se dessinent au fond du décor, à la lisière entre la terre et la mer. Des pigeonniers trônent au centre d'un parc gelé. Et un drapeau écossais flotte fièrement au sommet de la plus haute tour, animé par une brise qui semble avoir été créée juste pour lui… je ne sais plus où donner de la tête.

Tout est grand. Presque trop, pour mes yeux adaptés à la modestie d'une chocolaterie ou à l'exiguïté d'un cottage.

Des gens se bousculent devant l'entrée et sa porte cochère. Les corps bien couverts serpentent entre des camionnettes et des berlines garées de travers. Les jacassements et l'extase sont de mise.

— Tiens, il y a une place là-bas, m'indique Mabel, d'un index tendu. Fais vite, s'il te plaît.

Je lui jette un coup d'œil, confuse.

— Tout va bien ?

— *Aye, aye*. Mais si je reste une minute de plus avec

les sœurs Pipelette sans avoir de Laphroaig dans le sang, je perdrai une de mes neuf vies. Je suis patiente, mais pas suicidaire.

Elle tapote la poche intérieure de sa doudoune matelassée, celle qui contient sa flasque de whisky – écossais, bien sûr. Je lui souris. Ça ne sert à rien de lui proposer une infusion d'herbes : la dernière fois que j'ai tenté, elle m'a rétorqué qu'elle préférait encore se faire injecter des barbituriques en intraveineuse – connaissant ma grand-mère, elle en serait capable.

Dehors, les invités ont sorti les chapeaux de leurs armoires et les chaussures vernies de leur commode. Adultes ou enfants, tous se dépêchent de rejoindre l'entrée, où un vigile s'occupe de vérifier l'authenticité des cartons d'invitation.

Je retrouve le reste de ma famille dans la file d'attente : Kate, aussi taiseuse qu'un ours en pleine hibernation, et mon père, qui observe les alentours avec un air joyeusement déphasé.

— Où est Bonnie ? demandé-je, n'apercevant pas la chevelure auburn de ma petite sœur.

— Elle est déjà à l'intérieur avec ses amis, me répond Kate.

— Elle avait bien le ballotin de chocolats pour les Burns ? C'est elle qui doit le leur donner.

— Un ballotin ? Pour quoi faire ?

— C'est un cadeau. Les Burns nous ont invités chez eux, il faut bien les remercier.

— L'idée vient d'elle, intervient Norma en me désignant. On leur offre les meilleurs chocolats de la région, et en échange, ils nous annoncent l'ouverture de leur commerce. On les gâte, ils nous coulent. Ma nièce est une femme fabuleuse.

Kate fronce ses épais sourcils blonds.

— Qu'est-ce que tu racontes ? Les Burns vont ouvrir un commerce ?

— Pas du tout. Ta femme divague, comme d'habitude, lance ma mère, qui s'immisce à son tour dans la conversation.

Elle enroule sa main autour du bras de mon père, qui reste en dehors des mésententes.

Mon père a ce talent de savoir vivre l'instant présent tout en ayant un pied dans ses pensées. Il est là, mais il n'entend pas. Du moins, il n'entend que ce qu'il veut entendre. Sans ce côté lunaire, je suis certaine que son mariage n'aurait pas tenu. Vivre avec une tripotée de Ferguson, ça exige une maîtrise de soi exemplaire.

Tandis que les critiques reviennent chatouiller mes tympans, une flasque apparaît sous mon nez.

— Tu veux une goutte ? À partir de la troisième gorgée, on ne perçoit plus que des bourdonnements, me chuchote ma grand-mère. C'est un peu comme un concerto d'abeilles : singulier, mais reposant. Tu devrais essayer.

— Je suis déjà immunisée, mamie, mais merci.

Au bout de dix minutes d'attente au milieu de la discorde, je songe tout de même à réviser mes principes. Voire, à voler sa flasque. Et à me noyer dedans.

Notre entrée dans le château permet à mes oreilles de se reposer un peu.

Autour de moi, la décoration fait la part belle aux boiseries et au tartan. Le mobilier déborde de détails outrageux, de dorures extravagantes ; même les poignées de porte brillent comme des bijoux de luxe. Chez nous, elles sont couvertes de farine et de chocolat – quand elles sont encore accrochées à la porte.

Cela dit, ce n'est pas l'aspect clinquant des lieux qui m'attire, mais plutôt les bruits.

Ils sont omniprésents.

Le bois craque. La pierre siffle. Les portes grincent et les poignées gémissent. Au-delà du brouhaha des invités, on jurerait que le château cherche à se manifester, comme s'il se plaignait de cette invasion soudaine d'humains malpolis en train de salir sa belle moquette.

— Le Grand Hall se trouve au premier étage !

Les gens se dirigent vers l'escalier, dans cette ambiance si particulière. Je me sens petite. Le poids de ce château m'écrase un peu les épaules. Je me demande ce qu'on doit ressentir à grandir entre ces murs chargés de faste et d'Histoire.

— Oh ! Non, Bonnie...

Le petit paquet abandonné sur une commode me fait revenir au réel. Je le reconnais puisque je l'ai moi-même préparé, pas plus tard que ce matin. Il est marqué du sceau de la Chocolaterie Ferguson.

Je récupère le ballotin pour les Burns, désespérée. Ma petite sœur est désespérante.

— Vous devriez le donner à un membre du personnel, il le déposera au fumoir.

Mon voisin, un homme aussi noueux qu'un vieil arbre aux branches cassantes, me sourit.

— C'est un cadeau, je suppose, dit-il en pointant les chocolats du doigt. C'est au fumoir qu'ils ont mis le mien.

— Vous ne l'avez pas donné en mains propres aux Burns ?

— Vous les voyez quelque part ? dit-il en jetant un

regard autour de lui, tandis que nous entamons l'ascension des marches. Ils se font désirer, les gens fortunés adorent ça. J'ai entendu dire de la bouche de Norma Ferguson qu'ils comptaient ouvrir un commerce. Quelle idée... je suis le seul fleuriste de Wick : avec les Burns en face de chez moi, je mettrais la clé sous la porte à coup sûr.

— Ma tante raconte beaucoup de choses, mais ses sources ne sont jamais très fiables. Vous ne devriez pas vous en faire.

— Norma est votre... oh !

Il écarquille des yeux globuleux, comme s'il me voyait soudain pour la première fois.

— Vous êtes Robyn ! réalise-t-il, attiré par la ligne de grains de beauté sous mon œil gauche. Pardonnez-moi, je ne vous avais pas reconnue. Je suis allergique au chocolat, je ne passe pas souvent dans votre boutique.

Nous atteignons le palier du premier étage où deux couloirs se séparent, et une profusion de portes s'alignent. Souci de taille : je ne vois aucun membre du personnel. Et pas de fumoir non plus.

— La dernière fois que nous nous sommes parlé, c'était l'an dernier, il me semble, reprend le fleuriste. Vous vous occupiez d'un stand au marché de Noël, c'est bien ça ?

— La Forêt Féerique, *aye*. Excusez-moi, je dois...

— Il sera présent aussi cette année ? demande-t-il, me forçant à revenir sur mes pas.

— Comme tous les ans, acquiescé-je.

— Bien, bien. Ma petite fille avait beaucoup aimé cette attraction. Elle a demandé à sa mère de faire le voyage depuis Inverness exclusivement pour ça.

— Excusez-moi, il faut vraiment que je...

— *Aye ! Aye*, allez-y, je ne vous retiens pas plus longtemps. On se retrouve dans le Grand Hall.

Il passe une double porte vernie pour se mêler à la foule d'invités. Je m'élance alors dans une épopée de grande ampleur.

Toutes les portes sont fermées à clé. Aucune exception. Je vagabonde de couloir en cul-de-sac, je râle contre Bonnie, j'emprunte un escalier en colimaçon et un autre encore plus tarabiscoté, pour atterrir finalement tout en haut de la tour principale, à l'étage sous le grenier.

Ici, les conversations du Grand Hall ne forment plus qu'un murmure étouffé. Des bibliothèques vitrées et des tableaux représentant des scènes de guerre tapissent tout l'espace mal éclairé. Les murs sentent la fumée et la poussière, comme s'ils recrachaient des années de mauvais traitements. Devant moi, j'aperçois une silhouette, que j'interpelle aussitôt :

— Excusez-moi, je cherche le fumoir, vous sauriez où… Maxwell ?

La surprise me saisit.

— Miss Ferguson ?

Notre ramoneur semble aussi décontenancé que moi.

— Qu'est-ce que vous faites ici ? lance-t-il avec les yeux écarquillés d'ahurissement.

Qu'est-ce que *lui* fait ici ?

— J'ai un cadeau pour les Burns, on m'a dit de le déposer au fumoir, mais ce château est un véritable labyrinthe…

— Le fumoir est au rez-de-chaussée. Au fond du couloir de droite, derrière les marches. Vous ne pourrez pas vous tromper, il y a un écriteau sur la porte.

— Merci.

Plusieurs secondes s'égrainent sans qu'aucun de nous ne sache comment rebondir.

— J'ignorais que vous étiez invité au déjeuner, dis-je alors, dans un sourire contrit.

— Je ramone les cheminées du domaine depuis des années, la famille Burns me connaît bien. C'est un avantage d'être le dernier représentant de son métier dans les environs.

D'où sa facilité à se repérer ici.

Nouveau silence.

— Vous... ne devez pas vous rendre au fumoir ?

— Si. Si, acquiescé-je. J'y vais. J'imagine qu'on se retrouvera au Grand Hall.

— À n'en pas douter, *aye*. À tout à l'heure, Miss Ferguson.

Son regard s'enfonce comme un piquet de glace dans ma nuque, tandis que je fais demi-tour. Je jurerais qu'il me fixe jusqu'à ce que l'angle de l'escalier me fasse disparaître pour de bon.

Je redescends les étages à la hâte, perturbée par l'étrange sensation de gêne qui me colle à la peau. Le fumoir apparaît bien au rez-de-chaussée, comme indiqué par Maxwell, dans le recoin d'un couloir étriqué. Je m'efforce d'oublier ma rencontre avec le ramoneur pour me concentrer sur ma mission.

Je tente d'entrer dans la pièce, mais une voix tranchante m'arrête sur le seuil.

— ... inadmissible. Plus d'une centaine de personnes patiente en ce moment à l'extérieur. Qui vous a donné cet ordre ?

Un homme aux traits durs se tient face à une assemblée de silencieux.

À part lui, tous sont affublés d'un uniforme tirant vers

le pourpre : une jupe pour les femmes, un pantalon à pinces pour les hommes. Les torchons et les plateaux que j'aperçois chez certains me font comprendre qu'il s'agit du personnel engagé pour le déjeuner.

Voilà pourquoi je n'en ai pas croisé un seul : ils étaient tous coincés ici.

— C'est M. Burns qui nous a donné cet ordre, répond une jeune femme, le regard fuyant.

— Lequel ? Le père ou le fils ?

— Le père, monsieur. Hugh Burns.

L'homme n'accueille pas l'information avec plaisir. Son visage gagne encore en sévérité. Si c'est possible.

— C'est mon père qui vous a demandé de laisser les salles fermées ?

Son père ?

— *Aye*, monsieur. Il a considéré que l'ouverture du Grand Hall suffirait.

— Elle est trop petite pour accueillir tout le monde, c'est ridicule. Les invités sont en train de congeler dehors. Qui est la gouvernante, ici ?

Une petite dame au physique replet s'avance, les mains jointes sur son tablier et l'air de vouloir en finir au plus vite.

— Moi, monsieur.

— Comment vous appelez-vous ?

— Georgia, monsieur. Georgia Shankland.

— Georgia, à partir de maintenant, vous vous chargez de la préparation des pièces du premier étage. Rouvrez le boudoir et le salon de réception dans un premier temps, mettez-y de l'ordre et faites-y entrer les invités. Si ça ne suffit pas, nous aviserons. Vous emprunterez mes clés.

— *Aye*, mais... Vous êtes sûr ? Il y a des objets de valeur dans ces pièces, ils...

— Vous préférez que nos invités tombent malades ?
— Non, bien sûr, mais M. Burns...
— Je suis également un Burns. Et je n'aime pas répéter plusieurs fois la même chose.
La gouvernante hoche poliment la tête avant de reculer pour se fondre à nouveau dans la masse du personnel de maison.
Ce pétoncle mal luné serait Walter Burns ? Le peu de ressemblance avec Stew me laisse perplexe.
Mon ami est plus massif – musclé, je veux dire. Ses traits sont plus avenants, et quand il parle, personne ne baisse la tête comme s'il venait de se prendre un coup de gourdin.
Là, j'entrevois la version austère des fils Burns. Une copie franchement ratée.
— Qu'est-ce que vous attendez ? Nous n'avons pas le temps de tergiverser, agissez !
Comme une fourmilière secouée par le pied d'un enfant caractériel, le monde se disperse. Le fumoir se désengorge, chacun fuyant par les trois portes disséminées sur des murs différents. La mienne incluse.
— Qu'est-ce qu'il est désagréable...
— Il aurait mieux fait de rester à Londres...
Je profite de l'agitation pour entrer en catimini, et déposer les chocolats sur le rebord de la cheminée qui foisonne déjà de cadeaux. Walter sent ma présence.
Il se retourne à moitié, et plonge un regard dépourvu d'éclat dans le mien.
— Bonjour. Je suis désolée, j'ai pensé que je pouvais entrer.
Son corps entier est parcouru par un spasme, comme

si ma voix l'avait éraflé. J'ai pourtant un timbre moins nasillard que celui de Norma.

— On m'a suggéré de déposer le cadeau pour votre famille ici, expliqué-je. J'ai entendu votre... discours, je n'aurais peut-être pas dû. Je suis curieuse. Un peu trop, à ce qu'il paraît. C'est un défaut récurrent chez les Ferguson.

Rien. Pas le moindre tressautement de paupières. Aucun mouvement de lèvres ne lui vient tandis que je comble le silence pesant comme je peux. Il me fixe avec l'air aussi apathique qu'un hippopotame dérangé pendant sa baignade.

— J'ai été invitée. Vous connaissez peut-être la boutique de ma famille ? On tient une chocolaterie dans le centre de Wick.

Toujours rien.

Je me racle la gorge, de moins en moins à l'aise. Les humains défectueux, ceux qui ne savent ni sourire ni se montrer polis, ont le don de m'embarrasser.

— On a dû se parler quand on était petits, tout le monde se côtoie dans les environs. Si je faisais un effort, peut-être que je me souviendrais de vous avec un crayon dans les mains ou du chocolat autour de la bouche, mais pour être franche, votre façon de me regarder me trouble un peu.

Après un autre silence inconfortable, il redresse le menton.

— Qu'est-ce qu'elle a, ma façon de vous regarder ?

— Eh bien, disons qu'elle est aussi désagréable que votre façon de parler.

Là, il aurait dû réagir. C'était le but.

Dans ma famille, les remarques de ce type déclenchent des guerres. Des conflits intergénérationnels qui se terminent par un lancer de canne ou de confiture à la cerise. J'y suis habituée. De fait, rien ne me paraît plus étrange qu'une absence de réaction.

Walter attrape sa veste à coudières, celle posée sur le dossier de la méridienne, et il l'enfile en silence. Il ne me répond pas. Ne me tourne pas en ridicule. Il ne me regarde même plus dans les yeux.

Une boucle noire rebondit sur son front quand il ajuste son col. D'une démarche résolue, il passe ensuite devant moi.

— C'étaient des feutres. Et je déteste le chocolat.

Il disparaît aussi sec tandis que l'odeur âpre de son mépris me reste dans les narines.

4

Les Usurpateurs De Noël

Le Grand Hall est plein à craquer. Je navigue entre les invités qui dévorent des assiettes garnies. La plupart patientent debout, les plus fatigués sont installés sur des divans à franges.

Longeant le buffet gargantuesque qui resplendit sous les fenêtres baignées de lumière, je retrouve ma famille à quelques mètres. Norma dirige la conversation.

— Mary, la patronne du pub de Northcote Street, a entendu dire qu'il travaille dans l'électronique, ou bien peut-être dans le commerce des pièces détachées, l'entends-je expliquer à Kate.

Elle plante sa fourchette dans la chair d'un hareng mariné et le dévore sous l'œil distrait de sa femme.

— En tout cas, il œuvre pour une compagnie anglaise.

— Walter Burns ? supposé-je.

Elle acquiesce tout en mâchant activement sa bouchée.

— Personne ne l'a revu depuis Gordonstoun. Il a eu

son diplôme et pouf ! Disparu pour ne jamais revenir. Toujours d'après Mary, il viendrait...

— D'Angleterre.

— C'est ça, *aye*. Il habiterait à...

— Londres.

— Encore une bonne réponse... Où est-ce que tu as eu cette information ? s'enquiert-elle, suspicieuse.

— Au fumoir. Un concours de circonstances.

Je prétexte une envie de goûter au buffet et m'éclipse aussi vite. Norma est une tante géniale, mais ses interrogatoires feraient pâlir les services secrets britanniques.

Tout en garnissant une assiette de boudin et de gratin de rutabagas, je repense au pétoncle du fumoir.

Stew évoque rarement son grand frère, si ce n'est jamais. À vrai dire, il est doué pour éviter le sujet « Burns » ; du jour où il a quitté l'enceinte d'Ackergill pour aller faire ses preuves au pensionnat, il a arrêté de parler de sa famille. Comme ça. D'un simple claquement de doigts. Je n'ai jamais vraiment su pourquoi et je n'ai pas cherché à le découvrir. Chacun ses secrets. Je pense que Stew m'en aurait parlé s'il en avait ressenti le besoin.

Quand je rejoins à nouveau Norma et Kate, elles sont en plein échange avec un invité. Je reconnais le fleuriste de Wick dans les traits froissés du vieil homme.

— ... ma petite-fille a adoré votre stand. Le marché de Noël est une tradition pour nous, vous savez. Depuis combien de temps vous occupez-vous de la Forêt Féerique ?

— Oh ! Ça doit dater de Jane Ferguson, se remémore Norma. Elle a lancé l'idée au XIXe siècle.

— Tant que ça ?

— Tant que ça, *aye*.

Son sourire se teinte de fierté.

— Wick est un peu notre maison, dit-elle. Les Ferguson s'y sont installés il y a plus de cent cinquante ans et se sont peu à peu investis dans la vie du village. Nous sommes à l'origine de nombreuses festivités, comme le marché de Noël, les illuminations de rue, le sapin en centre-ville, nos fameuses Fergutines…

— Votre distribution gratuite de chocolats fait toujours des heureux ! Nous y aurons droit aussi, cette année ?

— Bien sûr ! Personne n'y échappera, nous respecterons la tradition en drapant Wick de sa plus belle robe d'hiver !

— Ah ! Norma… Vous apportez de la joie au milieu de la grisaille.

Les éloges sont interrompus par un son perçant, provenant de la double porte.

Deux hommes nous imposent leur présence. Leurs cornemuses volumineuses complètent une tenue traditionnelle, celle de nos landes.

— *A Mhuire Mhàthair*[1]…

L'air ébahi de ma grand-mère m'arrache un sourire.

Mabel a toujours eu un faible pour les hommes « bien habillés ». L'addition *glengarry* et kilt peut l'achever en moins de temps qu'il n'en faut pour le dire.

Les musiciens ouvrent une voie dans la foule et les conversations cessent de se réverbérer au plafond. Ann et Hugh Burns font alors leur apparition depuis la porte, dans une ambiance feutrée, à la jonction entre un bal baroque et une cérémonie royale.

— Quel pataquès…

Norma croise les bras contre sa poitrine, pas impressionnée pour un sou.

1. « Oh Mère Marie ! » en gaélique écossais. C'est un juron. (Toutes les notes sont de l'autrice.)

Ça faisait un moment que je n'avais pas vu les parents de Stew. Au village, des rumeurs courent sur leur mode de vie : certains pensent qu'ils ont la phobie du monde. D'autres sont persuadés qu'ils cachent des secrets inavouables. Et les derniers estiment qu'ils sont trop arrogants pour accepter de se mêler à nous.

À les voir déambuler parmi les invités avec leurs tenues raffinées et leurs sourires figés, j'ai surtout l'impression d'assister à la résurrection d'un couple de vampires... Le genre à organiser des déjeuners au nom bizarre, pour réunir des proies au cœur d'un château historique et croquer dans la nuque palpitante des mangeurs de rutabagas.

Je repose mon assiette sur la commode à proximité, soudain rassasiée.

— Il fait un peu frais, non ? frémit Norma.

— Ils sont là...

Stew, Emilia et Walter apparaissent à leur tour à la porte.

Si le premier est aussi jovial qu'à son habitude, les deux autres ont l'air d'assister à un enterrement.

L'aîné et la sœur Burns.

Ce sont des copies conformes. Ils ont la même chevelure noir cobalt, les mêmes pommettes saillantes, le même air glaçant, et le même corps aux muscles secs. La seule différence, et elle est minime, se trouve au niveau de l'expression de leur visage.

Emilia domine la salle avec dédain. Elle s'attarde à peine sur les invités, n'accorde qu'une brève attention à chacun, comme si nous étions couverts de crottin de cheval et qu'un coup d'œil prolongé sur nos vêtements de palefreniers vérolés pouvait lui salir la rétine. Walter est tout son contraire.

Il est en plein examen.

Ses pupilles rétractées s'enfoncent dans les regards pour aller fouiller jusqu'aux replis de nos âmes. Et même le décor en prend pour son grade. Les ficus dans leurs pots ? Visuellement maltraités. Les fenêtres ? Visuellement jugées. Les plinthes ? Visuellement moquées.

S'il était un suceur de sang, ce serait le pire d'entre tous.

Norma a raison. La température du Grand Hall semble avoir chuté de plusieurs degrés en un temps record.

— Gillis Ferguson ? C'est bien vous ?

Ann Burns, la maîtresse de maison, attrape les mains de ma mère pour les enrouler dans les siennes. Son châle mauve recouvre des épaules fines à se briser. Elle est aussi épaisse qu'une aiguille, et apparemment plus discrète qu'un félin, puisque je ne l'ai pas entendue arriver…

— Ann ! Quel plaisir de vous revoir ! Je vous remercie pour cette belle invitation, lance ma mère dont l'enthousiasme excessif est monté de toute pièce. Nous sommes ravis de pouvoir profiter d'un déjeuner chez vous, c'est un endroit remarquablement bien décoré.

— C'est moi qui vous remercie, Gillis. La famille Ferguson est une institution à Wick, nous sommes enchantés de vous avoir parmi nous.

— Allons, allons, n'exagérons pas.

L'abus de complaisance fait rouler les yeux de Norma.

La fratrie Burns débarque quelques instants plus tard. Stew semble avoir perdu son air jovial en chemin.

— Il faut que je te parle, me glisse-t-il à l'oreille.

— Tout va bien ?

— Et voici ma fille, Robyn.

D'un bras tendu, ma mère me présente au reste des Burns. Du coin de l'œil, je vois Stew serrer la mâchoire.

— La chocolaterie ferait naufrage sans elle, poursuit

ma mère, déterminée à nous montrer sous notre meilleur jour. Robyn s'occupe de l'aspect administratif de la boutique, mais elle ne rechigne jamais à nous donner un petit coup de main. N'est-ce pas, Robyn ?

— Je suis tout terrain, opiné-je.

Ann m'offre une moue appréciatrice.

— Comme mon plus grand, dit-elle en désignant Walter. Walter tient un rôle prépondérant dans son entreprise. J'ai toujours dit que les mains de l'ombre, celles qui jouent avec les chiffres et les contrats, sont les vis du monde d'aujourd'hui : sans elles, la charpente ne tiendrait pas.

— Je ne cesse de le répéter à Robyn.

C'est faux. Je n'ai jamais entendu parler de mon talent de charpentier.

Tandis que l'intérêt se porte sur Walter et son travail à la capitale anglaise, Stew me jette un nouveau coup d'œil contrarié. Quelque chose ne va vraiment pas.

Il m'attire dans un renfoncement assombri par d'épaisses tentures, dès que l'occasion se présente.

— Qu'est-ce que tu as ? dis-je d'une voix assez forte pour couvrir le chant des cornemuses.

— Mes parents vont faire une annonce. Je l'ai su hier soir, j'ai essayé de te prévenir mais tu as encore dû laisser ton portable traîner dans un coin…

— C'est tout ? Tu verrais ta tête… on dirait qu'on vient de t'offrir un tartan en polyester !

— Crois-moi, il va y avoir un cataclysme.

Il se tait lorsque sa mère passe devant nous. Son long châle glisse sur ses épaules, libérant des odeurs délicates de lilas et de jasmin. Elle prend place devant l'une des immenses fenêtres, le port altier. Le reste de sa famille, excepté Stew, suit le mouvement.

Un instant, je me demande s'ils n'ont pas choisi cet endroit de la pièce justement pour nous prouver que la lumière ne fait pas crépiter leur peau comme une saucisse sur un barbecue. Au moins, j'ai la preuve qu'ils ne descendent pas d'une lignée de créatures démoniaques.

Mais toute cette mise en scène finit par me rendre méfiante.

Et si Norma n'avait pas inventé cette histoire à dormir debout ? Les Burns ont réellement l'intention de lâcher une bombe ?

— Bonjour à toutes et à tous !

Le sifflement des cornemuses s'éteint dans le silence attentif de la salle. Ann entrelace les doigts contre son ventre, un regard tendre dirigé vers l'assemblée :

— Nous vous remercions d'avoir répondu présent à notre invitation. Le château d'Ackergill n'avait pas été aussi animé depuis de nombreuses années. Cet éclat de vie nous fait, à toutes et à tous, beaucoup de bien !

Des sourires percent sur les visages. Stew, lui, est aussi immobile qu'une statue de cire.

— Tu ne les rejoins pas ? demandé-je.

— Je ne suis pas d'accord avec ce qu'ils s'apprêtent à faire.

Le sentant agacé, je n'insiste pas.

— Peut-être l'avez-vous constaté, nous ne sommes pas tout à fait au complet, reprend Ann. Ma mère, Lucy, nous rejoindra au cours de l'après-midi. En attendant, je suis ravie de pouvoir partager ce déjeuner d'ouverture en compagnie de mon mari et de mes chers enfants.

Hugh Burns, entièrement vêtu de gris, s'avance d'un pas. Il dégage la même froideur que son fils aîné, avec quelques mèches blanches en plus sur le crâne. Son nez arqué soutient une paire de lunettes aussi ronde que celle de mon père, mais c'est bien leur seul point commun : si l'un est solaire, l'autre se révèle austère.

— L'idée d'organiser un déjeuner au château avait d'abord pour but de marquer l'entrée dans la période hivernale, entame-t-il. Vivre dans les Highlands nous confronte à un climat pour le moins caractériel, mais je ne vous apprends rien.

Des gloussements s'envolent au-dessus des invités.

— Il fallait bien fêter les premières chutes de flocons, n'est-ce pas ? Wick fait partie de ces villes authentiques, celles qu'on apprécie pour leurs paysages uniques, leurs lignes électriques parfois défectueuses et leurs habitants au grand cœur... Ann et moi vivons aux abords de votre bastion depuis un moment déjà, et nous sommes reconnaissants de l'accueil que vous nous réservez chaque fois que l'occasion se présente.

Il énumère les coups de main apportés ici et là ; par les MacKinnon, qui livrent régulièrement du poisson frais au domaine ; par les Wheatley, qui soignent ses quatre bergers australiens ; par le fleuriste, grâce à qui les chambres du château sentent les gardénias ; ou par nous, les Ferguson, qui lui permettons de déguster un carré de chocolat noir avec son café de l'après-midi.

J'ignore où mène ce discours. Les compliments sont étalés comme de la confiture sur nos tranches de pain. Si c'est sa manière de nous amadouer, elle manque de subtilité.

— Et tout cela dure, assure-t-il. Des années de services rendus sans que nous ayons pris le temps de vous rendre la pareille.

Ann concentre à nouveau l'attention sur elle.

— Nous savons combien la période hivernale compte

pour Wick, et surtout les festivités qui l'accompagnent, dit-elle en replaçant son châle sur l'épaule. Pour cette raison, et afin de vous témoigner notre gratitude, nous avons pris une décision pour le moins audacieuse.

Un regain de curiosité gonfle dans l'assistance. Stew est quant à lui de plus en plus crispé.

— « Audacieux », c'est le terme, acquiesce Hugh, dans un sourire plus forcé que joyeux. Puisque, cette année, ce sont les Burns qui se chargeront des célébrations de Noël !

Pardon ?

Le temps qu'une épine s'enfonce dans ma poitrine, pile au niveau du cœur, Ann a déjà rebondi :

— Nous avons obtenu l'accord de la ville et sommes heureux de pouvoir apporter un peu de douceur au travers des activités et des décorations prévues prochainement.

— Un dîner aura lieu le soir du réveillon de Noël dans l'enceinte d'Ackergill, mais nous aurons l'occasion d'en discuter plus en détail d'ici là, ajoute Hugh, sous les murmures de la foule.

— Pour ce qui concerne la période de Noël, un programme a d'ores et déjà été mis en place. Emilia, ma fille, a accepté de prendre en charge la majeure partie de la logistique. C'est auprès d'elle que vous trouverez...

— Fumistes !

Un silence de plomb s'abat dans la salle pendant que j'essaye toujours de digérer la nouvelle. Les têtes des invités, elles, tournent dans un sens puis dans l'autre, cherchant qui est le perturbateur. Il est pourtant facile à trouver ; bien droite dans ses bottines, ma grand-mère observe la brochette de Burns avec une rage indicible dans le regard.

— Une « décision audacieuse » ? *Aye* ! C'est une trahison ! s'écrie-t-elle.

— Mamie...

Ma mère lui murmure un mot à l'oreille, en vain.

D'indignée, ma grand-mère passe à furieuse.

— Vous n'auriez pas pu penser à demander l'avis des autres avant de vous emparer de quelque chose qui ne vous appartient pas ? *Contrachd ort !*[1] C'est une honte. Une honte !

Norma empoigne la flasque de whisky pour l'enfouir aussi profond que possible dans son sac à main. Son sourire tremblote de gêne. Je ne suis pas certaine que l'alcool soit à l'origine du problème, cela dit.

— Tes parents vont s'occuper de Noël ?

Sidérée, j'ai du mal à regarder Stew dans les yeux. L'épine vient de me lacérer les poumons et empêche à ma respiration de fonctionner correctement.

— L'organisation des festivités incombe à ma famille depuis des dizaines d'années, Stew.

— Je sais...

— Ce sont les Ferguson qui ont toujours préparé l'arrivée de Noël à Wick...

— Je sais, oui.

— Alors, c'est une plaisanterie ? Dis-moi que c'est une plaisanterie. Ils nous font une blague vraiment pitoyable ?

Jane Ferguson, mon ancêtre, a créé la Forêt Féerique en 1867, un an avant l'inauguration de la Chocolaterie Ferguson. *En 1867.* Plus de 150 Noëls ont été organisés par les femmes du clan depuis. *Plus de 150.* Je le sais pour l'avoir entendu mille fois des bouches de ma famille.

Nous sommes des dinosaures de l'hiver. Des momies

1. « Soyez maudits ! » en gaélique écossais. C'est un juron.

calcifiées de la guirlande. Des vieux de la vieille. Des anciens. Et personne ne touche aux anciens !

Je n'en reviens pas qu'on nous enlève cette tradition sans même avoir pris la peine de nous informer ! Le tout devant un parterre d'amis et de connaissances, comme si l'humiliation ne suffisait pas à elle seule.

— Ils ne nous ont même pas concertés…

— Je sais, Robyn.

Stew est abattu. Je comprends à présent pourquoi il était nerveux. L'annonce aurait dû m'arriver aux oreilles plus tôt pour que j'y réagisse avec un semblant de maturité.

Là, j'ai juste envie de passer mes mains autour du cou de ses parents et de les envoyer dans un broyeur d'ordures.

— Je le leur ai fait remarquer hier, mais ils n'ont pas vu où était le mal, m'explique-t-il. Ils ont tout préparé en amont avec Emilia par visioconférence. Elle était encore aux États-Unis, ça date de septembre. Je n'étais pas au courant. Si j'avais su plus tôt, je t'aurais prévenue… Je suis désolé.

— Ce n'est pas ta faute, ne t'excuse pas.

Du côté de ma famille, les moues sont livides. Mon père est déçu. Ma tante, furieuse. Quant à ma grand-mère, touchée au plus profond de son orgueil, elle marmonne dans un gaélique incompréhensible.

Loin d'une concurrence déloyale, les Burns s'attaquent à nos racines.

Ils viennent de déclarer la guerre. Ni plus ni moins.

5

Visite De Non-Courtoisie

— Je refuse toujours d'y croire !

Mabel entre dans la salle à manger du cottage avec la délicatesse d'une tornade. Son pas exaspéré, un peu claudicant depuis sa chute, claque sur le parquet comme de petites gifles sèches.

— Ce ne sont pas des manières de faire. Quelle éducation leur a-t-on donnée ?

— C'était il y a deux jours, mamie…

— Ça ne change rien !

Tandis que je la suis, elle ouvre le premier tiroir du vaisselier. Ses doigts noueux s'emparent d'un bâton de sauge blanche, puis d'un paquet d'allumettes et de nos grelots de traîneau. Ces derniers sont jetés sans douceur dans mes mains.

— Ils nous ont manqué de respect devant tout Wick, Robyn… Tu te rends compte ?

— Il n'y avait pas toute la ville. À peine un dixième.

— De quel genre d'arrogance faut-il être affligé pour se

sentir supérieur à ce point ? Lucy Burns n'a rien appris à sa fille. Et Ann Burns a transmis ce vide de connaissances à ses propres enfants. Ce sont tous des ignorants. Allume la sauge, s'il te plaît.

Je fais craquer une allumette sous son regard ombrageux.

Elle ne s'est pas remise de l'annonce faite au château, avant-hier. Comme le poisson rouge qui tourne dans son bocal, elle répète encore et toujours les mêmes mots. « Trahison » a été prononcé tellement de fois qu'on dirait le prénom du huitième membre de la famille.

Même si la balance de son cœur a toujours penché pour la fête de Yule, Mabel n'en reste pas moins profondément attachée à Noël. Et son humeur s'en ressent.

Pour être franche, personne n'a réussi à passer au-dessus de cet épisode désastreux. Pas même moi. Un *Sgian Dubh*[1] planté dans le dos n'aurait pas fait plus de dégâts.

— *A Mhuire Mhàthair* ! On a affaire à une lignée d'ignares irrespectueux !

Les feuilles séchées de sauge blanche crépitent sous la flamme vacillante de l'allumette. Je souffle sur le bout qui s'embrase, le temps que le serpentin de fumée gagne en épaisseur. Mabel entame alors son rituel.

Elle lève le bras qui tient la sauge en l'air, puis entame une marche lente, en cercle, autour de la pièce.

— Norma est ulcérée, je l'ai rarement vue dans cet état.

La fumée odorante se diffuse progressivement dans l'ensemble de l'espace.

— Ta tante a raison de dire que les Burns nous ont envoyés dans un guet-apens, poursuit-elle. C'est exactement le terme. Un guet-apens.

1. Petit couteau porté avec la tenue traditionnelle écossaise.

— Tu es censé avoir des intentions positives pour le rituel de purification, mamie.

Elle me lance un regard courroucé.

— J'élimine le négatif par la parole. Or, la fumée de sauge absorbe le négatif. Je sais ce que je fais, se défend-elle.

— Ce n'est pas comme ça que ça fonctionne.

— C'est moi qui t'ai appris comment utiliser un bâton de fumigation pour purifier un intérieur, Robyn. Je connais les règles.

— Tu n'élimineras pas les mauvaises ondes du cottage si tu râles sur les Burns en même temps. Il y a clairement un conflit de mauvaises ondes, là.

— Ces gens mériteraient de...

— Mamie, stop !

— Très bien ! Je me tais ! Tu es aussi caractérielle que ta mère quand tu t'y mets...

Elle se remet à circuler autour de la table à manger. Muette.

J'en veux aussi aux Burns, il ne faut pas croire. Les nœuds dans mon estomac sont si serrés que je digère mon porridge deux fois plus lentement que d'habitude. Quant aux pulsions meurtrières, elles ont augmenté en nombre ; dès que je vois des gousses d'ail dans la cuisine, ma jauge de tueuse de vampires augmente d'un point.

Sauf que je ne râle pas tout haut. Les voix de ma famille portent déjà assez sans que je doive en plus ajouter la mienne à la cacophonie.

En nous invitant à ce fichu déjeuner, les Burns ont eu ce qu'ils voulaient : des Ferguson mis devant le fait accompli et incapables de se défendre. Aux oubliettes la famille d'aboyeurs !

Il faut bien admettre que leur plan était magistral. Fourbe, mais admirablement bien réalisé.

Mabel a eu beau perdre son sang-froid, nous avons vite étouffé la crise sous des sourires de façade. Jouer la comédie n'a jamais été aussi frustrant. La suite du discours a repris dans une ambiance électrique, mais aucun de nous n'a fait de vagues. J'ai même hoché de la tête comme un bon petit mouton des Hébrides quand Emilia Burns a expliqué qu'elle avait hâte de décorer le sapin « au centre-ville », sans savoir qu'il est traditionnellement installé au port.

— Les grelots, Robyn.

Je reviens à ma grand-mère, qui ouvre la fenêtre pour que la fumée saturée d'énergies négatives s'échappe vers l'extérieur.

Les volutes quittent la salle à manger pour inonder le jardin nappé de glace ; l'air devient moins irritant. Plus respirable. J'agite alors les grelots de traîneau : leur tintement permet d'accueillir de nouvelles ondes, plus fraîches et propres, à l'intérieur de la pièce.

La purification du cottage est une tradition annuelle dans notre famille. Une autre. Et au moins, celle-là, on ne peut pas nous la voler.

Avant de parer la maison de ses décorations de Noël, nous la nettoyons de fond en comble. « Énergétiquement » parlant, je veux dire. Un peu comme on dépoussière les placards au printemps, la purification revient à faire un tri : on supprime les mauvaises vibrations, et on en attrape de nouvelles. Des bonnes, cette fois. On libère l'espace de ses déchets accumulés au cours de l'année pour repartir sur un bon pied.

« Une maison assainie apaise l'esprit », c'est ce que

Mabel a toujours répété. Autant dire qu'on ne crache pas sur l'idée, surtout en ce moment.

Ma mère passe le seuil du cottage en début de soirée.

— Vous avez fait une fumigation ? Ça sent depuis le portail.

Je l'entends qui accroche son pardessus sur le bras grincheux du portemanteau, puis elle pénètre dans le séjour, où elle est accueillie par le sourire gondolant de sa mère.

Mabel somnole sur son fauteuil à bascule depuis que le soleil est tombé sur l'horizon.

— On décore la maison cette semaine, et Mabel avait besoin de renouveau, expliqué-je, concentrée sur les feuilles de comptabilité de la chocolaterie.

— Excellente idée, surtout après ce week-end…

S'abaissant près de la bibliothèque, elle empoigne deux bûches, qu'elle enfourne aussitôt dans le poêle à bois.

— On ne parle que de cette histoire « d'usurpateurs de Noël » à la boutique, dit-elle en se frottant les mains. Tous les clients m'ont demandé ce que nous comptions faire.

— Et que va-t-on faire ? demande Mabel, les paupières mi-closes.

— Je ne sais pas. Norma veut se battre, Grant veut avoir une discussion avec les Burns, Kate et Bonnie ne se sont pas encore prononcées. Et toi, Robyn ? Tu en penses quoi ?

— Une discussion ne fera pas avancer les choses. Enfin, à mon sens.

— Ton père n'est pas de cet avis…

— Papa est un pacifiste, il n'ira jamais à la confrontation.

Selon lui, le conflit ne résout rien. Mon père lui préfère les mots, le dialogue qui mène à la réconciliation.

Cela dit, sur ce coup, je doute qu'on parvienne à récupérer ce qu'on nous a volé avec de jolies tournures de phrases.

— Les Burns ont déjà dû mettre trop de temps et d'énergie dans les préparatifs pour accepter de faire marche arrière à quelques jours du début des festivités, dis-je. Stew m'a dit qu'Emilia avait tout organisé à l'avance : elle a sûrement payé des prestataires pour le marché de Noël… et peut-être qu'elle a prévu des choses auxquelles on n'a même pas pensé.

Je hausse les épaules et résume :

— Ils ne tireront pas un trait sur des mois de travail juste pour qu'on perpétue nos traditions.

Les flammes qui crépitent dans le foyer colorent le visage pensif de ma mère. Elle semble plutôt d'accord avec moi.

— Alors, il nous reste l'affrontement.

— Les Ferguson contre les Burns ? réagit Mabel. Quelles seraient nos chances de réussite ?

— Faibles, j'imagine. Mais pas nulles.

— Tu es bien optimiste… Ils ont un château et nous un cottage, tu trouves que ça fait le poids ? ironise-t-elle. Des montagnes de livres sterling contre des sacs de chocolats. Une organisation millimétrée face à de la frustration. Nous courrons à notre perte, Gillis.

— Tu abandonnes avant même d'essayer ?

— Je sais reconnaître une défaite quand j'en vois une.

Surprise par cet aveu de faiblesse, ma mère prend appui sur ses genoux et se lève. Elle toise Mabel de toute sa hauteur, contrariée.

— Nous sommes des femmes Ferguson, Mabel, nous avons la gagne dans le sang.

— *Aye*. Et la clairvoyance fait aussi partie de nos

qualités. Il faut parfois choisir ses batailles. Celle-ci est perdue d'avance.

— Je ne suis pas d'accord, non. Ça s'annonce compliqué, je te l'accorde, mais pas impossible. Notre famille est une « institution à Wick », Ann Burns l'a admis elle-même. Nous avons l'avantage considérable de connaître cette ville et ses habitants. Nous y avons des amis, des confrères et des consœurs. Pas eux. Je ne te laisserai pas t'avouer vaincue par simple peur de ne pas réussir. Ce ne sont pas nos valeurs, ça.

Ma grand-mère observe sa fille avec un mélange de curiosité et d'amusement. Elle semble soudain se rappeler qu'elle a élevé des enfants à la tête particulièrement dure.

— Et quelles seraient nos armes ? reprend-elle, en se redressant contre le dossier. Ouvrir un deuxième marché de Noël ? Décorer un deuxième sapin géant ? Illuminer les rues de la ville voisine ?

— Pourquoi pas ?

— Ça n'aurait pas de sens, Gillis… Il ne peut y avoir qu'une seule famille à la tête des festivités.

— Sauf si on trouve un terrain d'entente, interviens-je.

Les deux me dévisagent comme si j'avais annoncé que le haggis était un plat végétarien. Je précise :

— Si on parvient à trouver un compromis, on pourrait se partager les tâches.

— Tu voudrais négocier ? comprend ma mère.

Au vu des sourcils froncés de Mabel, l'idée la rend tout aussi sceptique.

— Ça impliquerait de s'entretenir avec eux, Robyn. Et pour reprendre tes propres mots : une discussion ne fera pas avancer les choses.

— On ne pourra pas récupérer toutes les activités

de Noël, c'est sûr, *aye*. Mais on pourrait peut-être en grappiller une ou deux, non ? Comme le concours des bonshommes de neige, par exemple. Ils n'en ont pas parlé pendant le discours, ça ne devrait pas être trop difficile de les mener sur ce terrain.

Cette fois, j'ai l'impression qu'elles viennent d'apercevoir une armée de *brownies*[1] sur le tapis du salon.

— Ne faites pas cette tête, je suis sérieuse…

— C'est bien ce qui m'inquiète ! s'exclame ma mère. Tu t'entends parler ? Depuis quand les Ferguson « grappillent » ce qui leur revient de droit ?

Bien. Je viens de réveiller Lady Orgueil.

— C'est ta fierté qui s'exprime, maman. Ne…

— Bien sûr que c'est elle ! me coupe-t-elle, désabusée. Wick et les Ferguson ont grandi ensemble. Les six générations de femmes qui ont fait vivre notre chocolaterie ont largement contribué au développement de la ville.

— Je sais bien, mais peut-être que…

— Jane Ferguson a créé la Forêt Féerique, m'interrompt-elle à nouveau, une lueur incandescente dans les yeux. Margaret Ferguson, sa fille, a voyagé pendant douze jours afin de rapporter le plus grand sapin que le comté de Caithness n'ait jamais vu. Tu veux que j'évoque Helen ? Ton arrière-grand-mère a mis en place la journée des Fergutines : elle a offert gratuitement des kilos de chocolat aux familles des environs, pour être certaine que chacun et chacune ait un cadeau le jour de Noël. Nous ne partageons pas l'esprit des fêtes, Robyn : nous sommes l'esprit des fêtes.

1. Créatures appartenant au folklore écossais. Les *brownies* sont des « génies travailleurs qui effectuent les tâches ménagères dans la famille où ils se sont installés, en échange d'un repas ou de la liberté ». – Wikipédia.

Mabel relève une petite commissure fripée. Finalement, elle semble conquise par la version combative de sa fille.

— Tu es d'accord avec Norma, n'est-ce pas ? déduit ma grand-mère. Tu veux te battre contre les Burns.

— Je ne suis pas contre, acquiesce ma mère. Mais pour ça, il nous faut la famille au grand complet. On ne pourra pas contrer ces gens sans être unis.

Je rejette la tête en arrière, dépitée.

— Vous parlez comme si on s'apprêtait à affronter la fin du monde...

— Ce sera la fin du nôtre si nous n'agissons pas.

Ses paroles planent dans la pièce réchauffée par les bûches en pleine combustion. Je n'ai jamais douté de l'importance des fêtes de fin d'année, mais de là à nous précipiter dans une lutte acharnée contre des adversaires imbattables...

Bonnie, Norma, Kate et mon père rentrent au fil de la soirée. Le sujet est remis sur la table autant de fois que la famille compte de membres ; les idées et les propositions s'envolent pendant l'apéritif, le dîner et le digestif, chacun étant certain de réussir à redorer notre blason grâce à son plan d'attaque personnel.

Le problème des gens bornés, c'est qu'ils sont tous persuadés d'avoir raison. La discussion atteint des sommets de mésentente quand on entend soudain toquer à la porte.

— J'y vais.

Je traverse le salon encombré sans que personne ne me remarque. L'obscurité qui a englouti l'entrée me rappelle par ailleurs l'heure tardive.

J'ouvre la porte...

— Bonsoir, Robyn.

... et je me fige.

La silhouette, protégée du froid par un long manteau en laine, se fond dans la pénombre bleutée de la nuit. L'éclat de la lune renforce les contours anguleux de son visage.

Ses tempes marquées.

Ses pommettes osseuses.

Son menton obstiné.

Son air revêche.

— Qu'est-ce que vous faites ici ?

Je prends appui contre le chambranle. Voir Walter Burns sur notre perron a de quoi déboussoler.

— Vous m'autorisez à entrer ? me demande-t-il.

— Pour quoi faire ?

— Je vous en parlerai une fois à l'intérieur.

Je hausse un sourcil.

— Je suis désolée, non. Je ne laisse entrer personne chez moi sans en connaître la raison, dis-je en reprenant contenance.

— Ce sera rapide, ne vous inquiétez pas.

— Je ne suis pas inquiète. Je n'ai juste pas envie qu'une deuxième guerre éclate à cette heure-ci.

Et puis, si je laissais le loup pénétrer dans la bergerie, il se ferait avaler tout cru par une bande de moutons révoltés.

Un tic nerveux lui contracte la mâchoire, comme si mes mots le dérangeaient. Il se force à enfoncer ses iris d'un noir d'obsidienne dans les miens.

— Vous n'avez pas vraiment le choix, Robyn. Un vol a été commis au château. Si je ne vous interroge pas, c'est la police qui s'en chargera.

6

Les Lettres d'Ackergill

L'arrivée de Walter fait peser un silence inhabituel sur le salon. Le crépitement du brasier lové dans le poêle à bois devient le seul bruit audible, un fait plutôt rare chez les Ferguson.

Entre son écharpe constellée de flocons et ses bottes d'hiver, l'intrus détone.

Son aura glaciale s'étend comme une toile d'araignée dans la pièce, elle chasse la convivialité et étouffe jusqu'aux derniers raclements de gorge perceptibles.

— J'espère que je ne dérange pas.

Walter Burns est jaugé comme une bête de foire, mais ça n'a pas l'air de le contrarier. Rien ne semble ébranler cet homme. Je le vois qui effectue une étude précise des lieux, allant jusqu'à s'attarder sur nos pourtours de fenêtres, nos poignées de porte et les fils de notre tapis.

Imperturbable, il observe ensuite les membres de ma famille, sans ciller. Même l'air ronchon de ma grand-mère ne lui déclenche pas le plus petit tressaillement de paupière. À ce niveau-là, c'est de la virtuosité.

— Un incident s'est produit au château d'Ackergill dans la journée de samedi, annonce-t-il de but en blanc.

Assise dans son fauteuil à bascule, Mabel se met à sourire ; d'un sourire que je ne lui connais pas. Il est presque caustique.

— Si vous vous êtes déplacé pour que je présente mes excuses à votre famille, Walter, j'ai bien peur que vous ne repartiez bredouille…

— Ma présence n'a rien à voir avec votre intervention, je suis ici pour une véritable urgence.

Elle plisse les yeux, prise au dépourvu. Lui fait un pas en avant, manquant de se prendre notre lustre en fer en plein dans le front.

— Un de nos objets de valeur a été dérobé pendant le déjeuner d'ouverture, dit-il.

— Je vous demande pardon ?

— Une liasse d'enveloppes, précise-t-il en s'écartant du lustre. Nous avons remarqué sa disparition en fin de journée, après le départ des invités.

— Des « enveloppes » ?

— Une liasse, oui.

— Et c'est chez nous que vous venez sonner ? intervient Norma.

Les bras croisés et la bouche pincée, elle dégage les effluves caractéristiques de l'indignation.

— Vous nous suspectez, c'est ça ?

— Je m'interroge.

— Oh ! Si ce n'est que ça… Eh bien ! Vous pouvez détendre vos cellules grises puisque nous n'avons rien à voir là-dedans.

Il regarde ma tante sans s'énerver ni réagir. Je commence à me demander s'il n'est pas en fait un androïde.

— Vous n'êtes pas les seuls auprès de qui je me renseigne. Toutes les personnes invitées au château ont été ou vont être interrogées.

— Mais nous sommes bien sur la liste des suspects, souligné-je.

Il me jette un coup d'œil.

— Pour le moment, je ne fais que récolter des informations.

— Quel intérêt aurions-nous à voler des… des quoi, déjà ? Des enveloppes ? réplique ma mère, médusée, au même titre que le reste de la famille. Pardonnez-moi, mais c'est absurde… Votre château est rempli de mobilier en marbre et de chaises recouvertes de feuilles d'or. Si nous avions eu un peu de jugeote, nous serions repartis avec le pied d'une de celles qui traînent dans le Grand Hall.

— Après vous avoir assommé avec, complète Norma.

Un nuage hostile gonfle au-dessus des têtes. S'il y a bien une chose avec laquelle les Ferguson ne plaisantent pas, c'est le sens de l'honneur. Nous taxer de voleurs ou de menteurs revient à salir nos principes.

Walter comprend qu'il avance en territoire ennemi. Aussi, il adopte un air un peu moins condescendant au moment de reprendre la parole.

— Ces enveloppes contiennent des lettres anciennes. Elles ont été écrites par les soldats de Cromwell.

— C'est qui, Cromwell ?

Bonnie lâche son portable des yeux pour la première fois de la soirée.

— Oliver Cromwell était un politicien et un militaire anglais, rétorqué-je. Tu es censé le savoir, Bonnie, il est plutôt connu…

— J'ai Lacroix en cours d'histoire. Le seul truc que

j'ai appris avec lui, c'est qu'il faut pas manger de fromage avec son café.

— Oliver Cromwell a gouverné l'Angleterre en tant que Lord Protecteur au XVIIe siècle, après avoir fait exécuter le roi Charles Ier, lui explique Walter.

— OK. Cool. Ça fait de lui un héros de guerre ou je-sais-pas-quoi ?

Elle est désespérante. Bonnie me désespère.

— Pas vraiment, réfute notre visiteur. Il a écrasé les rébellions irlandaises et massacré le pays, avant de s'attaquer à l'Écosse pour la rattacher de force à l'Angleterre.

— Ah. Mauvais type. J'ai pigé.

Elle fronce soudain les sourcils.

— Mais pourquoi les lettres de ses soldats ont de la valeur, alors ?

— Parce qu'elles datent de 1651 : elles ont plus de trois siècles. Leur rareté et leur âge en font des biens précieux, lui dit-il. À l'époque, Oliver Cromwell avait en tête de récupérer les Joyaux de la Couronne écossaise. Votre professeur vous en a parlé ?

— Ça me dit quelque chose, *aye*... c'étaient pas les objets que les rois utilisaient quand ils se faisaient couronner, ou un truc du genre ?

— Si, acquiesce-t-il. Il y en avait trois : une couronne de pierres précieuses, une épée d'apparat et un sceptre.

Je me tourne vers Walter, aussi déroutée par sa soudaine prolixité que sceptique face aux informations qu'il délivre :

— Quel est le rapport entre les Joyaux de la Couronne et les lettres de ces soldats ? lui demandé-je.

— La géographie.

Mon air confus l'incite à poursuivre.

— En 1651, Oliver Cromwell a découvert que les Joyaux

de la Couronne étaient cachés au château de Dunnottar, une bâtisse située près de Stonehaven. Il a donc donné l'ordre d'assiéger cette forteresse. Or, pour tenir ce siège, il lui fallait mettre ses troupes en garnison dans un endroit suffisamment vaste, bien protégé, et pas trop éloigné du champ de bataille.

— C'est le château d'Ackergill qui a tenu ce rôle, comprends-je.

Il confirme d'un bref hochement de tête avant de compléter :

— C'est à ce moment-là que les lettres ont été écrites. Sans qu'on en connaisse la raison exacte, vingt-trois messages n'ont jamais été envoyés à leurs destinataires. La liasse d'enveloppes est restée à Ackergill pendant plus de trois cent soixante-dix ans.

— Jusqu'à ce samedi…

— Jusqu'à ce samedi, oui.

Le désarroi des Burns m'apparaît plus clair, à présent.

La chocolaterie regorge d'objets anciens, elle aussi. Des tasses ébréchées que le temps a ternies, des outils en argent oxydé et des boîtes en fer rayées et cabossées qui correspondent chacune à un souvenir précis.

Les affaires de nos ancêtres ont été conservées tant bien que mal, malgré les travaux de rénovation multiples qui ont causé des chutes destructrices ou entraîné des pertes malheureuses. Notre cabinet de rangement par exemple, celui installé derrière le comptoir, date de 1874. C'est une antiquité. Je ne connais pas un seul meuble qui ait été plus rafistolé que celui-là ; la peinture forme des croûtes difformes par endroits, et certains tiroirs hurlent de douleur quand une main novice tente de les ouvrir sans connaître le secret. Mais personne ne voudrait s'en séparer. Pour rien au monde.

Ces objets retracent l'histoire de notre famille. Ils sont les témoins de l'éphémère, les derniers restes d'une vie disparue.

Partant de là, je comprends que les Burns se soient mis en tête de retourner la ville pour retrouver ces lettres. Le passé a son importance.

— Si vous avez quelque chose à me dire, c'est le moment, déclare Walter.

Les regards se voilent, mais tous conservent un silence religieux. Je prends les devants.

— Nous sommes partis juste après le discours de vos parents, dis-je. Vous nous avez eus en vue tout le temps où nous étions au Grand Hall, Walter. Ça ne peut pas être nous, c'est une question de logique.

Il m'adresse une moue étrange. À la fois incisive et hésitante. Un drôle de contraste.

— Personne d'autre ne souhaite intervenir ? fait-il, le nez pointé vers le fauteuil à bascule derrière lequel ma famille s'est retranchée.

Ma grand-mère lui assure que les Ferguson sont des gens droits, honnêtes et innocents. Norma renchérit :

— Vous auriez dû le savoir avant même de poser le pied dans notre cottage.

Et ma mère de conclure :

— Vous nous avez pris Noël et vous nous accusez de vol sous notre propre toit… l'ironie a de beaux jours devant elle ! Je pense que vous en avez assez fait. Il est tard, vous devriez rentrer chez vous.

Walter n'insiste pas plus longtemps. Après un dernier regard incisif porté sur mon clan, il esquisse un signe de tête très protocolaire et nous souhaite une bonne soirée. La politesse ne lui est pas rendue tandis que je le précède pour le guider jusqu'à la porte.

Au parfum puissant de cèdre et de cuir qui me chatouille les narines, j'en déduis qu'il me suit de près.

— Vous avez menti.

Je pivote, pas certaine d'avoir bien entendu.

— Quoi ?

— Vous mentez, Robyn.

Je ne distingue qu'une seule partie de son visage grâce au rai de lumière provenant du séjour : ses pupilles. Elles brillent comme deux diamants dans l'obscurité.

— Le Grand Hall n'est pas le seul endroit où vous vous êtes rendue. Samedi, je vous ai vue au fumoir.

— C'est vrai. Et alors ?

Son ton accusateur me laisse perplexe.

— Le château a toujours été fermé au public, vous ne pouviez pas vous y repérer. Par conséquent, il paraît clair que vous vous êtes promenée dans l'enceinte d'Ackergill.

— Je ne vois pas en quoi…

— Répondez-moi.

Je lève un sourcil qu'il ne voit sans doute pas.

— Commencez déjà par me poser la question poliment, et on avisera ensuite.

— Est-ce que j'ai raison ?

— À quel sujet ?

— Étiez-vous déjà entrée dans le château avant samedi ?

— Jamais, non.

— Vous vous êtes donc perdue.

— Ce n'est pas une question, ça, c'est une affirmation.

Un petit souffle impatient est expulsé de sa bouche aux lèvres invisibles, mais que je devine pincées.

— Avez-vous cherché le fumoir ? reprend-il.

— *Aye*, bien sûr que je l'ai cherché. Chez moi, il n'y a ni boudoirs, ni escaliers en colimaçon, ni couloirs qui se comptent par dizaines : je suis habituée aux maisons de taille ordinaire. Donc, effectivement, je me suis perdue avant de trouver votre satané fumoir... Pourquoi mon problème d'orientation vous préoccupe à ce point ?

— Parce que ça signifie que je ne vous ai pas eue « en vue tout le temps ». En conclusion, ça me confirme bien que vous avez menti.

« Par conséquent », « en conclusion »... le cerveau de cet homme est aussi organisé qu'une dissertation en trois parties.

— Est-ce que vous êtes en train de dire que je ne me suis pas vraiment perdue, Walter ? Soyez clair. Vous êtes en train de m'accuser, là, n'est-ce pas ?

Mes muscles se tendent face à son insinuation.

— Je tente de démêler le vrai du faux avec objectivité, rien d'autre. Et, au passage, si vous montriez un peu de coopération, ce serait plus simple.

— Je coopère, croyez-moi. Ne pas partager à voix haute tout le mal que je pense de vous, c'est de la coopération. Rester calme face à une accusation aussi stupide, c'en est aussi.

— Votre respiration s'est accélérée de manière significative, et votre façon de parler devient plus saccadée. Vous n'êtes pas calme.

Je croise les bras contre ma poitrine. Il ne manquerait plus qu'il me dise combien de fois mon cœur bat par minute...

— Qu'est-ce que vous voulez ? Me passer au détecteur de mensonges ?

— La police de Wick n'a pas de machine à disposition, rétorque-t-il avec un premier degré déstabilisant.

— Heureuse de l'apprendre... de toute manière, vous n'en auriez pas besoin puisque je ne suis pas responsable du vol des lettres. En revanche, vous, vous êtes de mauvaise foi.

— J'en doute, non.

— Vraiment ? Qui a demandé aux employés de maison d'Ackergill d'ouvrir les pièces du premier étage ? Ce n'est pas moi.

Je me rappelle justement que la gouvernante, cette petite femme intimidée mais soucieuse de bien faire son travail, lui avait bien spécifié la présence d'« objets de valeur » dans les salles qu'il voulait mettre à disposition des invités.

Walter savait qu'en laissant des inconnus se promener au cœur d'un château fourmillant de trésors cachés, il courait un risque. À qui revient la faute dans ce cas ?

— C'est pour ça que vous toquez aux portes de Wick depuis ce matin... Vous vous sentez responsable, alors vous essayez de trouver le coupable par vous-même !

Un silence s'installe entre nous. Il est long et oppressant.

Je l'entends bientôt qui inspire. Quatre fois de suite et de plus en plus bruyamment. Quand il se décide à me répondre, sa voix a baissé d'une octave :

— Les lettres ne se trouvaient pas au premier étage. Je ne suis pas responsable de cet incident.

— Tant mieux pour vous.

— Quant à votre culot, apprenez à le maîtriser. Céder à ses émotions est une habitude assez déplaisante dans votre famille.

Un courant d'air aux fragrances masculines me fait comprendre qu'il me contourne.

Les secondes passent sans que j'entende la porte d'entrée

s'ouvrir. Je concède à lui faciliter la tâche en me retournant pour saisir la poignée.

— Je vous remercie du conseil, je m'efforcerai de le mettre en pratique, dis-je sèchement, en écartant la porte de son chambranle.

Son profil baigne dans une flaque de lumière spectrale. La lune rend toute son assurance, sa prestance et son arrogance à son visage taillé dans le marbre.

— Quant à vous, ô, grand monsieur Walter Burns, surtout, n'hésitez pas à nous rendre l'organisation de Noël. Parce qu'à nous accuser de voleurs de lettres, on dirait que vous oubliez que vous nous avez volé nos traditions.

— Je ne m'occupe que du vol des lettres. Pour les contentieux liés aux futilités, adressez-vous à ma sœur.

Et il me plante sur le seuil. Ni plus ni moins.

— Des *futilités ?* Vous vous fichez de moi ?

Les pans de son long manteau flottent dans l'air brumeux de la nuit tandis qu'il descend l'allée sinueuse, en direction de sa voiture.

Il se fiche de moi !

Je claque la porte, outrée.

Je ne supporte rien chez cet homme. Ni son allure d'aristocrate, ni son mutisme, ni sa prétention, ni son regard impitoyable et encore moins cette fichue mèche de cheveux noirs qui rebondit sur son front. *Espèce d'infâme petit pétoncle.*

7

Ravalement De Façades

Les visites de Walter entrent au panthéon des sujets les plus débattus dans le village. Bientôt, Wick n'a plus que le nom de cet homme à la bouche.

Matin, midi et soir, le fils aîné des Burns interpelle les habitants dans l'espoir de débusquer son fameux « voleur de lettres ». Il est partout. On croise son air revêche au détour d'une rue, aux abords d'un parking ou derrière l'église du centre-ville. Il observe et étudie nos moindres faits et gestes, comme une créature tapie dans l'ombre qui attendrait de sauter à la gorge de sa victime.

— D'après Carroll, la propriétaire de l'hôtel sur Louisburgh Street, il a dressé une liste de suspects longue comme le bras.

Le protocole est identique pour tout le monde : Walter Burns entre dans une maison sans vraiment y avoir été invité, il dégaine son air constipé des mauvais jours, et il détruit jusqu'à la dernière trace de chaleur présente. Il se met ensuite à poser un nombre effroyable de questions, comme si nous étions tous des kleptomanes en puissance.

À cause de sa propension impressionnante à garder ses émotions pour lui, il est impossible de savoir ce qu'il pense.

Au-dessus de quelles têtes planent le plus de soupçons ? Excellente question. Les MacKinnon, des poissonniers tout ce qu'il y a de plus aimable ? Les Morgan, cette famille d'instituteurs au grand cœur ? Nous ? Ou bien juste moi, la « menteuse qui s'inquiète pour des futilités »...

— Carroll m'a dit que Mary lui avait dit qu'elle a entendu dire que les Burns ont tenté de mettre la police dans la boucle, mais Walter aurait insisté pour s'occuper du problème tout seul. Où se croit-il ? Dans un épisode de *Shetland* ?

Les bras croisés devant les carreaux embués de la chocolaterie à travers lesquels elle observe les passants, Norma continue de me rapporter les potins – c'est son plus grand talent, indéniablement.

— Ça commence à jacasser, tu sais. Depuis que les Burns lancent des accusations sans fondements, beaucoup de gens les trouvent insupportables.

— « Beaucoup » ?

— Beaucoup, *aye*.

— Vraiment beaucoup ? Ou « beaucoup » d'après l'échelle de mesure démesurée de Norma Ferguson ?

Se retournant vers moi, elle intercepte mon sourire moqueur.

— Je n'exagère pas, soupire-t-elle, tandis que j'arrange les bocaux de pâtes de fruits sur le comptoir. Les gens ne veulent plus avoir affaire à eux, et ça n'est que le début. Carroll ne supporte plus Walter depuis qu'il lui a rendu visite à son hôtel. Même Stew n'est plus dans les petits papiers… et tu sais pourtant combien le plus jeune de la fratrie Burns est apprécié, ici.

— Stew n'y est pour rien dans cette histoire. Il n'était ni au courant du déjeuner à Ackergill, ni des préparatifs de Noël.

— Je comprends que tu le défendes, c'est ton ami… Mais c'est avant tout un Burns, Robyn. Quand la famille nous attaque, ce sont tous les membres qu'on prend en grippe.

Elle fixe à nouveau la rue grouillante de vie, l'air songeur. Son silence me fait comprendre que, dans son estime aussi, Stew a dégringolé.

Ma famille lui en veut.

Pour eux, un clan se compose de membres d'importance égale. Les décisions sont prises ensemble, et s'il existe un chef, il n'est pas officiel. De fait, quand une faute est commise, elle pèse sur les épaules de tout le monde. C'est la représentation même du « tous au casse-pipe ! ».

Tout en compilant les pâtes de fruits, je repense à son départ au pensionnat. Mon cœur se serre un peu.

À l'époque, nous étions toujours fourrés l'un avec l'autre. « Rob' & Stew », c'était notre surnom. On cherchait de fausses pépites d'or avec de faux détecteurs de métaux sur les vraies falaises à l'est de la ville – et on se faisait punir parce que ce coin était particulièrement dangereux. J'avais instauré ce jeu après avoir découvert la malle de Robert Ferguson, mon aïeul archéologue, au grenier du cottage.

Au XIXe siècle, après avoir voyagé sur la rive orientale du Nil pendant plusieurs mois, Robert a rapporté une tonne de babioles à Wick. Notamment un papyrus « d'une valeur inestimable », d'après ma mère. En voyant ça, mon cerveau d'enfant avait fait une addition très simple : recherches + fouilles = trésors. Quand j'en avais parlé à Stew, il avait tout de suite été emballé. Nous nous comprenions.

Comme nous vivons au bord de la mer et que les Vikings ont un lien étroit avec l'histoire du pays, Stew était persuadé que les *langskips* des hommes du Nord s'étaient échoués sur nos côtes par le passé, laissant des montagnes d'objets en or – fruits de leurs raids victorieux, sur nos terres. On avait alors construit un détecteur de métaux avec les moyens du bord, que Bonnie avait cassé. Puis un second qui n'avait jamais marché – ce qu'on avait compris beaucoup trop tard. Nous avions passé de nombreux week-ends à sonder le sol de la région, le vent iodé dans les cheveux et une motivation sans faille dans nos cœurs de pirates. Malheureusement, Stew était parti avant qu'on devienne plus riches que Sean Connery.

Je ne dirais pas que j'ai mal vécu son départ à Gordonstoun. Mais j'ai réalisé l'impact de son absence petit à petit, jour après jour, comme une moitié de scones qui me restait après le déjeuner et avec laquelle je ne savais plus quoi faire. Comme une nouvelle musique que je ne pouvais plus partager. Ou comme un dimanche que je passais sans iode dans les cheveux et sans détermination dans mon cœur de pirate. Et ça, ça me faisait un pincement.

Notre lien s'est modifié au fil du temps, il s'est… distendu. Mais en fin de compte, je crois qu'il perdure. Pour ça, je ne placerai pas Stew dans la case des parias.

— C'est pas vrai !

Le cri étranglé de Norma me tire de mes pensées.

— Robyn, viens voir.

Je quitte mes pâtes de fruits et la rejoins.

L'activité stimulante de la rue transparaît au travers des vitres couvertes de givre : des hommes grimpent et descendent des échelles. Les trottoirs sont couverts de neige et d'outils. Des ordres sont échangés d'une voix tonnante, entre des impatients avec un bonnet sur la tête et des agacés qui tiennent des fils électriques entre les mains.

On dirait qu'un chantier est en cours.

— Qu'est-ce qu'ils font ?

— Regarde en face.

La noirceur dans le timbre de ma tante s'accompagne d'un regard meurtrier en direction du trottoir ; à côté d'un réverbère, entre deux maisons de rangées biscornues, j'aperçois la raison de sa colère.

— Je me sens insultée jusque dans ma chair !

Elle fixe une carcasse d'acier, haute d'au moins trois mètres. Deux jambes massives portent un ventre proéminent, autour duquel un homme installe des guirlandes lumineuses. Perplexe, je remarque les bras en l'air de l'espèce d'humanoïde. Ils sont pourvus de griffes gigantesques.

— Norma...

— Cet ours ressemble à un monstre !

Un ours ? Ah. Bien. C'est un ours.

Je dois me concentrer pour attribuer les lignes d'un animal sauvage à cette chose.

L'ours se tient bien droit, la gueule grande ouverte, comme s'il s'apprêtait à déchiqueter la jambe d'un passant.

— Est-ce que ce sont des canines que je vois dans sa bouche ?

— Elles sont atrocement bien faites, renchérit Norma.

Quand les ouvriers entament des tests de lumière, j'ai l'impression d'avoir des convulsions ; griffes, crocs et yeux deviennent des points rouges et bleus qui clignotent comme un stroboscope sous ecstasy. C'est...

— ... odieusement laid ! termine Norma à ma place. On dirait qu'il a quitté sa banquise natale pour venir en découdre avec les humains ! Ce n'est pas une décoration de Noël, c'est un épouvantail d'hiver !

Sur ce coup-là, je ne la contredirai pas.

— Comment veux-tu qu'un enfant survive à une horreur pareille ? Ce genre d'immondices visuels cause des convulsions ! Et ils l'installent pile devant la chocolaterie... si ce n'est pas de la provocation, ça, je me demande bien ce que c'est !

Emilia Burns a chargé le facteur de déposer un dépliant explicatif dans les boîtes aux lettres de la ville pour nous informer que les illuminations étaient prévues pour cette semaine. Bêtement, j'ai cru qu'elle ferait preuve de bon goût, qu'elle saupoudrerait un peu de son raffinement dans les ruelles enneigées de Wick. Il m'arrive d'avoir le degré de perspicacité d'une mouche.

— Toutes les rues du centre-ville doivent être décorées. Peut-être qu'il y aura mieux ailleurs.

— Je te parie le contraire, grogne-t-elle. Les Burns ont été créés pour nous enquiquiner, Robyn.

Elle enfile son duffle-coat et pousse la porte grinçante de la chocolaterie. L'air froid qui s'engouffre à l'intérieur m'incite à la suivre.

Dehors, les ouvriers se volent dans les plumes. Dans leurs cris, je comprends qu'ils ne sont pas d'accord sur la « meilleure manière » de mettre cet ours en valeur. Comme s'il y en avait une. Il doit être « visible comme Lady Burns elle l'a dit », mais ils semblent tous avoir leur propre interprétation des ordres de leur patronne.

— Je crois que je vais rendre mon porridge...

Norma se tient la gorge. Il me faut une seconde pour en comprendre la cause – parce que ce n'est pas fini...

Des manchots lumineux sont fixés au macadam, de chaque côté de la route. Ils forment deux rangées aux allures de haie d'honneur qui montrent le chemin aux véhicules grâce à leurs ailes levées. Certains portent des écharpes qui scintillent, d'autres des chapeaux à pompons déclencheurs de crises épileptiques.

Quant à nos traverses de rue habituelles, elles ont été jetées à la benne.

Adieu les nœuds rouges, les boules dorées et les guirlandes de conifères faites maison que l'on suspendait entre les gouttières des bâtiments, pour rappeler l'importance de la nature en cette fin d'année. Emilia a préféré installer des boules à facettes.

Des boules à facettes. En guise de décoration de Noël.

J'ai atterri dans l'univers de Tony Manero. La fièvre, le samedi soir et toute la panoplie.

— Ça n'a pas de rapport avec...

— Ils décorent même les façades des commerces !

Un peu plus loin, un énième ouvrier se bat avec de petites figurines ; leurs souliers pointus en plastique et la forme conique de leurs bonnets fluos ne laissent pas de place au doute : ce sont des lutins. *Pincez-moi.* Ils sont fixés par dizaines sur le pourtour des fenêtres de M. MacLeod, le primeur.

Le pauvre homme regarde la scène, l'air hébété et impuissant, jusqu'à ce que les guirlandes projettent de violents flashs lumineux dans ses yeux ; je l'entends alors jurer en gaélique.

On dirait qu'une bande de Gremlins miniatures s'apprête

à casser les carreaux de sa boutique pour en ressortir avec un sac de brocolis en sifflotant *Stayin' Alive.* C'est un hold-up de Noël sur une ambiance disco. Bonjour, la magie.

Pour mieux contempler l'étendue des dégâts, nous rendons visite aux commerçants des artères adjacentes à la Chocolaterie Ferguson. C'est un carnage. Il manque la chaleur réconfortante du rouge, l'authenticité de la végétation, et les touches d'or et d'argent, celles apportées habituellement par les clochettes.

Tout est fait de matières synthétiques et de couleurs artificielles. Emilia a transformé la ville en la réplique plastifiée d'une discothèque arctique.

— Les Burns sont en train de saccager l'esprit de Noël, on est d'accord ?

— Ne les mets pas tous dans le même panier, tempéré-je. Il n'y a qu'Emilia qui s'occupe des illuminations de rue.

Le soupir de Norma est coupé au vitriol.

— Ta chère *Emilia* doit aussi décorer le sapin géant, et l'inauguration a lieu la semaine prochaine, Robyn !

— Laisse-lui le bénéfice du doute. On ne sait jamais, elle peut…

— … faire pire ? C'est ce que je crains, *aye* ! Elle va détruire jusqu'aux dernières lueurs de douceur et de plaisir de Wick si on ne fait rien ! Voilà ce qui arrive quand on vit dans une villa grand luxe perdue dans le Vermont ! Elle va tout détruire avec sa folie des grandeurs à l'américaine. Il faut que je prévienne Gillis. On doit s'organiser.

Ses épaules ne sont plus seulement contractées par le froid ; on l'a vexée pour de bon.

— Pour quoi faire ? demandé-je.

— Monter notre contre-attaque.

Une Ferguson blessée fait un ennemi difficile à abattre. Les Burns vont l'apprendre à leurs dépens.

8

La Propagation Des Rumeurs

Rallier les gens à leur cause, voilà à quoi s'attèlent les sœurs Ferguson. Et ça n'est pas joli à voir.

Les clients de la chocolaterie ne viennent plus pour acheter des bûchettes pralinées ou pour goûter aux florentins caramélisés au miel, ils sont désormais devenus des pions sur l'échiquier de la vengeance.

Gillis et Norma prospectent. Elles haranguent. Elles déblatèrent. « Burns », « injustice » et « attitude déplorable » sont les mots les plus prononcés pendant les heures d'ouverture de la boutique. Et je dois bien admettre que leur manège fonctionne…

Une grande partie de nos habitués se range de leur côté – soit de leur propre volonté, soit des suites d'un bon lavage de cerveau.

— Ils s'attaquent à l'essence de Wick alors qu'ils n'habitent même pas la ville, assure Mme Finnigan, une de nos clientes mécontentes. C'est facile de dicter sa loi depuis son château, après des années de silence. Quel toupet ! Moi, je vous soutiens.

À peine pousse-t-elle la porte avec son ballotin de rochers au lait dans une main et son Yorkshire dans l'autre, que Mme McConnel, une autre cliente, à la chevelure flamboyante, renchérit :

— Les traditions sont ancrées dans nos vies. Ils auraient au moins pu vous consulter avant de prendre cette décision.

M. Holter, assis dans le fauteuil accolé à la cheminée, comme tous les jeudis après sa promenade de santé, complète de sa voix chevrotante :

— Les principales familles du village se sont rencontrées il y a des siècles. Nos ancêtres étaient de bons amis, et des gens de valeur. Les Burns ne peuvent pas agir comme bon leur semble au milieu d'un clan déjà unifié.

— C'est exactement ce que j'expliquais à Norma, renchérit ma mère. La moindre des choses aurait été de faire un vote à main levée, ou un référendum. Notre avis devrait compter.

Mme McConnel opine du chef.

— Et ces illuminations de rue, vous les avez vues ? Elles ne sont pas à l'image que l'on se fait de Noël. C'est si... tape-à-l'œil.

— *Aye, aye.* Emilia Burns a créé un univers à des années-lumière de nos coutumes. J'apprécie les ours polaires, mais de là à en avoir un toute la journée devant les yeux...

Les regards convergent vers l'animal dressé sur ses pattes arrière.

Il a été rebaptisé Wullie. Norma pensait qu'un surnom doux à l'oreille le rendrait plus sympathique, mais elle a sous-estimé le pouvoir du clignotement de ses dents et de ses griffes. La menace épileptique rôde au quotidien.

— Ça n'est pas Burns, mais Emilia Burns-Schleifer, d'ailleurs, intervient ma tante. Elle s'est mariée il y a deux ans à Jim Schleifer.

M. Holter observe un instant de réflexion, son dos courbé contre le dossier du fauteuil.

— Schleifer, vous dites ? Ce nom sonne étrangement familier...

— Jim Schleifer était en échange scolaire au pensionnat de Gordonstoun à l'époque où Emilia y étudiait. Vous avez dû entendre ce nom dans les ragots qui circulaient à Wick à ce moment-là.

— Sûrement. Jim et Emilia sont restés en contact après avoir fini leurs études ?

Je souris. La curiosité de M. Holter est peut-être aussi célèbre que l'aptitude de ma tante à la satisfaire. Le fauteuil n'a pas été ramené du cottage pour rien ; ce septuagénaire a toujours préféré écouter Radio Norma plutôt que d'acheter du chocolat.

— Mieux que ça, M. Holter : ils ne se sont jamais quittés. Emilia est partie en Amérique du Nord juste après avoir obtenu son diplôme.

— Elle l'a suivi ?

— *Aye.* Ils se sont installés à Burlington, la ville natale de Jim. C'est dans le Vermont. Il paraît qu'il neige souvent là-bas.

— C'est donc pour ça que la petite Emilia n'est jamais rentrée au pays... Elle a trouvé son bonheur ailleurs.

Ma mère fronce les sourcils.

— Son mari est ici ? s'étonne-t-elle. Je n'ai pas souvenir

d'avoir vu un homme à son bras au déjeuner d'ouverture hivernal.

— Jim a été retenu pour « affaires », répond Norma. Il est censé arriver dans quelques jours. Enfin, c'est ce que Mary a compris : les discussions dans son pub deviennent moins faciles à déchiffrer passé une certaine heure.

L'horloge accrochée à côté du cabinet de rangement sonne les 5 heures de l'après-midi. Cette piqûre de rappel met fin à la conversation et ma mère se charge d'annoncer aux clients la fermeture anticipée de la chocolaterie.

— Que se passe-t-il ? s'étonne Mme McConnel, aussi déroutée que M. Holter. Vous restez ouvert jusque 19 heures, d'habitude.

Je lui tends son sachet de chocolats estampillé de notre écusson avec une moue d'excuses.

— C'est aujourd'hui que l'arbre de Noël est illuminé. Nous nous rendons à l'inauguration, elle commence dans un quart d'heure.

— Oh...

Elle jette un long regard à Mabel, lourd de compassion, puis elle paye sa commande en silence.

Jusqu'à aujourd'hui, allumer les guirlandes lumineuses du sapin géant était une mission confiée à ma grand-mère. Ça consiste tout bêtement à appuyer sur un bouton, rien d'exceptionnel. Mais la symbolique cachée derrière ce geste a beaucoup de sens pour elle.

C'est un flambeau transmis de mère en fille, et dont elle a hérité en 2006, suite au décès de sa mère Helen.

Tout le monde le sait. Tout le monde sait tout dans les petites villes. Sauf les Burns, à l'évidence.

L'arbre de Noël a été dressé près du port. Même éteint,

il dégage une certaine majesté, et, après le phare, c'est probablement le premier point lumineux qu'apercevront les pêcheurs depuis la mer.

Un petit attroupement est déjà amassé aux abords des rambardes qui le protègent. Les Burns se tiennent de l'autre côté.

Comme d'habitude, il émane d'eux des effluves royaux et vampiriques.

— Ils ont engagé un vigile.

Norma fixe l'homme qui observe la foule aux côtés de la famille endimanchée. La matraque qui pend à sa ceinture me laisse dubitative.

Autant je peux concevoir que des dispositions aient été prises depuis le vol des lettres, autant cet excès de zèle est exagéré… À Wick, l'habitant le mieux armé est Maxwell. Or, le jour où je verrai le ramoneur aux cheveux poivre et sel se la jouer Jackie Chan avec son balai télescopique, je commencerai à me poser des questions.

Mon regard dévie vers Stew, qui m'adresse un petit sourire maussade. Voilà qui explique pourquoi il évite de croiser mon chemin, ces derniers jours ; il n'est pas passé une seule fois à la boutique, sûrement par peur de subir les foudres de ma famille.

— Emilia et Ann nous regardent. Ayez l'air poli.

Norma et ma mère dirigent leur regard d'une noirceur abyssale vers les deux femmes. Pour la politesse, on repassera.

Quant à mes yeux, ils rencontrent ceux de Walter. Je bute sur ses deux iris d'obsidienne.

Il a l'air de m'observer depuis un moment. De m'ausculter, pour être plus précise.

Cette façon de me dévisager me met mal à l'aise, non

seulement parce qu'il ne cligne jamais des paupières – et que ça n'est pas normal pour un humain – mais aussi et surtout parce qu'il dégage une assurance folle.

Il est stoïque. Confiant. Calme. À l'opposé de ce que je côtoie au quotidien avec ma famille, si bien qu'il en vient à perturber mes repères. La seule constante en sa présence, c'est probablement cette boule de rage qui gonfle dans mon ventre.

Si je pouvais, je l'étriperais.

— Le sapin est couvert de boules blanches, chuchote ma mère, un œil critique rivé sur la décoration de l'arbre.

Helen Ferguson ne jurait que par les boules de Noël dorées.

— Et ils ont collé des rubans à paillettes au lieu de nos guirlandes en cône de pin habituelles, renchérit Norma.

Leur tolérance fond comme neige au soleil alors que Walter continue de me toiser. Que fait-il ici si Noël est une « futilité » pour lui ? Mes tempes se mettent à cogner au souvenir de sa remarque.

— C'est de la fausse neige sur les branches ?

— Comme si la vraie ne tombait pas tous les jours...

Au fond, je suis persuadée qu'il me croit coupable du vol des lettres. Tout ce tapage à Wick, ses recherches... ce ne sont que des leurres. Il a déjà trouvé son coupable idéal. Et c'est moi.

Quand sa sœur porte le microphone à ses lèvres, il décroche enfin ses yeux des miens. La pression sur ma poitrine s'allège un peu.

Son menton se redresse, ses épaules se raidissent. Son corps entier prend l'aspect d'un roc inébranlable, à croire qu'il s'apprête à recevoir une médaille pour service rendu à la nation. *Petit pétoncle prétentieux.*

— Merci d'avoir fait le déplacement jusqu'ici, lance Emilia, d'une voix déshumanisée par le microphone. Je suis enchantée de vous voir si nombreux pour l'inauguration de mon arbre de Noël.

Elle entame son discours avec une verve propre aux Burns. Elle présente bien, s'exprime bien aussi. Mais l'absence de joie sur son visage dénote.

— Chez moi, dans le Vermont, les fêtes de Noël sont un élément indispensable à la saison hivernale. C'est un moment particulier de l'année, pour les petits comme pour les grands, et je prends plaisir à mettre à profit mes capacités d'adaptation et d'organisation à des fins joyeuses.

Il lui arrive de sourire entre deux compliments autocentrés, mais le bonheur ne s'étend pas jusqu'à ses yeux. Eux restent aussi insensibles et durs que le granit.

— J'ai toujours eu à cœur de donner le meilleur de moi-même, ajoute-t-elle sans une once de modestie. L'ambiance féerique que j'ai donnée aux rues de Wick s'étend désormais jusqu'ici, au port. Cette place grise et lugubre va enfin retrouver ses lettres de noblesse…

— « Grise et lugubre » ?

Norma pousse un grognement, à moitié dissimulée derrière son écharpe.

— Quelle drôle de façon de qualifier le point stratégique de la ville !

— Sans port, Wick n'aurait pas prospéré, approuve ma mère. Cette femme oublie où sont ses racines.

— Peuh ! Elle s'en moque bien, de ses racines. Tu l'as entendue ? « Chez elle », c'est dans le Vermont.

— Les filles, s'il vous plaît.

Les mains jointes et la moue dégoulinante de lassitude,

Mabel exige le silence. Mais les sœurs Pipelette en ont décidé autrement.

Norma reprend, en chuchotant à l'oreille de ma mère :

— Elle est tellement peu attachée à sa famille que je ne serais pas étonnée qu'elle soit à l'origine du vol des lettres.

— Ne dis pas n'importe quoi, Norma.

— Je suis sérieuse. Il paraîtrait qu'au château d'Ackergill, les objets précieux sont gardés dans une pièce à laquelle personne n'a accès en dehors des Burns.

— Et alors ?

— Et alors, qui dit « pièce spéciale à l'accès autorisé uniquement aux Burns » dit « clé spéciale seulement détenue par les Burns ». Ça ne peut être que l'un d'entre eux, le responsable.

— Une clé peut se perdre et se retrouver entre de mauvaises mains. Tu ne peux pas accuser cette famille avec un argument aussi peu fiable.

Les paroles d'Emilia forment un écho lointain au-dessus de ma tête. Norma monopolise mon attention malgré moi.

— Ça n'est pas logique, dis-je.

— Moi, je pense que ça l'est, justement. Imaginez que le voleur ait profité du fait que le château soit plein à craquer, reprend-elle, prise d'une fièvre soudaine. Il aurait attendu qu'il y ait un monde fou pour s'emparer des lettres sans être remarqué. Et il aurait fait d'une pierre deux coups puisque le nombre considérable d'invités donne lieu à une liste de suspects interminable. Trop de monde, trop de coupables potentiels, et impossible de trouver le bon. Vous comprenez ?

— Mais pourquoi un Burns voudrait piller sa propre famille ? demande ma mère. Ces lettres leur appartiennent, Norma.

— Non, ces lettres appartiennent au château d'Ackergill. C'est là toute la différence.

Aussi invraisemblable soit-il, son scénario me fait réfléchir.

Peut-on faire un coup aussi tordu à son clan ? Je ne suis pas sûre. Mais les Burns se considèrent-ils vraiment comme un clan ?

— Non, je n'y crois pas, réfute finalement ma mère. Ces lettres ne serviraient à rien à un voleur déjà riche. Et Emilia l'est. La personne qui les a dérobées comptait les revendre pour se faire de l'argent.

Norma hausse les épaules et rétorque :

— Je ne fais qu'émettre une hypothèse. Tu la crois ou non. Quand bien même, les lettres se trouvaient dans l'ancienne chambre de Lady Louise Duff-Dunbar, et personne n'a accès à cet endroit.

— Lady Louise Duff-Dunbar ?

— La famille Dunbar était l'ancienne propriétaire du château d'Ackergill. La chambre du dernier étage porte encore le nom de la lady.

Je me redresse d'un coup, comme traversée par un mauvais courant électrique, et demande :

— C'est Mary du pub de Northcote Street qui t'a raconté tout ça ?

— Non. J'ai eu cette information des Wheatley, les toiletteurs des chiens d'Ackergill. Pourquoi ? Tu as une autre piste ?

— Non, je me posais juste la question.

Un flash de lumière m'éblouit tout à coup. Je place le bras comme une visière pour me protéger des projections aveuglantes qui fusent depuis les guirlandes du sapin.

Des touches de blanc et de bleu glacé scintillent sur les

façades des bâtiments et se reflètent dans l'eau du port. La puissance des éclairages est telle qu'un halo lumineux enveloppe le sapin depuis son socle jusqu'à l'étoile.

Emilia arbore une moue satisfaite ; ses joues se réchauffent presque assez pour que j'envisage l'idée que du sang circulerait dans ses veines.

Alors que des sifflements retentissent entre les applaudissements des spectateurs, mes pensées reviennent aux paroles de Norma.

Les lettres étaient gardées au dernier étage du château d'Ackergill.

Je m'y suis retrouvée par erreur, le jour du vol. Et j'y ai croisé quelqu'un.

9

Maxwell Pritchard

Prudente, je remonte l'allée de dalles verglacées.

Le ramoneur habite un petit pavillon en bordure de ville ; son jardin, peu aménagé, est cerné de prairies mornes où le froid a répandu ses longs rubans de brume.

Il est si tôt que les volets du premier étage sont encore baissés. Cela dit, trois coups et une porte ouverte plus tard, je constate aux vêtements propres et au teint frais de Maxwell qu'il ne dort plus depuis longtemps.

— Miss Ferguson ?

La surprise laisse sa bouche à demi ouverte.

— Bonjour, Maxwell. Je suis désolée de vous déranger à cette heure, je n'ai pas trouvé de meilleur créneau et il fallait vraiment que je vous parle.

Une tasse fumante à la main, il me considère un instant, comme hébété. Son œil gauche cligne à deux reprises, mais le reste de son visage ne montre pas d'autre signe de nervosité.

— Je peux entrer ? demandé-je.

— Je… *aye*. Venez.

Sa maison, étriquée et tarabiscotée, est parfumée par des odeurs de bois et les effluves réconfortants du café. Comme un rappel à son métier, un feu crépite dans l'âtre de la cheminée ; les flammes qui s'en échappent éclairent un séjour minimaliste.

Je m'installe à la table tandis que Maxwell apporte une seconde tasse, du sucre et une cafetière italienne qu'il pose en face de moi.

— Je me doutais que vous finiriez par me trouver, mais j'espérais avoir un peu plus de répit, dit-il en s'asseyant à son tour.

— Vous saviez que je viendrais ?

Les ridules craquèlent au coin de sa bouche.

— Nous nous sommes croisés au mauvais endroit et au mauvais moment, Miss Ferguson. Et les Burns font tout un tintamarre de cette histoire de vol, ces derniers temps. Servez-vous, je vous en prie.

Je verse un trait de liquide brûlant dans la céramique, sous son œil attentif. Les volutes de caféine qui se propagent entre nous n'adoucissent pas l'atmosphère pesante. Bien au contraire.

La tension grésille comme un vieux poste de télévision. Le ramoneur sait pertinemment pourquoi je suis ici.

— Maxwell, je ne voudrais pas…

— Ce n'est pas moi.

D'un calme impérial, il inspire puis complète :

— Je n'ai pas volé ces lettres, Miss Ferguson. Je suppose que c'est la cause de votre présence.

J'acquiesce avant d'ajouter :

— J'aimerais vraiment vous croire, sincèrement. Mais

je ne peux pas vous faire confiance avant que vous m'ayez tout expliqué. Ce jour-là, vous étiez…

— Au dernier étage.

— *Aye*. Et vous aviez l'air…

— Stressé.

Il dégageait une impression de fébrilité, même.

— Je n'étais pas à l'aise, c'est vrai, acquiesce-t-il en entrelaçant de longs doigts osseux autour de sa tasse. Cet étage est interdit au public : quand je vous y ai vue, j'ai tout de suite pris peur. J'étais inquiet à l'idée que vous me dénonciez.

— Vous dénoncer de quoi ?

J'ignorais qu'on n'avait pas le droit de se rendre là-bas, il ne me serait même pas venu à l'esprit de le dénoncer.

— De tout et rien.

Il porte la tasse à ses lèvres et savoure une gorgée chaude comme s'il goûtait du café pour la première fois. Je ne sais pas s'il cherche à gagner du temps ou si sa boisson est délicieuse mais, dans les deux cas, son comportement m'interpelle. Je ne m'attendais pas à autant de sérénité de sa part.

— Qu'est-ce que vous faisiez à cet étage, Maxwell ?

— Et vous ?

— J'étais perdue.

— C'est un alibi honnête ?

Il lève un épais sourcil interrogateur alors que les miens se froncent.

— Vous pensez que je mens ?

Ça ne serait que la deuxième personne à m'imaginer aussi sournoise, après tout.

— Non, non. Mais je dois vous croire sur parole, et ça n'est pas si facile. Je ne vous connais pas plus que vous me connaissez, Miss Ferguson. On se voit, mais on ne se parle pas souvent. Je ne sais pas si vous étiez réellement perdue, ce fameux samedi ni quelle relation vous entretenez avec les Burns. J'ignore si vous aimez collectionner de vieilles lettres ou si vous avez besoin de renflouer votre compte en banque. Vous me dites : « j'étais perdue », et je suis censé vous innocenter sans discuter. À l'inverse, vous toquez chez moi à 6 h 30 du matin avec le regard accusateur d'une femme ayant déjà un avis bien tranché sur mon implication dans cette affaire.

Un mélange d'amertume et de déception ternit ses traits.

— Pourquoi seriez-vous moins coupable que moi, hein ? Vous étiez là, vous aussi. Et vous sembliez tout autant gênée que moi.

Réalisant que ma venue le blesse dans son orgueil, je fais profil bas.

— Je suis désolée si mes questions vous dérangent, mais des soupçons pèsent sur ma famille, je cherche juste à comprendre.

— Des soupçons pèsent sur tout Wick. Walter Burns est déterminé à mettre la main sur le coupable, quel qu'il soit. Votre famille n'est qu'une possibilité parmi tant d'autres.

— Il est venu chez vous ?

— Bien sûr. Et il est reparti bredouille.

Pour le coup, je le crois sur parole. L'information aurait fuité dans le cas contraire ; Norma se serait fait un plaisir de disperser la rumeur entre deux commandes à la chocolaterie.

— Si vous tenez tellement à le savoir, Walter s'est montré un peu plus incisif que vous, mais il n'a pas obtenu de preuves suffisantes pour m'accabler, dit-il.

Il avale à nouveau une lampée de café sous le cliquetis

répétitif des aiguilles de sa pendule murale. Comme je garde le silence, perdue entre l'envie de lui faire confiance et ma méfiance sous-jacente, il reprend d'une voix raisonnée :

— Si vous ne me croyez pas, fiez-vous à ma réputation.

— Votre réputation ? C'est-à-dire ?

— Eh bien... je fonctionne de cette manière avec vous : de réputation, les Ferguson ne sont pas des chapardeurs. Ils ne l'ont jamais été. Quelle est votre devise, déjà ? Celle qui est écrite sur le mur de votre boutique, au-dessus des tableaux de vos ancêtres ?

— « Cœur loyal, esprit fidèle » ?

Il opine, un petit sourire étirant les commissures de ses lèvres.

— Cœur loyal, esprit fidèle. Voilà, c'est ça. Même si je n'ai pas tous les tenants et les aboutissants de cette regrettable histoire, j'estime que vous m'avez dit la vérité. Pour moi, vous n'êtes pas les voleurs des lettres d'Ackergill. Je vous invite à faire de même : en vous fiant à ma réputation, vous pourrez vous forger votre avis sur mon cas.

Un sentiment de culpabilité s'insinue doucement en moi. Son discours est efficace.

À Wick, Maxwell fait partie du décor. C'est le maître de la propreté, le « gentil monsieur » aux cheveux clairsemés qui nous offrait des sachets de shortbreads les soirs d'Halloween, et pour qui les voisins ne tarissaient pas d'éloges.

Aucune de nos cheminées n'a de secret pour lui. Déjà petite, je le voyais se promener par tous les temps, matin ou soir, jour et nuit, avec son balai sur l'épaule. L'objet a évolué au fil des avancées technologiques, mais l'homme est resté fidèle à lui-même : qu'il pleuve, qu'il vente ou qu'il neige, Maxwell entrait dans les maisons, nettoyait les conduits encrassés et repartait avec l'air satisfait d'une personne ayant accompli son devoir.

Même après le décès de sa femme, il n'a pas changé. Sa bienveillance ne l'a pas quitté, et il a continué de ravir ses clients avec un travail de qualité.

La police n'a jamais été appelée pour une présomption de vol après une de ses interventions, ce qui explique que les gens aient une confiance absolue en lui.

Maxwell est un homme qui ne déçoit pas, tout simplement.

— D'accord.

La trotteuse de l'horloge court le temps de deux cliquetis autour du cadran avant que je n'admette :

— J'ai confiance.

Il baisse le menton avec une pointe de soulagement.

Je termine mon café d'un trait, un peu embarrassée de l'avoir cru capable de mentir. Tout ça à cause d'une conversation au détour d'un couloir, et d'une tante capable de modeler les esprits crédules avec des rumeurs sorties de nulle part. *Bravo, Robyn.*

— N'hésitez pas à passer à la chocolaterie, je laisserai une boîte de truffes aux cerises de côté pour vous.

Comprenant que je lui fais mes excuses, il sourit.

— C'est bien gentil de votre part, Miss Ferguson. J'essaierai de passer tout à l'heure : Mme McConnel s'est enfin décidée à décrasser sa cheminée, j'en profiterai pour faire une halte à votre boutique et racheter mes croustillants au caramel.

— Je vous préparerai ça sans faute.

Je pose la tasse vide sur la table et me lève. Maxwell déroule son corps courbatu pour me raccompagner à l'entrée, quand mon cœur manque un battement.

Je me fige net au milieu du séjour.

— Tout va bien ? s'enquiert-il.

Les ombres orangées du feu de cheminée dansent sur son visage vallonné de rides.

— « Tout à l'heure » ?

— Pardon ?

— Vous passerez à la boutique « tout à l'heure » ? répété-je.

— *Aye*... Enfin, si ça vous convient. Je peux tout aussi bien venir un autre jour.

— Non, je... ça n'est pas ça.

Je secoue la tête et, les paupières closes, je me remémore un souvenir récent. Mon sang accélère sa course à mesure des images qui se clarifient. Il se met bientôt à pulser avec déraison dans mon cou.

— Quand nous nous sommes croisés au château d'Ackergill, le samedi du déjeuner, je vous ai dit qu'on serait amenés à se retrouver au Grand Hall, vous vous souvenez ? dis-je en rouvrant les yeux.

— Peut-être...

— Et vous m'avez répondu : « à n'en pas douter, *aye*. À tout à l'heure. »

— Je ne vois pas...

— C'était un « à tout à l'heure » et non « à tout de suite », comme si vous aviez quelque chose à faire.

Comme s'il n'avait pas l'intention de se rendre au Grand Hall immédiatement, à l'inverse de tous les convives.

Il impose une seconde de silence. Interminable. Quand sa voix revient chatouiller mon tympan, elle a perdu de sa rondeur, et surtout de son aisance.

— C'était une façon de parler, Miss Ferguson, ce n'est pas… juste une façon de dire les choses. Je n'ai pas réfléchi.

L'air se raréfie dans le séjour.

Non. Quelque chose ne va définitivement pas.

— Qu'est-ce qui vous retenait au dernier étage, Maxwell ?

10

Une Promesse Scellée

— Je n'ai pas volé ces lettres, il faut me croire.

J'ai déjà entendu des techniques de défense plus persuasives.

Tandis que je décortique son regard, il se dégonfle comme un ballon. La résignation finit par pointer entre ses rides torturées.

— Vous m'avez bernée ? dis-je, échaudée. Maxwell, ne me dites pas que vous m'avez bernée, s'il vous plaît...

— Ce n'est pas... le mot que j'emploierais, non.

Son raclement de gorge me donne envie de hurler tout un tas d'insultes bien senties.

— Vous m'avez bel et bien bernée ! Tout ce baratin autour de la confiance à vous accorder et de l'importance de votre réputation, c'était pour m'endormir, n'est-ce pas ?

— Non, non...

— Vous alliez me laisser partir en me faisant croire à votre innocence ?

— Je n'ai rien volé du tout...

— Je vous ai dit que ma famille était soupçonnée, Maxwell ! Vous avez utilisé notre devise pour me mettre dans votre poche. C'est petit ! Non, c'est pire que ça, c'est... c'est vraiment mesquin !

— Écoutez-moi, à la fin !

La puissance de sa voix me fait cligner des paupières.

— Si vous le voulez bien, ajoute-t-il, un ton plus bas.

Ses joues ont pris la teinte cramoisie d'une sauce aux airelles. Quant à ses mains, elles forment deux poings mécontents appuyés contre son chandail à losanges. Il paraît aussi excédé que gêné.

Moi, je suis furieuse.

— Je ne peux pas vous dire ce que je faisais au dernier étage. Je briserais une promesse.

J'inspire aussi profondément que possible.

Une promesse. Magnifique.

— Et donc ? Je fais quoi ? Je vous « crois sur parole » ? Pardonnez-moi, mais ça risque d'être un peu compliqué !

Sans un mot, il se dirige vers son meuble à chaussures et l'ouvre en tirant sur la poignée polie. Il émane désormais du ramoneur un certain fatalisme. Son bras s'enfonce jusqu'au coude dans le tiroir ; il y effectue une fouille à l'aveugle avant d'en ressortir un objet métallique, tenu du bout des doigts.

C'est une clé. Une grosse clé. De celles qui s'insèrent divinement bien dans les serrures abîmées des très anciennes portes installées dans les très anciens châteaux.

La perspective qu'elle suscite me fait reculer d'un pas.

— Ne me dites pas que c'est...

— C'est la clé qui permet d'ouvrir l'ancienne chambre de Lady Louise Duff-Dunbar.

— Non...

— Si, c'est bien elle.

Mon souffle se bloque dans ma gorge.

— Qu'est-ce que vous faites avec ça, Maxwell ?

Cette clé ressemble un peu trop à un aveu. Je décide d'éclaircir la situation :

— Il n'y a que les Burns qui ont un double de cette clé. Enfin, c'est ce qu'on m'a dit...

— En théorie, *aye*. On m'a fait faire un double, à moi aussi, il y a quelques années. Il y a six ans et demi, si vous voulez un peu plus de précision.

Du choc, je passe à la confusion.

— « On » ? Qui ça, « on » ?

— Le secret commence ici. Je ne vous livrerai pas de nom, Miss Ferguson, je suis navré.

Je sonde son regard déterminé ; il ne me dira rien.

Je ne sais plus quoi penser. Quel intérêt y aurait-il pour un ramoneur de posséder une clé spéciale qui permet d'entrer dans la pièce spéciale d'un château qu'il ne visite qu'une fois par an pour y nettoyer les cheminées ?

— Je ne comprends plus rien, Maxwell.

Ses commissures dessinent deux virgules de compassion autour de sa bouche.

— Tout ce que vous devez savoir, c'est la nature de mon alibi : je suis monté au dernier étage d'Ackergill ce samedi-là afin de me rendre dans l'ancienne chambre de Lady Louise Duff-Dunbar. J'y suis resté un certain temps, pour une raison que je ne peux pas vous confier. J'en suis ressorti plus tard, pendant le déjeuner, et je n'y suis pas retourné depuis. Je n'y ai rien pris.

— C'est la vérité ?

— Je vous promets que tout est vrai.

Sa nervosité, celle qui froissait son visage quelques

minutes en arrière, s'est de nouveau dissipée. On dirait qu'en se montrant honnête, il a détendu ses muscles et ses pensées.

Soit il est franc avec moi, soit Maxwell Pritchard est un manipulateur hors pair.

— Cela dit, j'ai noté quelque chose d'étrange, reprend-il.

— Comment ça ?

— Eh bien… Quand je suis entré dans cette fameuse chambre, je n'ai rien vu qui fasse penser à des objets de valeur. D'après les rumeurs qui circulent à Wick, la chambre aurait dû être remplie de bibelots, de trésors et de lettres au cachet historique. Eh bien, je peux vous assurer que ça n'était pas le cas.

Les commérages de Norma me reviennent également en mémoire.

— Il paraît pourtant que les objets les plus précieux sont conservés là-bas, dis-je.

— Ça n'était qu'une chambre bien décorée, Miss Ferguson, rien de plus. Il y a bien sûr de beaux tableaux accrochés aux murs, du mobilier de luxe et quelques objets emballés et entassés dans les coins, mais pas de lettres. Non, pas de lettres. À moins que je les aie manquées, ce qui reste une possibilité.

Ma colère s'estompe de seconde en seconde pour laisser place à la curiosité.

Ces informations, si elles sont vraies, redistribueraient les cartes.

— Les lettres auraient donc pu être volées avant que vous entriez dans la chambre… avant que le déjeuner ne commence. Avant que tout le monde se retrouve dans le Grand Hall.

— C'est ce que j'ai pensé aussi. C'est l'hypothèse qui me semble la plus probable.

Le voleur avait donc les lettres sur lui au moment du déjeuner.

— Vous avez croisé quelqu'un dans les escaliers, quand vous êtes monté ? Ou au dernier étage ?

— À part vous ? Personne, non.

— Et vous en avez parlé à Walter ?

Il réfute, catégorique.

— Je ne peux pas, non. Walter ignore que j'ai un double des clés de sa famille…

— Votre promesse vous empêche de le lui révéler, supposé-je.

Son hochement de tête me le confirme.

— Je suis coincé par ce secret. Quand Walter est venu ici, j'ai dû lui mentir. Je n'ai pas mentionné mon passage au dernier étage d'Ackergill, mais c'est un homme doté d'une perspicacité et d'un sens du devoir particulièrement pointus. J'ai peur qu'il finisse par mettre le doigt sur mes cachotteries.

— Ce serait si grave que ça ? Que le secret soit dévoilé, je veux dire.

Aussitôt, son corps réagit comme si j'avais touché à un point sensible : ses rides s'écroulent sur un visage désormais marqué par la peine. Ses épaules s'affaissent sous un poids invisible. Et sa cage thoracique éjecte dans un profond soupir un air saturé de pessimisme.

À l'évidence, j'ai déjà la réponse à ma question.

— Ce serait terrible pour la personne à qui j'ai promis de garder le silence, *aye*.

Sa détresse ne devrait pas m'attendrir. Il s'est joué de

moi une première fois et je ne vois pas ce qui l'empêcherait de recommencer.

Les aînés peuvent manipuler leur entourage avec une facilité déconcertante ; ce n'est pas un hasard si Mabel a droit à la meilleure chambre du cottage, au fauteuil à bascule près de la cheminée, et aux derniers *butteries*[1] du petit déjeuner.

Ils sont rusés et patients, ces renards.

— OK. OK, d'accord. Je ne dirai rien à personne.

Quand un éclat revient illuminer ses pupilles, je me dis que j'agis de la bonne manière. *Aye*, je fais bien de garder ce secret… je crois.

— Merci, Miss Ferguson. Merci infiniment.

— Mais si Walter est aussi futé que vous le pensez, il finira par relier les pièces du puzzle, modéré-je. Il peut revenir ici pour vous interroger une seconde fois, et avec son…

Je me tais, consternée par la pensée qui me traverse à l'instant.

— Avec son… ?

— Vous avez raison, cet homme est beaucoup trop perspicace, soupiré-je. Vous devriez me donner votre clé.

— Je… Pardon ?

Il recule d'un pas.

— Je vous la rendrai une fois que le coupable aura été trouvé et que toute cette histoire sera terminée. Mais en attendant, c'est une preuve contre vous.

— Ça ne me met pas à l'aise…

1. Aussi appelés « *Aberdeen rolls* » ou « *Rowies* », les *butteries* sont des pâtisseries originaires d'Aberdeen, en Écosse. Ce sont des petits pains au goût semblable à celui des croissants, légèrement salés.

D'instinct, il resserre les doigts autour de l'objet métallique.

— Si Walter revient, et il y a des chances qu'il le fasse, que vous n'arrivez pas à lui mentir et qu'il se met à fouiller, vous serez dans de beaux draps, Maxwell. Vous ne pourrez plus conserver le secret. Tout éclatera au grand jour et votre promesse sera rompue.

— Mais... et si quelqu'un vous voit avec la clé ?

— Je la cacherai. Walter est déjà passé au cottage, ne vous inquiétez pas. Et il n'a aucune raison d'y revenir puisque je lui ai déjà dit toute la vérité.

— Contrairement à moi.

Il émet un long soupir dans lequel je sens son hésitation. Ma solution est la bonne, il le sait. Sa conscience l'empêche cependant de me donner raison et il objecte :

— Ce serait vous faire courir un trop grand risque, vous savez. Vous deviendriez complice de mon mensonge.

— Ne vous souciez pas de moi. Les Ferguson ont la tête dure.

Je lui tends ma main, confiante, ne lui laissant aucune chance de rebrousser chemin.

Il n'a pas à être victime d'une injustice à cause d'une simple histoire de promesse – et de sa volonté de la tenir. Un homme qui respecte sa parole à ce point ne peut pas être quelqu'un de mauvais. Du moins, je m'en persuade.

La clé tombe dans ma paume. Je referme les doigts sur le métal tiédi et le range dans ma poche, agitée de tremblements nerveux que je cache du mieux possible.

— Tout ça reste entre nous, précisé-je au moment de quitter la pièce.

— Cela va sans dire.

Il ouvre la porte d'entrée, me remerciant à nouveau avec humilité. Sa reconnaissance fait office d'au revoir.

La morsure du froid me saisit une fois dehors. Je remonte mon écharpe jusqu'au nez, rentre les épaules dans mon long manteau et m'enfuis en vitesse sur les dalles brillantes de verglas.

Je suis idiote. Naïve, et très idiote.

11

ACCUSATION(S)

Le soir même, la clé est cachée au fond de mon tiroir à sous-vêtements. Je croise les doigts pour qu'elle y reste le moins longtemps possible.

Je passe la moitié de la nuit à me demander ce qu'il adviendrait si quelqu'un découvrait la promesse que j'ai faite à Maxwell – une catastrophe, sans doute. L'autre moitié de mon insomnie me sert à bâtir un mensonge plausible pour le juge devant lequel je devrai plaider ma cause après mon arrestation.

— Idiote. Tu es une idiote, idiote, vraiment idiote…

Je déteste agir en cachette. Après toute cette histoire, Maxwell devra des ramonages gratuits à la Chocolaterie Ferguson jusqu'au siècle prochain. Et pas de négociation possible.

Les décorations de Noël qui sont installées dans la journée à la boutique m'aident à penser à autre chose. L'ambiance festive anesthésie un peu mon vague à l'âme.

La famille est mobilisée au grand complet. Des branches

de conifère sont accrochées sur le pourtour des portes quand des rameaux de houx habillent l'encadrement des fenêtres. Norma met tout son cœur à confectionner une couronne de baies et de pommes de pin, dans l'arrière-boutique. Le résultat donne des haut-le-cœur mais, fière de son œuvre, elle insiste pour la clouer à l'entrée.

— On dira aux clients que c'est un cadeau des élèves de ton ancienne école, me murmure ma mère, médusée par l'effet « moisissures » sur les feuilles.

Mabel débarque en milieu d'après-midi, son gros cabas débordant de bocaux en verre, qu'elle a remplis de sable et d'une bougie chauffe-plat.

Elle les dispose de façon méthodique dans la salle puis les allume un à un : les petites flammes vacillantes déploient un halo doré sur le mobilier et des ondes réconfortantes irradient à travers la pièce. Ça me fait un bien fou.

— Je ne savais pas que nous avions autant de bocaux, note mon père, étonné que la plupart des meubles soient désormais dotés de leur propre *luminaria*.

— Ce sont ceux de la cave, lui répond Mabel, tout en alignant une rangée de bougies blanches sur le comptoir.

Ma mère redresse soudain la tête.

— De *notre* cave ?

— De quelle autre veux-tu que je parle ?

— Les bocaux de notre cave servent à faire des confitures, Mabel ! lui rappelle-t-elle.

— Ah bon ? Tu n'en manges jamais, de toute façon. Le sucre te donne des brûlures d'estomac.

— Mais…

— La lumière est l'un des éléments les plus importants du solstice d'hiver, Gillis. Il n'y a pas de discussion qui tienne à ce sujet.

— Le solstice n'est pas aujourd'hui...

— On s'y prépare, c'est tout comme. Célébrer le retour du soleil, c'est vital. Il faut mettre de la lumière partout où l'on peut, comme le veut la symbolique. On fera de la confiture cet été.

— Je t'entends bien. Mais là, tu fais grimper le risque d'incendie de 100 points sur une échelle de 10...

— Les clients apprécient les bougies, je fais ça aussi pour eux. Robyn, tu veux bien t'occuper des pots-pourris ?

Alors que Kate et mon père déploient des guirlandes au plafond dans un silence concentré, je déblaie les surfaces inutilisées pour y poser des bols composés d'un mélange de cannelle, de cardamome, de menthe poivrée et de tranches d'agrumes séchées. Les odeurs qui s'en libèrent se mêlent à celle du chocolat, et emplissent la boutique d'un parfum de fêtes.

Les clients défilent tout le long de la journée, fraîche et ensoleillée. Une énergie communicative se propage grâce aux sourires et aux discussions enjouées ; pour ça, le mois de décembre est magique. Les gens entrent dans la chocolaterie avec leurs grosses parkas, ils essuient leurs chaussures enneigées sur le tapis, époussettent leurs bonnets trempés, puis ils se mettent à évoquer les cadeaux prévus pour leurs familles et le menu du repas de Noël, tout en choisissant quelles truffes ils dégusteront au goûter.

C'est un peu comme si la morosité restait à l'extérieur, emprisonnée dans un bloc de glace. Comme si la chaleur présente à l'intérieur des foyers ravivait la joie qui s'était consumée pendant l'année. Tout est plus humain. Plus convivial. Plus authentique.

Mais le soir même, ma bonne humeur décline. La présence de voitures de police, garées dans l'allée du cottage, m'envoie un coup de jus dans la colonne vertébrale.

J'appuie sur la pédale de l'accélérateur : si je ne connais pas la raison de leur présence, je suis assez paniquée pour imaginer le pire. Avec la police, on imagine toujours le pire.

Je déboule en trombe auprès d'eux.

— Il se passe quoi ? m'écrié-je en claquant ma portière.

Ma première pensée est pour Bonnie.

Elle rentre des cours à pied et ne prévient jamais personne une fois qu'elle est de retour à la maison – les habitudes d'une adolescente qui se rebelle contre l'autorité. Or, entre le moment où elle quitte le lycée et celui où elle s'écroule dans son lit, il peut se passer un million de choses : une chute de verglas – le coccyx de Mabel en est témoin. Une voiture qui dérape sur la chaussée. Un enlèvement. Une cheville cassée. Une course-poursuite avec un mouton Shetland.

— Il est arrivé quelque chose ? !

Je rejoins les policiers avec le cœur prêt à jaillir hors de ma poitrine.

— Quelqu'un est blessé ? ! J'ai laissé mon portable au cottage, je l'oublie tout le temps, il ne me sert à rien à cause du réseau. Du manque de réseau, je veux dire... Ça va ? Bien, je veux dire ? Quelqu'un est mort ?

Essoufflée et inquiète, j'attends que quelqu'un me dise quelque chose. N'importe quoi. C'est une voix derrière moi qui met fin au supplice.

— On attendait un occupant coopératif pour la perquisition.

Le long manteau en laine me paralyse tout net.

La brise nocturne écarte la boucle noire de son front

plissé, me laissant entrevoir une ride ; étrange, de voir de la contrariété sur ce visage habituellement dénué d'expression.

— Une perquisition ? répété-je, le mot faisant lentement sens dans mon esprit. Attendez… vous voulez perquisitionner quoi, au juste ?

Si Walter Burns semble tracassé, ce n'est rien à côté de la tempête émotionnelle qui monte en moi.

— Votre maison.

Je jette un regard déconcerté vers les policiers, tous plus muets et inertes les uns que les autres.

— Ma maison ? Vous voulez rire ?

— Je n'en ai ni l'air ni l'envie, répond Walter.

Un nœud se forme au fond de mon estomac. Puis, rapidement, l'indignation s'empare de moi.

— Je rêve… C'est votre nouveau moyen de pression, c'est ça ? Le « niveau 2 » de la grande enquête de Walter Burns ? Vous n'avez pas trouvé votre coupable alors vous lancez l'offensive avec de plus grands moyens ?

— D'après un nouvel élément, tout porte à croire que les lettres d'Ackergill se trouvent chez vous.

Je manque d'en tomber à la renverse.

— C'est une plaisanterie…

— Nous avons essayé de discuter avec la personne enfermée à l'intérieur de chez vous, mais elle n'a pas voulu nous laisser entrer.

Je tourne la tête en direction du cottage, où les voilages d'une des fenêtres ne semblent pas à leur place. Ils sont tirés d'un côté, comme si une main les retenait, mais la pénombre m'empêche de voir à qui elle appartient.

— C'est votre sœur, m'indique Walter, qui décortique mon air perturbé.

OK. Bonnie n'est donc pas blessée. C'est déjà ça de pris.

— D'accord. Très bien.

Je tente de me ressaisir et plante mon regard dans le sien. *Reste calme.* Mais c'est un exercice particulièrement laborieux à réaliser puisque la clé de Maxwell se trouve *ici.*

— On n'ouvre jamais aux inconnus, c'est une règle dans la famille, entamé-je. Concernant ce « nouvel élément », j'ai le droit d'en savoir plus ?

Quatre secondes passent avant qu'il se décide à bouger ses lèvres gercées par le froid.

— La police a reçu un appel anonyme ce matin. On leur a dit que les Ferguson seraient en possession des lettres des soldats d'Oliver Cromwell, et qu'elles seraient cachées au « cottage ».

— Qui a pu avancer une telle chose ?

— Le principe de l'appel anonyme est l'anonymat, Robyn.

Je ne relève pas son cynisme. À moins que ce soit du premier degré, ce qui serait d'autant plus agaçant.

— Eh bien, tout est faux. Cette personne ment, les lettres ne sont pas ici.

C'est à ne plus rien y comprendre ! Pourquoi accuserait-on ma famille d'un vol qu'elle n'a pas commis ? Nous n'avons aucun ennemi en ville, à part les Burns...

— Vous réfutez donc ces allégations ?

— *Aye,* bien sûr que je les réfute ! Je vous ai déjà expliqué en long, en large et en travers que nous n'avions aucun rapport avec ce vol. Ma version n'a pas changé, nous ne sommes pas plus coupables que la semaine dernière.

— Vous ne voyez donc aucune objection à ce que la police effectue une fouille de votre domicile ?

Le stress monte en flèche.

En pensant à nouveau à la clé de Maxwell, je me morfonds un peu plus ; non pas qu'elle ait été mal dissimulée, j'ai été prévoyante, mais si ces hommes se révèlent avoir la délicatesse d'un troupeau d'éléphants et que l'envie leur prend de retourner le mobilier du cottage, ils risquent de mettre la main sur l'objet du crime. Tout du moins, sur une preuve que j'aurais du mal à justifier.

— J'ai besoin d'une réponse, Robyn.

— Si je dis non, il se passera quoi ?

— La police finira par obtenir un mandat et les lieux seront perquisitionnés.

Un rire mordant s'échappe de mes lèvres.

— Vous me laissez un choix qui n'en est pas vraiment un, si je comprends bien.

— Vous pouvez toujours coopérer. Ça ne pourra que vous servir.

Super. Vraiment super.

— Qu'est-ce que je vous ai fait pour que vous soyez à ce point déterminé à me mettre ce vol sur le dos ? dis-je en resserrant les pans de mon manteau contre mon ventre brouillé par l'angoisse.

— Vous ou quelqu'un d'autre, ça ne change rien. J'applique une marche à suivre, c'est tout.

— Mais vous revenez sans cesse vers ma famille. J'ai l'impression de vous voir souvent. Un peu trop, même.

— Les Ferguson sont les seuls à avoir été dénoncés pour le moment. Je ne m'amuse pas à vous torturer, je fais ce qu'il faut pour que l'enquête avance. Je n'ai rien de personnel contre vous, je ne suis là que pour une chose…

— … les lettres.

Sentant le regard incisif des policiers sur moi, je me tais pour de bon. Je bats en retraite.

Dans tous les cas, ils obtiendront ce qu'ils souhaitent, à savoir entrer chez moi.

— OK.

Je jette un coup d'œil vers Bonnie pour me donner du courage, et soupire :

— Faites cette perquisition. Mais ne jetez rien par terre, et remettez chaque objet à sa place. J'ai une grand-mère, une tante et une mère qui n'aiment pas qu'on touche à leurs affaires.

Et qui se fichent de terminer derrière les barreaux pour outrage à agent.

Je n'ai plus qu'à croiser les doigts pour que personne n'ait l'idée de regarder mon tiroir à sous-vêtements... probablement pas la meilleure cachette qui soit.

12

La Perquisition

La rencontre entre ma famille et les forces de l'ordre n'est pas ce que j'appellerais une partie de plaisir.

Kate et mon père se mettent aussitôt en tête de les faire sortir de chez nous avec la diplomatie qui les caractérise, mais comme mon accord a déjà été donné, leurs tentatives, aussi braves soient-elles, échouent. Le regard noir et les poings serrés, ils sont donc contraints de rester en retrait et d'attendre que chaque pièce ait été passée au peigne fin.

Norma et ma mère suivent les deux policiers comme une ombre aussi collante qu'un pudding au caramel. Je n'ai jamais vu autant de vaisseaux dilatés dans les yeux de Norma ; quant à la voix de crécelle de ma mère, elle se répercute dans tout le cottage à coups de « scandaleux ! » et de « honte pour la décennie à venir ! »

— C'est une offense ! s'acharne-t-elle, le chignon comme électrifié au-dessus de son visage congestionné par l'indignation. J'ai gardé vos fils pendant des semaines quand vous avez divorcé, Gordon ! Vous étiez si mal en point que vous n'arriviez même plus à les emmener à l'école ! Et c'est comme ça que vous me remerciez ?

Le policier en question lui accorde à peine un regard –sûrement plus par crainte que par indifférence.

— Je suis en service, Gillis. Le privé et le personnel ne doivent pas interférer.

— Peuh ! Il a bon dos, le « privé et le personnel » ! La prochaine fois, vous demanderez de l'aide à une autre voisine !

Sous les « inadmissible ! » outrés de Norma et les « on va finir en prison ? » inquiets de Bonnie, le rez-de-chaussée est exploré de fond en comble. Les mains de la police se transforment en petites fouines habiles qui inspectent jusqu'au contenu des jarres dans la cuisine.

Leur minutie m'effraie.

Les pulsations de mon cœur rivalisent avec le rythme épouvantable d'une *jig* écossaise pendant que salon, cuisine, salle de bains et buanderie sont examinés. Quand les policiers empruntent le couloir menant aux chambres, une épaisse goutte de sueur descend le long de ma colonne vertébrale.

Ils commencent par celle de Mabel, cette pièce étant la plus proche du séjour. Le fait qu'elle possède un nombre incalculable de livres en rapport avec la pratique d'herboriste et les sabbats constitue un avantage de taille ; vérifier chaque page de chaque ouvrage leur coûtera peut-être un point de patience... Avec un peu de chance, la lassitude les rendra moins pointilleux. Voire négligents.

À ce stade, qu'ils bâclent leur travail est mon dernier espoir.

— Vous avez un problème ?

J'étire le cou en direction de Walter. Le trait sceptique, celui enfoncé entre ses sourcils, opère un retour fracassant.

— J'en ai l'air ?

— Vous tremblez.

Il a raison : des soubresauts nerveux agitent mes doigts et le bas de ma mâchoire. L'angoisse me fait vibrer comme la glotte d'une cantatrice, et je le cache mal.

— Des gens sont en train de retourner ma maison, dis-je. La situation est loin d'être amusante.

— Venant de vous, j'aurais plutôt parié sur des cris.

— Vous faites de l'humour, maintenant ?

Le fracas dans la chambre de ma grand-mère nous fait tourner la tête d'un geste synchrone. Je continue néanmoins de ressentir un courant désagréable crépiter entre nous.

— Faites attention à la dernière étagère, Grant l'a montée comme un charlatan, elle ne tient pas !

Ma grand-mère nous dépasse précipitamment, l'air contrarié. Elle ne supporte pas qu'on touche à sa collection de livres.

À peine entre-t-elle dans la chambre que le bruit distinctif d'un craquement se fait entendre ; il est suivi d'une cascade de « boum » et de froissement de papiers.

— *A mhic Ifrinn*[1]... Qu'est-ce que je viens de vous dire ? Regardez l'état dans lequel vous mettez ma bibliothèque ! *Tòn air eigh dhut*[2] *!*

Walter paraît fasciné par les ondes hostiles et menaçantes qui irradient de cette dame âgée ; le sourcil en accent

1. « Fils de l'Enfer » en gaélique écossais. C'est un juron.

2. « *May your arse fall on the ice* ! » en gaélique écossais. En traduction littérale : « Que ton/votre cul tombe sur la glace ! ». Expression figurée signifiant que l'on souhaite malheur à quelqu'un.

presque circonflexe, il fixe Mabel avec ce qui ressemble à une pointe d'admiration.

Je profite de son inattention pour faire un pas sur le côté.

Pas de réaction.

Je fais à nouveau glisser mes pieds sur le plancher.

Toujours aucun mouvement de sa part.

Un éclat d'espoir jaillit soudain dans ma poitrine : le réquisitoire mené en gaélique parvient à l'hypnotiser.

Discrètement, j'avale les derniers mètres qui me séparent de ma propre chambre et file vers mon armoire à vêtements. Sans bruit. Je vérifie que Walter ne me suit pas et ouvre le tiroir contenant la clé, sauf que le mécanisme se bloque à la moitié du chemin, si bien que je dois me contorsionner et enfoncer le bras pour atteindre le fond du meuble.

— Qu'est-ce que vous faites ?

Jet d'adrénaline. Je fais glisser mes doigts dans le tiroir et saisit la clé de justesse.

Je ferme les yeux, le temps que les picotements dans ma nuque disparaissent. Quand je les rouvre, mon cœur s'est comprimé et ma tension a touché la stratosphère.

Bien évidemment, Walter et son air scandalisé remplissent l'encadrement de la porte.

— Vous êtes partout, c'est incroyable…

— L'objet dans votre main, qu'est-ce que c'est ?

J'hésite entre « rien » et « je ne sais pas de quoi vous parlez », deux réponses qui ne lui conviendraient probablement pas. De fait, j'opte pour le silence.

Ses prunelles me détaillent avec une intransigeance telle que je pourrais jurer sentir ma chair brûler sur leur passage.

— Donnez-moi ce que vous avez dans la main.

Poussant la porte derrière lui, il me rejoint silencieusement. Seuls les muscles de sa mâchoire, contractés au point de faire apparaître des stries sous sa peau, trahissent sa fureur.

Je redresse le menton avec les derniers morceaux de dignité que je possède. Et ils ne sont pas nombreux.

Mentir n'est plus une option.

— Non. Je suis désolée, je ne peux pas.

— Ce sont les lettres ?

Je réfute, mal assurée.

— Je vous promets sur ce que j'ai de plus cher que je n'ai pas volé vos lettres, Walter.

— Dans ce cas, qu'avez-vous dans votre main ?

Une veine gonfle sur son front. Elle forme une boursouflure inesthétique qui bat à un rythme trépidant juste à côté de sa boucle noire.

J'ignore ce qui se passe dans sa tête, mais ça ne doit pas être bien différent d'une éruption volcanique.

— Vous me faites perdre patience, Robyn.

— Je le vois, *aye*. Mais sauf votre respect…

— Je n'arrête pas de me répéter avec vous. Je me répète constamment depuis une semaine. Je me répète en ce moment même, et je n'aime pas me répéter.

Il se rapproche de moi à chaque mot prononcé.

— Je fournis des efforts monumentaux dès que vous avez le malheur d'envahir mon espace vital. Et vous l'envahissez souvent. Votre manque de coopération et votre façon de me mener en bateau ne me sont pas agréables. Du tout. Mais j'essaie de…

— C'est une clé.

Il s'immobilise soudain.

— C'est la clé qui ouvre la chambre située au dernier

étage du château d'Ackergill, précisé-je. Je ne vous dirai rien d'autre.

Il a besoin d'une seconde pour se reprendre.

Ses sourcils froissés assombrissent un regard déjà lugubre. Ses lèvres disparaissent dans un pincement désapprobateur. Quant à sa mâchoire contractée, elle devient plus menaçante encore.

— Comment l'avez-vous eue ? demande-t-il d'une voix presque inaudible.

— Ça ne vous regarde pas.

— Si, ça me concerne, et pas qu'un peu : les clés d'Ackergill ne sont détenues que par les Burns. Et il semblerait que j'en sois un.

— Je sais. Mais je ne l'ai pas volée.

— Qui vous l'a donnée ?

— Je ne vous le dirai pas.

— Ne soyez pas butée…

— J'ai fait une promesse, Walter. Et elle sera tenue quoi qu'il m'en coûte.

Se rigidifiant un peu plus, il fait naître une nouvelle veine sinueuse sur sa peau. Au niveau de sa tempe, cette fois. Et celle-ci pulse de façon chaotique.

— Vous êtes sous le joug d'une perquisition, pense-t-il utile de me rappeler. Vous savez ce que ça signifie ?

— Je suis consciente du risque que je prends.

— Vous n'êtes pas en position de me faire jouer au jeu des devinettes. L'affaire est sérieuse.

— Les menaces n'ont aucun effet sur moi.

Il laisse échapper un soupir, insatisfait. Je l'agace ; c'était prévisible.

— Je vous surprends en train de dissimuler une preuve,

et j'ai encore la gentillesse de vous demander des explications au lieu de vous dénoncer à la police…

— Faites-moi arrêter si vous voulez.

— Faites-moi surtout le plaisir d'attraper la perche que je vous tends, avant que je ne vous considère vraiment comme quelqu'un de stupide.

Sa réaction est légitime, mais je n'ai qu'une parole. Les cartes ont déjà été distribuées.

En assurant à Maxwell que je le tiendrai éloigné des problèmes, je me suis engagée à le protéger, et c'est exactement ce que je vais faire. Cœur loyal, esprit fidèle. Toujours.

— Tenez.

Sereine – en apparence, je saisis sa main gantée pour y déposer la clé. Il demeure immobile, décontenancé par mon geste.

— Vous vouliez que je vous la donne, alors la voilà, lui dis-je. Je ne peux pas vous révéler le nom de la personne qui me l'a transmise, mais elle n'est pas plus responsable que moi dans le vol des lettres.

Il me dévisage avec perplexité.

— Comment pouvez-vous en être certaine ?

— Je ne le suis pas, admets-je. Mais l'intuition est une amie qui me trahit rarement. Je paierai les conséquences si jamais cette personne venait à être votre véritable fauteur de troubles, c'est promis.

Vigilant, il referme les doigts sur le métal, tout en analysant mon visage. Il y cherche peut-être une faille. La preuve d'un énième mensonge que je serais en train d'échafauder afin de me dépêtrer de cette situation.

Il me connaît mal.

— Je ne vous demande pas de me faire confiance,

Walter. Je comprends vos réticences, tout a l'air contre moi. Mais soyez aussi pragmatique que votre réputation veut le faire croire.

Un zeste de rictus apparaît d'un côté de sa bouche. Fait inédit.

— Mon pragmatisme exigerait que vous vous dénonciez à la police pour détention de preuve dans une affaire de vol.

— Ça, c'est la réaction à chaud. En deuxième lieu, vous vous demanderiez comment un double de ces clés a bien pu atterrir dans les mains de quelqu'un extérieur à votre famille.

Déjà, les rouages de son cerveau se mettent en action, sifflant et fumant comme une locomotive lancée sur les rails de la vérité.

— Qu'insinuez-vous ?

— J'insinue que quelqu'un a fait faire un double il y a six ans et demi, Walter, et qu'il l'a ensuite donné à la personne que je protège. Ce double-ci n'a pas servi au vol. Mais peut-être qu'un autre, si.

— Il y aurait plusieurs jeux de clés qui circuleraient dans la nature, c'est ce que vous essayez de dire ?

J'acquiesce, ayant réfléchi à cette hypothèse dernièrement.

La chambre a bien été ouverte avec des clés. Or, si le double de Maxwell n'a pas été utilisé, et si tous les autres jeux « officiels » étaient en possession des Burns à ce moment-là, il y a bel et bien un problème.

Il doit forcément exister une autre clé quelque part. La bonne. Celle qui pourrait tout expliquer.

— Une autre clé a peut-être permis d'entrer dans cette fameuse chambre, le samedi du vol, dis-je. Pour faire avancer votre enquête, vous devriez diriger vos recherches sur cette piste.

— Je vois.

Ma remarque l'amène à réfléchir. Il plisse les yeux, englué dans ses tergiversations, avant de conclure par un hochement de tête :

— Si je retrouve la personne qui a fait faire le double que vous m'avez donné, je pourrais éventuellement réduire la liste des suspects.

— *Aye*. Les clés ont dû être reproduites dans une quincaillerie ou chez un serrurier. Il y en a peu dans le coin et ils ont sûrement des registres, renseignez-vous auprès d'eux.

— Bonne idée.

Le bruit d'une marche syncopée interrompt notre échange. Walter se reprend plus vite que moi. Il enfouit la clé dans la poche de son manteau, puis, d'un air à nouveau imperturbable, il se tourne vers les deux hommes qui apparaissent bientôt à la porte.

Il interpelle le plus roux des deux :

— Vous avez trouvé quelque chose ?

— Non, rien du tout, M. Burns. On doit passer à cette pièce, si vous voulez bien sortir.

— Ce ne sera pas nécessaire, non.

Quatre enjambées lui suffisent pour les rejoindre.

— J'ai déjà vérifié cet endroit. Ça n'a rien donné de concluant, leur dit-il.

Il ne se préoccupe pas de l'incompréhension – pourtant frappante – qui flotte sur leurs visages. De mon côté, je masque mal ma stupeur.

Il est en train de me couvrir ?

— Mais, M. Burns, c'est notre travail…

— La qualité de mon observation n'a pas à être remise en cause, je suis quelqu'un d'exigeant.

— Ce n'est pas la question. Vous n'êtes pas habilité à...

— C'est moi qui ai insisté pour que cette perquisition ait lieu. Je n'aurais aucun intérêt à la bâcler, vous ne croyez pas ?

Les hommes se lancent un regard de biais, peu désireux de contredire celui qu'ils considèrent comme une personnalité influente à Wick.

— Nous... Ce n'est pas dans le règlement, mais enfin...

— La perquisition est terminée, tranche Walter, devant leurs mines décontenancées.

— De... et les dernières pièces ?

— Inutile. Vous me transmettrez le compte rendu de celles déjà vérifiées.

— Vous ne pouvez pas... Il peut ?

Et sans même s'assurer que le message est passé, Walter les contourne et s'engage dans le couloir, s'éclipsant au milieu d'une ambiance brouillonne.

Je le regarde fixement s'éloigner, en me demandant comment un humain peut se montrer aussi impoli et courtois à la fois. Désagréable comme il faut, et serviable à juste dose. Deux contradictions pour le prix d'une.

Cet homme constitue une énigme à lui tout seul.

13

Lutins vs. Fergutines

La perquisition envahit mes pensées. La même question tourne en boucle : qui est la personne à l'origine de l'appel anonyme ?

À Wick, la bienveillance est de mise. Vivre dans un lieu reculé, sur des terres difficiles d'accès, rend les gens solidaires. C'est un automatisme. Enfin, normalement.

Celui qui a menti auprès de la police ne peut pas être l'un des nôtres. Impossible. Soit il est extérieur au village, soit il a une sacrée dent contre nous. Une dent aussi longue, aiguisée et préoccupante que celles de Wullie.

Et si cette personne était la même que celle détenant les clés qui ont permis de voler les lettres ?

— Tu veux bien lâcher cet ours des yeux et venir nous aider ?

Je détourne mon regard de l'animal illuminé par les rayons matinaux pour rejoindre l'arrière-boutique.

Sans surprise, la petite pièce est ensevelie sous des montagnes de ballotins. L'air, saturé d'odeurs de fèves de cacao torréfiées et de fumée, y est irrespirable. Quant à l'espace... il n'y en a plus vraiment.

Norma a empilé des sacs en papier kraft partout. Par terre. Sur les tables. Sur les meubles. Et sur le rebord de notre seule fenêtre ; au lieu du puits de lumière habituel, nous sommes éclairées par un mince filet mordoré à l'intérieur duquel la poussière danse en suspension.

La chocolaterie se prépare à la journée des Fergutines, la fameuse tournée de distribution de chocolats organisée à travers la ville. J'aide à la confection de ces ballotins depuis que j'ai neuf ans.

Norma est affairée à la table des pesées. D'un geste habile, elle compile les chocolats concoctés par ma mère dans des boîtes rouges et or, jusqu'à atteindre le poids désiré.

— Tu n'as plus qu'à les enrubanner et à les signer au nom des Ferguson, me dit-elle lorsque je la rejoins.

L'activité nous prend une bonne partie de la journée. Et, fait rare, il règne un silence absolu.

Les sœurs Pipelette ont pris un congé forcé. On ne les entend plus depuis la perquisition, à croire qu'elles ont cassé leur compteur à insultes ce soir-là.

Je ne suis tellement pas habituée à ce calme que mes oreilles bourdonnent, comme si elles ne savaient plus régler leur fréquence correctement sans les bruits parasites qui les inondent en temps normal.

Malgré les efforts engagés pour conserver l'ambiance conviviale de la Chocolaterie Ferguson, rien ne va plus. Comme personne ne sait qui a lancé les accusations contre nous, les soupçons pèsent sur tout le monde : la menace qui rôde rend les gens méfiants.

Je noue le trois centième ruban doré autour d'un ballotin

dégorgeant des odeurs gourmandes, quand un tintement de clochettes se fait entendre.

— Ça vient de l'entrée ? demande ma mère.

Ma tante plisse son front blanchi par la fatigue, un peu surprise.

— Non, ce n'est pas le bruit de nos clochettes. Ça vient de dehors.

Je me mets sur la pointe des pieds et étire la nuque pour avoir accès au minuscule bout de rue visible depuis la fenêtre encombrée.

— Il n'y a rien dehors, réfuté-je.

Perplexe, ma mère quitte son poste. Son profil tombe dans le rai de lumière.

— J'entends un bruit de moteur, j'en suis certaine. Une voiture doit remonter la rue. Un camion, ou une grosse berline.

— Les camions sont trop larges, ils ne passent pas dans notre rue, objecte Norma.

— Alors c'est une berline.

— À Wick ?

— Ne le dis pas comme si c'était impossible, Norma. Nous n'habitons pas à North Rona, notre patelin est accessible.

— C'est une berline de quelle classe ? Tu vois une plaque d'immatriculation ?

— Je ne vois même pas les roues…

Elles filent à l'extérieur de la boutique – prises d'un besoin pressant de satisfaire leur curiosité auquel je finis par participer.

Nous formons bientôt une brochette sur le perron de la chocolaterie. Et ce que j'aperçois est loin, très loin de ressembler à la Bentley de la reine d'Angleterre, ou d'une star internationale. *Quoique...*

— Ce n'est... est-ce que c'est... ce que je crois ? bredouille Norma.

Elle se frotte les yeux tandis que ma mère plisse les siens.

— Les émanations de l'arrière-boutique me font perdre la tête... Est-ce que le chocolat peut donner des hallucinations ?

— Ce sont... des skis ?

— Des patins, Norma. Ce sont des patins.

— Tu les vois aussi ?

— Je ne sais pas trop... On dirait...

— C'est un traîneau, interviens-je.

Aussi aberrant que ce soit, un traîneau est tracté par une motoneige. Devant nous. L'engin motorisé est conduit par un homme corpulent, dont le visage est à moitié mangé par une paire de lunettes de soleil.

— C'est la version 2.0 du traîneau du Père Noël, complété-je, choquée et ébahie à la fois.

Deux patins dorés soutiennent un châssis peint en vert émeraude. Des phares sont incrustés à l'avant et à l'arrière du véhicule, comme deux paires de billes lumineuses. L'intérieur du traîneau se compose quant à lui d'une banquette matelassée d'un bordeaux chaleureux sur laquelle est empilée une quantité astronomique de cadeaux.

À côté d'eux se tient Emilia. Emilia Burns-Schleifer.

— Pourquoi la fille des Burns se promène-t-elle à bord d'un traîneau ? demande Norma, de nouveau en plein frottement de paupières.

— Pourquoi un traîneau se promène-t-il dans le centre-ville de Wick, c'est ça la vraie question.

Je n'ai pas plus d'explications à donner quant à l'air sournois qui s'empare d'Emilia, à l'instant où elle nous aperçoit.

Son visage, rigide comme un chiffon couvert d'amidon, semble se défroisser et sa bouche se tord en un rictus sans âme… Je suis incapable de dire si elle essaie de sourire ou si elle fait une attaque.

D'un claquement de doigts, elle exige de son conducteur qu'il stoppe son engin ; le traîneau glisse encore un peu avant de s'arrêter en plein milieu de la rue, entre deux rangées de manchots givrés et une flopée de passants un peu surpris par la scène. J'ai l'impression d'avoir échoué dans un drôle de monde.

— Bonjour, mesdames !

Emilia emprunte le marchepied, toujours aussi enjouée. Sa silhouette longiligne se fond à merveille dans un anorak aussi blanc que son pantalon de ski.

— Je suis ravie de tomber sur vous, les Ferguson !

Incroyable comme elle ressemble à Walter… Ses os forment des pics et des creux sous sa peau translucide. Elle m'évoque le danger. La puissance.

Et elle a conscience de ses atouts.

C'est peut-être ce que l'on devient quand on grandit dans un univers où les maisons s'appellent « châteaux » et que le monde entier s'agenouille à nos pieds.

Ma mère s'avance d'un pas, sans trembler d'un iota : malgré un pull en tricot et un vieux jean tout aussi fin, le froid ne l'atteint pas.

— Moi aussi, je suis ravie de vous voir, Emilia. Il me semble que vous avez des excuses à nous présenter au nom des Burns. J'ai terriblement hâte de les entendre.

Le sourire de son interlocutrice ne disparaît pas. Ses yeux crépitent avec une énergie malicieuse.

— Ah. La perquisition, oui. C'est une histoire amusante.

— « Amusante » ?

Ma mère ricane.

— Je n'aurais pas employé ce terme. Bafouer la dignité d'une famille n'a rien d'« amusant ».

— Il y a eu un quiproquo, Gillis, c'est tout. Mon frère est un homme un tantinet pointilleux. C'est avec lui que vous devriez régler vos comptes ; moi, je n'y suis pour rien. Pour tout vous dire, je ne vous suspecte même pas du vol de ces lettres.

Elle s'attarde sur la tenue de ma mère comme le ferait un félin face à sa proie ; en l'espace d'un instant et sans un mot, elle parvient à instaurer une hiérarchie.

Ses pupilles perçantes effectuent ensuite une longue embardée vers les miennes.

— Robyn…

— Emilia.

— Qu'est-ce que tu as changé ! Tu étais plus rondouillette quand tu étais petite, une vraie petite fille de la campagne. Je me souviens de tes grains de beauté, dit-elle en traçant une ligne imaginaire sous son œil. Mon petit frère les aimait bien. Il t'aimait bien tout court.

Je souris. Pour éviter de me montrer malpolie.

— Il m'a confié que la Chocolaterie Ferguson faisait un carton ? Toutes mes félicitations ! Parvenir à tenir un commerce dans un endroit aussi… difficile, ça mérite les honneurs.

— Wick est une ville renommée, intervient ma mère, la mâchoire crispée.

— Bien sûr, Gillis. Pour les environs.

— Pour les...

— C'est un beau traîneau !

Les plaques rouges sur les joues de ma mère m'ont incitée à réagir. Emilia m'adresse un regard pétillant.

— Tu as remarqué ? dit-elle en changeant de cible. J'ai demandé à une connaissance de Burlington de le construire sur les bases d'un de mes dessins. Le résultat a dépassé mes attentes.

— Je ne savais pas que tu dessinais.

— C'est l'apanage des architectes d'intérieur, Robyn. Je touche un peu à tout ce qui a trait à l'art. Il paraîtrait que j'ai un bon coup de crayon, je te laisse juge.

Elle désigne le traîneau du bout du doigt, comme s'il ne prenait pas la moitié du paysage, qu'il ne mangeait pas les trois quarts de la rue, et qu'il ne m'éclatait pas au visage avec ses lumières tout droit sorti d'une usine à stroboscopes.

— J'ai voulu quelque chose de tradi', un rappel à l'enfance, au papa Noël et toutes ces choses. Tu contextualises ?

— Je contextualise bien.

— Les valeurs de Noël, les couleurs chaudes et une pointe de modernité avec Rudolph, mon chauffeur.

— Rudolph, acquiescé-je en saluant l'homme en retrait.

— J'aurais préféré louer des rennes, mais la préservation et le respect des animaux sauvages m'ont rendu la tâche un peu compliquée, tu vois le genre ?

— Je vois, *aye*.

— Je ne pouvais pas en acheminer par avion comme ça a été le cas pour le traîneau, tu comprends ?

— Je comprends, évidemment.

— Ce sera donc une distribution de cadeaux avec un

moyen de transport plus moderne. Mais il sera tout aussi efficace, n'aie aucune inquiétude sur ce point !

Mon ventre effectue une douloureuse cabriole.

— Une « distribution de cadeaux » ?

— Oui. Tu pensais que les cadeaux dans le traîneau n'étaient là que pour faire joli ? Voyons, Robyn...

Je sens la colère monter chez les sœurs Pipelette.

Ne me dites pas que c'est ce que je crois. Pitié. Ne me dites pas qu'elle va oser...

— Aujourd'hui, ça n'est qu'une répétition générale, la vraie distribution aura lieu demain. Ce sont des petites babioles, majoritairement de la nourriture, des confiseries et des gâteaux importés de chez moi. Le reste est entreposé dans les anciennes écuries d'Ackergill... Si tu voyais la place que prennent tous ces cartons, tu en perdrais ta langue. Je vais en avoir pour plusieurs jours d'offrandes !

Son rire sonne comme du cristal dans l'air rendu électrique par les ondes grésillantes des sœurs Ferguson. Ça n'est qu'une question de secondes avant qu'elles explosent. Encore un peu et Emilia Burns-Schleifer finira en chair à boudin.

Présageant le pire, je rassemble mes esprits et essaie de garder le contrôle de mes émotions.

— Emilia, une distribution de nourriture gratuite a déjà lieu à Wick.

— Ah ? Vraiment ?

Elle feint l'étonnement à merveille.

— *Aye*. C'est la journée des Fergutines. Ma famille et moi traversons la ville pour livrer du chocolat chez l'habitant. L'idée vient de Helen, mon arrière-grand-mère.

— Oh ! Quelle belle attention... ça ressemble un peu à ma journée des Lutins d'Ackergill mais soit, je ne vous en tiendrai pas rigueur puisque c'est pour la bonne cause. Par contre, ça ne vous dérange pas de décaler ça à plus tard ? J'ai déjà prévu mon itinéraire, ce serait dommage qu'on se gêne.

Elle penche la tête sur le côté, un sourire factice vissé sur les lèvres. J'entends Norma ruminer « Lutins d'Ackergill » comme si elle venait d'être insultée au plus profond de sa chair.

— Ça va être un peu compliqué, reprends-je, tendue comme un arc. Les ballotins sont déjà prêts, et nous n'avons pas beaucoup de place à la boutique. On ne peut pas les stocker.

— Bien. Vous ferez ça de nuit.

— Pardon ?

— Après moi, je veux dire. Je vous laisse le champ libre une fois que j'aurai terminé.

— Mais tu viens de nous dire que tu en aurais pour plusieurs jours de distribution...

— Oui, et alors ? Vos chocolats tiendront d'ici là, non ? Au pire, il fait un froid sibérien par ici, vous n'aurez qu'à les mettre dehors, sous une bâche, ils ne craindront rien. Ça vous va ?

Je la fixe sans savoir si elle est sérieuse. *Mettre les chocolats sous une bâche ?*

— Je plaisante !

Son gloussement résonne dans le silence glaçant. À l'évidence, son humour n'a rien d'écossais.

— Tu sais quoi ? J'ai une idée géniale : pourquoi tu ne laisserais pas tes chocolats au château ? me propose-t-elle. Tu les récupéreras après ma tournée. Ou alors... non, j'ai encore mieux !

Anormalement excitée, elle ajoute :

— Je pourrais te prêter mon traîneau, qu'en dis-tu ? C'est une fleur que je te fais. À moins que tu aies déjà une Fergumobile ou quelque chose de semblable pour ta distribution ?

— Je… non. Je n'ai pas de Fergumobile.

— Oui, l'inverse m'aurait surprise. Je te laisse donc utiliser mon traîneau pour faire tes petites affaires. C'est un modèle unique, importé des États-Unis et confectionné au cœur d'une usine à taille humaine : c'est un luxe de pouvoir profiter d'un tel produit, j'espère que tu en es consciente.

— Ce n'est…

— Ne me remercie pas, ça me fait plaisir.

S'apprêtant à faire demi-tour, elle lève l'index en l'air, comme percutée par une énième réflexion.

— J'oubliai : Rudolph ne travaille pas de nuit. J'allongerai le contrat de location de sa motoneige pour que tu puisses la conduire quand même. Ne te tracasse pas pour tout le côté financier : j'en fais mon affaire. Ne me remercie pas non plus pour ça, je suis une Burns, la générosité coule dans mes veines.

Étourdie par le trop-plein d'informations, je ne récupère pas de suite mes esprits. Il faut que ses bottes soient posées sur le marchepied du traîneau pour que mes cordes vocales retrouvent leurs fonctions :

— Il n'est pas question de distribuer les ballotins pendant la nuit !

Elle pivote la nuque. Deux sourcils froncés apparaissent sur sa peau parfaitement lisse.

— Les gens dorment la nuit, Emilia.

— Il n'y a pas d'autre solution.

— On ne peut pas sonner chez eux comme ça nous chante ! m'impatienté-je.

— C'est ça ou vous annulez votre petite activité du dimanche.

Mon sang s'embrase.

— Ce n'est pas une « activité du dimanche », c'est une tradition. Elle compte pour nous, c'est important qu'on puisse la perpétuer.

— Je vois...

Elle croise les bras contre son anorak tandis que je brûle d'ajouter qu'elle connaît très bien cette coutume pour y avoir assisté pendant son enfance. Ses « Lutins d'Ackergill » sont pompés sur nos Fergutines, elle pourrait au moins avoir la décence de l'admettre.

— Dans ce cas, j'espère que nous ne nous croiserons pas.

Grimpant dans son traîneau, elle exige de Rudolph qu'il redémarre. Sa dernière phrase plane comme une menace alors que la motoneige vrombit sur le tapis de neige.

— Qu'entendait-elle par là ? s'enquiert Norma, rouge écarlate.

Je dois décrisper ma mâchoire pour que les mots puissent sortir de ma bouche.

— Elle entend saboter la journée des Fergutines.

Et il est hors de question qu'elle y parvienne.

14

Les Clés

Déterminée comme jamais, j'entasse une partie des ballotins dans le coffre de mon tacot. Ma mère, tout aussi motivée, charge également la sienne sur le trottoir d'en face.

Notre organisation est infaillible.

Nous savons à quelle heure les habitants ouvrent leurs volets, quels sont les chocolats qu'ils préfèrent, l'horaire auquel ils prennent leur petit déjeuner… et le temps que nous avons jusqu'à ce qu'Emilia Burns-Schleifer-Reine-Du-Traîneau prenne conscience de l'ampleur de notre plan.

— Elle partira du château à 9 h 30, nous avons une heure et demie devant nous.

Le réseau de commères de Norma – un vaste monde codifié à l'intérieur duquel il vaut mieux ne pas poser les pieds – nous a obtenu cette information plaquée or. Je préfère ne pas savoir quel potin ma tante a livré en échange.

— Kate arrive quand ? lui demandé-je.

— Elle devrait déjà être ici.

Je la considère un instant, le bras dans le coffre, et tente de percevoir ses véritables émotions derrière son air d'éternelle pie bavarde. Ça n'est pas toujours facile.

— Vous vous êtes disputées ?

— Non, on a eu une discussion à propos des Burns et elle n'est pas complètement de mon avis.

Elles se sont disputées, donc.

— Kate ne comprend pas qu'on se batte à ce point contre cette famille, m'explique-t-elle. Elle trouve que j'exagère.

— Ce que tu as mal pris.

— Je n'exagère pas, Robyn, je vis les choses de façon pleine et entière. Et accessoirement, je protège les traditions de ma famille. Kate finira par être d'accord avec moi, ne t'en fais pas. En attendant, elle me fait payer notre accrochage en tardant à ramener la voiture de location.

Au rythme de nombreuses allées et venues entre la chocolaterie et le trottoir, j'encombre ma citadine jusqu'au toit.

Un quart d'heure plus tard, nous nous apprêtons à débuter le parcours de livraison quand, à la jonction entre notre rue et le pont qui surplombe la Wick River, au bout de la rue, j'aperçois un long manteau en laine.

Walter.

Il regarde dans ma direction, adossé contre le mur en briques de la banque. Mon estomac se brouille ; aurait-il des nouvelles à propos des clés ?

Il lève discrètement une main gantée, comme pour m'inciter à le retrouver. À la pensée d'une avancée quelconque dans son enquête, mon cœur tamponne contre mes côtes.

Je m'assure que Norma et ma mère sont occupées à l'intérieur de la boutique pour leur fausser compagnie – traiter avec l'ennemi pourrait me coûter très cher.

— Vous vous cachez ?

Il ne me répond pas tout de suite.

Son regard noir flâne sur mon visage, et s'arrête un moment sur ma ligne de grains de beauté.

Ces quatre petites taches sont équidistantes, et la ligne qu'elles forment est tellement droite qu'on jurerait qu'elles sont fausses. Ça a l'air de le captiver.

— Je préfère éviter de créer des tensions inutiles, dit-il en pointant le nez vers les voitures affrétées devant la boutique. Que faites-vous ?

— On contrecarre les plans de votre sœur. Vous avez du nouveau concernant les clés ?

Je l'entends inspirer profondément derrière son écharpe qui arbore un nœud parfait. Il se perd brièvement – et pour la seconde fois – dans mes grains de beauté, avant de reprendre :

— Oui. Votre piste ne mène à rien. Dans quoi ma sœur s'est-elle lancée ?

— Une attaque à lutins armés. Comment ça, « à rien » ?

— Des… je vous demande pardon ?

Je soupire.

— Laissez tomber votre sœur, Walter, il y a plus important pour le moment.

Mais il lui faut plusieurs secondes pour se reprendre, comme si le fait de ne pas avoir la mainmise sur la situation ne lui plaisait pas.

— Les recherches que j'ai menées au sujet des clés ont été infructueuses, me dit-il.

— Et vous avez fait le déplacement pour me prévenir ?

— Je préfère vous parler de vive voix. Et je n'ai pas votre numéro de téléphone.

— Vous auriez eu du mal à me joindre dans tous les cas. Expliquez-moi ce qui se passe.

Il me révèle alors que le double de Maxwell n'a pas été fait par un serrurier des environs.

— J'ai rendu visite à tous ceux qui exercent entre Thurso et Kinbrace, et je n'ai pu remonter aucune piste.

— La personne à l'origine de ce double tenait à rester discrète, avancé-je. C'est plutôt logique : tout le monde se connaît, ici. Cette personne a dû se dire qu'en s'éloignant au maximum du périmètre d'Ackergill, elle protégerait ses arrières.

— Probable, en effet.

Il marque un temps d'arrêt, durant lequel sa peau se creuse d'infimes ridules. Elles intensifient la rigueur d'une expression déjà bien trop rigide.

— À quoi vous pensez ?

Il darde un œil méfiant sur moi. Je m'explique :

— Quand vous réfléchissez à quelque chose qui vous dérange, votre peau se froisse comme une culotte de grand-mère. Votre front est en train d'en pâtir.

— Se fronce.

— Quoi ?

— Les sous-vêtements auxquels vous faites référence portent des fronces. Mon front est donc froncé, et non froissé. Vous n'employez pas le bon terme.

— Ça n'était qu'une expression…

— Ça ne doit pas vous empêcher de la rendre conforme à la réalité.

Aucun sourire ne s'épanouit sur ses lèvres, j'en déduis que ça n'était pas de l'humour. Laird Premier Degré est de retour.

— Froncé ou froissé, vous êtes troublé par vos pensées, dis-je pour revenir au fond du problème.

Dans l'immédiat, mon intérêt pour l'enquête dépasse notre problème de communication.

— Un peu, admet-il. Si je reviens vous voir, c'est parce que je me trouve dans une impasse. Après être passé chez les serruriers, j'ai interrogé le personnel d'Ackergill. Ce sont les seuls à avoir un contact rapproché avec ma famille, j'espérais que l'un d'eux avouerait avoir dérobé une clé il y a six ans et demi pour en faire un double.

— Mais le résultat n'a pas été à la hauteur de vos attentes.

— J'ai surtout été confronté à un imprévu.

— Comment ça ?

Pour la troisième fois, son œil effectue une embardée vers mes grains de beauté. Plusieurs secondes défilent dans le silence de sa contemplation.

— La clé que vous m'avez confiée ouvre l'ancienne chambre de Lady Louise Duff-Dunbar, Robyn. Je l'ai découvert en testant le jeu dans les serrures.

— *Aye*… en quoi c'est un imprévu ?

— Les lettres n'étaient pas gardées dans cette pièce.

Je m'immobilise.

— Cette clé n'a donc pas pu servir au vol. Ni elle, ni les doubles qui auraient pu être produits à partir du modèle original. Cette piste n'est pas la bonne.

Une rafale frappe soudain l'angle de la rue, où règne un parfum d'incompréhension. Le vent vient coller une de mes mèches de cheveux sur mes lèvres entrouvertes.

— Attendez… Vos objets précieux se trouvent bien au dernier étage du château ?

— Oui, mais il y a deux chambres à cet étage. Les

objets ont été répartis dans ces deux pièces, et comme ma grand-mère ne voulait pas des lettres de Cromwell dans la sienne, une question de principe, elles ont été rangées à côté.

Je place les deux paumes en avant, de plus en plus confuse.

— Waouh. Votre grand-mère ?

— Lucy Burns, oui.

— Qu'est-ce que votre grand-mère a à voir dans cette histoire ?

— Elle dort dans l'ancienne chambre de Lady Louise Duff-Dunbar.

Je manque d'en tomber à la renverse.

— Ça veut dire qu'en réalité, la clé que je vous ai donnée ouvre la chambre de votre... grand-mère ?

— C'est ce que j'explique depuis tout à l'heure. Je vais devoir l'interroger pour savoir si elle a vu ou entendu quelque chose, mais ça m'étonnerait. Elle a déjà affirmé le contraire dès le samedi du vol.

Je ne sais pas si je pâlis. À l'intérieur en tout cas, un cyclone arrache tout ce que j'avais d'assurance et de certitudes.

— Walter, je ne pense pas que votre grand-mère ait de lien avec le vol.

Par contre, elle cache bien quelque chose. Et j'ai peur d'avoir deviné ce que c'est.

15

Les Points Communs

La vie de Lucy Burns est une énigme. Je n'ai jamais eu l'occasion de rencontrer la grand-mère du clan et tout ce que je sais d'elle provient des ragots locaux ; d'après eux, Lucy Burns serait une femme devenue solitaire suite au décès de son mari. Certains emploient le mot « acariâtre ». Une attitude que je peux comprendre.

Quand Mabel a perdu Henry, mon grand-père, elle n'était plus que l'ombre d'elle-même. Nous avons eu le temps de nous préparer à son départ, à force de visites à l'hôpital, mais il a fallu un an pour qu'elle réapprenne à sourire sans se forcer. Un autre pour qu'elle parvienne à évoquer leurs souvenirs sans avoir les yeux humides. Cinq ans plus tard, elle porte toujours sa bague de mariage au doigt.

— Qu'entendez-vous par là ?

Je reviens au présent. Walter ne m'a pas quittée des yeux.

Est-ce que je peux partager ma théorie avec lui ? Je ne sais pas. J'en sais tellement peu sur cette famille que j'ai l'impression de marcher sur des œufs. Qui me dit que je n'aggraverai pas la situation en m'immisçant dans leurs histoires personnelles ?

— Robyn, pourquoi croyez-vous que ma grand-mère n'est pas liée au vol ? Qu'est-ce que ça signifie ?

Un sourire malhabile se dessine sur mes lèvres.

— Rien de précis. Quand est-ce que vous comptez l'interroger ?

— Vous ne répondez pas à ma question...

— J'aimerais être présente au moment de l'interrogatoire, si vous le voulez bien.

— Non, ce sont des affaires privées Et vous me cachez quelque chose, encore.

— Quand est-ce que vous allez parler à Lucy ?

— Ça vous arrive d'écouter les gens ?

Si vous saviez...

Je ne suis pas certaine de l'hypothèse que j'avance, mais elle tombe sous le sens : Maxwell détient les clés de cette chambre. Et il s'y rend en secret. De plus, pendant le discours d'ouverture, Ann Burns a laissé entendre que Lucy était présente au château mais qu'elle nous rejoindrait plus tard. Et quand j'ai croisé Maxwell à cet étage, il semblait particulièrement mal à l'aise...

Tout concorde.

Mais peut-être que je vois des preuves là où il n'y a que des coïncidences. Peut-être qu'il n'y a pas de retrouvailles secrètes. Peut-être que Norma et sa manie d'imaginer des potins partout ont déteint sur moi.

— Je sais que vous ne m'aimez pas beaucoup, Walter. Mais vous pouvez me faire confiance.

— Je ne vous connais pas.

— Ma réputation...

— Je me moque bien de ce que les autres peuvent me dire de vous, Robyn. Le fait est que vous êtes butée et inconséquente. Ce sont deux traits de caractère peu engageants.

Aye. Ça aussi, je peux comprendre.

Je jette un œil dans mon dos pour m'assurer que le trottoir est toujours désert. Puis, j'inspire.

— Mon deuxième prénom est Aingealag, c'est du gaélique et ça veut dire « ange ». L'équivalent en anglais est Angelica.

— Pourquoi me dites-vous ça ?

— Je déteste le lard fumé, l'odeur me donne des nausées, ce que Norma a toujours trouvé étrange puisque je peux manger du boudin noir jusqu'à avoir le ventre aussi tiré qu'un ballon de baudruche.

Il redresse la tête, perplexe.

— Du...

— J'ai eu peur du noir pendant des années, j'avais une veilleuse dans ma chambre, poursuis-je sans prêter attention aux différentes émotions qui passent sur son visage. J'ai sauvé un oiseau de la noyade quand j'étais petite. Je l'ai soigné, réchauffé et nourri jusqu'à ce qu'il soit capable de voler à nouveau. Deux jours après l'avoir libéré, je l'ai retrouvé dans l'allée de notre cottage, raide mort. Le chat des voisins était vraiment une andouille.

— Robyn, je...

— Je n'aime pas l'injustice, ça me débecte.

Comprenant que je ne me tairai pas, il cesse d'insister et me laisse le champ libre. Je m'en donne à cœur joie.

— Je suis sentimentale et attachée aux vieux objets. J'aime l'odeur de la tourbe après une averse. Je ne me brosse que l'avant des cheveux quand je me fais une queue-decheval. Je chante sous la douche. Mal. J'ai déjà imploré le karma pour que ma tante et ma mère aient une extinction de voix simultanée. Les baleines m'angoissent, elles sont énormes. Les araignées sont adorables, que personne ne me contredise à ce sujet. Je peux réciter l'alphabet à l'envers, citer les rois d'Écosse dans l'ordre chronologique, faire des blagues douteuses sur les Anglais et dormir les yeux ouverts. Je n'ai jamais réussi à faire pousser un avocatier à partir du noyau. Je...

— J'ai saisi.

Je l'entends émettre un soupir. Très léger. Aussi subtil que le bruit d'une feuille qui s'échoue sur le macadam.

— Vous pouvez reprendre votre souffle, le message est passé, complète-t-il.

— Bien.

J'attends patiemment qu'il baisse les armes, résolue à lui révéler d'autres de mes secrets et de mes manies au besoin.

L'image qu'il a de moi n'est que le reflet qui brille en surface. Je pense être bien plus qu'une femme « butée et inconséquente ».

— J'avais prévu de rentrer au château après notre discussion et de poser des questions à ma grand-mère à ce moment-là, m'annonce-t-il.

Manifestement, le supplément de confessions ne sera pas nécessaire.

— Maintenant, donc ?

— Si notre conversation est terminée, alors oui.

Je ferme les yeux, dépitée à l'idée de manquer une partie des Fergutines. Norma et ma mère pourraient me le faire payer en pactisant avec le comité des fantômes pour revenir me hanter après leur mort.

Sauf que j'ai besoin d'éclaircir des zones d'ombre.

Et plus vite ce sera fait, mieux ça ira. Tant pis pour les revenantes sadiques.

— D'accord, alors allons-y. On peut prendre ma voiture ? J'ai des chocolats à livrer aux abords de votre domaine, je gagnerai du temps si je ne reviens pas ici entre-temps.

Il se renfrogne à nouveau.

— Je crois qu'on ne s'est pas bien compris, Robyn. Je n'ai pas accepté que vous m'accompagniez, j'ai juste répondu à votre question.

— Vous préférez prendre votre propre voiture ? Dans ce cas, je vous suivrai avec la mienne jusqu'au château.

— Vous recommencez à ne pas m'écouter…

— Et vous, vous ne m'entendez pas.

Tandis qu'il serre la mâchoire, je lève les yeux au ciel.

— Écoutez, je n'ai pas beaucoup de temps, soupiré-je. Autant qu'on reporte notre dispute. Je vous promets que je tiendrai mon rôle à la perfection, je peux énerver un homme de corpulence moyenne en moins d'une minute. Parole de Ferguson.

— Vous n'avez rien à faire avec ma grand-mère, d'accord ? Votre implication dans cette histoire s'est arrêtée au moment où vous m'avez donné les clés. Je suis revenu pour comprendre la raison du quiproquo lié aux chambres, c'est tout. Si vous refusez de m'aider, je ne peux pas… que faites-vous ?

J'enfonce la main dans la poche de mon manteau, empoigne mon trousseau de clés, et fais demi-tour sous son air sidéré.

— Je vais au château, lancé-je par-dessus mon épaule.

— Vous… Robyn ! Je viens de…

— Je n'ai pas le temps de négocier, désolée ! Mais

n'oubliez pas votre dernière réplique, qu'on puisse reprendre où on s'est arrêté tout à l'heure ! J'ai hâte !

Je fonce rejoindre mon tacot avant qu'il n'ait la brillante idée de me rattraper. Quand j'atteins la portière, c'est au tour de ma tante de me planter des bâtons dans les roues.

Les boucles de ses cheveux maltraitées par l'effervescence de la matinée, elle jette un œil suspect aux abords de la banque. Découvrir l'ombre d'un long manteau en laine la fait éructer.

— Tu fraternises avec l'ennemi ? !

Je n'ai pas le temps de me défendre que ma mère apparaît sur le pas de la chocolaterie.

— Ne crie pas si fort, les gens dorment encore, Norma !

— Ta fille fraternise avec l'ennemi !

— Lequel ?

Je m'empresse de claquer la portière puis de démarrer le moteur. Deux dragons aux naseaux enflammés emplissent le cadre de mon rétroviseur rafistolé. L'homme qui me fixe derrière ce duo a le visage déformé par la colère.

C'est ce qui s'appelle répandre la joie.

Le château d'Ackergill s'élève en fuseau dans un ciel parsemé de taches noirâtres. N'étant pas autorisée à entrer sur le domaine avec ma voiture, je la gare à proximité de la grille et décide de poursuivre le chemin à pied.

Si Walter refuse de me faire rencontrer sa grand-mère, alors je la trouverai moi-même.

J'ai peur qu'elle mente à son petit-fils pour protéger son secret, ce qui entraverait le bon déroulement de l'enquête. Et, ça ne manquerait pas de m'agacer puisque, jusqu'à preuve du contraire, les doutes planent pour l'instant sur ma famille.

Le seul moyen pour Lucy Burns d'expliquer clairement ce qu'elle a vu ou entendu le jour du vol serait d'en discuter avec quelqu'un déjà au courant de sa relation – si relation il y a.

Donc moi.

Je longe les barrières perlées de givre, déterminée à entrer sur le domaine. Mes doigts s'engourdissent. Ma nuque se contracte sous l'effet des températures, mais j'insiste et signe : je me faufilerai sur ce terrain, j'irai parler à Lucy, et je découvrirai le fin mot de toute cette histoire abracadabrante.

— Trois chiens vivent ici, entends-je, au bout d'un moment à chercher une ouverture dans la barrière.

Inutile de me retourner, j'ai reconnu le ton de Walter. Monotone et autoritaire à la fois. Comme toujours. Je poursuis mes recherches sans lui offrir de réponse.

— Vous ne devriez pas prendre cette information à la légère. Ils ont été éduqués par le dresseur canin le plus qualifié de Glasgow. Skye et Lassie peuvent arracher un mollet en quatorze secondes.

— Les animaux m'apprécient.

— Ils aiment aussi la viande.

L'herbe blanchie s'écrase sous mes baskets. Je me baisse, me redresse. Je teste la solidité d'un nombre incalculable de barreaux avant qu'une autre intervention ne vienne perturber mon entreprise :

— Dites-moi simplement ce qui vous pousse à vouloir rencontrer ma grand-mère.

— Je ne peux pas, non. Certaines choses ne sont pas faites pour être dévoilées.

— La vérité et le mystère ne font pas de bonnes camarades.

— Tout ne se raconte pas, Walter.

— C'est un point de vue partagé uniquement par les faibles et les menteurs.

Je pivote, piquée par sa repartie.

— Très bien ! Dans ce cas, dites-moi pourquoi vous fixez mes grains de beauté.

Son regard, qui vacille un instant, me donne la force pour insister.

— Vous les trouvez esthétiques ? Hideux ? Ils vous font penser à quelque chose ? À quelqu'un ? Ou pas ? Dites-moi simplement la vérité, Walter, à moins que vous soyez un faible ou un menteur.

Il inspire. Une fois. Puis deux. Trois et quatre. Ses lèvres remuent mais les mots refusent d'en sortir. J'ai accompli l'exploit de déstabiliser le grand Walter Burns.

Finalement, et dans un silence qui ne m'étonne pas beaucoup, il pivote sur ses talons.

Le bas de son manteau rase la végétation tandis qu'il suit le chemin formé par la barrière du domaine. Pas un regard ne m'est adressé, mais je suppose qu'il sent ma présence derrière lui.

Il rejoint sa voiture ; sa carrure, inadaptée à l'étroitesse d'une Porsche de collection, doit se plier en deux pour parvenir à s'installer derrière le volant. Je file auprès de mon tacot crapotant aussi vite, et m'engage sur la longue route dévoilée par l'ouverture de la grille.

Est-ce que j'ai raison d'insister à ce point ? L'avenir me le dira. Ma seule certitude pour l'instant est que mon obstination pousse l'antipathie de Walter à son paroxysme.

Entre le moment où il s'extirpe de son véhicule et celui où il toque à la porte de la chambre de sa grand-mère, il ne m'adresse pas un seul mot. Il a récupéré l'aura glaciale d'un meurtrier, avec, en prime, l'arrogance qui fait de lui cet être imbuvable.

— Faites-vous discrète et laissez-moi parler, m'ordonne-t-il, le nez pointé devant lui.

À l'évidence, il évite mon regard.

— D'accord.

— Si vraiment vous avez quelque chose d'indispensable à lui dire, et j'insiste sur ce terme « indispensable », alors faites-le. Mais ne l'interrompez pas.

— Je sais quel comportement adopter avec les aînés, vous ne...

— Et n'évoquez William sous aucun prétexte.

La lumière déferle comme une vague dans le couloir lorsqu'il écarte la porte de son chambranle. Je n'ai pas le temps de lui demander la raison pour laquelle ce prénom vient de ternir son humeur.

16

Lucy Burns

La première chose qui me frappe en entrant dans la chambre, c'est son exiguïté.

Le mobilier se chevauche par manque de place. Bibliothèque lustrée, secrétaire en pin, méridienne capitonnée, lampadaire à franges, cheminée imposante et lit à baldaquin forment un bric-à-brac qui me rappelle étrangement l'anarchie du cottage.

— Grand-mère.

Walter interpelle la femme installée sur une chaise, près de la fenêtre.

De profil, elle semble absorbée par un livre ; elle est courbée comme une cuillère, le visage quasiment collé à la page qu'elle est en train de déchiffrer. Quant à ses doigts plissés, ils dansent sur un carnet rempli d'annotations, posé sur la table d'appoint, à côté d'elle.

Walter se racle la gorge.

— Lucy, vous avez de la visite.

— Je t'ai entendu, mon garçon.

Elle se redresse, sourit au hasard dans notre direction, et attrape un objet sur la table d'appoint. Un porte-cigarette, déjà muni de sa cigarette. Il est amené au coin de sa bouche dans un mouvement tellement lent qu'on le croirait au ralenti ; la vieille dame emplit alors ses poumons d'une longue inhalation nicotinique.

— Inutile de le dire deux fois.

La fumée quitte ses lèvres avant d'être aspirée par son nez ; en voyant ce ruban blanchâtre disparaître dans ses narines et ne pas en ressortir, je me demande quel organe il compte contaminer en premier.

Elle enfile la paire de lunettes qui pendait à son cou et jette un vague coup d'œil vers nous. Pas de bonjour. Ses paupières ne s'agitent que pour inspecter nos allures. Les Burns ont apparemment tous les mêmes règles d'usage… la politesse ? Pour quoi faire ?

— Voici Robyn Ferguson, m'annonce Walter d'un mouvement de la main qu'il replace ensuite dans son dos.

— Le clan des chocolatiers ? avance-t-elle.

Une appellation que je trouve amusante.

— *Aye*, madame, opiné-je.

Elle hausse un sourcil clairsemé derrière sa monture raffinée.

— Tu as fait entrer une Ferguson chez nous, Walter ?

— Robyn participe de loin aux recherches des lettres.

— Ça ne répond pas à ma question.

— Elle souhaitait vous voir. J'avais une dette envers elle.

Je l'ai surtout un peu forcé.

Lucy porte une nouvelle fois l'embout du porte-cigarette à ses lèvres. Il émane d'elle une élégance d'antan. Le charme d'hier, comme ces vieilles toiles qui racontent des histoires plus qu'elles ne décorent les murs. Son air impérial se manifeste jusque dans son nez, pointé en l'air avec une juste dose de prétention.

En revanche, quelque chose dans son regard me met mal à l'aise. Je ne saurais pas dire quoi, exactement. De la malice ? Du vice, peut-être. Ses prunelles pétillent d'une manière singulière.

— Une dette ? reprend-elle. Tiens donc. Et en quel honneur cette *dette* me vaudrait-elle une visite ?

— Robyn est…

— Je pense qu'elle est capable de s'exprimer toute seule, mon garçon.

Walter fait alors un pas en arrière, la tête basse et les mains jointes.

— Qu'a fait mon petit-fils qui vaudrait une reconnaissance de dette ?

J'ordonne à mon cœur de ralentir, les palpitations anarchiques m'empêchant de réfléchir convenablement.

— Je lui ai donné un double de clés frauduleux.

Je n'ajoute rien, espérant que cette seule information parvienne à la déstabiliser.

Un blanc s'installe, durant lequel elle finit par tourner la tête vers la fenêtre. A-t-elle compris ? L'écume s'échoue dans un rouleau répétitif sur les galets, à quelques mètres du château. Vue d'ici, l'eau s'étend à perte de vue, allant jusqu'à côtoyer l'horizon maquillé par le mauvais temps. Les rayons dorés qui percent les nuages noirs rendent le décor encore plus spectaculaire.

Je comprends pourquoi Lucy a choisi cette chambre : la vue y est splendide.

— Cette histoire de clés. Donnez-moi plus de détails, demande-t-elle avec une patience forcée.

— Nous pensions que le voleur les avait utilisées pour

dérober les lettres, lui explique Walter. Mais nous nous sommes finalement aperçus qu'elles n'ouvrent pas la bonne chambre.

— Continue.

— Elles ouvrent la vôtre. Quelqu'un possède un double des clés de votre chambre, grand-mère.

La fumée effectue à nouveau un court voyage entre ses lèvres et ses narines.

— Dès que je l'ai compris, j'ai fait renforcer la sécurité du domaine d'Ackergill, ajoute Walter. Un nouveau gardien arrivera demain de Thurso. J'ai également prévenu le maître-chien d'augmenter la fréquence des tours de garde. J'ignore pour quelle raison cette clé en particulier a été dupliquée, peut-être qu'un des objets conservés ici est recherché, mais ça n'impactera en aucun cas votre tranquillité. Je vous en fais la promesse.

— Bien.

— En revanche, je pense qu'il serait préférable de déménager vos affaires dans une autre pièce du château. Celles du premier étage sont les plus sécurisées. De la place a été faite au boudoir, je peux m'occuper du transfert aujourd'hui.

— Tu as pensé à tout, mon Walty.

Elle pose sur lui un regard tout en contraste. Amusé et piquant à la fois. Je ne saurais dire si c'est positif.

— Mais je ne bougerai pas d'ici, déclare-t-elle. Cette chambre est la mienne, j'y suis bien et j'y resterai.

Son « Walty » n'a pas l'air ravi de l'entendre. Il se raidit.

— Lucy…

— Le château d'Ackergill est plus surveillé qu'un centre pénitentiaire. Je ne risque rien.

— Je…

— Tu as le double avec toi maintenant, n'est-ce pas ? Alors, cesse de t'inquiéter, ça te donne une mine affreuse. Robyn, vous ne trouvez pas que son teint manque d'éclat ?

— Un pot de farine ne lui rendrait pas justice, renchéris-je.

Un petit sourire germe sur les lèvres de la grand-mère. Elle penche ensuite la tête vers son petit-fils.

— Tu veux bien aller ranger ces clés dans mon coffre à bijoux, sur la cheminée ? lui demande-t-elle.

— Vous voulez les garder ?

— Je préfère les savoir avec moi, *aye*.

Sur la cheminée en question trônent quatre cadres. Des photos de famille. Je distingue la chevelure folle de Stew, entourée d'herbe et de prairies. Puis l'air guindé d'Emilia, près des pigeonniers qui décorent le parc. Walter apparaît quant à lui sur deux clichés : deux images où il arbore un sourire édenté, aux côtés d'un homme en *trews*[1].

Il a donc été joyeux, à un moment de sa vie.

— Walter m'a dit que les lettres des soldats de Cromwell étaient conservées dans la pièce à côté, lancé-je à mi-voix, profitant que le petit-fils s'est éloigné pour entrer dans le vif du sujet. Auriez-vous entendu quelque chose, le jour du vol ?

Elle enfume ses poumons de tabac tiède, sans plus de considération pour ma question.

— Il aurait fallu que je me trouve dans ma chambre au moment des faits, Robyn.

— C'était le cas ? Comme nous ne vous avons pas vue au Grand Hall, je me dis que peut-être…

— J'étais présente au déjeuner d'ouverture. Je suis arrivée après la grande mascarade, vous étiez déjà partie.

1. Pantalon écossais. Il est porté près du corps, haut sur les hanches, et le tissu est flanqué d'un tartan.

La « grande mascarade ». J'avale le mot sans vraiment le digérer.

La réaction disproportionnée de ma grand-mère était une réponse à la hauteur de la trahison. Si on ne lui avait pas manqué de respect, elle serait restée silencieuse.

— Votre chambre était donc vide ? Complètement vide ? reprends-je.

Une lueur traverse ses iris d'un noir commun à tous les Burns.

Elle sait. Depuis le début, elle sait que je sais.

— Madame Burns, je...

— N'imaginez pas que vous comprenez tout, me coupe-t-elle avec fermeté. Fouler le sol d'Ackergill vous fait pénétrer dans un monde dont vous ignorez les règles. Vous ne savez rien des occupants de ce château. Ne vous prenez pas pour ce que vous n'êtes pas.

Walter réapparaît avec un regard perplexe.

Je m'efforce de rester polie et continue sur ma lancée :

— Votre famille est un mystère pour les habitants de Wick. C'est pour ça que la moindre information qui fuite à votre sujet est analysée sous toutes ses coutures. On cherche juste à vous comprendre. Vous savez, madame Burns, le meilleur moyen de mettre un terme à ce jeu-là, c'est de se montrer honnête.

— Robyn.

Walter m'assène un coup d'œil féroce. Affronter sa grand-mère ne faisait pas partie de mes permissions, je m'aventure en dehors des limites.

Lucy prend le temps de terminer sa cigarette puis de l'écraser dans un cendrier en porcelaine. Un nuage flotte autour d'elle, mélange de nicotine et de cynisme.

— Les idiots du village ! entonne-t-elle en s'adossant

contre le dossier de son siège. C'est comme ça que nous vous appelions, William et moi : les idiots du village.

Ses pupilles transpercent la fumée vaporeuse pour se planter avec voracité dans les miennes. Je reste bien droite, malgré la critique.

— Au sein d'une communauté, chacun tient un rôle précis : certains dirigent, d'autres suivent. Les derniers alimentent la roue avec leur curiosité, leur ignorance ou leur besoin de reconnaissance. Et ce qui est magique, Robyn, c'est que la communauté a besoin de chacun de ces individus pour fonctionner.

Elle croise les doigts sur son ventre, là où son chemisier à fanfreluches forme des plis.

— William estimait que les idiots étaient nécessaires à la vie d'un village parce qu'ils permettaient de laisser les secrets en paix. En cela, je veux dire qu'un idiot croit toujours tout savoir, et comme il parle plus fort que les autres, on n'entendra que lui : il raconte sa version d'un sujet, celle qu'il croit juste mais qui n'est jamais la bonne. Il interprète mal, il est incapable de déduire. Il ne fait qu'étaler sa bêtise sur la vérité.

Elle glousse. D'un rire sans joie. Sans vie.

— Grâce aux idiots, les secrets restent préservés dans un monde où les gens exigent de l'intimité qu'elle soit rendue publique. En ça, je vous remercie. Les Ferguson protègent les Burns depuis des années, et en particulier notre chère Norma.

Je me raidis face à l'insulte qu'elle vient de me jeter à la figure. Lucy le remarque et son sourire devient sournois.

— Votre tante est connue pour faire la pluie et le beau temps à Wick. Sans elle, nous manquerions beaucoup d'histoires croustillantes, n'est-ce pas ?

Walter tente d'intervenir, mais elle l'arrête d'un index levé.

— Je n'ai pas fini. Norma a lancé une propagande contre nous, Robyn, j'ai pu en avoir quelques échos, déclare-t-elle, désormais inflexible. Il paraîtrait que nous sommes d'affreux voleurs. Des « chapardeurs de Noël », ou que sais-je.

— Des usurpateurs, rectifié-je.

— Des usurpateurs, *aye*. Le terme m'a échappé ! Voyez-vous, c'est exactement ce dont on parle : les choses nous échappent. On se trompe sur un terme et c'est l'histoire entière qui change. Il suffit d'un mot pour que la réalité soit déformée. Un seul. Partant de ce postulat, on peut comprendre que la plupart des rumeurs soient fausses. Faire la guerre à quelqu'un ou à une famille à cause d'une information biaisée ? Eh bien, nous en revenons au début : c'est faire preuve d'idiotie.

Je prends une profonde inspiration, refusant de lui offrir une crise de colère.

— Vous n'êtes pas appelés des « usurpateurs » pour rien. L'organisation des festivités de Noël, c'est notre affaire. Ça l'a toujours été.

— Noël appartient à tout le monde, Robyn.

— Bien sûr. Mais vous vous permettez de critiquer les miens alors que votre famille ne s'est pas comportée correctement non plus. Il y a deux fautifs dans cette histoire. Il aurait fallu en discuter plutôt que de nous mettre devant le fait accompli.

— Avez-vous réfléchi à la raison qui a poussé ma famille à vouloir fêter Noël en grande pompe à la place de la vôtre ?

Sa question me prend de court.

— Avant de vous jeter à corps perdu dans une vendetta, vous êtes-vous demandé pourquoi, cette année, nous avons décidé d'exister au sein de la communauté de Wick ? complète-t-elle.

Ses paupières batifolent comme deux papillons innocents. Pourtant, je vois avec netteté la perfidie qui se dissimule en dessous.

Walter fait un pas en avant. Il est plus agité que d'habitude.

— Grand-mère, ça ne concerne aucune personne extérieure à la famille.

— Depuis quand te soucies-tu de ce que veut la famille ? Tu es parti d'Ackergill il y a bien trop longtemps pour avoir encore voix au chapitre, tu ne crois pas ?

Silence. Lucy reporte aussitôt son attention sur moi. Elle me jette un sourire à glacer le sang.

— Le fait est, ma chère Robyn, que nous étions heureux. *Aye*, heureux. Et nous avons voulu marquer ce changement. Noël était le moment parfait pour ça : c'est un moment de joie et d'extravagances que nous pouvions désormais nous permettre.

— Grand-mère…

À mesure que Walter se décompose, elle gagne en autorité. Ses traits perdent leur élégance, et une facette plus aigrie, plus dérangeante émerge progressivement sur son visage.

— J'entends les cancans qui traînent à Wick, vous savez. Les Burns sont « des gens tellement aisés », « l'argent pousse sur leurs arbres ! ». Des yeux d'idiots ne voient pas bien loin : vous apercevez un château, vous pensez richesse. Mais avez-vous seulement réfléchi aux coûts que représente une telle bâtisse ?

— Non, je n'y ai pas pensé, admets-je.

— Eh bien, je vais vous le dire : une fortune. Un château, c'est un gouffre financier. Les problèmes y sont nombreux, autant que les imprévus, et les factures liées aux rénovations forcées grossissent d'année en année. Entretenir ce domaine va bien au-delà de tout ce que vous pouvez imaginer. Et fatalement, une chose en entraînant une autre, les comptes finissent par en pâtir. Ceux de cette famille ont fondu.

Walter n'est à présent plus qu'une boule de nerfs en fusion.

— Et quand je dis fondre, je n'exagère pas. Nous parlons de véritables soucis. Ann ne s'est pas habituée à porter des châles toute l'année pour rien, on apprend à user de subterfuges pour cacher ce qui ne va pas. Quand vous divulguerez ce secret à Norma, n'oubliez pas d'insister sur la notion de « fauché ».

Les Burns seraient... *sur la paille ?*

J'observe Lucy sans parvenir à savoir si elle me manipule ou si j'ai mal compris son discours. Rien de tout ça ne me semble probable.

Elle se racle la gorge et, sans plus aucun effort pour paraître polie, ajoute :

— Le château est passé entre les mains du clan Keith et de la famille Dunbar avant d'être à nous. Par chance, ces Écossais ont laissé des souvenirs ici : nous avons réussi à nous maintenir à flot pendant un temps en revendant leurs objets.

— Vous vous séparez des affaires d'Ackergill ?

— Pourquoi croyez-vous que tout ce qui a de la valeur ici tient dans deux chambres minuscules ? raille-t-elle. Nous nous sommes débarrassés de la majeure partie des biens. Le château s'est vidé d'année en année, jusqu'au jour où cette solution n'a plus suffi.

De nouveau, elle fixe un point par-delà la vitre embuée.

— Wick était trop occupée par ses petites rumeurs pour voir ce qui se passait vraiment ici. Qui se souciait de nous ? Nous n'étions que le sujet de discussion au pub, l'anecdote du jour. Des riches cloîtrés chez eux, ça n'attire que les mouches, jamais la compassion.

Elle revient à moi.

— Par chance, Emilia, ma petite-fille, a quelques amis influents de l'autre côté de l'Atlantique. Elle est notamment proche d'une collectionneuse d'antiquités, une certaine Simonsen. Quand cette femme a appris que des lettres datant de l'époque d'Oliver Cromwell traînaient au fin fond d'un vieux château écossais, elle a fait des pieds et des mains pour les voir. Elles lui ont plu. Elle a insisté pour nous les racheter.

— Mes parents ont accepté la proposition de Mme Simonsen, complète Walter.

— Elle était très généreuse.

Walter a croisé les bras sur son long manteau, et fermé son visage à un degré inédit.

— La somme perçue devait nous mettre à l'abri, reprend Lucy. Certains membres de la famille étaient si contents qu'ils se sont amusés à organiser un déjeuner gargantuesque, à préparer des festivités et à engager des conducteurs de traîneau pour distribuer de la nourriture à qui le veut. Ça n'aurait pas été grave, si un incident n'avait pas eu lieu.

— Les lettres ont été volées, murmuré-je, blême.

Lucy esquisse un sourire qui ressemble davantage à un rictus.

— Effectivement. Nous avons touché l'argent, mais Mme Simonsen n'a pas encore vu la couleur du bien qu'elle a acquis. Les lettres devaient lui être transmises pour Noël, nous l'avons invitée pour le dîner du réveillon. Jim et Emilia devaient lui faire visiter les environs à cette occasion. Mais comme les lettres ont disparu, nous sommes comme qui dirait... dans de beaux draps.

Je pivote vers Walter, perturbée par les révélations qui s'enchaînent.

— C'est pour ça que vous vous démenez depuis le début...

Il ne se sentait pas coupable. Il essayait en réalité d'empêcher sa famille de faire naufrage.

— Si nous ne mettons pas la main sur les lettres rapidement, nous devrons rembourser Mme Simonsen, me dit-il en confirmant mes dires par un hochement de tête.

J'ai commis une terrible erreur. La culpabilité de l'avoir mal jugé me fait soudain rentrer dans mes petits souliers.

— Or, vous l'aurez compris, nous n'en avons pas les moyens, commente Lucy. Les dépenses pour Noël s'ajoutent à d'autres frais déjà engagés. Si Mme Simonsen vient à réclamer cet argent, nous n'aurons pas d'autre choix que de vendre le château. Lui, et tout ce qu'il contient.

— Ces lettres ont une valeur si élevée que ça ? m'enquiers-je.

Leur silence est révélateur.

À aucun moment je n'ai entendu de ragots à propos d'une défaillance majeure dans les comptes des Burns. Ils se sont construit une réputation de « famille aisée » au travers d'une image sans faux pli ; leur domaine est entretenu à l'épi près et ils présentent remarquablement bien.

Qui aurait pensé à creuser plus loin que les apparences ?

— Certaines choses nous échappent, Robyn. Gardez en mémoire que de l'iceberg, vous ne voyez toujours que la partie émergée.

17

Cessez-le-feu

Lucy n'aurait pas dû me mettre dans la confidence : Walter n'a pas besoin de s'exprimer pour me faire savoir ce qu'il pense, sa mâchoire serrée me suffit.

Nous échangeons un long regard. Un peu crypté. J'aimerais m'excuser de m'être comportée comme une imbécile avec lui. Lui dire que je le comprends, et qu'il n'est pas tant un pétoncle pédant que ça. Enfin, pas tout le temps.

— Walter, tu veux bien patienter dehors quelques instants ?

Lucy désigne la porte d'un index tendu, ce à quoi Walter obéit sans rechigner. Déjouer l'autorité de cette femme semble exiger chez lui des ressources qu'il ne possède pas.

— Robyn, approchez.

Tandis que la porte se referme dans un bruissement étouffé, j'obtempère à mon tour.

La lumière file dans les plis de sa peau. D'ici, le duvet qui recouvre ses joues devient aussi visible que la constellation de taches présente sur ses mains. L'étincelle crépitante au fond de ses yeux est quant à elle devenue plus intense. Le temps des révélations est venu.

— J'étais présente. Je n'ai rien entendu.

Il me faut plusieurs secondes pour réaliser qu'elle fait allusion au samedi du vol.

— Vous m'avez dit le contraire quand Walter était là, souligné-je.

— Walter n'a pas besoin de tout savoir. Il éprouvait une tendresse particulière pour William, la vérité ne lui plairait pas.

Elle braque son regard sur les cadres posés au-dessus de la cheminée ; l'homme en *trews* me saute aux yeux. Lui et Walter se ressemblent un peu. Ils dégagent la même assurance.

Lucy garde le silence. Le terrain est glissant. Je choisis alors mes mots avec précaution :

— J'ignore tout de votre vie, madame Burns. Et pour être franche, vos affaires personnelles ne me concernent pas. Par contre, il y a une chose sur laquelle je n'ai aucun doute : Walter vous craint.

Ses doigts tapotent nerveusement le petit carnet.

— Cet homme n'est pas le même quand vous êtes dans la pièce et je pense que c'est parce qu'il est terrifié à l'idée de vous décevoir. Alors, sauf votre respect, je ne pense pas qu'il réagirait mal si vous lui disiez la vérité. Quelle qu'elle soit. Bien au contraire.

— Vous voudriez qu'il sache ?

— Ce que je veux n'a pas d'importance. Mais dans une famille, la franchise compte. Elle soude ses membres.

— Chez vous, peut-être. Mais les généralités ne sont pas bonnes pour tout le monde. Je protège mon clan à ma manière, qu'elle vous soit plaisante ou non. J'espère que vous respecterez mon souhait de rester discrète.

Sous-entendu : ne révélez rien à mon petit-fils.

Je n'ai donc pas rêvé. Ni mal interprété. Maxwell Pritchard et Lucy Burns entretiennent une relation secrète.

— Je suis une Ferguson, rétorqué-je dans un petit sourire. Que je sois d'accord ou non avec vos principes, ça ne change rien. Je ne vous trahirai pas, ça n'est ni dans mon sang ni dans ma devise.

— Tant mieux.

Le temps se distend dans une autre de ses dimensions silencieuses. Oublier ce que je sais sur elle ne va pas être simple, mais n'ayant qu'une parole, je m'y emploierai.

— Je vais y aller, Walter doit m'attendre. Merci de m'avoir reçue.

— Attendez… j'ai une dernière question.

Je me retourne, la main sur la poignée.

— Pourquoi avez-vous cherché à me rencontrer ? Il n'y a pas que cette histoire de clés, n'est-ce pas ? Vous êtes plus complexe que ça.

La lumière dorée souligne les contours de ce visage si singulier, depuis l'élégance de son port de tête jusqu'au danger de son joli sourire.

— Parce que Maxwell est un homme bien, réponds-je. Je voulais voir où il mettait les pieds.

— Et quelle conclusion tirez-vous ?

L'aura de Lucy Burns imprègne les murs de la chambre comme une toile d'araignée s'étend pour mieux piéger les insectes. Elle s'est façonné une image angoissante, et elle la maîtrise à la perfection.

Mais je n'y crois qu'à moitié.

Moi, je vois son humanité derrière le masque. Le cœur qui bat dans cette poitrine insensible.

— Vous êtes la seule des Burns à dire « *aye* », Lucy. Or, c'est une habitude caractéristique des gens de chez nous. Vous reprenez les tics de langage de celui que vous fréquentez. Si vous souhaitez que votre secret le reste, pensez toujours aux détails : avant de mal déduire, l'idiot doit d'abord bien remarquer. Et certains sont doués pour ça.

Je baisse la tête, puis laisse les derniers effluves de nicotine derrière moi en disparaissant par la porte.

Dans le couloir, l'air est plus respirable. Walter décroise les bras aussitôt son regard posé sur moi.

— Vous auriez dû me dire tout ça, dis-je dans un murmure réprobateur.

— Quel intérêt ? Ça ne change rien au fond du problème.

— Ça change tout, Walter. J'aurais mieux compris votre acharnement à vouloir retrouver le coupable. Peut-être que vous m'auriez un peu moins exaspérée, aussi.

Au lieu de me sermonner, il déglutit. Au point où en est notre relation, je prends ça comme un sourire.

— Vous ne devriez pas me voir différemment sous prétexte que ma famille a connu, ou connaît, des problèmes financiers. Cette compassion-là ressemble à de la pitié.

— Je n'ai pas dit que vous étiez différent : votre degré d'arrogance dépasse toujours la norme, ne vous inquiétez pas. Et si je vous accorde une minute de compassion, ce n'est pas à cause de l'argent.

Je hausse un sourcil sarcastique avant de préciser :

— Disons qu'après avoir eu un aperçu de votre grand-mère, je suis au regret de vous annoncer que la mienne est largement meilleure.

Je ne sais pas si les qualités de Mabel sont plus nombreuses que celles de Lucy. Est-ce qu'être capable de marcher droit après avoir avalé une flasque de Laphroaig peut être considéré comme une qualité ? J'ai des doutes. Mais pour rien au monde je n'échangerais la matriarche du clan Ferguson contre cette copie blessante et abîmée.

Je n'ai jamais dû impressionner ma grand-mère, moi. Je n'ai jamais dû mériter son amour, elle me l'a donné sans contrepartie. Je ne suis pas certaine que Walter ait eu cette chance.

— La vôtre est affreusement exubérante, répond-il.

— C'est un compliment pour une Ferguson. Trouvez mieux si vous voulez me vexer.

Sa commissure gauche est comme prise d'un spasme. La droite aussi. L'instant d'après, son expression se modifie.

Il se met à sourire comme un enfant s'y emploierait : sans trop savoir comment faire. Il a l'air d'ignorer comment maîtriser les muscles de ses joues, comme s'ils étaient encore tout neufs et vierges des parasites du monde adulte.

Ce sourire candide est désarmant. Je n'aurais jamais cru le trouver un jour sur ce visage.

— Robyn !

La voix de Stew me fait sursauter.

Son arrivée efface immédiatement toute trace d'émotion chez Walter ; une apathie calculée revient lisser son expression. Il se serait barricadé derrière une porte blindée, ce serait revenu au même.

Il lâche d'une voix monocorde :

— Si j'ai du nouveau, je vous informerai.

Puis il s'échappe comme si une affaire autrement plus importante l'attendait. Son frère n'a droit qu'à un menton baissé en guise d'attention.

J'ai encore les sourcils froncés quand Stew me presse le bras.

— La gouvernante m'a dit que tu étais ici. Je pensais que tu voulais me voir, je n'avais pas imaginé que tu cherchais mon frère… Tout va bien ? demande-t-il, sceptique.

— Je… *aye*.

Je m'efforce d'adopter un ton léger.

— Je ne cherchais pas Walter… Je suis venue avec lui, en fait.

Ce qui le rend d'autant plus confus.

— Vous faisiez quoi à cet étage ?

— On essayait de trouver des indices à propos du vol, mais ça n'a pas porté ses fruits. Ça fait longtemps que je ne t'ai pas croisé, tu m'évites ?

L'envie de changer de sujet se faisant sentir, j'évoque les textos qu'il m'a envoyés – tout du moins ceux que j'ai reçus, et le fait qu'on n'ait pas encore vraiment trouvé le temps de boire un café depuis son retour dans le nord tempétueux des Highlands.

Quelque chose en moi refuse d'extrapoler sur Walter, comme si je voulais préserver nos échanges. Ça n'a pas vraiment de sens… mais, j'ai le sentiment que cet homme ne se révèle qu'au compte-gouttes. Au moindre faux pas de ma part, il m'échappera. Et je n'ai pas l'intention que ça se produise.

— Il se passe pas mal de choses, ces derniers temps, concède Stew. Entre les accusations, les rumeurs et cette espèce de guerre interfamiliale, j'évite de trop me montrer. J'ai voulu passer à la chocolaterie plusieurs fois la semaine dernière, mais il y a cet ours en face de chez vous et…

Une grimace d'épouvante termine sa phrase.

— C'est l'œuvre de ta sœur, lui rappelé-je. Elle a des goûts affreux.

— Traîner dans le Vermont ne lui a manifestement pas fait que du bien.

Je souris face à cet aveu timide.

— Sois franc : la décoration qu'elle a faite est horrible, Stew.

— « Horrible » ? répète-t-il en faisant les gros yeux. Tu es gentille. Un pantalon à sequins me pousse sur les jambes chaque fois que je traverse le centre-ville. Ça, c'est horrible. Tu as déjà écouté ABBA en remontant la rue ? Le cumul des deux serait capable de te faire pousser une coupe mulet sur le crâne.

— C'est revenu à la mode.

— Qui ? ABBA ?

— La coupe mulet.

— Tu plaisantes ?

Je réfute, amusée par sa stupéfaction.

— Une copine de Bonnie s'en est fait faire une après avoir vu des photos sur les réseaux sociaux, expliqué-je.

— Bon sang, Internet est un fléau…

Les motifs psychédéliques, les pulls sans manches, Grease et les Sex Pistols sont alors passés en revue. La conversation dévie et s'éternise, comme toujours avec Stew. Son sourire illumine le couloir, et mon cœur retrouve son battement léthargique, celui qui ne se produit qu'en présence des gens que j'aime.

Nos retrouvailles auraient dû ressembler à ça. Une discussion légère, sur un banc, avec la mer en contrebas et un café chaud dans les mains. S'il n'y avait pas eu toute cette mésentente entre nos familles, tous ces quiproquos, nous aurions eu le temps de savourer la présence de l'autre.

— Je suis désolée que tu ne sentes pas assez à l'aise pour venir me voir à la boutique, dis-je au bout d'un moment.

Il s'adosse à côté de la fenêtre, l'air songeur, avant de répondre :

— Je suis désolé que tu ne puisses pas perpétuer tes traditions familiales à cause de nous. Je sais combien elles comptent pour vous.

— Ce n'est rien.

— Si. Si, c'est quelque chose, Robyn.

Il soupire.

— Ta famille a des habitudes qui manquent à la mienne, complète-t-il. Vous fêtez vos anniversaires comme si c'était une nouvelle naissance chaque fois. Vous mettez une énergie de dingues dans les fêtes de Noël... Vous célébrez même Yule ! Tu imagines mes parents faire un feu de Yule ? Aller traîner dehors en pleine nuit en faisant votre truc avec la bûche ? C'est un AVC garanti.

— Chaque famille a ses coutumes. La tienne ne fait pas exception à la règle.

— On avait le ménage de printemps, oui. Il y a mieux que de dépoussiérer des fauteuils comme souvenir d'enfance...

— On a les rituels de purification au cottage, c'est un peu la même chose. Et puis cette année, Noël est aux Burns. C'est l'occasion de te construire une nouvelle boîte à souvenirs.

— Pas au détriment du bonheur de mon amie.

Il baisse un instant les yeux, dissimulant la culpabilité qui les assombrit.

Maintenant que je connais la raison qui a motivé sa mère à organiser un déjeuner d'ouverture, et sa sœur à se balader au cœur de Wick avec un super-traîneau-dernier-cri-tracté-par-un-homme-renne, la situation m'apparaît sous un autre angle.

Tout ce qu'ils cherchaient, c'était célébrer la fin des difficultés. Le beau temps après la tempête. Leur façon de faire n'a pas été la plus correcte qui soit, mais elle avait ses raisons, et je les comprends.

— On devrait réconcilier nos familles.

Stew redresse la tête, surpris. Je poursuis :

— On se monte les uns contre les autres, c'est ridicule. On oublie l'essence de cette fête. Le principal, c'est d'être ensemble, non ? Et peu importe qui gère l'organisation.

— Mmh... je suis d'accord. Mais tu t'embarques dans un truc périlleux, là. Tu veux que je te rappelle comment les Montaigu et les Capulet se sont réconciliés ?

— Roméo et Juliette n'ont rien à voir avec nous, Stew.

— Eux, non. Mais la haine que ces deux familles se vouent ressemble un peu trop à celle qui flotte entre les nôtres, si tu veux mon avis.

— Tu es dramatique...

— Et toi, tu es beaucoup trop optimiste.

On échange un petit sourire complice et il reprend :

— Aux dernières nouvelles, l'idée que les Burns se chargent de Noël te mettait en rogne, en plus. Qu'est-ce qui t'a fait changer d'avis ?

— Je crois que je ne voyais que la partie émergée de l'iceberg.

Je laisse mes yeux voyager à travers la vitre, courir sur le parc tapissé de neige, avant de revenir à lui, plus déterminée.

— Que dirais-tu d'un dîner de trêve ?

— Une discussion autour d'un repas pour remettre

les choses à plat ? comprend-il, ce à quoi j'acquiesce. Ça impliquerait de réunir nos familles au même endroit…

— Il suffit de choisir un terrain neutre. Le pub de Mary sur Northcote Street, par exemple ? Elle a une salle pour les déjeuners d'affaires et les repas familiaux qui donne sur une cour extérieure. On s'y est rendus quelques fois pour la St Andrews, c'est plutôt sympa.

— Ça n'est pas le problème, Robyn… Explique-moi comment tu comptes convaincre ta famille de parler à la mienne ?

— L'usage de la force ?

— Excellente idée ! s'exclame-t-il, faussement enthousiaste. Merci d'y avoir pensé. Tu as prévu de les bâillonner avant de les torturer, ou tu fais ça de manière moins traditionnelle ?

— Ne te moque pas…

— On peut les droguer, aussi. Un petit cachet euphorisant dans le whisky de Mabel ? Ou des pilules du bonheur. C'est bien, ça, les pilules du bonheur. Ça se vend sur le Dark web ?

Je le repousse du plat de la main en souriant.

— Je veux rendre à Noël ce qui est à Noël.

— J'ai bien compris, s'amuse-t-il. Mais tu n'as pas de plan, Miss.

— Ne t'inquiète pas pour ça, j'arriverai à mes fins. Contente-toi de convaincre les Burns, je me charge des Ferguson. Ça te va ?

— Comme si j'avais le choix…

Son soupir fait office de signature tout en bas de notre pacte imaginaire.

Rob' & Stew reprennent du service.

Voleurs ou non, Fergutines manquées ou pas, le jeu a assez duré. La magie de Noël doit regagner Wick, et ça ne pourra se faire qu'en conjuguant les efforts de nos deux clans.

18

Le Dîner De Trêve

Le pub de Northcote Street s'insère dans une rangée de maisons traditionnelles. Tout en longueur, il fait la part belle au bois et à la chaleur humaine.

Petite, j'étais persuadée que Mary, la gérante, descendait d'un peuple nordique, la faute aux plaids en fausse fourrure sur les chaises et aux amulettes en pierre de fonte accrochées au mur. Il m'est même arrivé de rêver d'elle en tueuse de jarl[1], me poursuivant avec une hache pleine d'hémoglobine – mauvais souvenirs.

Mary est en fait très écossaise, et si elle tranche quelque chose, ce sont – au pire – des cubes de cheddar pour sa soupe aux choux-fleurs.

— Je vous ai installés à l'extérieur.

Ma famille la suit d'un pas traînant.

Si je suis parvenue à les convaincre d'établir un contact avec les Burns, ils ne le font pas de bon cœur. Il aura fallu

1. « Titre de noblesse, au Moyen Âge, dans les royaumes scandinaves » – Larousse. Équivalent de comte.

deux heures de discussion et la promesse d'agir pour le bien de notre clan afin de remporter la bataille.

Ça, et un peu de zèle...

Ils ont capitulé au moment où je leur ai rappelé que, sans le château d'Ackergill, Wick ne serait pas ce qu'elle est. Car si des touristes entrent dans la Chocolaterie Ferguson, c'est en partie grâce à l'attrait de ce bâtiment historique. Quelque part, nous devons donc une partie de notre chiffre d'affaires aux Burns – Norma a grincé des dents quand j'ai atteint ce point de l'argumentaire.

— Nous allons manger dehors ? constate ma mère, étonnée, aux vues des températures.

— Elle a dû se douter qu'une bagarre éclaterait, elle protège son mobilier, rétorque Norma en gratifiant Mary d'un regard cynique.

Les boucles d'oreilles fantaisie et la rivière de fausses pierres de ma tante font de l'ombre à la décoration du lieu. Elle brille comme un sautoir frotté à la soie... ou comme un sapin sur lequel on aurait accroché la quincaillerie du coin.

— Tu n'étais pas obligée de mettre ton écharpe en faux poils de renard, Norma, lui murmuré-je.

Elle rabat fièrement un pan sur son épaule, le menton haut.

— Peuh ! Si tu crois que les Burns se fichent des apparences, tu es bien naïve !

— C'est un dîner de trêve, pas une démonstration de force.

— Cause toujours. Tu n'étais pas là pendant les Fergutines. Tu n'as pas vu l'esprit de compétition d'Emilia. Elle nous a coiffées au poteau avec ses cheveux parfaits, ses dents parfaites, son sourire parfait et sa tenue de grand couturier spécialisé dans les combinaisons de ski parfaites. Avoir une allure acceptable, c'est le minimum requis avant de revoir ces anguilles toxiques qui nagent dans le fond de nos lochs.

Nous prenons place dans un renfoncement de la terrasse, sur des banquettes recouvertes de coussins molletonnés. Deux braseros distribuent de la chaleur de part et d'autre d'une longue table parée de rouge et d'or.

— Le décor vaut au moins le coup d'œil, concède mon père, attiré par la vue sur la cour.

La neige a déposé son manteau sur la végétation. Arbres, arbustes et herbe ploient sous l'épaisse couche blanche. Quant à l'étang, d'ordinaire grouillant de vie, il s'est métamorphosé en une patinoire où les flocons s'échouent après avoir tourbillonné dans tous les sens.

Mary allume les photophores électriques tandis que la nuit tombe sur l'extérieur.

Les visages sont tournés vers le paysage, comme s'il avait le pouvoir d'apaiser les cœurs serrés.

— Ne soyez pas agressifs, imploré-je, une fois la gérante rentrée dans le pub.

Kate est la seule à m'accorder son attention. Sa blondeur vénitienne tranche au milieu de la marée auburn présente sur presque toutes les têtes – le gris de Mabel fait exception.

— Tu sais quelque chose qu'on ignore, n'est-ce pas ? Au sujet des Burns, je veux dire, précise Kate.

— C'est-à-dire ?

— Je refuse de penser que tu contrains ta famille à agir contre sa volonté sans qu'il y ait une bonne raison cachée derrière tout ça.

— Noël est fédérateur, j'ai envie de retrouver l'ambiance qu'on lui connaît, me justifié-je.

— Non, il y a autre chose, j'en suis certaine. C'est à cause de Stew ? Tu aimerais que nous soyons plus ouverts envers lui ?

— Nous devrions nous montrer plus ouverts envers tout le monde, rétorque mon père.

Son intervention, bien que morose, a le mérite de réveiller les cerveaux encroûtés.

Ces derniers temps, mon père oublie souvent d'enfiler sa joie de vivre. Il l'a soigneusement rangée au cottage suite aux premières accusations de vol, et il ne la ressort que rarement. Il n'a pas apprécié les doigts pointés sur lui et toutes ces rumeurs finissent par peser sur son humeur.

Croisant les mains sur table, il soupire :

— Ce n'est pas nous, ça. Nous battre comme des chiffonniers. Faire preuve de mauvaise foi. Et toutes ces plaintes enrobées de vitriol… La vengeance n'est pas une valeur qui devrait circuler chez les Ferguson.

— Nous sommes des combattants, réplique ma mère, qui n'a pas la même vision des choses.

— Et qui est l'ennemi ?

— Les usu…

— Non, Gillis, non. Les Burns n'ont pas « usurpé » les fêtes de Noël : ils ont touché à notre orgueil. Au vôtre, plus précisément.

Il soupire à nouveau.

— Les femmes de la famille sont solides comme le bois, et leur fierté brille aussi fort qu'un soleil de juin. Ce sont des qualités, de belles qualités. Mais parfois, on ne voit que vous dans le ciel.

— Qu'est-ce que tu essaies de dire ?

Il plonge dans le regard suspicieux de sa femme.

— Que le ciel est à tout le monde, Gillis. Alors, pour une fois, laissez les nuages exister, ils sont aussi bénéfiques pour la terre. Robyn a raison de nous avoir forcés à venir ici : il est temps que nous laissions un peu de place autour de nous. Soyez partageuses… je vous en conjure.

À peine sa voix s'éteint-elle au-dessus de la table que celle de Mary annonce l'arrivée des convives.

Des palpitations se mettent à cogner douloureusement dans mes côtes.

L'appréhension me gagne.

— C'est parti, chuchote Mabel.

Et pour se donner du courage, elle rejette la tête en arrière, faisant couler le contenu de sa flasque dans la gorge.

Les couverts cliquètent. Les verres tintent. Les regards sont fuyants. Les paroles, elles, demeurent inexistantes et les respirations sont à peine audibles.

D'après l'heure affichée sur le portable de Bonnie, pas un mot n'est prononcé pendant plus de vingt et une minutes. Un exploit. L'entrée est consommée dans un silence absolu.

— Ce *Neeps & Tatties* est délicieux, vous ne trouvez pas ? finit par lancer Stew.

Il le dit avec tellement peu de conviction que ce compliment ressemble au coassement étranglé d'une grenouille en pleine noyade.

— Mary est une cuisinière incroyable, renchéris-je, la fourchette plantée dans le mélange de pommes de terre et de navets.

— Elle s'améliore d'année en année. Quand j'étais petit, c'était Jamie qui s'occupait de la cuisine à Ackergill… je suis désolé pour lui, mais j'en ai de moins bons souvenirs.

Jamie... Jamie comment, déjà ? Jamie Chambers ? Jamie McKay ?

— Jamie Sutherland, répond Walter.

Assis entre son frère et sa sœur, l'aîné semble aussi à l'aise qu'un anchois dans sa boîte de conserve. Ses coudes sont collés à son torse par manque de place, et il ne cesse de fixer son assiette comme si elle s'apprêtait à lui jeter son contenu à la figure. Je contiens un sourire chaque fois que je le vois plisser les yeux.

— Il travaille toujours dans les cuisines du château, ajoute-t-il, d'une voix laconique.

— Vraiment ? Je ne l'ai pas vu une seule fois depuis que je suis revenu.

— Il a pris un congé sans solde le lundi suivant le vol des lettres. D'après son contrat, il reprendra ses fonctions après le réveillon du nouvel an.

— Après Hogmanay ? On n'est même pas à Noël, ça fait long pour un congé...

— Il faisait partie des premiers suspects que j'ai interrogés et mes questions l'ont indisposé, dit Walter. Son congé anticipé est une manière polie de montrer son mécontentement, je suppose. Il passe ses vacances à Lerwick, dans les îles Shetland.

Il s'essuie la bouche et repose la serviette en papier à côté d'une assiette à peine entamée, et toujours aussi grossièrement dévisagée. Si j'étais un navet, je serais vexée.

— Je ne suis jamais allée dans les îles Shetland, réagit Emilia. Jim n'est pas friand des lieux reculés et inhospitaliers. C'est dommage. J'aurais aimé tenter l'aventure.

Et Mabel de répliquer :

— Les îles Shetland n'ont rien d'inhospitalier, Emilia. On y célèbre *Up Helly Aa* à la fin du mois de janvier, c'est une procession de torches en l'honneur des Vikings. Cet endroit est rempli de trésors et d'histoires.

— Les Vikings ?

Emilia retient un sourire avant d'ajouter :

— Sauf erreur de ma part, Mabel, ce n'est pas le peuple le plus hospitalier de la planète...

— On trouve du bon comme du moins bon chez tout le monde. Mais bien sûr, il faut du temps pour s'en rendre compte.

— Pour certains, plus on creuse, plus on déterre du négatif, intervient Norma, avant d'avaler sa bouchée.

Stew se racle la gorge. Mon père se tend un peu plus. En face, Ann et Hugh sourient comme si on leur avait demandé de le faire. C'est-à-dire très mal.

— Lucy est restée au château ? dis-je alors, pour changer de sujet.

Ann m'explique qu'elle n'était pas assez en forme pour se permettre une balade en ville. L'excuse est brinquebalante au possible, mais je la prends. J'alimente même la discussion avec des remarques inutiles à propos de la dangerosité des nids-de-poule sur la route ; à ce stade, je suis prête à vendre mon âme au plus offrant.

— Et sinon, Gillis, tu as des idées de recettes pour diversifier le catalogue de la Chocolaterie Ferguson ? demande Stew. Tes pralines au whisky font la fierté des environs, mais je parie que tu en as encore sous le pied... Tu as déjà essayé le chutney de figues ? Je suis fan de chutney de figues.

Les regards convergent vers ma mère, laquelle se pince les lèvres. L'ambiance passe de lourde à électrique.

Stew n'aurait pas dû mentionner la chocolaterie.

— Je n'ai pas eu le temps de m'occuper de nos futures

nouveautés, lui dit-elle. Je me ferai un plaisir de mettre ta suggestion en pratique l'année prochaine, cela dit.

— Nous n'utilisons pas le laboratoire pendant les fêtes, les Fergutines nous prennent beaucoup trop de temps pour qu'on se permette de faire autre chose, détaille Norma, comme une note explicative. Ce qui n'a rien de dérangeant quand ces boîtes de chocolats peuvent ensuite être distribuées sans encombre.

Le coup d'œil vers Emilia n'échappe à personne.

— Je comprends, acquiesce cette dernière. Les Lutins d'Ackergill ont été plus que chronophages pour ma part. J'ai dû mettre, quoi ? Deux mois pour tout organiser ? Depuis Burlington en plus, autant vous dire que la distance n'a pas aidé.

— Au moins, vos idées étaient déjà prêtes, rétorque ma mère. Vous n'avez pas eu besoin de chercher ni d'innover. Faire l'impasse sur cette étape, c'est un gain de temps considérable.

Mon père tend la corbeille à pain au-dessus de la table :

— Quelqu'un veut un peu de *bannock* ?

— L'idée de distribuer des cadeaux vient du Père Noël, Gillis, reprend Emilia. Pour le reste, il y a eu pas mal de brainstorming avec mon équipe.

— Le « Père Noël » ? Vous m'en direz tant…

— Ne prenez pas ce ton condescendant avec moi, s'il vous plaît. Si vous avez quelque chose à me reprocher, faites-le sans détour.

— Ce *bannock* est un délice ! Personne n'en veut, vraiment ? Vous ratez quelque chose !

Ma grand-mère, la flasque à la main, écoute mon père vanter les mérites de la cuisson au four traditionnel. L'odeur de son whisky macéré se répand jusqu'ici. Quant à l'autre côté de la table, on y déplore la même dégradation lente et progressive des humeurs : Ann joue nerveusement avec son châle. Hugh, tout aussi mal à l'aise, desserre sa cravate pour mieux déglutir.

Ne reste que Bonnie – collée à son téléphone, et Walter – qui décharge toute sa frustration sur ses navets.

— Il n'y a plus de réseau…

Bonnie redresse la tête.

— M'man, je reviens, je vais chercher du réseau.

— Tu restes à table, assène ma mère. Nous n'avons pas terminé.

— Sérieux ? Mais on n'a pas commencé le plat, je peux…

— Ce n'est pas le moment de défier mon autorité. S'il te plaît, tu restes assise.

Malgré la menace sous-jacente, ma petite sœur se lève avec une confiance résolue. C'est admirable. Stupide, mais admirable.

— J'en ai pour cinq minutes, assure-t-elle. Promis, je serai revenue avant que vous vous soyez tous massacrés.

Déjà, sa silhouette disparaît à l'intérieur du pub. Ma mère tente de faire bonne figure, mais son sourire de façade manque de conviction.

Je sens le gaz de nervosité qui volète sous la pergola. De plus en plus lourd. De moins en moins tenable. Encore un peu et il s'enflammera comme un pet d'hydrogène.

— Écoutez, je pense…

Norma pose la main sur mon épaule, me coupant la parole. Elle destine un air venimeux à Emilia.

— Est-ce que vous réalisez que vous avez volé nos Fergutines ? J'aimerais juste que vous soyez honnête.

De dépit, je m'adosse contre le dossier de la banquette.

C'est fichu. On est tous fichus.

— Dans un monde fait de lois et d'avocats, on appellerait ça du « plagiat », complète ma tante.

— Le plagiat s'applique uniquement au domaine des arts, intervient Walter.

— Les Fergutines sont un art ! L'art de faire le bien autour de soi. L'art de créer des bouchées au chocolat. L'art de célébrer Noël et de perpétuer ses traditions...

— Oh ! Arrêtez un peu avec vos traditions ! souffle Emilia.

— Contiens-toi Emy, s'il te plaît, frémit Stew.

Mais sa sœur ne l'entend pas de cette oreille.

— À quel siècle vous vivez ? lance-t-elle à une assemblée médusée. Il est temps de bousculer un peu les choses, vous ne pensez pas ? Admettez que ce qui vous agace, c'est surtout le fait que Wick ait préféré mes Lutins d'Ackergill à vos Fergutins.

— « Fergutines », grogne ma mère.

— C'est la même chose, Gillis, c'est désuet. Vous ne savez pas avancer avec votre temps. C'est bien beau d'être une « famille des environs » mais à un moment, il faut évoluer. Se moderniser. Il n'y a qu'à voir la manière dont vous me traitez depuis mon arrivée en Écosse : je suis une paria ! Vous vous comportez comme ces villageois fermés d'esprit du Moyen Âge.

Stew se passe une main sur le visage. Il est atterré.

— Où est le rapport ? réplique Norma, les joues enflammées. Vous êtes mise à l'écart parce que vous êtes grossière et tape-à-l'œil. C'est votre faute, pas la nôtre.

— « Grossière » ? Ce n'est pas moi qui hurle comme une poissonnière dès qu'on remet mes paroles en question...

— Et qu'est-ce que vous faites en ce moment ? Vous êtes aussi criarde et clinquante que vos satanés manchots !

— C'est une blague...

Emilia écarte les bras, incrédule.

— ... Dites-moi que c'est une blague ! Voilà que madame l'hystérique *ose* me reprocher une « tendance à l'exagération » ! C'est l'hôpital qui se fout de la charité !

— Je crois qu'on a compris, marmonne Stew.

— Laisser les nuages exister ? chuchote ma mère au creux de l'oreille de mon père. Peuh ! Ils nous étouffent, tes nuages !

Ce dernier repose la corbeille de *bannock* au centre de la table en échangeant un regard circonspect avec moi.

À l'évidence, nos familles n'ont pas la même conception du mot « trêve ».

Arrivée au bout de mon optimisme, je pose le menton dans le creux de ma paume et observe la scène sans y ajouter mon grain de sel. Défaite officiellement proclamée.

Norma se lève en jetant sa fausse fourrure de renard sur l'épaule, faisant grincer la banquette. Les critiques cinglantes retentissent. Ann, tremblante, empoigne le bras de son mari, lui-même dépassé. Bonnie réapparaît au milieu d'un désastre qui ne la choque pas le moins du monde... Même Kate a abandonné toute tentative d'apaisement : Norma a beau gonfler le torse et cracher des flammes sur tout ce qui ressemble de près ou de loin à un humain, sa femme refuse d'intervenir.

Et ça, c'est un signe de fin du monde.

Si Kate dépose les armes, l'univers doit se préparer à son autodestruction.

Au milieu de cette boucherie auditive, Walter est le seul à conserver son sang-froid.

Il prend le temps de tapoter la serviette aux coins de sa bouche, comme ces précieux qui préfèrent le golf au rugby. Je le soupçonne de s'être déjà essayé au jeu des fers et du putter, d'ailleurs.

Reculant sa chaise, il se lève calmement. Son œil de faucon épie chaque convive sans que leur emportement ne vienne dessiner la plus petite émotion sur son visage. Comme toujours, il tient le cap.

— Une charte de bonne conduite.

Personne ne l'écoute. Norma et Emilia font tellement de bruit qu'elles ne s'entendent probablement plus elles-mêmes. Ça ne l'empêche pas d'ajouter :

— Afin de cohabiter dans le respect des uns et des autres, je suggère la mise en place d'un document rédigé en association par les deux parties.

Je pousse Bonnie du coude pour qu'elle daigne lui porter un peu d'intérêt. Et, alors qu'il sort un stylo et un calepin de la poche de sa veste – comme s'il avait prévu son coup, je fais également un signe de tête à mon père.

— Une charte ? relancé-je, d'une voix forte.

— Une charte, acquiesce-t-il. Le but étant de créer une entente cordiale entre les deux parties, et la discussion ne semblant pas aboutir, il paraît clair qu'un encadrement devient nécessaire. Je vous propose une répartition équitable des tâches liées aux préparatifs de Noël.

Comme un jeu de dominos, les visages pivotent les uns à la suite des autres vers l'homme vêtu de noir. Le mot « Noël » a dû enfoncer le signal d'alarme de quelques neurones.

Emilia est la première à prendre la parole. La perplexité abîme ses traits d'ordinaire si parfaits.

— Les préparatifs sont déjà au point depuis un moment, Walter…

— Nous sommes encore en mesure de modifier certains événements. Ceux des jours à venir, notamment.

— Quoi ? Tu veux rire ? ! J'ai mis mes tripes dans ce projet !

— Une charte de bonne conduite exige de faire des compromis, Emilia. Chaque camp doit prendre sur lui pour que la situation s'améliore. Sans quoi, nous courrons à notre perte.

Ma bouche se redresse un instant, amusée que nous ayons eu la même pensée. J'avais moi-même suggéré des négociations il y a quelque temps, le soir suivant la purification du cottage. On m'avait prise pour une demeurée.

— Donc, quoi ? s'agace Emilia. Je renonce à des mois de travail et d'acharnement ?

— C'est l'idée, oui.

— Tu te fiches de...

— Nous acceptons de vous laisser le défilé du marché de Noël si nous gardons le stand de la Forêt Féerique.

C'est à mon tour de recevoir une pluie de regards haineux. Ma proposition déplaît. Ma grand-mère est la seule à m'observer avec malice.

— Ça devient intéressant, dit-elle dans un gloussement alcoolisé. À titre personnel, je n'ai jamais aimé me pavaner en tenue de cérémonie au milieu du blizzard. Je vote pour la Forêt Féerique !

Poussée par ce soutien inattendu, je me tourne vers les sœurs Ferguson.

— La proposition de Walter n'est pas mauvaise, dis-je devant leurs airs farouches. Nous pouvons régler notre mésentente proprement. Faire des concessions, c'est aussi dans nos cordes.

Les flocons virevoltent au ralenti dans la cour extérieure,

comme si le temps s'étirait pour leur permettre de peser le pour et le contre. De prendre la bonne décision.

Durant l'attente, je ne peux pas résister à l'envie d'épier Walter.

Ses épaules gagnent en solidité à mesure des jours qui passent, et je ne parle pas de l'aspect physique ; plus j'apprends à le connaître, plus je découvre combien cet homme est fiable. Constant.

Il sait comment amener la paix là où règne la discorde. Il est impartial et juste. Et ça, parfois, ça fait du bien.

— Pour le dîner du réveillon de Noël, les Ferguson s'occuperont du dessert, déclare ma mère, brisant ainsi le silence prolongé.

Stew lâche un petit soupir soulagé. Quant à Ann, elle décrispe enfin les doigts du bras de son mari.

— Tant qu'il se déroule au château, je ne m'y oppose pas, lui rétorque-t-elle.

— Bien. Nous récupérons aussi le concours de bonshommes de neige, ça équilibrera avec les illuminations de rue que vous avez vol… gérées.

— Dans ce cas, nous nous chargerons de l'atelier d'écriture de lettres au Père Noël pour les enfants.

— Et de la confection des biscuits de Noël, ajoute précipitamment Emilia. J'ai acheminé les ingrédients depuis Burlington, il n'est pas question qu'ils soient jetés à la poubelle.

Norma opine. Un peu sèchement, mais le principal est qu'elle accepte enfin d'entrer dans une phase de négociations.

— Je ne suis pas contre, mais seulement si nous élaborons les maisons en pain d'épice, précise-t-elle. Personne ne fait mieux les maisons en pain d'épice que les Ferguson.

Peu à peu, les voix retrouvent leurs timbres habituels.

Les convives se rassoient autour des assiettes froides, et la charte de bonne conduite se construit dans le respect des règles.

Walter et moi nous fixons un moment, le temps de nous féliciter en silence d'être parvenus à réaliser l'impossible. Dans son regard, je décèle une étincelle complice. Et ça me réchauffe le sang.

19

Le Marché De Noël

— Tiens, ça te réchauffera les os.

Kate me tend un gobelet de cidre chaud, compatissante. Le liquide qui coule dans ma gorge se diffuse agréablement sous ma peau frigorifiée.

— Vous avez fini la mise en place ? demande-t-elle, les yeux rivés sur l'entrée de notre stand.

— Il y a un quart d'heure, *aye*. Les visiteurs arriveront après le défilé des Burns.

Monter la Forêt Féerique n'a jamais été une partie de plaisir, mais quand les rafales de neige s'en mêlent, le devoir devient vite un supplice.

Nous sommes debout depuis 3 heures du matin pour disposer les sapins sur notre stand.

Décorés de leurs sommets jusqu'aux pieds, cette marée d'arbres touffus forme des allées étroites au sein desquelles les enfants pourront retrouver des boîtes de chocolat, des pâtes de fruits, des biscuits secs et de petites babioles de Noël. De quoi les occuper un bon moment pendant que les parents visitent le marché.

— Je n'ai jamais compris pourquoi Jane Ferguson a décidé d'appeler cette attraction la « Forêt Féerique » plutôt que le « Labyrinthe de Noël », ou quelque chose du même acabit, commente Kate. Parce qu'à moins d'avoir une cataracte, ce que vous montez chaque année est bien un labyrinthe...

— Je n'en sais pas plus que toi, dis-je en réchauffant mes doigts autour du gobelet.

Mon aïeule étant née en 1844, je n'ai pas vraiment eu l'occasion de lui poser la question.

— Mais dans tous les cas, on perpétue...

— ... la tradition, termine Kate, un poil moqueuse. Je me doute bien.

En dehors des illuminations de rue, le marché de Noël grimpe peut-être sur le podium de mes plus grandes passions hivernales. Je n'exagère pas. Quelque chose de magique se répand dans l'air au moment où les chalets en bois prennent enfin vie.

J'ai toujours adoré flâner dans les allées étriquées, sentir les odeurs de boissons chaudes et de shortbreads, visiter les stands de guirlandes en tartan, de pulls en tweed, de souffleurs de verre et d'autres artisans de Noël. Le cliché dans toute sa splendeur, mais du bonheur à l'état pur.

— Je suis passée devant le stand des MacKinnon en allant te chercher à boire : ils se sont lancés dans le déguisement cette année, m'informe Kate. Les parents portent des tenues d'elfes, et les enfants des serre-tête en forme de bois de renne. Pour vendre du poisson frais, c'est folklorique.

— Elaine Langan, la bijoutière, a prévu de vendre des bougies artisanales en plus de ses créations habituelles, ajouté-je.

— C'est une excellente idée, j'en offrirai à Mabel, elle adore ça.

— Tu ne pourras pas lui faire plus plaisir, approuvé-je.

— Sauf si je me rends au stand tenu par les dirigeants de la distillerie de whisky… Tu as vu qu'ils donnaient des leçons gratuites sur le malt et l'extraction des sucres, tout en remplissant des verres en forme de bonnet de Père Noël ? Si ce n'est pas ingénieux, ça.

Nous commentons chaque stand, renflouant nos caisses à potins pendant que le cidre me détend les muscles. Le seul sujet évité est celui des Burns.

Même si le dîner de trêve s'est conclu sur une note positive et que le bain de sang n'a finalement pas eu lieu, mon clan n'est pas encore prêt à parler d'eux sans grogner. Une charte ? C'est faisable. Une amitié avec les châtelains d'Ackergill ? Il ne faut pas pousser le bouchon non plus.

— Je peux te poser une question, Robyn ?

— Je t'écoute.

— Pourquoi protèges-tu les Burns ?

— De… pardon ?

Je cligne des paupières. Ce n'est pas comme si je venais juste de dire que les Burns étaient bannis de nos conversations.

J'observe Kate avec une certaine confusion, avalant une gorgée tiède de cidre pour me donner un peu de contenance.

— J'ai essayé de t'en parler avant le dîner au pub de Northcote Street, mais tu as éludé la question, me rappelle-t-elle. Il se passe quelque chose avec eux, n'est-ce pas ? Quelque chose dont tu ne veux pas parler à ta famille. Ça n'est pas dans tes habitudes de te montrer mystérieuse avec ceux que tu aimes… Du coup, je me demande à quel point le secret est grave pour que tu veuilles le garder aux dépens des tiens.

On ne lui enlèvera pas sa perspicacité.

Je mets un instant à rassembler mes esprits, cherchant les mots adéquats pour ne pas trop en révéler, mais sans en arriver au mensonge pour autant. Les histoires de lettres, de clés, de ramoneur et même celles concernant Walter sont enfermées à double tour.

Cœur loyal, esprit fidèle. Je ne révèlerai rien.

— Les apparences peuvent être trompeuses, Kate, c'est tout ce que je peux te dire.

Une ride s'enfonce entre ses sourcils.

— Je ne te demande pas de trahir ta parole, Robyn. J'imagine que tu as de bonnes raisons de l'avoir donnée à ces gens. Je ne vais pas te forcer à me dire ce qu'ils cachent... mais, est-ce que tu es certaine que tu peux porter ce poids toute seule ?

Elle m'adresse un petit sourire empreint de douceur.

— Les Ferguson ont été génétiquement créés pour tout partager : les peines, les joies et les secrets. Je ne veux pas que la situation soit trop dure à supporter pour tes épaules.

— Tu es inquiète pour moi ? dis-je, touchée.

— Bien sûr. Tu es douée pour soutenir les autres, mais il arrive que tu le fasses au détriment de ton bonheur. C'est pour ça que j'essaie de comprendre ce qu'il se passe : pour que je puisse te soutenir à mon tour, si besoin est.

Et plus bas, elle ajoute :

— D'un point de vue génétique, je ne suis pas une Ferguson. Alors, si jamais tu as envie de te confier à quelqu'un, je serai là. Très neutre et très discrète.

Kate, ou la réincarnation de la sagesse. Dans une autre vie, elle était sûrement accoutrée d'un chapeau pointu et munie d'un bâton qu'elle plantait dans les ponts en pierre en criant « vous ne passerez pas ! » à ses ennemis.

— Norma a de la chance de t'avoir.

Elle accepte le compliment en silence, sans insister. Les promesses sont sacrées, elle le sait et le respecte.

Le défilé des Burns se déroule en fin de matinée, sous un rideau de flocons. À cette occasion, les habitants abandonnent leurs activités pour se tasser aux abords des chalets aux toits perlés de neige.

Le monde qui rôde dans les allées, compact et bruyant, n'est là que pour eux. Ils tiennent des boissons fumantes au creux de leurs mains gantées, et piétinent comme des enfants impatients devant l'attraction du jour.

Où que j'aille, les bavardages vont bon train : « Ils ont commencé par le stand des Caldwell, j'ai vu Ann goûter une de leurs crêpes à la marmelade d'oranges », « Lucy Burns est présente, elle porte une robe… par ce temps et à son âge, tu crois que c'est raisonnable ? », « Walter tire une tête de six pieds de long ».

Passant de stand en stand, les Burns donnent le change aux exposants, comme Miss Écosse goûterait chaque création artisanale avec une écharpe bien repassée sur l'épaule. Il leur faut plus d'une heure pour atteindre l'allée où nous avons installé la Forêt Féerique.

— Ils sont plus nombreux que d'habitude, non ? remarque mon père.

Le menton en l'air, il tente de débusquer tous les membres de la famille au milieu de l'attroupement de curieux qui les entoure.

— Évite les mauvaises nouvelles, je t'en prie, rétorque

Norma, en soufflant dans ses mains pour ne pas qu'elles s'engourdissent.

— Lucy est avec eux, réagit Kate. Comme on ne la voit pas souvent, c'est sa présence qui doit te donner cette impression de supériorité numérique, Grant.

Mais mon père persiste :

— Non, il y a plus de femmes que les Burns en comptent normalement. Regardez bien, il y a un grand chapeau beige à côté d'un homme que je ne reconnais pas non plus... Personne chez eux ne porte de telles choses, d'habitude.

Norma tente d'intervenir, mais Mabel lui referme le caquet avant même qu'elle ait élevé la voix.

— Plus de remarques ni de critiques ! J'en ai assez, Norma, tu ferais mieux de garder ton souffle pour refroidir ton porridge ! Que tu le veuilles ou non, nous avons conclu un accord avec cette famille. Et parce que nous sommes des gens respectables, nous l'honorerons. *A mhic Ifrinn,* sois une Ferguson !

Ma tante la fixe, un peu étourdie.

— Il suffisait de me dire de me taire, j'aurais compris...

Je grimpe sur mes orteils pour repérer le « grand chapeau beige » évoqué par mon père ; il se révèle être une capeline outrageusement large.

Elle appartient à une femme corpulente, en plein éclat de rire. Le son tonitruant ricoche sur l'essaim qui grésille autour d'elle et vient se réverbérer jusqu'à notre stand. Je jurerais que le bruit a fait trembler les aiguilles de nos sapins.

— Qui est-ce ? s'enquiert ma grand-mère, elle aussi juchée sur ses bottines d'hiver.

— Sûrement Jim Schleifer, rétorque Norma. Le mari d'Emilia devait la rejoindre pour le réveillon de Noël.

— Non, je te parle de la femme. Pas de l'homme.

Deux personnes sont méconnues des fichiers de la Police des Rumeurs : la femme à la capeline qui semble apprécier les bougies artisanales du stand d'Elaine Langan, et un homme. Plus grand qu'elle. D'un âge nettement moins avancé. Et aux zygomatiques bien plus discrets que ceux de sa comparse.

Au moment où une percée s'opère dans la foule, je distingue un détail supplémentaire : son bras, qui encadre tendrement les hanches d'Emilia.

— L'homme à l'écharpe grise est bien le mari d'Emilia, dis-je alors, telle une détective en pleine chasse.

— Et la femme ?

— Je ne sais pas, mais les Burns me paraissent très calmes…

Loin des démonstrations d'égocentrisme d'Emilia, de la joie contagieuse de Stew et de l'aura aristocratique d'Ann ou de Hugh, j'assiste à l'arrivée d'un groupe sur la réserve. Comme si leurs personnalités s'étaient soudain retrouvées cachées dans l'ombre d'une lumière un peu trop clinquante.

Ou alors…

Mes yeux cherchent urgemment ceux de Walter.

Sa boucle noire remue sous l'effet de la brise. Il ne dégage pas son assurance habituelle, du moins, je ne la perçois plus comme telle. Ses épaules semblent un peu moins alignées, sa démarche plus robotique. Quelque chose dans son attitude m'indique qu'il n'est pas dans son état normal.

Il finit par sentir ma présence.

Son regard s'accroche au mien avec un tel désespoir qu'une bouffée d'angoisse m'envahit immédiatement.

La carapace de Walter Burns ne se fendille pas. Jamais. Montrer qu'il n'est pas maître de la situation est tout bonnement impossible pour cet homme d'une intransigeance à faire peur.

J'en déduis que mon intuition était la bonne.

— C'est Mme Simonsen.

La collectionneuse américaine qui a racheté les lettres des soldats de Cromwell. Celles qui sont toujours introuvables à ce jour.

Je deviens livide.

20

Au Cœur De La Forêt

Le temps que les Burns atteignent l'entrée de la Forêt Féerique, j'ai perdu trois points de flegme et deux de patience.

Walter doit sentir mon trouble, car il se détache de la procession avec une infinie discrétion pour me rejoindre. Les odeurs de cèdre et de cuir qui l'enveloppent habituellement viennent cette fois accentuer ma panique.

— Pas ici, lui murmuré-je. Venez.

Nous disparaissons sur le côté du stand en nous assurant de n'attirer l'attention de personne. Je soulève les cordons de sécurité pour me faufiler en dessous tandis que lui préfère les enjamber ; dans d'autres circonstances, j'aurais trouvé son habileté prodigieusement agaçante.

Connaissant le labyrinthe par cœur, je nous conduis au cœur de l'attraction, là où des dizaines de ballotins enrubannés flottent entre les branches du plus imposant des sapins.

— C'est Mme Simonsen, c'est ça ? C'est elle ?

Je suis essoufflée sans même avoir couru. Mes poumons aussi semblent hurler de détresse.

— Elle est arrivée aux aurores à l'aéroport d'Aberdeen avec Jim, acquiesce-t-il.

Ses cernes ont gagné en épaisseur, comme si l'abus de tourments avait fini par s'imprimer sur sa peau.

— Elle était censée arriver plus tard, non ?

— Pour Noël, oui. Elle est en avance.

— Vous lui avez dit pour les lettres ?

— Non, c'est une information qu'il vaut mieux étouffer tant qu'on le peut encore.

J'admire sa capacité à garder son calme en toutes circonstances. Ceci dit, il paraît si inébranlable que j'en viens à penser qu'il ne réalise pas l'ampleur de la catastrophe qui se prépare.

— Walter, vous êtes conscient que la ville entière est au courant de la disparition de cette liasse de lettres, n'est-ce pas ? chuchoté-je avec embarras.

— J'aurais eu du mal à manquer l'information.

— Et nous vivons à Wick, insisté-je.

— Idem : difficile de ne pas le remarquer.

— Ce que je veux dire, c'est qu'on marine dans un fief de commères. Les services de renseignements britanniques pourraient jalouser notre savoir-faire !

Loin de moi l'envie de lui mettre la pression, mais son secret ne tiendra jamais plus de quelques jours. Mme Simonsen obtiendra tous les détails de cette affaire sans même avoir à lever le petit doigt.

— Je sais, Robyn, dit-il avec une pointe de lassitude dans la voix. C'est la raison pour laquelle nous ne lâchons pas Margot Simonsen depuis qu'elle a débarqué dans les Highlands.

Pour commencer à le connaître, je ne doute pas une seconde qu'il applique ce principe à la lettre. Quand bien même, je ne peux pas m'empêcher de m'inquiéter.

— Et si vous ne retrouvez jamais le coupable ? Si les lettres ne vous sont jamais rendues ?

— Alors, nous lui dirons la vérité.

— Au risque que les conséquences dont parlait votre grand-mère se réalisent ? Vous ne pouvez pas vendre le château d'Ackergill... C'est... Non, dis-je, catégorique. Vous ne pouvez pas, ce n'est pas une option.

Un « ploc » retentit soudain dans les airs, suivi d'une ribambelle de crépitements évoquant l'embrasement des bûches dans l'âtre d'une cheminée. Walter se raidit, surpris par le son qui m'est familier.

— Ce sont juste nos guirlandes, le rassuré-je en montrant les sapins qui s'illuminent les uns à la suite des autres. Elles sont un peu vieilles.

Quelqu'un a dû appuyer sur l'interrupteur à l'entrée de l'attraction.

Un grésillement plus tard, des centaines de lumières picorent les sapins. Du rouge, de l'or et de l'émeraude. Les branches parsemées de flocons se mettent à clignoter, libérant un halo magique à travers les allées du labyrinthe.

— Pour en revenir au château, nous n'avons pas l'intention de le vendre pour l'instant, me dit Walter. C'est une solution de dernier recours, celle que nous prendrons quand nous n'aurons plus d'autre choix.

Les décorations de Noël se réverbèrent dans ses iris sombres, accentuant leur magnétisme. Je peine à fixer mes yeux ailleurs, hypnotisée par ce conflit troublant entre sa noirceur et la lumière qui y crépite.

— J'espère que vous n'en arriverez pas là, rétorqué-je d'une voix plus basse que je l'aurais voulu.

Il me fixe d'une drôle de façon.

— Vous êtes attachée à ce château ?

— Hein ?

— Le château d'Ackergill, est-ce que vous y êtes attachée ? Vous avez l'air d'y tenir.

Il s'est mépris sur la nature de mon regard.

Je me reprends comme je peux.

— Je… *aye*. *Aye*, je me fais du souci pour le château. Cet endroit, c'est un peu comme un trésor… Je trouve.

— Plus maintenant, déplore-t-il. La quantité d'objets de valeur a drastiquement diminué au fil des ans, il ne reste plus grand-chose, là-bas.

— Non, non. Je ne parle pas de sa valeur financière. Le château d'Ackergill est plutôt un trésor symbolique, vous voyez ce que je veux dire ?

Sa confusion m'incite à ajouter :

— Vous avez déjà remarqué combien les gens tiennent à leur passé ?

Au port, les anciennes familles de pêcheurs ont conservé les outils qui servaient à leurs ancêtres pour attraper le hareng. Ils ne les utilisent pas, ils ne les exposent pas non plus. Mais ils les gardent précieusement, comme on mettrait des diamants sous cloche.

Sur Union Street, un musée tenu par des bénévoles retrace l'histoire locale de la ville. Pour quoi faire, si ce n'est conserver une trace du passé ?

Dans le dialecte de Mabel, on retrouve des intonations rugueuses, héritage d'un gaélique écossais qu'elle cultive avec fierté encore aujourd'hui. Le deuxième prénom de Bonnie est Helen, un clin d'œil à mon arrière-grand-mère.

Et dans notre cuisine se trouvent des livres de recettes traditionnelles, celles que mon père concocte le week-end avec le vieux torchon de Gillis sur l'épaule.

— On aime se souvenir, Walter. Surtout des bonnes choses. C'est un peu comme ces soirs d'hiver qu'on passe au coin du feu : la chaleur détend d'abord les muscles, puis l'apaisement se propage à l'esprit. On ferme les yeux, on respire plus doucement et on laisse les sensations nous envahir. Un bon souvenir, c'est ça. C'est du réconfort.

— Le château d'Ackergill a cet effet sur vous ?

— Il l'a sur beaucoup de personnes. Vous voyez cet endroit comme votre maison d'enfance et votre grand-mère le considère comme un gouffre financier mais, pour nous, pour les gens qui n'y ont pas vécu, c'est un lieu chargé d'histoires : il y a aussi de nos souvenirs à l'intérieur.

— Je ne suis pas certain de saisir l'idée...

Je souris ; sa curiosité adoucit ses traits, le rendant presque aussi innocent qu'un enfant avide de découvrir les secrets du monde.

— Le château est à vous sur le papier, mais dans le cœur des habitants de Wick, une partie d'Ackergill leur appartient un peu aussi. Le passé de nos ancêtres, avec ses guerres de clans et ses aventures rocambolesques, en a imprégné les murs.

Une seconde. Puis deux. Trois et quatre. Il observe mes grains de beauté comme on se raccroche à une bouée pour ne pas couler. Et même si je n'en comprends toujours pas la raison, je le laisse faire. Plus le temps passe et moins ce toc me déplaît.

— Je vois, murmure-t-il. L'avenir du château vous préoccupe, mais pas celui de ma famille.

— Quoi ? Non. Je n'ai pas dit ça, non...

— Je ne suis pas vexé. Ne vous sentez pas obligée de vous justifier.

Mais je note qu'il s'est brusquement refermé.

— J'ai peur que le château soit vendu à des gens peu scrupuleux, lui expliqué-je alors. À des personnes qui se fichent de notre passé, qui changeront les tapisseries parce qu'elles sont « vieillotes », sans se soucier de l'anecdote laissée derrière chaque tache, vous comprenez ? À des entrepreneurs qui casseront la cuisine pour y mettre plein d'objets connectés, mais seront incapables de cuire une soupe de haddock « comme à l'époque ». À des paysagistes qui retireront les vieux pigeonniers du parc parce qu'on n'élève plus de pigeons voyageurs aujourd'hui…

Je soupire.

— J'ai peur qu'en laissant le château d'Ackergill dans des mains moins respectueuses que celles des Burns, on perde nos souvenirs pour toujours.

Le tumulte des voix résonne tout autour de nous. L'attraction a été ouverte au public.

Entre les enfants qui crient de joie après être tombés sur du chocolat et les adultes qui s'extasient du jeu des lumières, je ne m'entends plus réfléchir. Et Walter n'a plus la place pour me répondre.

Il se contente de me fixer. Inaccessible. Immobile. Je ne sais pas s'il a compris que mon point de vue sur sa famille avait évolué ni s'il sent combien mon respect pour lui s'est intensifié.

— J'ai de l'estime pour vous, Walter.

Une vague de chaleur coule dans ma poitrine. J'ignore pourquoi elle se manifeste maintenant, mais la sensation plutôt agréable se mue en une véritable brûlure quand mon interlocuteur détourne le regard.

J'ai dit quelque chose qu'il ne fallait pas ?

La tête basse, les yeux mi-clos, il semble à des années-lumière de notre conversation.

— Je disais ça parce que vous sembliez penser que je n'apprécie pas votre famille, fais-je en sentant le besoin stupide de me justifier. Enfin, que je ne me soucie pas d'elle. Mais c'est le cas. Je veux dire, je me soucie des vôtres.

M'entendre bafouiller décuple mon mal-être. Son silence me fait perdre mes moyens.

— Pas autant que je le devrais, c'est vrai, mais sûrement un peu trop pour certains… Non pas que je n'apprécie pas les Burns… encore qu'on n'en est pas vraiment au stade des accolades. Kate pense que je vous protège. Je ne vous déteste pas. Quand je dis « vous », je parle…

— Taisez-vous.

Tout son corps s'est contracté. Je reprends mon souffle, décontenancé.

— Taisez-vous, s'il vous plaît, se reprend-il dans un chuchotement.

Ses pupilles rétrécissent pour ne devenir qu'un minuscule point perçant. Un concentré de ténèbres. La beauté des illuminations ne parvient plus à percer ce bouclier de sévérité.

— Qu'est-ce qui se passe ? Vous…

Il écrase sa main sur ma bouche tout en répétant un « désolé » du bout des lèvres. L'odeur de ses gants, un mélange de cuir et de vieux tabac, me pénètre dans les narines. J'ignorais qu'il fumait.

Ravalant mes mots, je suis la direction que prend son menton : le sapin, au milieu du labyrinthe.

— Derrière.

Il libère mes lèvres, restant à quelques centimètres de mon corps, aux aguets.

S'il ne regardait pas ailleurs, il verrait que je mène une lutte acharnée pour paraître détachée.

— Écoutez.

Je tends difficilement l'oreille, et essaie de me concentrer. La discussion de l'autre côté de l'arbre finit par me ramener les pieds sur terre.

21

Conversation Téléphonée

— ... chez les flics.

— Grave. Ça a fait le tour du bahut en dix minutes à tout péter.

— On sait pas si c'est vrai, mec. Te tape pas un délire.

Deux voix percent au travers des branches du grand sapin. Des intonations jeunes et masculines. Des adolescents.

— C'est vrai, je te dis, insiste le premier. C'est sûr et certain que c'est vrai.

— L'info vient de Gavin... C'est pas un type fiable. Il était persuadé que la Terre était plate, tu te rappelles ?

— Et à ton avis, qui lui a donné cette info à la base ?

— Que la Terre est plate ?

— Mais non...

Le vacarme alentour de la Forêt Féerique empêche d'entendre la conversation dans ses plus menus détails. Je dois redoubler de concentration. Et, avec le corps de Walter aussi proche du mien, l'exercice est moins facile qu'il y paraît.

— C'est moi qui ai dit à Gavin pour l'appel anonyme,

espèce de crétin. Et Gavin s'est grouillé de balancer l'info parce que sa putain de langue sait pas se retenir. Donc : la rumeur, elle est vraie, puisqu'elle vient de moi à la base.

— Hein ? Je capte plus rien.

— T'es con ou tu le fais exprès ?

— Explique mieux, aussi !

L'appel anonyme ?

Mon sang ne fait qu'un tour. Walter, sentant ma fébrilité, me fait signe de ne pas bouger. Seraient-ils en train d'évoquer l'appel anonyme lié aux lettres ? Celui qui a accusé ma famille à tort ?

— OK, je recommence. Mon père. Tu vois qui c'est mon père ou faut aussi que je te fasse un dessin ?

L'autre jeune le presse en lui demandant « d'accoucher ».

— Mon père parlait avec ma mère, l'autre soir. Ils se racontaient des trucs sur le château d'Ackergill... Le truc avec les lettres volées et l'autre grand type qui fait son enquête partout dans la ville.

— Ouais, OK. Et alors ?

— T'as su que la police avait reçu un appel anonyme ?

— Ouais.

— Bah c'est mon père qui a répondu au téléphone au poste de police, ce jour-là.

— Déconne pas.

— J'te jure. Et il est certain que cet appel, il venait des Doyle. Il a reconnu la voix.

— Les Doyle ?

Les Doyle ?

— Affirmatif.

— Et tu l'as dit à Gavin ?

— Ouais. J'aurais pas dû, mais il est passé chez moi juste après que j'ai découvert cette histoire et je sais pas, c'est sorti tout seul. Et maintenant, ce trou d'balle raconte ça à tout le monde, donc tout le monde croit que c'est lui qui a découvert qui était le voleur des lettres.

— Il fait ça pour impressionner les filles.

— Il fait ça parce qu'il est con.

— C'est pareil.

Walter passe une main dans mon dos pour m'emmener à l'écart. La discussion des jeunes déviant vers le nombre de neurones qu'il manque à « Gavin », nous quittons les lieux.

Nous longeons une rangée de sapins lumineux pour rejoindre l'allée adjacente, où les corps sont moins nombreux et l'air plus respirable.

— Il y a eu une bavure policière.

Walter a l'air plus contrarié que jamais.

— Les appels anonymes doivent rester anonymes, c'est le principe, complète-t-il.

— Le jeune a entendu une conversation entre son père et sa mère, ce n'est pas vraiment une bavure. Et ça n'est pas le problème…

— Son père, un policier, en a donc parlé sans avoir reçu l'autorisation de sa hiérarchie. C'est une faute professionnelle, Robyn.

Mon cœur bat à tout rompre.

— C'est ça qui vous inquiète ?

Comme toujours, son pragmatisme lui met des œillères devant les yeux. Il voit la situation de façon strictement pratique, sans saisir le fond du problème.

— Walter, ces ados viennent de dire qu'ils savent qui a appelé la police ! lancé-je, ahurie. Vous râlerez contre le zèle des officiers une autre fois, il y a plus urgent, là !

Réalisant que je suis à deux doigts d'hyperventiler, il

accepte enfin de considérer ces nouvelles informations d'un autre œil.

— L'appel anonyme aurait été initié par les Doyle, ce nom vous dit quelque chose ? le questionné-je.

Si j'avais Norma à portée de la main, elle m'aurait déjà fourni l'acte de naissance, le CV, le dossier médical, les préférences alimentaires et la marque des serviettes de bain de tous les membres de cette famille.

— Oui. Oui, il me dit quelque chose.

Une ombre passe dans son regard.

— Holly Doyle faisait partie du premier groupe que j'ai interrogé, me révèle-t-il. Je me souviens m'être rendu chez elle le jour où je suis venu chez vous. Elle habite au sud de la ville, près du terrain de football.

— Et ?

— Rien de concluant.

Je contiens un soupir.

— Je me doute, Walter, nous n'en serions pas arrivés là dans le cas contraire. Mais si vous l'avez interrogée au début de votre enquête, c'est bien parce qu'elle figurait parmi les principaux suspects, non ?

Les recherches fonctionnent comme un système pyramidal, j'imagine. Un enquêteur s'intéresse d'abord à toutes les personnes liées de près ou de loin à l'affaire, puis il peaufine ses réflexions à mesure des indices découverts afin de déterminer le nom du véritable meurtrier. Ou celui du voleur, en l'occurrence.

Cette Holly Doyle a dû attirer son attention pour une raison bien précise.

— Elle était présente, le samedi du déjeuner d'ouverture, m'apprend-il.

— Elle était invitée ?

— Non. Elle est employée de ménage au château.

Ce renseignement me tombe dessus avec la puissance d'un coup de massue.

— Vous dites... Holly Doyle travaille à Ackergill ?

— Elle est partie en congé avant-hier. La coïncidence est intéressante.

— *Intéressante* ?

Cette fois, je ne tiens plus. Son détachement rend ma colère moins contrôlable. Il semble réfléchir tout seul alors que je suis impliquée jusqu'au cou dans cette affaire, moi !

— Si jamais les jeunes ont dit la vérité, ça signifierait que Holly Doyle a délibérément accusé ma famille d'avoir volé les lettres des soldats de Cromwell. Ça n'est pas « intéressant », Walter, c'est une info capitale !

J'ignore jusqu'à la couleur des yeux de cette femme. Le timbre de sa voix ne me revient pas non plus, malgré une fouille active dans mes souvenirs. Quant au nom « Doyle », il me fait penser au créateur de Sherlock Holmes, Arthur Conan Doyle, tout au plus.

Pas une image. Rien.

Si Holly est employée au château d'Ackergill, elle ne fait en tout cas jamais de détour par la Chocolaterie Ferguson ni de vagues suffisamment grosses pour terminer en tête d'affiche du dernier ragot à la mode.

— Vous croyez que Holly a menti pour se protéger ? demandé-je, livide.

— Nous n'avons pas encore assez d'éléments pour pouvoir émettre une hypothèse.

— Mais la coïncidence est troublante, vous l'avez dit vous-même.

L'air jaillit de ses narines sous la forme de deux geysers opaques. La piste est sérieuse : en tant qu'employée, Holly détient le mobile parfait. Elle aurait très bien pu récupérer une clé, se rendre au dernier étage de la tour principale et dérober les lettres. Elle aurait ensuite remis la clé à sa place et continué à épousseter les commodes et les édredons d'Ackergill sans que personne ne la soupçonne.

— Je vais orienter mes recherches sur les Doyle, achève Walter. Je vous tiendrai au courant.

Je le remercie, à la fois anxieuse et impatiente de connaître le dénouement.

— Je me renseignerai aussi sur les directives à prendre dans le cas d'une faute professionnelle qui surviendrait dans le milieu des forces policières.

— Quoi ?

— Ce père de famille est en tort, Robyn. Il a divulgué des informations confidentielles.

Je le dévisage, mortifiée.

— Vous êtes encore plus borné que ma tante…

— C'est un compliment ?

— Pas vraiment, non.

Mais un petit sourire s'épanouit malgré moi sur mes lèvres.

Nous remontons l'allée principale du labyrinthe et rejoignons l'animation bourdonnante du marché.

Dans la marée d'hommes et de femmes en approche, je distingue nos deux clans. Autant de Burns que de Ferguson. Et pour une fois, tous ces membres sont unis par une même expression sur le visage : le désarroi.

À vrai dire, seule la personne ayant pris la tête du défilé dégage un semblant de chaleur humaine.

Mme Simonsen est incroyablement solaire. Ses oreilles font barrière à une bouche qui pourrait s'étirer à l'infini pour un rien. Son enthousiasme est tel que je me demande s'il reste de la place dans ce corps pour les jours de déprime.

Avançant en se dandinant, comme si son bassin était un peu rouillé, elle n'accorde aucune importance aux enfants qui courent devant elle et lui coupent le chemin. Les flocons tombent sur sa capeline et fondent sur les épaulettes de son gros manteau.

Elle a l'air de déborder de sympathie. Pourtant, au moment où elle s'arrête en face de Walter et moi, j'ai du mal à rester sereine.

— Allons donc, je suis si impressionnante que ça ? Respirez, M. Burns, vous êtes aussi tendu qu'une corde à linge.

Et apparemment, je ne suis pas la seule.

Walter a retrouvé une distance convenable avec moi, et il observe Mme Simonsen avec ce qu'il fait de mieux : l'indifférence.

— Vous devez être Robyn, me dit-elle. Vous avez le même regard que les femmes de votre famille.

Un petit rire fait onduler son ventre.

— Les femmes de caractère ont cette étincelle qui pourrait mettre le monde à leur pied. Vous n'êtes pas d'accord, Walter ?

— Sans aucun doute.

Je lui jette un coup d'œil, surprise par son aplomb. Mme Simonsen émet un gloussement plus discret, avant de revenir à moi :

— Il paraîtrait que vous avez accroché les portraits de vos ancêtres sur les murs de votre boutique ? Une chocolaterie, c'est bien ça ? Votre tante n'a pas la langue dans sa poche, répond-elle à mon air décontenancé, je sais déjà beaucoup de choses à votre sujet. Je serais curieuse de voir si toute la lignée des Ferguson possède cette même lueur vindicative dans le regard.

Voyant ma planche de salut se profiler, je saute sur l'occasion.

— Je peux vous montrer si vous voulez, notre boutique n'est qu'à quelques pas d'ici.

— Tout de suite ?

— Pourquoi pas ? Notre stand n'a besoin que de deux personnes pour fonctionner et je suis disponible, précisé-je.

— Fabuleux ! C'est fabuleux !

Mieux vaut garder Mme Simonsen sous surveillance tant que les lettres sont perdues dans la nature.

Plus cette collectionneuse sera tenue loin des habitants et de leur penchant pour les histoires croustillantes, plus les chances de sauver le château d'Ackergill seront grandes.

Enfermer cette femme à l'intérieur de la Chocolaterie Ferguson n'est pas la meilleure option qui soit, mais c'est la seule qu'on ait pour le moment.

22

Les Dames Ferguson

— Et ça ?

— Ce sont des moules en fer.

— Ils datent de quelle époque, si je peux me permettre ?

— Du XIXe siècle.

Les mains croisées dans le dos, Mme Simonsen observe avec attention notre collection de vieux ustensiles. Son admiration ressemble à celle d'un bébé fasciné par son nouveau hochet.

— Incroyable… le chocolat était donc coulé à l'intérieur de ces moules en forme de tablette ?

Norma acquiesce et complète :

— Quand le chocolat a été importé en Europe, à l'époque où Christophe Colomb découvrait l'Amérique, il était consommé seulement comme une boisson. Il a fallu attendre les années 1700 pour que les moulins mécaniques participent à la confection d'un chocolat qui reste dur. Quant aux moules en fer que vous voyez, ils ont été faits par Jane Ferguson en personne, sur la base de ceux qui étaient utilisés à cette période.

Fière comme jamais, elle extrapole sur les talents d'une ancêtre qu'elle n'a jamais connue. Jane est « douée de ses mains », « dotée d'un savoir-faire inimitable » et « particulièrement intelligente ». Rien que ça.

Mme Simonsen engloutit ces informations de bon cœur. Elles lui donnent assez de matière pour pouvoir poser encore plus de questions auprès de ma tante. Ce cercle vicieux dure depuis plus de trente minutes, maintenant.

— Et vous savez d'où lui est venue cette envie d'ouvrir une chocolaterie artisanale ?

— Oh ! Une histoire des plus banales, vraiment.

— Même le plus commun des mortels peut vivre des aventures extraordinaires. Racontez-moi, Norma, et n'ayez pas peur d'entrer dans les détails !

Ma tante déballe alors les secrets de notre passé auprès d'une femme au moins aussi curieuse qu'elle.

Mme Simonsen apprend que le père de Jane Ferguson était féru de voyages. Dans les années 1860, après un court passage chez nos voisins anglais, il est rentré à la maison avec un sachet de friandises qui provenait de la maison Fry & Sons. L'une des chocolateries les plus réputées d'Angleterre.

D'après la légende, il a suffi d'un seul carré noir pour que sa fille en tombe raide amoureuse.

— Quel âge avait Jane à ce moment-là ? s'enquiert-elle.

— Seize ans. Elle a ouvert la Chocolaterie Ferguson huit ans plus tard, dans un village où personne ne croyait en elle, si ce n'est son mari et ses enfants. Une vraie force de caractère pour un si petit bout de femme.

Elle la conduit près de la cheminée où six portraits sont alignés, un peu abîmés par la lumière du jour. Celui de Jane est accroché le plus à gauche.

Il exhibe une femme à la nuque bien droite, aux pommettes hautes et dont la coiffure, toute simple, se résume à une raie au milieu. Sa tenue fait la part belle aux tendances de l'époque : le haut de sa robe en mousseline est travaillé jusque dans la broderie du col.

J'entrevois dans ses yeux ce que Mme Simonsen a cru reconnaître chez moi : une envie de conquérir le monde.

— Jane Ferguson a tout construit elle-même, depuis ce lieu jusqu'à son savoir-faire. Elle a également transmis sa passion et son âme de conquérante à chacun de ses enfants et petits-enfants, développe ma mère, sa voix s'enrobant d'affection. Margaret, Louisa, Mary, Helen, Mabel, Norma, Robyn et même Bonnie ont reçu un héritage de sa part qui va bien au-delà du matériel.

— La Chocolaterie Ferguson est une histoire de famille, renchérit Norma. On fonctionne ensemble, on se soutient les uns les autres. Comme le dit notre devise, nous avons un cœur loyal et un esprit fidèle.

Les histoires qui gravitent dans la boutique attendrissent la collectionneuse. Elle se fait plus discrète, plus calme, comme si le silence était pour elle une marque de respect.

Après avoir jeté un œil malicieux à chacune d'entre nous, elle reporte son attention sur Norma :

— Pour en revenir à ces moules en fer, vous en avez beaucoup ?

— Nous avons pu conserver la majeure partie de ceux qui était utilisés à l'époque, *aye*. Il doit en rester six ou sept. Margaret Ferguson, la fille de Jane, était aussi maladroite qu'un manchot royal : elle a ébréché plus de bols en faïence et d'objets précieux que nos caisses à souvenirs en contiennent !

— Et de ces six ou sept moules, certains vous semblent-ils moins importants que d'autres ?

Sa question fait ployer les sourcils de ma tante.

— « Moins importants » ? Qu'est-ce que vous entendez par-là ?

— Eh bien, il arrive que nous soyons attachés à certains objets, et un peu moins à d'autres. Sentimentalement parlant, j'entends.

— *Aye...*

— Ceux qui ne vous tiennent pas à cœur pourraient éventuellement m'intéresser.

— Vous... oh ! Vous me demandez si les moules sont à vendre ?

Et puisque Mme Simonsen n'infirme ni ne confirme, Norma précise :

— Je suis désolée, ce sont des affaires personnelles. Nous nous en servons pour la décoration, mais rien de tout ça n'est destiné à être vendu.

Mme Simonsen acquiesce sans se départir de son grand sourire.

— C'est bien dommage, mais je comprends. Allons donc, qu'avez-vous d'autre à me montrer ? Nous en étions à Margaret Ferguson et à sa manie de tout casser.

Et sans transition, la visite reprend.

Toute la chocolaterie est passée en revue, notamment l'arrière-boutique ; Mme Simonsen prend son rôle d'amatrice au sérieux. Le processus de fabrication du chocolat la fascine à la déraison et les questions s'enchaînent, à n'en plus finir.

J'en profite pour prendre l'air.

La luminosité changeante de la matinée s'accompagne d'une nouvelle chute de neige. Elle tombe par intermittence depuis des jours : quand le ciel décide de cracher son coton sur le sol écossais, rien ne peut l'arrêter.

— Elle est étonnante.

Ma mère noue son écharpe autour du cou puis rentre les mains dans les poches de son blouson. Elle s'adosse à mes côtés, contre le rebord de la fenêtre de la boutique. Son silence s'accompagne d'un regard pour Wullie, mais je suppose qu'elle ne parlait pas de l'ours.

— Mme Simonsen ? présumé-je.

— *Aye.* Sa curiosité dépasse l'entendement. J'ai rarement croisé quelqu'un capable d'écouter ta tante pendant plus de quarante minutes, et de continuer de lui poser des questions ensuite. Elle a de l'endurance.

Je souris.

— Qu'est-ce que fait cette femme dans la vie ? Les Burns nous l'ont présentée comme une connaissance d'Emilia, une « proche du Vermont ». Nous avons eu droit à un récit détaillé de leur « amitié » américaine, mais rien n'a fuité au sujet de ses activités.

Je souris encore.

— Je te connais, maman. Quand tu essaies de me tirer des informations, c'est pour t'assurer que tes suppositions sont bonnes. Tu sais déjà des choses au sujet de Mme Simonsen, je me trompe ?

— Quelle idée...

Elle hausse les épaules, faussement vexée.

— D'accord. Je me suis peut-être déjà fait une petite idée sur la personne, disons. Mais ça n'est pas uniquement pour elle que je viens te voir.

Elle coince ses mains entre ses cuisses puis, les yeux perdus dans les crocs de Wullie, s'explique :

— Tu as le plus gros cœur de la famille, Robyn. C'est

quelque chose qui paraît tellement évident que je ne te l'ai jamais dit, et pourtant... J'ai longtemps cru que celui de Mabel dépassait la norme, mais tu as fini par le battre.

Le compliment, si c'en est un, tombe comme un cheveu sur la soupe.

— Plus Mabel vieillit, moins elle laisse les autres entrer dans sa vie, tu as remarqué ? Elle est un peu plus méfiante, elle accepte moins facilement le changement. Il suffit de la voir avec une tablette numérique... Ce sont les conséquences logiques de l'âge, rien de bien méchant, mais ça a rendu son cœur plus dur, plus difficile d'accès. En comparaison, le tien est aussi mou et malléable que de la ouate.

— Merci..., dis-je, incertaine.

— Ce que je veux dire par là, c'est que ton cœur est bon. Et pur. Il peut accueillir du monde à l'intérieur de lui, et donner de l'amour à qui le veut. Tu as hérité de ton père pour ça, me confie-t-elle. Grant est un homme profondément généreux et aimant.

Je le sais.

Personne ne peut battre mon père sur l'échelle de la gentillesse. Sa bonhommie ne le rend pas moins solide ou fort que les femmes Ferguson, il a simplement un tempérament plus doux qu'elles. L'énergie et le dynamisme du feu contre l'empathie et la sensibilité de l'eau.

— Ton père n'a aucun mal à apprécier les autres. Stew est devenu « mon garçon » au bout de quelques jours à peine, tu te souviens ?

— Il l'a toujours apprécié, acquiescé-je, amusée.

— Tu es comme ça, toi aussi. Tu donnes de l'affection aux gens, même quand tu ne les connais pas parfaitement.

Elle passe un doigt sous ses cils afin d'en retirer les

grains de neige. Son regard contraste entre douceur et franchise. Les yeux de ma mère n'ont jamais su mentir.

— Où veux-tu en venir ? lui demandé-je.

— Aux Burns.

Je plisse les yeux, perdue.

— Tu as accueilli les Burns dans ton cœur, Robyn, et je n'en connais pas la raison. Je ne sais pas ce qu'ils t'ont dit, ce qu'ils ont fait pour que tu en viennes à voler à leur secours avec des chartes de bonne conduite et des cachotteries. Mais en tant que mère, il est de mon devoir de te mettre en garde.

— Ne t'en fais pas pour moi, la rassuré-je, comprenant mieux où mène ce discours. Ils ne sont pas aussi terribles qu'ils le font croire.

— Tu sais où tu mets les pieds avec eux ? s'enquiert-elle néanmoins.

— J'ai confiance. Certains m'ont prouvé que je pouvais les croire.

En disant ça, les traits sévères mais loyaux de Walter sont les premiers à me venir en tête.

— D'accord, opine-t-elle. Et est-ce que tu as confiance en ceux qui leur tournent autour ?

— C'est-à-dire ?

— Je pense à Mme Simonsen, avoue-t-elle en se pinçant les lèvres. Elle me fait me poser des questions.

Je l'incite à poursuivre.

— Elle est proche de Jim Schleifer et d'Emilia, mais j'ai bien vu comment les Burns se comportent avec elle. Ils sont sur la réserve, ils osent à peine la reprendre. Mme Simonsen prend tout l'espace qui se trouve autour d'elle, elle étouffe même les gens les plus sûrs d'eux, et ça, ma fille, ça n'est pas normal.

— Je ne crois pas qu'elle ait de mauvaises intentions, tu sais.

— Mmh... Elle est étrange. Cette femme est passionnée par le passé des autres.

À nouveau, elle arbore une moue perplexe.

— Elle s'est prise de passion pour les stands du marché de Noël, mais pas comme on pourrait le penser : elle ne posait pas de questions sur les objets en vente mais sur la vie des commerçants, comme si elle s'intéressait à leurs histoires personnelles. Et Norma ? Elle l'accule avec des questions sur nos ancêtres. Tu ne trouves pas ça bizarre ?

— Elle est juste un peu curieuse.

— Ce n'est pas tout, non. Pourquoi voudrait-elle racheter nos moules en fer, nos boîtes abîmées et nos moulins rouillés, par exemple ? Tu peux me l'expliquer ?

— Parce qu'elle est collectionneuse d'antiquités. C'est ce qu'elle fait dans la vie, elle collectionne des vieilleries, dis-je, dépitée de devoir l'avouer.

J'attends, silencieuse. Sa perspicacité ne va pas tarder à voir le jour.

— Je vois. Ça expliquerait bien des choses... Sauf la raison pour laquelle les Burns la craignent. À moins que...

En face, les passants se pelotonnent dans leurs manteaux. Ils accélèrent la cadence pour entrer au plus vite dans les maisons et les commerces. La neige rend les silhouettes plus difformes. Les nez plus rouges. Les gens plus empressés.

— *A Mhuire Mhàthair !*

Ma mère, elle, devient soudain plus gaélique.

— C'est donc... c'est donc... c'est donc à cause des lettres !

Je pivote vers elle en l'implorant de ne pas le hurler sur tous les toits.

— Elle est ici pour les lettres ? Mais les lettres ne sont plus ici, Robyn ! lance-t-elle, comme horrifiée par ce fait.

— Si tu pouvais le dire moins fort, ça m'arrangerait. Tu n'es pas censée être au courant…

— Elle les a déjà achetées ? poursuit-elle, brouillonne et perdue. Est-ce qu'elle sait que personne ne sait où elles sont ? Non, bien sûr que non, d'où la peur des Burns, ce matin…

Exprimant ses réflexions à voix haute, elle réalise que l'arrivée de Mme Simonsen a tout d'une apocalypse. Sa perspicacité lui fait remonter la bobine, dépiauter chaque scène vécue aujourd'hui, et s'inquiéter.

J'en ai un hoquet de surprise.

Je me serais attendue à plus de sadisme venant d'elle.

— Mercure est vraiment une saloperie, grommelle-t-elle.

— Je rêve ou tu es en train de t'en faire pour les Burns ?

Elle se lève dans le vent qui prend de l'ampleur, aussi stable et déterminée qu'un menhir de Callanish.

— Nous avons une charte de bonne conduite à tenir, et je suis une Ferguson, ne l'oublie pas : cœur loyal, esprit fidèle. Ces gens ont beau avoir malmené mon ego et piétiné mes traditions, je suis une femme d'honneur. Je les soutiendrai, quoi qu'il m'en coûte.

Les quelques mèches qui balafrent son visage ne font que rendre son air plus assuré. Un général qui partirait à la guerre n'aurait pas meilleure allure.

— Je vais faire en sorte que personne n'ébruite l'histoire des lettres volées, dit-elle avec aplomb.

J'en reste abasourdie.

— Mais tu ne connais pas toute l'histoire, lui dis-je. Tu comptes les protéger sans même savoir pourquoi ils ont accepté de vendre ces lettres à Mme Simonsen ?

— Pour quoi d'autre que l'argent ?

Les bras m'en tombent. Cette femme a une capacité de déduction qui dépasse tous les systèmes informatiques du monde.

— Comment peux-tu le savoir ?

— Je ne le savais pas, me répond-elle en souriant. Tu viens de me le dire.

Elle pose une main sur mon épaule, qu'elle serre affectueusement, pour retrouver aussitôt le confort et la chaleur de la chocolaterie.

— Ne doute jamais du talent de ta mère pour l'extorsion de secrets, je suis imbattable ! entends-je, avant que la porte ne se referme dans son grincement familier.

Gillis Ferguson s'est rangée du côté des Burns. Et même cette tordue de Mercure ne s'y attendait pas, à celle-là.

23

Les Ecuries D'Ackergill

— Je vous demande pardon ?

Walter est en colère. Une colère bien visible, ce qui est d'autant plus déroutant.

Les ondes révoltées qui émanent de lui se répercutent jusque dans sa boucle : la mèche noire se balance d'un côté puis de l'autre d'une veine étonnamment gonflée pour une heure si matinale.

— Elle ne dira rien à personne, ne vous en faites pas, lui dis-je comme une promesse.

— C'est une plaisanterie ? Vous voulez *vraiment* qu'on discute de l'attrait de votre famille pour les rumeurs ?

Je me mords l'intérieur de la joue. Il n'a pas tort.

— Vous marquez un point...

— Je sais, oui !

Il est pâle comme une cuillère en porcelaine et aussi froid qu'un thé resté trop longtemps dans la tasse. Son sang-froid légendaire a déclaré forfait.

Il ne supporte pas l'idée que ma mère détienne un secret

de famille. J'aurais pu ne pas l'informer de la discussion que j'ai eue avec elle devant la chocolaterie, l'autre jour, mais ça n'aurait pas été honnête de ma part.

Il a droit à la vérité, lui aussi.

— Vous n'avez rien à craindre, Walter. Je vous promets que l'information sera bien gardée. Personne ne saura ce qui se passe derrière les murs du château.

— Ce n'est pas de la peur que je ressens, mais de la méfiance, corrige-t-il. Gillis Ferguson n'est pas la première personne à qui je confierais ma vie.

— Elle la protégerait, pourtant.

— Parce qu'elle a donné sa parole et doit donc respecter une charte de bonne conduite, oui. Retirez-lui notre accord et elle me jettera dans une fosse aux serpents avec un sourire satisfait aux lèvres.

— Elle déteste les serpents.

— Raison de plus.

Le parc du château d'Ackergill s'étend comme un drap de coton derrière lui. Nous avons estimé que ce lieu était le plus adapté à l'atelier de bonshommes de neige, une des animations de Noël que ma famille a pu récupérer grâce à la charte. Rien de tel qu'un parterre de neige immense, surplombé par une bâtisse historique en bord de mer, pour faire son petit effet. Les Burns ont accepté de nous laisser le champ libre sur leur domaine pour la matinée.

Les enfants et leurs parents déambulent entre les deux pigeonniers installés en plein centre, à la recherche des accessoires pour parfaire leurs créations. J'aperçois un nombre incalculable de carottes et de bouts de charbon dans les mains des plus petits.

— Ma mère veut vous aider, reprends-je dans une

tentative désespérée de le détendre. Elle ne tient pas la jambe de Mme Simonsen pour le plaisir.

Il penche son regard vers le pigeonnier de gauche, où ma mère s'entretient avec la collectionneuse américaine. Trois jours qu'elle la colle comme une abeille surveille son miel. Mme Simonsen est devenue la femme à suivre, à satisfaire, à intéresser et à ne perdre de vue sous aucun prétexte. Je crois qu'elle en connaît désormais plus sur les habitudes et la vie de ma famille que sur la sienne.

— Faites-nous confiance, murmuré-je. Vous êtes en sécurité avec nous.

— Je ne sais pas faire confiance.

L'aveu sort avec tellement de naturel qu'il me prend au dépourvu.

— Si, vous savez, dis-je néanmoins. Vous m'avez fait confiance le jour de la perquisition, vous vous souvenez ? J'aurais très bien pu vous mentir à propos des clés, mais vous m'avez crue. C'est la même chose, ici.

— Ça n'avait rien à voir, non. Vous aviez un clignement d'yeux normal, vous ne vous dandiniez pas sur vos pieds et votre débit de parole était plutôt ordinaire si on le compare à celui des Ferguson. Rien n'indiquait que vous me mentiez.

J'observe un instant de surprise.

— C'est comme ça que vous déterminez l'honnêteté des gens ? En vérifiant combien de fois ils clignent des yeux ?

— Les micro-expressions du visage sont un bon indicateur, acquiesce-t-il.

— Et votre intuition, vous en faites quoi ?

Ma question fait naître une ride perplexe sur son front.

Si je peux me féliciter de constater une amélioration

de son expressivité, il n'en reste pas moins un spécimen étrange.

— Vous ne croyez pas à l'intuition, deviné-je. C'est un concept trop flou, c'est ça ?

— Ce n'est pas fiable, surtout.

Je lui demande de développer sa pensée.

— Les personnes intuitives comprennent l'état d'esprit de ceux qu'elles ont en face d'elles, me dit-il alors. Elles ressentent leurs émotions, en somme. C'est comme ça qu'elles déduisent : avec des ressentis. Comme vous êtes quelqu'un d'empathique, ça ne me surprend pas que vous utilisiez ce mécanisme, mais il manque de précision. Une bonne décision se prend grâce à des faits et des données mesurables.

— Merci.

Il me regarde sans comprendre.

— Pour le compliment. Mon côté empathique, précisé-je.

— Ça n'en était pas un, mais de rien.

À nouveau, un filet d'adrénaline vient rallumer une étincelle dans ma poitrine, comme si un feu y couvait depuis un moment. Je me retrouve à vouloir lui sourire. Encore une fois et sans raison.

— Vous… oh !

Un cri m'échappe, que j'étouffe aussitôt entre mes mains.

Face à moi, immobile et la bouche entrouverte, Walter a le visage figé dans une expression interloquée.

La boule de neige venant de lui exploser à la figure a recouvert sa peau de plâtre. Ses paupières sont couvertes de poudreuse et je crois qu'il en a avalé un peu.

— Vous allez bien ?

— Oui. Oui, ça va.

Il reprend doucement vie, se frottant les yeux à l'aide

du revers de la manche de son manteau. Sa moue écœurée est épique. Elle achève de me faire éclater de rire.

— Il n'y a rien de drôle, bougonne-t-il.

— Même dans un moment pareil, vous avez l'air constipé. C'est dingue !

— Consti...

Le cri d'un enfant interrompt sa grimace.

— Pardon, m'sieur !

La main agitée en l'air, le garçon au bonnet rouge ne doit pas dépasser les dix ans. Et à mon humble avis, il est promis à une belle carrière dans le base-ball ; viser avec une telle précision depuis les pigeonniers, lesquels se situent à plusieurs mètres de nous, c'est un talent qui n'est pas offert à tout le monde.

Walter esquisse un vague mouvement de la main, comme pour lui signifier que tout va bien. Il ne comprend décidément rien à rien.

Je m'abaisse afin de constituer un petit tas de neige que je compresse dans mes paumes.

— Tenez, dis-je en lui présentant la boule.

Il lui jette à peine un regard.

— Merci, non.

— Cet enfant ne vous a pas attaqué par hasard, Walter. Il vient de vous provoquer en duel.

— Quoi ? Non. Les enfants font des bonshommes de neige, aujourd'hui.

— Vous avez déjà vu un enfant jouer dehors en plein hiver sans faire de bataille de boules de neige ? Je vous assure qu'il vous a visé pour une bonne raison. Et vous devez répliquer, c'est la règle.

Je secoue la boule de neige sous son nez en essayant de l'amadouer.

— Décoincez-vous un peu, et mettez-lui une raclée.

Mon insistance finit par avoir raison de lui.

Mais parce que Walter Burns est une créature curieuse, différente du commun des mortels, et qu'il n'a visiblement pas la moindre idée de ce que peut bien signifier le mot « jouer », la boule n'est pas jetée dans les airs.

À la place, il entame une observation minutieuse et muette de l'enfant. Concentré, un œil fermé, l'autre aussi perçant que celui d'un rapace, il donne l'impression de calculer la distance qui le sépare de sa cible.

— Qu'est-ce que vous faites ? le questionné-je.

— J'établis la meilleure trajectoire.

— Bon sang... Lancez cette boule de neige, Walter !

Il cède à mon exaspération.

Le missile est catapulté avec une force juste. Il effectue un arc de cercle dans les airs pour atterrir sur le front du jeune garçon avec la précision d'une flèche ; la puissance de l'impact projette l'enfant au sol. Il s'écroule dans la poudreuse, sous le regard sidéré des spectateurs occupés à déposer des boutons de charbon sur le gilet imaginaire de leurs bonshommes de neige.

Le silence assourdissant qui flâne soudain dans le parc me fait rentrer la tête dans les épaules.

— Je ne vous ai pas demandé de commettre un meurtre, non plus...

— Vous vouliez que je lui mette une raclée.

— C'était une façon de parler, Walter...

Heureusement pour lui, le garçon dispose d'une bonne constitution. Et, malgré un air un peu hagard, il parvient à se redresser, à plonger ses gants dans la couche blanche à ses pieds, puis à répondre à cette attaque avec un nouveau lancer de projectiles.

La bataille de boules de neige est officiellement entérinée.

Les adultes disparaissent en catimini du champ de bataille, laissant place à une horde d'enfants déterminés à en découdre. Les plus petits s'agitent en criant dans tous les sens, lançant n'importe quoi, n'importe où. Certains bonshommes de neige en prennent pour leur grade.

Le prénom de Walter est vociféré plusieurs fois par ceux qui ont pris la tête du groupe de combattants armés. Il devient l'homme à abattre.

— Rappelez-moi de ne plus jamais écouter vos conseils ! maugrée-t-il en baissant la tête.

Une boule plâtreuse vient s'écraser sur les pierres du château, juste derrière lui.

— Je vous apprends à…

Je me plie en deux, évitant de justesse un autre engin balistique.

— … vous divertir ! terminé-je.

Les boules de neige forment un maillage dense auquel nous tentons d'échapper ; pris au piège, nous décampons. Walter me fait longer les remparts d'Ackergill pendant que les jeunes nous canardent en hurlant des ordres incompréhensibles et que je riposte avec ce que j'ai de précision – pas grand-chose, donc.

De légères douleurs naissent dans mes côtes et mon dos chaque fois qu'une boule me percute, mais je n'arrive pas à décoller ce fichu sourire de mes lèvres. Voir Walter Burns fuir des enfants enragés, ça n'a pas de prix.

Le visage protégé par son bras, il me conduit par-delà la bâtisse principale, vers les dépendances du domaine. Je reconnais la silhouette des anciennes écuries tandis qu'il s'assure à plusieurs reprises que je ne flanche pas.

Nous franchissons une porte cochère et pénétrons dans un bâtiment où la pénombre règne en maître.

Après les températures glaciales, les cris et l'humidité de l'extérieur, je suis saisie par le silence religieux d'une écurie immensément grande. L'odeur âpre de la poussière me prend vite à la gorge.

— Ils ne pourront pas entrer ici.

Walter tourne une clé en fer dans la vieille serrure, empêchant ainsi l'accès au reste du monde. Nos souffles bruyants résonnent contre les poutres de la toiture en sale état.

Des puits de lumière déposent des taches blanchâtres ici et là, sur des dizaines de bâches et de cartons qui protègent le matériel de la saleté. Le sol, un mélange de terre battue et de pavés, semble avoir été tassé, comme écrasé par le passage incessant des chevaux qui vivaient ici à l'époque.

De l'authenticité émane de cet endroit. J'aime ces ambiances-là.

— Vous devriez exploiter cette partie du château, elle dégage quelque chose de spécial.

Walter inspecte sa tenue dégoulinante avec désarroi tandis que je chemine au travers du dédale de bâches, captivée. J'entends au loin sa respiration qui retrouve peu à peu son rythme habituel.

— C'est à mes parents que vous devriez en parler. Je ne vis plus ici, ma parole n'a pas de poids pour ces choses-là.

Ma gorge se serre un peu. Les mots de sa grand-mère me reviennent soudain en mémoire : « *Depuis quand te soucies-tu de ce que veut la famille ? Tu es parti d'Ackergill il y a bien trop longtemps pour avoir encore voix au chapitre, tu ne crois pas ?* »

Il semblerait que cette pique ne soit pas tombée dans l'oreille d'un sourd.

— Vous restez un Burns, Walter, dis-je en esquissant un sourire compatissant. Que vous soyez en Écosse ou en Angleterre, votre avis comptera toujours.

— Ma famille ne fonctionne pas comme la vôtre.

Il s'époussette, toujours aux prises avec la neige qui a imbibé ses vêtements. Puis, résigné, il en vient à retirer son manteau.

— Nous sommes liés par le sang, mais ça n'est pas un gage d'entente, me dit-il, alors que je constate combien son col roulé ajusté met admirablement bien sa carrure en valeur. On a chacun notre propre façon de vivre et de penser… Et on ne ressent pas le besoin d'être ensemble.

— Je comprends. Mais ça ne devrait pas vous faire croire que vous ne valez rien.

— Ce n'est pas ce que j'ai dit.

— C'est exactement ce que vous insinuez, si.

Stew qui refuse d'évoquer sa famille plus qu'en surface. Emilia qui vit à un océan de distance de sa maison d'enfance. Ann et Hugh, qui semblent être les spectateurs de leur propre existence. Et Lucy, une femme aussi irascible et piquante envers son petit-fils qu'un scorpion venimeux.

Ce n'est pas une famille dysfonctionnelle. Ou alors, toutes le sont. Je pense plutôt qu'ils font partie de ceux qui ont choisi de ne pas se montrer leurs sentiments, et que cette habitude les rend plus malheureux qu'ils l'auraient cru. L'absence de chaleur humaine étouffe leurs relations, et elle a fini par entacher la manière dont ils se perçoivent eux-mêmes. Et par « eux », j'entends Walter.

Comment s'aimer soi-même quand on a l'impression que personne n'éprouve d'amour pour vous ?

Cet homme est vulnérable.

Je le ressens chaque fois que je gratte un peu son vernis. Sa fragilité est là, en dessous, aussi fine qu'une pellicule de givre. Et elle recouvre tout. Elle imprègne tout. Elle lui dicte son comportement et elle façonne son caractère, allant jusqu'à lui construire une carapace faite de toutes les matières désagréables possibles – froideur, antipathie, prétention, s'assurant ainsi que personne ne voudra l'approcher. De cette façon, sa véritable nature reste protégée.

Parfois, je tends à croire qu'il n'est pas solitaire par envie.

Parfois, je me demande même s'il n'aurait pas aimé être tout le contraire.

— Vous êtes heureux ?

Il redresse la tête, surpris. Ses yeux d'obsidienne hésitent face à mon sérieux.

— Est-ce qu'il vous arrive de vous réjouir d'être en vie ? continué-je. Est-ce que le matin, quand vous ouvrez les rideaux de votre chambre et que vous regardez le parc du château, vous vous dites que vous avez de la chance ?

Il demeure silencieux.

— Et le soir, quand vous vous couchez : est-ce que vous êtes content de votre journée ? Vous avez envie de vous souvenir de chaque moment vécu ? Il vous arrive de sourire sans raison ?

De la neige fondue perle en fines gouttelettes le long de sa boucle noire. Sa cage thoracique monte et descend assez puissamment pour que je repère le mouvement d'ici. Si je me fie à ce que je vois, il n'est pas à l'aise.

— Ce sont des questions étranges, Robyn.

— Essayez quand même d'y répondre.

Je le fixe, patiente, tandis que la mécanique de ses neurones entame un nouveau tour de marche.

— Personne ne sourit sans raison, finit-il par déclarer après quatre secondes de réflexion.

— Les enfants y arrivent très bien, si.

— Ceux qui tentent d'assassiner des adultes à coups de boules de neige, vous voulez dire ?

— Ceux qui se font prendre en photo aux côtés de leur grand-père.

Je tape au bon endroit.

Un événement s'est forcément produit entre le moment où ses joues potelées ont été capturées par l'œil d'un photographe aux côtés de William Burns, et aujourd'hui. L'homme figé que j'ai en face de moi a été dépouillé de son innocence, et j'aimerais savoir qui est l'imbécile qui a osé toucher à cette partie si importante de l'être humain.

— Ce que je veux dire, c'est que…

— Holly Doyle travaille au château d'Ackergill depuis trois ans.

Ses yeux se sont vidés de leur éclat.

Il s'est redressé. Endurci d'un coup. Et éloigné.

Aye, j'ai bel et bien tapé au bon endroit.

— Elle est mère célibataire de deux garçons, de douze et dix-sept ans, poursuit-il, de nouveau protégé par sa carapace. Elle n'a aucun passé judiciaire d'après les documents que j'ai pu obtenir. Pas de vol, même pas un seul PV de stationnement. Je continue de creuser la piste, mais elle me semble bancale.

Parce que les mots dissimulés entre ses lignes me somment de ne pas insister, je consens à changer de sujet.

— La piste de Holly Doyle est la seule qu'on ait, reprends-je. On ne peut pas la lâcher maintenant.

Dur de revenir à l'enquête, mais je m'y emploie.

Les Ferguson ont été innocentés. Maxwell a un alibi. Ça n'est pas Lucy Burns. Tous les invités du déjeuner ont été interrogés. Le personnel de maison aussi. La piste de la clé n'a rien donné… Holly Doyle est le pion le plus plausible sur le tableau de nos suspects potentiels.

Je me rapproche de lui, soucieuse de lui montrer que je ne l'embêterai plus avec mes questions intimes. Pas pour le moment, en tout cas.

— Il nous manque le motif du vol, et la raison pour laquelle Holly Doyle aurait fait porter le chapeau à ma famille, dis-je.

— Le motif le plus logique serait l'argent mais pendant son interrogatoire, je n'avais pas relevé de gêne ou de mal-être. Elle a répondu à toutes mes questions sans montrer d'inquiétude.

— Elle est peut-être bonne menteuse. Quant à l'appel anonyme qui nous accuse…

— Je pense que c'est un simple hasard. La querelle entre les Burns et les Ferguson est connue de tous. Holly Doyle n'a peut-être rien contre vous, elle a simplement choisi le coupable idéal.

— Mais pourquoi faire accuser quelqu'un à sa place ? Qu'y gagnait-elle ?

— Elle a dû sentir que l'étau se resserrait malgré tout. Il suffit qu'elle n'ait pas été certaine d'avoir réussi son interrogatoire pour prendre peur. Or, on peut faire des choses inconséquentes sous le coup de la peur, perdre ses moyens ou aggraver une situation. Elle s'est probablement dit qu'en mettant les soupçons sur une famille que tout accable déjà, elle assurait ses arrières pour de bon.

J'opine.

— Ça se tient, *aye*. Cette théorie ferait de nous un dommage collatéral.

— Vous devriez demander à votre tante si elle n'a pas entendu quelque chose à propos de cette femme.

— Vous voulez que j'inclue Norma dans nos recherches ?

— Son penchant pour les ragots pourrait nous servir, oui.

Je contiens difficilement mon sourire.

— Walter, ne vous méprenez pas : j'aime ma tante. Elle m'a élevée comme sa fille et ses pâtes de fruits au cassis valent le détour. Mais quand vous dites que vous ne confieriez pas votre vie à ma mère, je vous répondrais avec la même absolue certitude que je ne livrerais mes secrets à Norma pour rien au monde.

Et puis, pour être tout à fait honnête, je n'imagine pas inclure une troisième personne dans nos discussions clandestines. C'est quelque chose qui nous appartient. Une bulle d'intimité s'est formée entre nous. Et elle est devenue une nécessité plus qu'une contrainte à mes yeux.

— Continuons avec Holly Doyle, et si vraiment ça n'aboutit à rien, on reprendra toute l'enquête depuis le début, dis-je. Il y a forcément un indice qu'on n'a pas vu. Les coupables laissent toujours des traces, non ?

— Je l'espère.

Il jette un regard circulaire aux écuries, ses yeux traînant sur certaines bâches plus que sur d'autres.

Je mesure peu à peu l'ampleur du désordre. Le nombre d'objets emballés dépasse la limite du raisonnable : la moitié de l'espace est envahi par des formes rectangulaires, plus ou moins larges, parfois très hautes. De l'ancien mobilier, je dirais.

— Vous faites des rénovations au château ? On dirait

que vous avez entassé l'équivalent d'un musée dans ce bâtiment...

— Non. Ce sont les objets que ma famille a décidé de mettre en vente.

Un court-jus remonte le long de ma colonne vertébrale.

— Déjà ? déglutis-je, la bouche soudain pâteuse. Mais Mme Simonsen devrait rester dans les Highlands jusqu'au réveillon de Noël, il me semble, non ? Nous avons encore le temps de retrouver les lettres volées.

— Mes parents préfèrent se montrer prévoyants. Ils ont trié les affaires restantes des clans Keith et de la famille Dunbar, les anciens propriétaires d'Ackergill, ces trois derniers jours. Il y a également une partie de notre mobilier. Le résultat se trouve devant vous.

Il soulève le bord de quelques tissus. Apparaissent alors des coins de tables de chevet si bien entretenues que le vernis du bois reflète encore la lumière du jour. Des tableaux de maître sont coincés dans des cadres ornementés. D'anciennes cornemuses à peine éraflées gisent sur des bouts de carton. Mais je crois que le plus triste, ce sont les deux canons d'époque emballés près du vaisselier.

Ces pièces d'artillerie trônaient majestueusement de chaque côté de la grille à l'entrée du domaine, il y a encore une semaine.

— Ça n'est que du matériel, Robyn, ne faites pas cette tête...

— C'est aussi la preuve que votre famille est en train de perdre espoir, dis-je dans un murmure.

— Elle, peut-être. Mais pas moi.

Il tourne la tête dans ma direction.

— Je n'abandonnerai pas. Pas tant que votre persévérance déteindra sur moi.

Ma ligne de grains de beauté est décortiquée le temps de quelques secondes, comme un toc oublié retrouvant soudain ses fonctions.

— Vous changez la manière dont je vois mon monde. Alors, continuez d'y croire, s'il vous plaît.

Un léger sourire se dessine au coin de ses lèvres. Il ravive mon assurance et fait s'envoler mes pensées maussades.

Une sensation de chaleur et d'apaisement se répand dans tout mon corps.

Walter Burns me marque à sa manière. Avec sa singularité. Je n'aurais pas pensé ressentir de l'attachement pour cet homme un jour.

24

La Cabane Aux Deux Robert

La situation du château d'Ackergill n'en finit plus de me préoccuper.

Hier soir, au moment de fermer les volets de la chocolaterie, j'ai aperçu trois camions de déménagement ; ils dévalaient la rue principale de Wick, celle qui traverse le centre-ville et conduit directement au domaine des Burns.

Est-ce qu'une vente a déjà eu lieu ? Les objets stockés dans les écuries y sont-ils encore ? La machine est-elle lancée ? Les questions sans réponse jouent avec mes nerfs.

À cette allure, même si nous finissons par mettre la main sur les lettres, il sera trop tard. Dominée par la peur, la famille de Walter est en train de plonger dans un gouffre sans fin ni fond, avec en prime, des œillères devant les yeux – ce qui n'arrange rien. Les décisions qu'ils prennent ne sont pas les bonnes à mon sens et elles me font craindre le pire.

Je me passe une main fatiguée sur le visage, le nez dans ma tasse de café chaud. Ma petite sœur vient troubler la quiétude matinale du cottage en attrapant une pomme dans la corbeille à fruits ; pas un bonjour ne m'est adressé. Elle croque dans le fruit en s'éloignant aussi vite qu'elle est venue.

Le manteau sur son dos me fait lever la voix.

— Tu vas où ?

— Dehors.

— Où ça, dehors ?

Elle redresse la tête à demi, un de ses yeux restant scotché au portable qu'elle tient d'une main.

— Voir des copines.

— On doit préparer le sabbat de Yule, Bonnie. Tu as été réquisitionnée pour graver les chandelles, lui rappelé-je.

Notre rituel met un peu de temps à se mettre en place. On entame généralement les préparatifs la veille du 21 décembre.

— C'est demain, souffle-t-elle. On a encore le temps.

— Mabel compte sur toi. Ne lui fais pas faux bond, s'il te plaît…

— Je m'en occuperai ce soir.

Si elle tient sa parole comme elle respecte ses tours de vaisselle, nous aurons bien de la lumière pour Yule… mais ce sera pour celui de l'année prochaine.

— Tu ne veux pas essayer de faire un effort et t'en charger maintenant ? demandé-je dans un ultime sursaut d'espoir. Tu es en vacances, tu pourras voir tes amies plus tard.

— T'es sérieuse ? T'étais la première à fuir les préparatifs de Yule quand t'étais petite. Stew venait te chercher en cachette et on vous revoyait pas avant le coucher du soleil.

— Tu étais trop jeune pour t'en souvenir.

Elle lève un sourcil qui me persuade du contraire.

— Il débarquait avec son vélo gris, celui qui grinçait. On l'entendait du bout de la rue, se remémore-t-elle. Ce gros nigaud chopait nos cailloux pour les lancer dans ta fenêtre, mais il visait tellement mal que c'est la mienne qui trinquait une fois sur deux. Il y a encore des fissures dans ma vitre à cause de lui.

Je renonce à me défendre, elle a raison.

Le mélange d'oranges séchées, de canneberge et de menthe que Mabel faisait bouillir dans la marmite en fonte me donnait envie de rendre mes shortbreads. Ces nausées ont fini par se dissiper avec l'âge, mais j'en garde un souvenir cuisant.

— J'étais jeune et stupide, rétorqué-je dans toute ma mauvaise foi. Tu as un cerveau qui grouille de neurones ultra-intelligents, sers-t'en pour ne pas faire la même erreur que moi.

— « Fais ce que je dis mais pas ce que je fais », c'est ça ?

— C'est l'idée, *aye*.

Elle roule des yeux avec une démesure semblable à celle de Norma. Le versant mélodramatique des Ferguson dans toute sa splendeur.

— Les chandelles, insisté-je en avalant une gorgée de caféine.

— Tu deviens une vieille râleuse…

— C'est de famille, et ça empire à chaque génération.

— Je suis maudite, purée…

— Les chandelles, Bonnie !

— C'est bon, détends-toi !

La puissance de son soupir pourrait faire s'envoler les meubles du séjour.

Dévastée, elle jette son téléphone sur le canapé, abandonne son sac sur un coin de tapis et retire son manteau dans de grands gestes exagérés, pour le faire pendre comme un vulgaire bout de tissu sur l'accoudoir du fauteuil à bascule.

— Par contre, c'est toi qui vas les chercher, m'annonce-t-elle en réunissant ses longs cheveux auburn dans la nuque. Je déteste monter à la cabane aux deux Robert, ça me fait trop flipper.

— C'est d'accord.

Je termine mon café d'un trait et quitte la cuisine, heureuse d'avoir quelque chose à faire pour m'occuper l'esprit.

« La cabane aux deux Robert ». C'est le nom officieux de notre grenier.

J'ai trouvé cette appellation quand j'étais petite, et elle s'est ancrée dans notre langage au fil du temps.

Grand-mère partageait souvent la « Légende de l'Araignée » au moment du coucher, pour nous endormir. C'est une histoire célèbre du pays, qui raconte comment Robert Bruce, alors roi d'Écosse, aurait finalement décidé de continuer à se battre contre l'armée anglaise d'Edouard Ier, en s'inspirant de la ténacité d'une araignée : un soir, alors qu'il venait d'essuyer une défaite sur le champ de bataille et fuyait de fait les troupes anglaises, Robert Bruce s'est mis à réfléchir sur la perspective ou non de poursuivre les affrontements contre l'ennemi. Pendant ses tergiversations solitaires, il a aperçu une araignée. Elle essayait de tisser une toile, en vain. Il l'a vue échouer une fois, puis deux et ainsi de suite. À la sixième tentative ratée, Robert Bruce a considéré que si la septième n'était pas la bonne, il arrêterait de se battre pour la liberté de l'Écosse et laisserait la victoire aux Anglais… Alors, et comme un signe, l'araignée a réussi à tisser sa toile.

Cette obstination a rappelé à Robert Bruce l'importance de la détermination face aux difficultés, et la nécessité de ne pas abandonner. La légende veut alors qu'il ait cessé de se cacher en 1307 ; il a défié les Anglais au cours des années suivantes, avant que sa victoire en 1314, lors de la bataille de Bannockburn, ne proclame l'indépendance de l'Écosse.

Moi, j'ai juste relié cette histoire aux araignées velues qui peuplent la charpente du cottage. À ça, et au fait que notre aïeul archéologue s'appelait également Robert. Deux Robert pour le prix d'un.

Entre les malles poussiéreuses, les toiles opaques et les sacs débordant de vêtements dont plus personne ne sait quoi faire, je retrouve d'ailleurs la précieuse sacoche de Robert Ferguson.

Tannée jusqu'à l'usure, elle ne ressemble plus à grand-chose. Le cuir est si abîmé qu'il se décroche par croûtes entières, et les lanières ne tiennent plus qu'à quelques fils. J'ose à peine les manipuler.

Mettant les chandelles pour Yule de côté, je prends toutes les précautions du monde afin de puiser ce qui est rangé à l'intérieur.

Le papyrus. Celui que ma mère dit valoir une fortune.

Il se déroule sur plus d'un mètre, et émet le bruit inquiétant du papier durci. Je ne saurais pas déchiffrer ce qui y est écrit, d'abord parce qu'il est dans un tel état que la moitié des symboles ont disparu, mais aussi et surtout parce que l'écriture hiératique n'est pas franchement mon domaine.

Ceci dit, je sais qu'il provient de Thèbes, en Égypte.

Et, si ma mère a raison, il date d'une époque ancienne. Des gens nous ont déjà rendu visite pour le racheter, des représentants provenant de différents musées du pays, ceux qui portent des chaussures lustrées même par temps de verglas. J'en ai vu passer ces vingt-cinq dernières années ; certains se sont horrifiés de découvrir qu'il n'était pas conservé sous verre. D'autres ont juste été déçus de comprendre que ma famille ne souhaitait pas le vendre. En tout cas, j'imagine qu'on ne se déplace pas au fin fond des Highlands pour une babiole insignifiante…

Un filet d'adrénaline me brûle soudain la poitrine. L'idée qui germe dans mon esprit allume des signaux. Ça clignote en rouge. Rouge sang. Rouge danger.

J'enroule le papyrus avec la plus grande délicatesse, puis je le dépose dans la sacoche. Les pulsations de mon cœur s'accélèrent.

J'hésite encore un peu, puis je décide d'embarquer le tout avec moi et de le dissimuler dans ma commode, derrière une pile de pulls en laine. *Tu ne l'emporteras pas au paradis, celle-là.*

Au rez-de-chaussée, Bonnie est occupée à former des boulettes avec les peluches de son gilet. Elle m'adresse un regard morne à travers les ustensiles préparés à l'avance sur la table basse, pour les gravures de Yule.

— Elles sont pas là ?

— Qui ?

— Les chandelles, dit-elle en désignant mes mains vides. Tu les as pas trouvées ?

— Si. Je les ai oubliées en haut. Ça te dérangerait que je t'emprunte ton téléphone ? C'est l'histoire de deux minutes, pas plus.

Je me racle la gorge, sentant que ce prétexte ne lui suffira pas.

Et effectivement, elle prend une moue suspicieuse.

— Pour quoi faire ?

— Trouver un numéro. Il y a Internet sur ces engins, non ?

— La vache… Tu viens de quel siècle ?

Ma passion inexistante pour la technologie me place automatiquement dans la case des créatures préhistoriques pour la plupart des gens, même les plus anciens – Mabel m'a surnommée Robynosaure pendant des années.

— Alors, je peux ?

Elle hésite à me répondre.

Fatiguée de devoir négocier pour une demande aussi futile, je me dirige alors vers le canapé et puise le portable tombé derrière les coussins. Ma petite sœur m'arrête par un cri strident. Une Banshee supersonique a l'air d'avoir poussé sur ses cordes vocales.

— T'es malade ou quoi ! ? Touche pas à ça ! hurle-t-elle en courant vers moi.

— Je n'en ai pas pour longtemps, je dois juste…

— Lâche ce téléphone !

Elle me l'arrache des mains, les traits déformés par la colère.

— Je t'ai même pas dit que j'étais OK, c'est quoi ton problème ! ?

— Et le tien ? Tu es obligée de hurler comme si je t'avais arraché un membre ? C'est un portable, Bonnie, pas un organe vital.

Elle ricane. Ou grogne. Je ne sais pas trop.

— Parle pour toi, t'as l'âge d'un fossile ! On vit dans un

trou paumé de l'Écosse, c'est le seul truc qui me permet de savoir ce qui se passe dans le reste du monde.

— Si c'est pour te faire des mulets…

— Quoi ?

— Rien.

J'inspire une longue goulée d'air et plante mes yeux agacés dans les siens.

— Est-ce que tu peux chercher un numéro pour moi, dans ce cas ? Je ne toucherai pas à ton précieux téléphone, comme ça. J'en ai besoin, c'est important. Considère que c'est une demande de sœur à sœur, d'accord ?

La tension qui a envahi ses épaules se déplace jusqu'au bas de sa mâchoire, qui en vient à trembloter. Perdre le contrôle de ses émotions est un trait de famille vraiment enquiquinant, et à la voir, je ne suis pas certaine que ce soit un cadeau.

— S'il te plaît ?

Mon imploration la convainc.

Elle pivote sur ses talons dans un silence dépité. Je la vois qui se blottit dans le coin du séjour, près de la bibliothèque où les bûches pour le poêle à bois sont empilées. Elle grimpe sur la pile la plus à gauche, le nez face au mur, puis tend son portable en l'air.

— Il y a une explication logique ? l'interrogé-je, perplexe.

— C'est ici qu'il y a le plus de réseau. Tu le saurais si tu n'avais pas deux siècles de retard. C'est quoi le nom de la personne que tu cherches ?

— Margot Simonsen.

La réaction qui suit est plutôt prévisible ; la nuque tournée dans un angle improbable, elle me lance un regard circonspect.

— Margot Simonsen ? Comme dans « Simonsen la collectionneuse un peu cheloue » ?

— Tape son nom, Bonnie.

— Pourquoi tu as besoin du numéro de cette femme ? Qu'est-ce que tu lui veux ?

— C'est une longue histoire. Contente-toi de chercher, et arrête de me faire subir un interrogatoire, je t'en supplie. Ça me donne mal à la tête.

Elle finit par s'exécuter, non sans mal.

Certaines des données personnelles de Mme Simonsen apparaissent rapidement sur le moteur de recherches, notamment dans le registre d'une vente aux enchères initiée l'an dernier par une maison de vente américaine. Si son adresse et son numéro personnels restent masqués, Bonnie parvient finalement à les débusquer en recoupant les informations de différents sites et réseaux sociaux.

Un travail d'orfèvre qui lui prend en tout et pour tout une petite dizaine de minutes.

— Et… voilà. Il est là.

Je m'empare d'un stylo pour griffonner la combinaison de chiffres sur ma main, reconnaissante.

— Tu as des talents insoupçonnés, la complimenté-je.

— C'est juste du *stalk*. Enfin, en version positive. Il y a des filles dans ma classe qui se créent de faux comptes pour *stalker* Gavin, le type avec qui elles veulent toutes sortir. Mais ces gourdes oublient de retirer la géolocalisation avant de poster des photos volées de blondes californiennes sur leur profil. On en a grillé deux rien que le mois dernier.

— Du quoi ?

— Du *stalk*. Laisse tomber, c'est trop pointu pour toi.

Elle saute de la pile de bûches et quitte le coin du séjour dans un soupir.

— Bon, et les chandelles ? Tu vas les chercher, que je puisse en finir, ou tu as décidé de pourrir ma journée tout entière ?

— Je m'en occupe.

De retour au grenier, je passe en fait un coup de fil.

Le genre de coups de fil qui pourrait bien me mettre un clan écossais à dos jusqu'à l'extinction définitive de l'univers. Au bas mot.

25

Fritures Sur La Ligne

« Bonjour, madame Simonsen. Je me permets de laisser un message sur votre boîte vocale. C'est Robyn. Robyn Ferguson, l'une des femmes qui travaillent à la Chocolaterie Ferguson. Vous vous souvenez de moi ? Je souhaiterais vous montrer quelque chose, je crois que ça pourrait vous intéresser. Je préfère ne pas trop en dire sur votre messagerie, ce serait mieux d'en parler de vive voix. Bonne journée. »

Vingt-six heures et trente-trois minutes. C'est le temps que met la collectionneuse à me rappeler sur le numéro que je lui ai laissé.

Au moment de décrocher, mes poumons sont comprimés comme des noix, et mon œsophage donne l'impression d'aspirer ma glotte avec la puissance d'un aspirateur.

Je suis nerveuse. Beaucoup trop nerveuse.

Une fois la porte d'entrée claquée, je descends l'allée enneigée du cottage. Mettre le maximum de distance entre ma famille et cette discussion est plus que vital pour ma pérennité.

— Rob… Vous m'ent… dez ?

— *Aye* ! Un instant, madame Simonsen.

Je me précipite au-delà d'une enfilade de voitures garées sur le trottoir. Puis, j'inspire. L'air me glace les voies respiratoires.

— Je suis là. Je suis désolée. Vous avez bien eu mon message ?

— Oui, je… ai… té… vous a… ouer… euh… onnée qui…

— Madame Simonsen, vous voulez bien vous déplacer un peu, s'il vous plaît ? La ligne est mauvaise.

Je fais de même, un œil inquiet rivé sur la silhouette massive de ma demeure familiale.

— … est… ieux ?

— Encore un peu. Je suis vraiment désolée, le mauvais temps brouille les communications.

Un bruit saccadé s'enfonce dans mon oreille. Je réalise qu'elle vient d'éclater de rire, ce qui signifie que la situation amuse au moins l'une de nous deux. Ou bien, elle est en train de s'étrangler, ce qui compromettrait sérieusement mes plans.

— Madame Simonsen, vous êtes toujours là ?

— Oui, je… endroit… et là… mieux ?

Au bout d'une interminable minute à se guider l'une et l'autre, nous finissons par nous accorder. Je me retrouve collée à la boîte aux lettres des voisins, la tête penchée sur mon épaule, tandis qu'elle glousse joyeusement, comme si nous nous étions lancées dans l'activité la plus hilarante de la décennie.

— J'adore ce pays ! Tout y est… rafraîchissant !

— L'Écosse est ravie de pouvoir contribuer à votre bonheur, madame Simonsen, dis-je d'une voix nettement moins exclamative. Je vous ai laissé un message à propos d'un objet que je souhaiterais vous montrer.

— Oui, oui. Le côté énigmatique… votre demande m'a interpellée. Je m'excuse de ne pas vous avoir rappelée… suite, je suis accaparée par le planning… nisé par mes chers amis. Jim et Emilia m'ont fait visiter… château de Sinclair et Girnigoe, ce matin. Je… prononce comme il faut ? Nous en revenons… juste. Ma foi, c'est d'une beauté… ble !

— Votre prononciation est parfaite. Et ce château est sublime, je suis bien d'accord avec vous. Madame Simonsen, je…

— En état de ruines, cela dit. Quoique, cela donne un certain… à l'ensemble, vous ne trouvez pas ?

— Assurément, si. Madame Simonsen…

— La raison… votre appel, oui, convient-elle sur un ton moins enlevé. Je n'ai pas oublié, revenons-y. Je suis… ouïe.

Anxieuse mais consciente de manquer de temps, je décide d'aller d'emblée à l'essentiel.

— Je suis en possession d'un papyrus. Un vieux papyrus d'origine. Il a été récolté par un de mes aïeuls dans les années 1860 il me semble, à Thèbes.

Son absence de réaction m'incite à continuer :

— La date n'est pas officielle, c'est celle qui tourne dans ma famille. Il se peut que quelques années aient été effacées ou ajoutées dans l'histoire qui m'a été racontée, mais je pense qu'on se trouve dans ces eaux-là.

— Un papyrus, vous dites ?

Je ne néglige pas la pointe de curiosité qui perce dans sa question.

— Un papyrus, *aye*. Pour être franche avec vous, je n'ai pas la plus petite idée de ce qui est écrit à l'intérieur, sûrement des hiéroglyphes qu'un spécialiste pourrait déchiffrer. Nous n'avons jamais fait expertiser cet objet, du moins pas à ma connaissance, mais...

— ... pardonnez-moi.

Un court silence flotte soudain sur la ligne. J'ignore s'il est volontaire ou induit par les problèmes de réseaux.

Les intonations d'ordinaires si joviales de Mme Simonsen s'effondrent dans les graves quand je l'entends à nouveau :

— Je vous interromps encore une fois, pardonnez-moi, c'est... impolitesse sans nom. Mais je suis dubitative... L'Égypte antique n'est pas mon domaine de prédilection, je suis... portée sur les périodes liées aux... de l'Histoire humaine, voyez-vous.

— *Aye*.

— Néanmoins, si je m'en tiens... maigres connaissances que j'ai pu acquérir dans ce milieu, et surtout... dires de mes camarades, la grande... des vestiges de cette époque sont détenus à ce jour par... musées nationaux, voire internationaux.

J'acquiesce par automatisme, malgré le fait qu'elle ne puisse pas me voir.

— Partant de ce constat : comment diable serait-il possible que vous... un objet d'une telle valeur historique chez vous ?

— Déterrer des trésors était le métier de mon aïeul. Ce papyrus est chez moi depuis toujours parce que ma famille n'a jamais souhaité le vendre.

L'explication n'a pas l'air très solide mais elle a le mérite d'être honnête. Se débarrasser du passé n'est pas un acte anodin chez nous. Nous préférons largement rafistoler un vieil objet plutôt que d'en acheter un nouveau.

— Vraiment ? On parle... probablement... somme rondelette, Robyn...

— L'argent n'est pas une priorité, on est plus sentimentaux que matériels, assuré-je, même si je ne doute pas que le montant, s'il était annoncé, me ferait un peu tourner la tête.

Sans m'attendre à ce qu'un bout de papier coincé dans une vieille sacoche décharnée et perdu dans un grenier grouillant d'araignées vaille le PIB du pays, je pense tout de même que nous parlons d'un chiffre à plusieurs zéros. Je n'aurais pas pris la peine de la contacter dans le cas contraire.

— Vu la détermination de votre tante à... garder ses moules, ça me semble... cohérent, concède-t-elle.

Pour la seconde fois, les grésillements m'empêchent de savoir si le blanc qui suit est intentionnel ou non.

— Vous m'entendez, madame Simonsen ?

— Je suis toujours là, oui. Je vais... montrer triviale, Robyn, ne m'en tenez pas rigueur. Mais, si votre famille ne souhaite pas... séparer de... papyrus, pourquoi m'en parlez-vous ?

Je prends une petite inspiration. Il fallait bien que la conversation en arrive à ce point précis.

— J'ai pensé qu'il pourrait vous intéresser. Vous êtes une collectionneuse.

— Vous pensez bien. Mais, à part le plaisir... regarder un bel objet, que pourrai-je bien en retirer ?

Je laisse un vague sourire s'étendre sur mon visage, comme si j'essayais de me convaincre du bien-fondé de cette initiative. Comme si je n'en redoutais pas les retombées.

Comme si le fait de me cacher derrière une boîte aux lettres pour m'entretenir avec une femme en qui ma confiance n'est pas totale était un comportement tout à fait raisonnable.

— Venez au cottage ce soir, vers 21 heures. Je vous montrerai le papyrus. Si ce que vous voyez vous plaît, alors nous poursuivrons cette discussion.

Je lui fournis l'adresse puis raccroche, le souffle court. La boule qui s'est logée sous mes côtes compresse mes viscères avec plus de force.

Mabel a toujours cru au pouvoir du corps et de l'esprit. Selon elle, l'un ne fonctionne pas sans l'autre. Elle estime que les avertissements lancés par ces derniers ne doivent jamais être pris à la légère.

J'aimerais pouvoir dire que ma grand-mère est biberonnée aux livres farfelus et que sa philosophie de vie déborde d'idées grotesques. Mais les signaux d'alarme envoyés par mon corps sont aussi clairs que la bible du bien-être rangée dans sa bibliothèque.

Problème : je ne peux pas les écouter et encore moins y remédier.

Pas cette fois, non. Les douleurs physiques et morales n'y changeront rien.

Je me suis promis de tout faire pour aider, et je le ferai.

26

Traditions Familiales

La mise en place de la célébration de Yule crée un bouillonnement exaltant au cottage.

Chacun va et vient dans les différentes pièces, charriant avec soi les odeurs de myrrhe, de conifères et d'excitation qui rendent ce moment de l'année si spécial à nos yeux.

À la cuisine, mon père s'est lancé dans la préparation d'un *wassail*, un ponch à base de cidre chaud et d'épices. Les effluves de pommes, de cannelle et de gingembre embaument l'air et se faufilent au salon, où Kate et ma mère discutent de la bûche pour le rituel qui aura lieu ce soir.

— … extrêmement humide à cause de la neige, imagine l'état de Mabel si le feu ne prend pas, entends-je ma mère bougonner.

Kate secoue la tête, aussi calme qu'à son habitude.

— Les arbres situés le long d'Achairn Burn ne sont pas tous exposés au froid, et certains ont été déracinés par les tempêtes de l'an dernier. On trouvera ce qu'on veut là-bas. C'est bien du bois déjà mort qu'il te faut, je ne me trompe pas ?

— *Aye*, mais ça ne suffira pas : il nous faut du bois mort de chêne, Kate. Précisément de chêne. Notre bûche de Yule est en bois de chêne depuis des années. Or, il n'y a quasiment que des pins près de ce cours d'eau.

Kate se tait, pensive.

Quand elle est arrivée dans la famille, toutes ces histoires de fumigation, de *luminarias* et de solstice d'hiver lui paraissaient un peu tirées par les cheveux. Elle ne comprenait pas pourquoi Mabel refusait de faire brûler autre chose que de la sauge à l'intérieur du cottage. Elle se demandait la raison pour laquelle il y avait autant de bougies, alors qu'une simple lampe munie de son interrupteur aurait fait l'affaire. Quant au type de bois à faire brûler pour notre rituel de Yule, c'était le cadet de ses soucis. « Ça reste du bois, non ? », avait-elle dit sous le regard médusé de ma grand-mère.

Aujourd'hui, elle s'est acclimatée. Même sans saisir la subtilité de chaque demande, ou la raison de chaque habitude, elle sait combien les symboliques ont de la valeur à nos yeux.

Comprendre n'est pas forcément utile, il suffit de respecter.

— Le chêne et le pin n'ont pas les mêmes pouvoirs, interviens-je doucement. Le pin apporte la prospérité quand le chêne évoque plutôt la force et la sagesse. Mabel tient au chêne depuis le décès de Henry.

Elle baisse la tête, me signifiant par son léger acquiescement que le message est passé.

— Alors, allons trouver du chêne.

Ma mère et sa belle-sœur s'enroulent dans un tas

de vêtements chauds. Écharpes, bonnets, gants, pulls, manteaux… Achairn Burn est un affluent qui se situe à quinze kilomètres d'ici et elles s'y rendront en voiture, mais je doute qu'on les revoie avant le coucher du soleil. D'autant qu'elles risquent de gambader bien plus loin que cette limite naturelle, les forêts n'étant pas ce qui pullule dans les environs.

— Essayez de ne pas rentrer trop tard ! s'écrie mon père depuis la cuisine.

Je le rejoins près du plan de travail pour l'assister dans la préparation du repas. Norma, à peine sortie de la douche, nous apporte bientôt son aide.

Ses mains habiles permettent d'éplucher, d'émincer, de hacher, de faire rissoler, de remuer et de laisser mijoter des farces parfumées et des légumes saupoudrés d'aromates.

Plus les heures défilent, plus l'atmosphère prend des accents de magie. Pourtant, mon ventre me fait souffrir le martyre.

Je suis nouée. Mes pensées divaguent sans arrêt vers le papyrus conservé dans ma chambre. Mme Simonsen débarquera tout à l'heure, et je suis consciente que l'avoir invitée au cottage n'était pas l'idée du siècle. Mais, la préparation de Yule exigeant ma présence, ma famille aurait trouvé étrange que je m'éclipse pendant une heure ou deux. J'ai préféré abattre une autre carte ; je prétexterai que la collectionneuse souhaite voir comment se déroulent nos traditions familiales pour justifier sa visite, en espérant que l'argument soit assez convaincant.

Problème, l'envie de tout arrêter m'entortille les viscères au point que je n'avale pas une seule goutte d'eau de la journée.

Une part de moi se rend bien compte que mentir aux

personnes que j'aime n'a rien d'acceptable. Mais l'autre part, celle éduquée dans l'esprit de partage et d'aide à son prochain, est persuadée qu'elle a raison d'agir de la sorte.

Ils comprendront. Aye, ma famille finira par comprendre.

Il est 18 heures passées quand mon père commence à s'inquiéter de ne pas voir sa femme commenter tous ses préparatifs. Ses gestes deviennent plus fouillis et sa moue gagne en contrariété.

— Elle ne rentrera pas tant qu'elle n'aura pas déniché la bûche idéale, maugrée-t-il. Il faut toujours qu'elle cherche la perfection...

— Ça nous fera une bouche en moins à nourrir, riposte Norma, concentrée sur ses biscuits à la vanille.

— Ne plaisante pas avec ça, je t'en prie... Ta femme est avec elle, qui plus est.

— Je sais bien, Grant, réplique-t-elle, amusée par l'affolement de mon père. C'est pour ça que je suis aussi détendue : avec Kate à ses côtés, il ne peut rien arriver à Gillis. Et puis, ma sœur peut se montrer aussi têtue qu'un mouton, elle n'en garde pas moins un minimum de discernement : Mabel l'étranglera si elle ne revient pas à temps pour le début du rituel. Crois-moi, ça, elle le sait.

Elle redresse soudain la tête, saisie d'effroi.

— Est-ce que je viens dire que Gillis Ferguson a du bon sens ?

— *Aye*, acquiesce mon père.

— Bon sang... Je perds la tête. C'est moche de vieillir.

Mon père affiche un petit sourire qui efface temporairement ses rides d'anxiété.

— Qu'est-ce que fait Mabel, d'ailleurs ? Je ne l'ai pas vue de la journée, réalise-t-il. Elle confectionne les porte-bonheur dans son fauteuil à bascule, d'habitude.

— Elle doit méditer. Henry, tu sais…

— Ah… *Aye*. C'est vrai.

Le silence retombe avec humilité. Il s'épaissit à mesure que ciel s'obscurcit.

Au-dehors, le gris bleuté de la soirée éteint bientôt les dernières couleurs du paysage. Nous réglons les ultimes détails dans la précipitation : mon père descend les couvertures de l'étage ; Norma empaquète les offrandes tout en enfouissant des dizaines de pinces crocodiles dans ses cheveux rebelles ; et Bonnie se promène avec des bougies sous le bras en même temps qu'elle pianote avec dextérité sur son portable.

Des coups portés à l'entrée me font quant à moi jeter le pudding aux dattes au-dessus du monticule de plats déjà prêts et empilés dans le réfrigérateur.

— Ce doit être elles, lance mon père, à moitié soulagé.

— J'y vais.

Je m'abstiens de lui dire que Kate et ma mère avaient les clés du cottage en partant. Elles n'ont donc aucune raison de toquer.

Nerveuse, je m'essuie les mains sur le velours de mon pantalon, et ébouriffe inutilement mes cheveux. Bonnie fronce les sourcils en me voyant faire.

— Ça va ?

— Super. Super, *aye*.

Ce qui la rend d'autant plus sceptique. Son œil méfiant me suit jusqu'à l'entrée, où je profite de la pénombre pour reprendre discrètement ma respiration.

— Tout va bien. Personne ne le découvrira. Tu fais ça pour le bien de tous.

Après tout, la sacoche de Robert Ferguson prend la poussière depuis plus d'un siècle et demi au grenier. Elle s'ajoute à un amoncellement d'objets fantaisistes entassés par les uns et les autres, sans distinction ni réflexion. Ce bric-à-brac n'est rien d'autre qu'un édifice de vieilleries alimenté par la folie de conservation de chaque génération de Ferguson.

On ne se rendra jamais compte de la disparition d'un minuscule papyrus au milieu de ce capharnaüm… n'est-ce pas ?

Forte de cette réflexion, j'absorbe une nouvelle bouffée d'air. Et, encouragée par une petite voix intérieure particulièrement déterminée, j'ouvre la porte.

— Bonsoir mad…

Tout ce que j'avais d'audace et de bravoure s'envole comme un ballon d'hélium dans le ciel.

— Ça vous arrive souvent d'avoir des idées aussi débiles ?

Walter me dévisage avec une froideur inimaginable.

Je ne lui propose pas d'entrer, il m'impose sa présence en écrasant notre tapis avec ses chaussures couvertes de neige. La fureur qui bouillonne en lui semble sur le point de déborder.

— Vous savez tout ?

— Je sais tout, opine-t-il.

Il sait tout.

Quelle plaie.

27

DÉSACCORD

Je saisis son poignet et l'entraîne sur le côté de l'entrée pour plus de discrétion. Le bras grincheux du portemanteau émet un couinement mécontent lorsque je l'écarte de ma vue.

— Je sais ce que vous allez dire, mais ça n'est pas le moment. Je vais célébrer Yule, dis-je, d'une voix étouffée par la montagne de pardessus qui nous dissimulent.

— Vous n'avez absolument…

— Moins fort.

— Vous ne savez décemment…

— Ma famille est à côté, Walter : râlez en chuchotant ou allez-vous-en !

Ses yeux d'obsidienne crépitent comme deux nuages gorgés d'éclairs. La tempête d'émotions qui le ravage à l'intérieur ne me dit rien qui vaille. Sa soupape de sécurité va finir par m'exploser en pleine figure.

— Vous êtes irresponsable ! finit-il par hurler dans un murmure.

— Autre chose ?

— Non, et je suis loin d'avoir terminé !

Il ravale difficilement sa colère, les grommellements et les spasmes qu'il contient déformant à moitié sa mâchoire.

— Qu'est-ce qui vous a pris d'appeler Margot Simonsen ? C'est irréfléchi et stupide au possible ! Vous croyez que cette femme sait refréner son débit de paroles ? Elle n'est même pas capable de quitter la table sans préciser quel genre de commissions elle s'apprête à faire !

— C'est une image ou...

— Vous aviez à peine raccroché qu'elle s'est empressée de demander à notre pâtissier en chef de vous préparer une *basboussa* aux amandes pour vous remercier d'avoir pensé à elle !

— Une *basboussa* ?

— Un gâteau de semoule originaire du Moyen-Orient. Consommé en Égypte. Entre autres.

Malgré un sacré manque de discrétion, il faut bien avouer que l'attention de la collectionneuse était charmante.

— Je suppose que vous n'avez pas apporté cette pâtisserie avec vous ?

Son sourcil gauche tressaille.

— Je n'ai rien avalé de la journée, me justifié-je.

— La plaisanterie est vraiment très malvenue, Robyn.

— Je sais, acquiescé-je avant de reprendre mon sérieux. Mais vous êtes tellement peu habitué aux crises de nerfs que j'ai peur pour votre tension.

— Je pratique la course à pied trois fois par semaine pour optimiser ma pression artérielle : même si vous avez un don pour la malmener, ma tension reste parfaitement sous contrôle.

— L'inverse m'aurait étonnée.

Sa boucle noire roule sur un front dominé par les pulsations veineuses. Mon humour détériore son humeur, qui n'était déjà pas bien joyeuse.

— Je ne savais pas que Mme Simonsen séjournait au château d'Ackergill, reprends-je en tentant de faire abstraction du nœud dans mon estomac. J'aurais probablement mieux fait les choses si j'avais un peu plus réfléchi.

— Le souci n'est pas là. Pas là du tout ! Pourquoi lui présenter ce papyrus ?

— Mme Simonsen vous a raconté tous les détails ?

— Non. C'est John Farris, notre pâtissier, qui en a parlé à son second, Steven Burridge, après que Mme Simonsen l'a informé. J'ai surpris leur discussion au détour d'un couloir.

Il expire sèchement, comme fatigué par la facilité avec laquelle les rumeurs se propagent par ici.

— Qu'est-ce que vous cherchez en faisant ça, Robyn ? Vendre cet objet ?

Je me renferme dans la seconde.

— Ce ne sont pas vos affaires.

— C'est bien ça… Vous comptez lui vendre ce papyrus !

— Je viens de vous dire que ça ne vous concernait pas !

Son visage avale une distance déraisonnable pour se coller au mien. La colère agit comme un détonateur chez lui : plus je le contrarie et plus il oublie de maintenir ses barrières de protection.

— C'est pour ma famille que vous faites ça, chuchote-t-il, son haleine teintée d'une très légère odeur de nicotine se faufilant dans mes narines.

— Ce que je…

— Ne recommencez pas à vous entêter, soyez franche.

— Ne me coupez pas la parole.

Je m'évertue à ne plus ciller. À le fixer calmement et à prier une tripotée de dieux pour que mon jeu de comédienne suffise à masquer le feu qui me consume les entrailles.

— Je ne veux pas que le château d'Ackergill soit vendu au plus offrant, ni plus ni moins. Je fais en sorte que ça ne se produise pas.

Le silence qui suit ne fait qu'empirer la douleur lancinante dans mon bas-ventre.

— Je suis pleinement consciente de mes actes, qu'ils vous plaisent ou non, poursuis-je d'une voix presque inaudible. Votre aval, c'est la dernière de mes préoccupations.

— Vous tenez plus à vos objets de famille que n'importe quelle autre personne sur cette terre, Robyn. Je ne peux pas vous laisser faire n'importe quoi sous prétexte que vous avez une âme charitable.

— Je ne suis pas...

— Si, vous êtes quelqu'un de charitable.

— Je vous ai déjà demandé de ne pas me couper la parole, m'agacé-je.

— Et je vous rappelle que je n'aime pas me répéter, rétorque-t-il sur le même ton.

La noirceur de son regard, intense, pénétrante, refuse de me laisser un micropouce de liberté. Je lutte pour ne pas flancher, pour lui tenir tête avec toute la résolution d'une Ferguson, mais mon cœur bat si fort que je ne m'entends plus penser.

Je devrais lui demander de reculer. *Je devrais, aye.* Sauf que ma gorge est comprimée par un mélange d'émotions contradictoires, empêchant les mots de passer.

Ce fouillis d'incompréhension finit par me mettre encore plus en colère que je ne l'étais déjà.

— Avant de venir ici...

L'alcôve dans laquelle nous sommes réfugiés est si intime que je l'entends clairement déglutir.

Un coup d'œil vers sa gorge me fait remarquer l'anomalie de son pouls : il bat prodigieusement vite.

— ... Avant de venir ici, j'ai parlé à Mme Simonsen, se reprend-il. Je lui ai dit que vous aviez finalement décidé de reporter votre entrevue.

— Vous avez fait quoi ! ?

Je m'écarte de lui, poussée par l'indignation.

— Baissez d'un ton, votre famille pourrait vous entendre... Mme Simonsen est restée au château, elle ne viendra pas ce soir. Vous aurez sûrement de ses nouvelles rapidement, j'espère que vous aurez retrouvé vos esprits d'ici là.

— Vous vous moquez de moi ? De quel droit vous vous êtes permis d'intervenir ? !

— Je vous retourne la question. Vous n'apparaissez pas sur l'acte de propriété du château d'Ackergill, à moins que je fasse erreur ? Laissez cet endroit à son sort, à la fin ! Vous donnez trop à ceux qui n'ont rien demandé.

Ma mère a tenu un discours du même acabit, l'autre jour, à la chocolaterie.

Cette manière de me considérer, je l'accepte venant d'elle, mais elle me froisse lorsqu'elle provient de quelqu'un d'autre.

— J'ai un cœur, Walter, alors, autant qu'il serve.

— Vous l'utilisez à mauvais escient.

— Le vôtre se flétrit à force de rester dans sa cage.

— Encore faudrait-il que j'en aie un.

L'aveu me fauche en plein élan. Il a vraiment si peu d'estime pour lui ?

— Ça, c'est probablement la plus grosse bêtise que

vous ayez dite depuis que vous êtes entré sans autorisation chez moi.

Son regard se cristallise. Comme si, d'un coup, sans le vouloir, j'avais frappé à la bonne porte. Une minuscule brèche se forme sur un coin de sa carapace, me laissant entrevoir quelque chose de plus surprenant encore que sa sensibilité.

— Ne dites pas n'importe quoi.

— Je suis très sérieuse.

Du mépris. Envers lui-même.

Aye, c'est ça...

— Vous êtes l'un des êtres les plus humains que je connaisse, Walter Burns. Et tous les humains ont un cœur.

Il n'apprécie pas qu'on le contredise, ça, je l'ai bien compris. Mais je n'imaginais pas qu'il était capable de se montrer aussi sévère avec lui qu'il l'est envers les autres.

Pour réussir à se dévaloriser avec autant d'aplomb, il faut s'être détesté pendant de nombreuses années. S'être senti inférieur assez de fois et assez longtemps pour que le cerveau n'ait plus à faire d'efforts pour le croire.

— Vous...

La fin de ma phrase est soufflée par un violent courant d'air.

Une nuée de flocons s'abat sur le vestibule, soufflant depuis la porte qui s'est ouverte à en déboulonner les charnières. La tiédeur ambiante est aussitôt remplacée par une vague de froid frigorifique.

— On l'a !

Sur le seuil, ma mère arbore un sourire victorieux.

— On a la bûche ! s'écrie-t-elle, le petit soupir de satisfaction allant de pair avec des poings coincés sur ses hanches.

Derrière, Kate porte les stigmates de leurs recherches : son nez a pris la couleur d'une cerise, son souffle s'est nettement raccourci, et le regard qu'elle destine à ma mère ressemble à celui d'un prisonnier coincé sous les ordres d'un geôlier tortionnaire. Je pense savoir laquelle des deux a coupé la bûche.

Walter s'écarte discrètement de moi. Des sensations persistent à l'endroit où nos corps se rejoignaient la minute précédente.

— Vous ? Qu'est-ce que vous faites ici ? prononce ma mère, circonspecte.

Norma fait irruption de l'autre côté de l'entrée. Mon père et Mabel ne tardent pas non plus à apparaître.

Walter les observe avec son apathie d'usage, mais je le sens nerveux. À cet instant précis, ses émotions et mes ressentis ne font qu'un. Je perçois jusqu'à l'hésitation dans son silence – qu'il fait durer un peu trop longtemps, et le malaise dans sa posture – qui n'est pas assez droite pour un Burns.

— Il est venu nous souhaiter un joyeux Yule, annoncé-je.

— Un joyeux Yule ?

— Un joyeux Yule, *aye*. Merci, Walter. C'était gentil de votre part. Nous ne manquerons pas de penser à vous pendant la célébration.

Je m'extirpe du renfoncement sans me préoccuper des regards dubitatifs, comme si l'arrière d'un portemanteau représentait un lieu de discussion tout ce qu'il y avait de plus normal, puis je raccompagne l'invité à la porte… qui se trouve littéralement à une enjambée.

— Joyeux… Yule, entonne Walter, sur un ton un peu gauche, en s'échappant par la porte.

— Vous nous quittez déjà ?

La question vient de ma grand-mère.

— Je ne voudrais pas vous déranger plus longtemps, dit Walter, un pied déjà à l'extérieur.

— Vraiment ? C'est dommage, nous allions justement entrer dans le vif du sujet.

Elle avance d'une démarche raide, signe que ses hanches ont fini par s'abîmer à force de rester dans la même position – la méditation a beau détendre l'esprit, elle rouille parfois les articulations.

— Ce soir, on célèbre la nuit la plus longue de l'année. La plupart des gens qui fêtent Yule préfèrent le faire la veille du solstice, la charge magique est la plus forte à ce moment-là, mais j'ai toujours pensé que cette fête ne devait pas se restreindre à un encadrement strict. Les règles et les limites deviennent des fardeaux dès qu'elles nous encombrent un peu trop.

— Vous avez certainement raison.

— L'adverbe n'était pas nécessaire.

Elle baisse la tête, la moue étrangement malicieuse.

— Pourquoi ne pas vous joindre à nous, ce soir ?

La stupéfaction écrase soudain l'air ambiant. De ma vie entière, jamais ma grand-mère n'a invité qui que ce soit à notre rituel de Yule. C'est un moment que l'on a toujours partagé en famille.

— Mabel..., commence Norma.

— Tu veux que..., poursuit ma mère, tout aussi décontenancée.

Mais ma grand-mère fait fi des questions.

— Notre famille allume un feu à quelques kilomètres d'ici, dit-elle à l'adresse de Walter. C'est un joli moment à passer, rempli de douceur et de bonnes ondes. Vous ne devriez pas me regarder avec de si gros yeux : c'est une invitation en bonne et due forme, vous savez. Et cette fois, je vous promets de ne traiter personne de fumiste.

— Un feu ?

Plus pâle que jamais, Walter semble n'avoir retenu qu'une seule partie du discours de Mabel.

— Sauf erreur de ma part, il est interdit d'allumer un feu sur une parcelle de terrain dont on n'est pas le propriétaire, du moins dans les environs, argue-t-il.

Son premier degré déclenche un sourire convulsif chez moi. J'aurais dû me douter qu'il ne prendrait que l'aspect réglementaire en considération.

— On en est conscients et nous sommes prudents, interviens-je. On emporte un extincteur chaque année, et on s'éloigne assez de Wick pour éviter que les émanations de fumée dérangent les habitants.

— Ça n'enlève en rien l'illégalité de cet acte.

— On fait attention, Walter. Notre but est de célébrer le retour de la lumière, pas d'incendier la moitié des Highlands.

Mabel lui destine un sourcil interrogateur.

— Alors ? L'argumentaire vous suffit, ou est-ce qu'il faut que je vous traîne jusqu'au lieu du rituel par la peau des fesses ?

Les visages s'éclairent avec une bienveillance inédite. C'est bien la première fois que Walter n'est pas considéré comme un pestiféré sous ce toit. Les ondes ensorcelantes de Yule commenceraient-elles à gagner les cœurs ?

— Je n'ai rien de prévu. Je me joindrai à vous… avec plaisir.

Sa réponse me laisse bouche bée. Je me serais attendue à tout sauf à ça.

Aussitôt, mon père le gratifie d'une tape dans le dos et

lui assure d'une moue engageante que la soirée se déroulera sous les meilleurs auspices. Puis il précise :

— Je suis en charge de l'extincteur. Si jamais l'une de ces femmes a pour intention de vous jeter dans les flammes, vous pourrez compter sur moi.

— C'est bon à savoir, je vous remercie...

— Grant. Appelle-moi Grant, mon garçon.

Walter acquiesce. Et pour achever ce moment surréaliste, il lui sourit.

28

Yule

Rejoindre le lieu de la célébration demande une bonne résistance au froid et une sacrée dose d'endurance – point sur lequel nous ne sommes pas tous égaux. Mabel a ressorti sa canne pour l'occasion, une vieillerie poussiéreuse dont les gravures représentent des scènes imaginaires où Nessie, le monstre du Loch Ness, tient le premier rôle. Elle marche en fin de peloton, en compagnie de Norma et Bonnie.

Walter, lui, passe le trajet à mes côtés, avec les mains dans les poches et le nez partout sauf devant lui.

Au lieu de profiter de la sérénité ambiante, il n'a de cesse de détailler le paysage plongé dans la nuit noire ; il observe la solidité des branches craquantes, il examine le plat de la route, il vérifie l'état du verglas sur le bas-côté. On dirait qu'il tient à tout prix à repérer un danger invisible aux yeux des autres.

— Vous cherchez un moyen de vous enfuir ?

Il m'adresse un air interrogateur.

— Vous avez l'air sur le qui-vive, Walter. C'est l'idée de célébrer Yule qui vous rend aussi nerveux ?

La confusion marque un peu plus les rides au coin de ses yeux puis un sourire microscopique vient redresser sa lèvre supérieure. Ces petits détails ne m'étaient pas accessibles jusqu'ici. Du moins, pas de manière aussi lisible.

— Votre manie de poser des questions est horripilante.

— Et votre manière d'éviter d'y répondre est tout aussi agaçante. Alors ?

— Ce n'est pas à propos de cette fête, Robyn, me dit-il après un moment. Je suis vigilant, c'est tout.

— Si ça peut vous rassurer, ma famille emprunte ce chemin tous les ans. Le risque de vous faire faucher par un camion est aussi élevé que celui de croiser un goéland sur une bicyclette.

Un autre frémissement de lèvres.

— J'ai... besoin de maîtriser mon environnement, m'avoue-t-il en rentrant la tête dans les épaules pour mieux se protéger de la brise.

— C'est-à-dire ?

— Je suis plus à l'aise une fois que j'ai pris connaissance des éléments présents autour de moi, si vous voulez. En particulier quand je me trouve dans un endroit que je ne connais pas. C'est... une vieille habitude.

J'acquiesce, compréhensive.

— Vous n'aimez pas l'inconnu.

— Oui et non. C'est une nécessité pour moi de repérer le danger avant qu'il arrive. D'en percevoir les signes avant-coureurs, pour pouvoir contrer le problème et éviter d'éventuels dégâts. Ce qui me déplaît dans l'inconnu n'est pas de ne pas savoir mais plutôt de ne pas être en mesure de maîtriser ce que je ne sais pas. Vous saisissez la nuance ?

Je rectifie : il ne supporte pas l'absence de contrôle.

Je tends la nuque vers le ciel, songeuse. La neige confine les bruits environnants dans un cocon, comme si quelqu'un avait temporairement baissé le son du monde. L'ambiance est propice aux confessions.

— Pourquoi pensez-vous qu'il pourrait y avoir un danger ici ? relancé-je. Tout est calme, il n'y a pas une seule âme qui vive dans les alentours et aucune tempête n'est annoncée.

— Les imprévus font toujours partie des possibilités.

— Au point que ça vous transforme en super radar à problèmes ? Ça va finir par vous rendre malade de vous inquiéter de tout.

Il pivote vers moi avec une infinie lenteur.

— Vous ne pouvez pas comprendre, Robyn. Imaginer le pire n'est pas dans votre caractère.

— Pourquoi ça devrait faire partie du vôtre ?

— Parce que nous n'avons pas la même histoire.

Il retrouve sa position de guetteur, le regard vif, le nez voyageur, signifiant par son silence que « l'instant confession » est terminé.

Rien n'est simple avec lui. Dès que je crois faire un pas en avant, il ajoute une nouvelle couche de durcissant à sa carapace.

Nous atteignons le périmètre de Dhu Loch sous un ciel chargé de nuages. La Lune, à peine visible, esquisse des effets de lumière sur le champ d'herbes givrées qui encercle le lac. Sa nacre est déposée sur la végétation par petites touches, comme un peintre s'amuserait à peaufiner son tableau.

— J'ai vu des cygnes se promener ici au printemps dernier, murmure Kate.

Nous entamons les préparatifs du rituel dans un silence respectueux.

Plusieurs fois, une pulsion incontrôlable me pousse à m'assurer que Walter se tient bien dans mon champ de vision. Comme s'il fallait que nos corps gardent une certaine connexion. Un lien invisible. Le plus déstabilisant reste que nos regards se trouvent souvent.

L'attention générale étant portée sur le trou à creuser pour établir le feu, personne ne semble remarquer nos échanges silencieux. Personne, à part Mabel.

En retrait pour préserver ses hanches abîmées et son dos courbaturé du travail pénible de déblayage, ma grand-mère ne cesse de m'observer.

— Tu connais les symboles du cygne ? m'interroge-t-elle lorsque je la rejoins pour déposer une chandelle gravée dans sa main.

— Lumière et pureté, récité-je.

— Il y en a un troisième.

Elle se saisit de la longue bougie, puis son sourire s'élargit sur ses lèvres.

— Je sais que tu le connais, Robyn.

— Peut-être, *aye*. Mais je ne le dirai pas tout haut.

De toute manière, je n'ai pas besoin de le prononcer pour qu'elle me dévisage avec espièglerie.

Yule est l'un des huit sabbats qui composent la roue de l'année. Plus précisément, il fait partie des quatre sabbats dits « mineurs », ceux liés aux solstices et aux équinoxes : Ostara correspond à l'équinoxe de printemps, Litha au solstice d'été, Mabon à l'équinoxe d'automne, et Yule au solstice d'hiver.

Ce sont des moments de fête que ma famille a l'habitude

de célébrer, des traditions qui ont été ancrées dans nos mœurs par mes aïeuls et leurs ancêtres.

— La famille Ferguson s'est inspirée de plusieurs rituels pour composer le sien, explique ma grand-mère auprès d'un Walter attentif.

Assis en cercle sur nos couvertures, la pelle et l'extincteur au loin, nous profitons de la prise de parole de Mabel pour reposer nos muscles endoloris.

— L'objectif n'est pas de reproduire une cérémonie déjà existante à la perfection, mais de célébrer le retour du Soleil comme ça nous semble être le mieux pour nous. Parce que c'est de ça dont il est question : Yule fête la renaissance de la lumière.

Elle jette un regard circulaire, s'assurant que nous sommes tous à son écoute.

— Yule se déroule lors de la nuit la plus longue de l'année. Passé ce moment, les jours rallongent et la lumière revient baigner la Terre. C'est la fin d'un cycle et le début d'un nouveau, poursuit-elle, son visage ridé ondulant sous le plaisir de partager un peu de ce qu'elle aime avec nous. Avant Yule, la nature sommeille sous une couche de neige protectrice. Le silence règne, dehors. Les animaux se pelotonnent dans leurs terriers, les oiseaux ne quittent plus leurs nids, les arbres nus semblent ensommeillés et les plantes végètent dans leurs cocons de glace. L'hiver, Walter, c'est un peu le manteau de la nature, celui qu'elle porte en attendant que viennent des jours meilleurs. Ce qui finit par arriver, bien entendu.

J'écoute les mots semés avec bonheur. Comme toujours, elle entame le rituel par un rappel des fondamentaux, mais en temps normal, elle n'a pas l'âme si poétique. L'effort est fait pour Walter.

— Peu à peu, la lumière revient et les journées commencent à rallonger. La vie émerge alors à son rythme, au fil des saisons : les animaux s'éveillent, les pousses perlent sur les branchages, les couleurs réapparaissent et les champs peuvent à nouveau être ensemencés pour les récoltes de l'année à venir. Yule marque la jonction entre les Ténèbres et la Lumière. Entre le « avant » et le « après ».

— C'est un renouveau, résume Walter.

— Un renouveau, *aye*. Prenez ce petit sac, dit-elle en lui tendant une poche de tissu brodé.

Il se lève de la couverture sur laquelle il était assis pour s'emparer de l'objet ; s'il ne demande pas ce qu'il contient, son air interrogatif le fait pour lui.

— Ce sont les cendres de notre précédente bûche de Yule, lui apprend Mabel. On les conserve pendant douze mois afin qu'elles protègent la famille ; elles sont accrochées au-dessus de notre porte d'entrée.

— Je n'y avais pas prêté attention, admet-il.

— Il suffit parfois de lever les yeux et tout devient plus clair. C'est avec ça que vous allez allumer la bûche de cette année, vous êtes d'accord ?

Il n'en a pas conscience, mais ma grand-mère est en train de lui accorder un privilège ; faire flamber le bois de chêne est une coutume habituellement réservée aux femmes de la famille – du moins dans notre « rituel adapté », comme mon père aime l'appeler.

Assis en rond autour de la fosse à feu, tous observent l'échange avec intérêt. Pas une parole n'est prononcée, pas un seul soupir ne s'échappe des bouches des sœurs Pipelette, et le téléphone de Bonnie a enfin été mis en sourdine... Il aura fallu attendre un an pour nous réunir ainsi.

— Au risque de vous paraître impoli, je n'ai pas la moindre idée de l'étape suivante, lance Walter.

Le ciel et sa Lune étant nos uniques sources de lumière pour le moment, ses traits sont à moitié fondus dans la pénombre, mais je parierais que son sourcil gauche est froissé.

— N'essayez pas de vous presser, lui conseille Mabel, amusée par la facette plus candide de cet homme.

— Les codes de votre Yule ne me sont pas familiers.

— C'est bien pour cette raison que je vous guide. Inspirez un bon coup et détendez-vous, avant que toute votre agitation intérieure ne vienne mettre la pagaille chez moi.

Walter obtempère en gonflant religieusement ses poumons.

— Bien. Maintenant, versez les cendres sur le bois d'allumage qui se trouve sous la bûche de chêne. Vous prendrez ensuite les allumettes, mais n'allumez pas le feu tout de suite. Fermez d'abord les yeux, juste un instant.

Norma et Gillis le regardent faire avec attention. C'est assez drôle de voir une silhouette d'habitude si guindée se retrouver pliée en deux face à une bûche, en plein milieu de nulle part. D'un coup, Walter dégage une simplicité désarmante.

— Repensez à votre année écoulée, Walter. Faites un bilan en commençant par le négatif et en terminant par le positif, résume ma grand-mère. Soyez reconnaissant pour les expériences vécues, celles qui vous ont plu. Et puis aussi pour les autres, celles qui vous ont forgé. Quand vous aurez terminé, rouvrez les yeux. Là, vous pourrez enflammer la bûche. Le feu de Yule vous servira à allumer votre bougie.

Un genou à terre, le coude posé sur l'autre cuisse, il

clôt les paupières. Comme à son habitude, il n'exprime rien de précis, mais les minutes qui s'écoulent trahissent une longue introspection.

Ce sont des choses qu'on oublie de faire.

Dans le tourbillon du quotidien, la folie des tâches à accomplir et des objectifs à atteindre, on néglige ces moments de réflexion. Certains vont même jusqu'à les combattre, par manque de temps ou par envie d'être plus productif.

Pourtant, ils ont leur importance.

Se recentrer, se rappeler pourquoi nous sommes ici et retrouver ses fondements, ce sont des choses qui devraient toujours être inscrites sur la liste de nos priorités.

Walter rouvre les yeux après plusieurs minutes d'errance. Il frotte une allumette contre la bande rouge de la boîte, puis embrase soigneusement le bois d'allumage couvert par la cendre grise.

De minuscules braises se mettent à crépiter. Les flammes ne tardent pas à arriver. Peu à peu, le feu se dessine dans l'obscurité, et il vient bientôt étaler sa lumière orangée sur les visages apaisés.

Walter approche la mèche de sa chandelle près d'une bûche en combustion, comme Mabel le lui a conseillé.

— Quand vous vous sentirez prêt, vous pourrez allumer la chandelle de quelqu'un présent autour du feu avec la flamme de la vôtre.

Il se dirige vers moi sans hésiter.

Tandis que la mèche de ma chandelle noircit sous l'effet de la chaleur et que le regard sombre de Walter plonge dans le mien, quelque chose de troublant me traverse. Un sentiment à la fois agréable et puissant ; j'aimerais pouvoir le nommer sans me tromper.

Je ferme les yeux à mon tour afin de faire le bilan des derniers mois. Quand je les rouvre, Walter a regagné sa place de l'autre côté des flammes. Son petit sourire, discret mais désormais apparent, apaise les battements de mon cœur.

— Robyn.

Je me lève sous l'invitation de Mabel, dans le respect du rituel. Le corps engourdi par une myriade d'émotions, sentant les yeux attentifs de Walter posés sur moi, je m'agenouille auprès de Bonnie et allume sa bougie.

Le procédé se répète ainsi pour chaque participant au cercle. Chaque fois que la flamme de Yule grésille pour allumer une nouvelle chandelle, les paupières se plissent et les pensées divaguent, pour un moment d'intimité.

Les miennes prennent un chemin inédit, avec un homme à la boucle noire en guise d'acteur principal.

29

Histoires Et Légendes

— Je peux commencer ?

Installée en tailleur, la couverture blanche sur sa tête lui donnant l'air d'un fantôme, Bonnie lance un regard suppliant à Mabel.

Cette dernière lui répond par un petit hochement de tête approbatif. Bonnie se tourne alors vers Walter, comme s'il était le seul de la troupe à mériter son attention.

— Après tout le bazar des chandelles, une fois que le feu a bien pris, tu dois raconter une histoire en rapport avec le solstice d'hiver, lui explique-t-elle.

Comme il laisse courir un silence, elle ajoute :

— Ça peut être un souvenir, un conte, une légende… faut juste que ce soit en rapport avec l'hiver, tu vois ?

— C'est compris.

— Je commence, comme ça tu pourras prendre exemple sur moi.

Les flammes lèchent le peu de visage qu'elle a laissé à découvert. D'ici, ses pommettes bien rondes ressortent comme deux pommes rougeâtres ; un héritage qu'elle tire du côté masculin de notre clan.

— L'histoire du Roi Chêne et du Roi Houx…

— Bonnie, non ! la coupe immédiatement Norma.

Ma tante lève les bras en l'air avec toute l'exagération et la tragédie qui la composent.

— Tu la racontes tous les ans, celle-là !

— Bah… c'est un peu parce que c'est mon mythe préféré. Et puis, Walter ne l'a jamais entendue, je parie. Hein, Walter ?

L'interpellé hausse une épaule, ce qui fait soupirer Norma.

— Je disais donc, avant que l'espèce de vieille mégère se mette à caqueter…

— Bonnie ! s'insurge ma mère.

— … avant d'être interrompue par la plus douce des tantes… que j'avais envie de vous raconter l'histoire du Roi Chêne et du Roi Houx. Ce sont deux frères qui viennent des mythes celtes, si jamais l'info était sortie de votre tête entre-temps.

Après quoi, et sous l'œil d'un public attentif – ou désabusé, tout dépend du point de vue – elle se lance dans son éternelle tirade.

Cette légende vient de notre grand-père Henry, qui a eu le malheur de la lui raconter le jour où elle a été en âge de participer activement aux célébrations de Yule. Une erreur. Il n'a pas pensé un seul instant que sa petite-fille développerait un amour obsessionnel pour ces jumeaux mystiques.

— Ce sont des dieux-arbres aux caractères opposés. Tu as le Roi Chêne d'un côté : il est lumineux, fort, et il règne pendant la moitié chaude de l'année, donc de Yule à Litha. Et puis le Roi Houx, le symbole du repos, qui s'occupe de gouverner les six mois restants, donc pendant la période froide, de Litha à Yule. Je dis « moitié chaude » et « moitié froide », mais ça revient à dire « période estivale » et « période hivernale ». C'était divisé en deux chez les Celtes. Tout le monde me suit ?

Les têtes dodelinent.

— Nickel. Donc, on a deux super frères méga-opposés, et un problème : ils ne savent pas à la base qui doit régner quand, vous voyez ? Du coup, ils vont devoir s'affronter pour pouvoir trancher. Et la bataille, elle se passe tout pile à Yule.

Walter acquiesce, attentif. La bienveillance qui se dégage de lui m'attendrit : il prend son rôle d'apprenti au sérieux.

— Il existe plein de variantes de ce combat, mais celle que je préfère par-dessus tout, c'est quand le Roi Chêne, le lumineux, tranche la tête du Roi Houx pour prendre sa place sur le trône et régner jusqu'au prochain solstice ! Ça fait un peu ambiance « Lannister vs Targaryen », du genre à s'entretuer pour le royaume des Sept Couronnes, vous captez le délire ?

Le silence d'outre-tombe lui fait lever un sourcil.

— Vous captez pas ? Les Stark et Winterfell ? La garde de nuit ? Brienne de Torth la badass et Bolton l'éclaté du bulb…

— Bonnie ! soupire ma mère.

— Ramsay Bolton a un pète au casque, maman, tu peux pas dire le contraire. Personne ne…

— Reste concentrée sur la légende du Roi Chêne et du Roi Houx, s'il te plaît.

— Mais…

Les plaques rouges sur les joues de notre mère dissuadent ma sœur de continuer.

— OK. Très bien, on en reparlera plus tard. Donc, je disais que les jumeaux se battent, le Roi Houx perd sa tête et le Roi Chêne monte sur le trône, ce qui assure sa domination sur le monde pendant six mois : de Yule jusqu'à Litha. De l'hiver jusqu'à l'été. Il va donc ramener sa lumière sur la Terre, au sens propre du terme : la vie revient avec les arbres qui fleurissent, les trucs et les machins qui font des bourgeons… bref, je crois que c'est bon, vous avez l'idée générale.

Ma mère se penche en direction de Walter puis ajoute :

— Cette légende est l'une des raisons pour lesquelles on brûle traditionnellement une bûche de chêne pendant le solstice. On célèbre la victoire du Roi Chêne.

— La couronne de houx sur les portes trouve également l'une de ses origines chez le Roi Houx, renchérit ma grand-mère.

Elle étire sa colonne vertébrale dans une petite grimace, puis complète :

— Dans certaines cultures, et notamment la tradition celtique chère au cœur de Bonnie, les feuilles résistantes du houx symbolisent la persistance au froid. C'était une plante utilisée pour se protéger des mauvais esprits, mais aussi un signe de bienvenue. On accrochait les couronnes de houx à l'entrée des maisons pour ces raisons, entre autres.

— Mais les nôtres sont faites en pommes de pin maintenant, relance Bonnie. Enfin, au moins celle qui se trouve à la chocolaterie. J'ai toujours voulu garder la tradition mais certaines personnes trouvent que c'est « moins joli ».

— Fais-toi piquer par du houx et on en reparlera, se défend Norma, ouvertement visée. Je me blessais chaque fois que j'étais de corvée de couronnes !

— Tu es une petite nature, aussi…

— Peuh !

— Elle n'a pas tort, appuie ma mère. Tu es aussi solide qu'une larve impotente, je l'ai toujours dit.

C'est le moment que choisit Kate pour raconter une histoire sur les Noëls qu'elle fêtait en famille à Dumfries, sa ville natale, située au sud de l'Écosse – « à quelques pas seulement de l'Angleterre », n'oublie pas de préciser mon père.

Walter écoute avec plus d'attention que les autres. Partager ce genre d'anecdotes n'est peut-être pas une coutume familière pour lui.

De ce dont je me souviens, Stew et sa famille célébraient les fêtes de fin d'année dans le Grand Hall, au château d'Ackergill. Un endroit sublime, mais peut-être un peu austère. Mon ami me parlait très régulièrement des vélos « géniaux » que sa mère lui offrait, des livres de collection « dingues » que son père lui conseillait de garder avec soin « car ils prennent en valeur » avec l'âge. Il évoquait aussi la glace aux marrons que les cuisiniers préparaient spécialement pour lui.

Son discours avait beau être enjoué, il ne mentionnait jamais de moments conviviaux, ceux où l'humain prime sur le matériel.

— Henry n'a pas toujours aimé le solstice d'hiver, entends-je ma grand-mère entamer.

Son tour étant venu de nous offrir une tranche de souvenirs, nous pivotons vers elle.

— Quand il était jeune, votre père et grand-père avait cette fâcheuse tendance à écarter tout ce qui n'était pas scientifiquement explicable de son champ des possibles. N'est pas étudiant en biologie qui veut. Il ne trouvait pas de logique à cette magie si singulière qui accompagne les premières chutes de flocons et ne comprenait pas vraiment pourquoi les gens s'emballaient à l'approche de décembre, ni pourquoi les plus impatients ouvraient les cases de leur calendrier de l'Avent à l'avance. Henry était comme ça, un peu terre-à-terre.

— Pourtant, c'est lui qui nous racontait toujours les histoires et les légendes, rétorque Bonnie, sceptique.

Mabel lui sourit, caressant d'un doigt distrait l'anneau qui orne son annulaire gauche.

— *Aye*, il a fallu attendre l'arrivée de Gillis pour qu'il voie le monde sous un autre angle.

Ma mère croise les bras contre sa poitrine, comme pour retenir un peu mieux les émotions qui cherchent à en surgir. Si elle ne parle jamais de son père, trop fière pour se montrer sensible, je sais qu'elle l'a aimé du plus profond de son cœur. Un éclat brille toujours au fond de ses prunelles quand son prénom se faufile dans la conversation. Les liens familiaux sont ce qu'il y a de plus solide.

— Genre… maman a changé papy ? s'étonne ma petite sœur.

— En quelque sorte, s'amuse Mabel. La première fois que Gillis a vu de la neige, elle était minuscule. Elle avait une frimousse rondelette et joyeuse. C'était un après-midi de novembre. Son premier réflexe a été de mettre la main dans la poudreuse, et la poudreuse à sa bouche.

— Son sens du discernement n'a pas changé, se moque Norma, sous les sourires des autres.

— La grimace qui a suivi a fait éclater Henry de rire, et c'est une image qui est restée dans son esprit : chaque fois qu'il voyait la neige tomber, il repensait à la tête horrifiée de sa fille. Et il souriait, même si le souvenir n'avait rien d'exceptionnel. Alors je souriais moi aussi, parce que le voir heureux me réchauffait le cœur. Il n'en fallait pas plus.

Elle prend une petite inspiration.

— C'est là qu'il a compris pourquoi les gens aiment cette période de l'année : ça n'a aucun rapport avec le tapage qu'on en fait. C'est parce qu'elle a cette essence si précieuse qui s'appelle le bonheur. Les fêtes rendent heureux, tout simplement.

« Regarder les chutes de flocons à travers une vitre. Avaler les chocolats de son calendrier de l'Avent avec un jour d'avance. Penser aux fêtes à quelques semaines de leur lancement officiel... Rien de plus simple et pourtant, ce sont des détails qui illuminent notre quotidien. Des petites graines de joie disséminées sur notre route.

L'explication de Mabel semble parler à Walter. Il acquiesce discrètement à son discours, plusieurs fois, comme s'il intégrait progressivement ses paroles.

— La joie se trouve là où réside la simplicité, affirme ma grand-mère. Quand on comprend ça, le monde devient un magnifique terrain de jeux, même pour les plus grands.

Les braises qui s'échappent des flammes montent dans un ciel au noir abyssal, tandis qu'elle pose le point final de son histoire.

Quelques minutes défilent avant qu'un raclement de gorge ne vienne briser le silence. Une autre voix s'élève :

— Un fantôme rôde sur les remparts de la tour d'Ackergill.

Les regards se dirigent aussitôt vers Walter. Il vient de faire chavirer l'ambiance avec une décontraction stupéfiante.

Une jambe tendue, l'autre repliée contre son torse, il observe le feu d'un air pensif.

— Elle s'appelle Helen Gunn. C'était une fille unique du coin, promise à son meilleur ami d'après les dires. Elle était réputée pour sa beauté, au point d'être surnommée la « beauté de Braemore » au XVe siècle, ajoute-t-il.

— C'est ton anecdote ? lui demande Bonnie. Parce que si c'est ça, il va falloir que tu sois un peu plus précis. C'est pas que ton côté « déglingo » me dérange, mais...

— Bonnie ! souffle ma mère.

— Quoi ?

— Tu sais très bien « quoi » ! Arrête de parler comme si tu avais un bas de contention à la place de la cervelle. Allez-y, Walter, nous vous écoutons.

— Un bas de contention ? Ça ne veut rien dire...

Ma mère bat l'air de sa main comme pour repousser un moucheron, puis signifie à Walter qu'il peut reprendre son histoire où elle s'était arrêtée.

— À l'époque, le château d'Ackergill était détenu par le clan Keith, entame-t-il alors. La légende raconte que leur chef trouvait Helen Gunn tellement belle qu'il n'a pas pu s'empêcher de lui faire des avances – un peu grossières. Mais Helen les a refusées puisqu'elle était déjà promise à un autre homme, un Gunn. L'ego du chef du clan Keith n'a pas apprécié d'être rejeté, et il l'a donc kidnappée la veille de son mariage, pour la garder captive. Alexander Gunn, son futur mari, a notamment été assassiné au cours de l'assaut. Helen a ensuite été emprisonnée en haut de la tour d'Ackergill, mais parce qu'elle ne voulait pas obéir à ses ravisseurs, elle a fini par se jeter dans le vide. Suite à ça, les relations entre le clan Keith et le clan Gunn se sont détériorées, jusqu'à les mener à un affrontement sous forme de duel judiciaire : le combat a eu lieu au niveau de la chapelle de St Tears, entre le château d'Ackergill et le château de Girnigoe. Douze chevaux de chaque côté, le nombre était imposé. Mais le clan Keith s'est montré plus malin puisqu'ils ont fait monter deux hommes par cheval : grâce à cette ruse, ils ont massacré leurs adversaires et remporté ce qui s'appelle aujourd'hui la « Bataille des Champions ».

— C'est une bien belle anecdote pour un soir de Yule, fait remarquer Norma.

Je rassemble les jambes sous mon corps, curieuse d'en apprendre plus :

— Vous avez déjà vu le fantôme de Helen Gunn au château ?

La lumière du feu fait danser un éclat ambré dans son regard.

— Je ne crois pas aux entités, donc non. Mais Emilia, si. Elle nous disait souvent qu'elle voyait une femme en robe rouge et aux longs cheveux noirs traverser les couloirs pendant la nuit. Ça lui faisait faire des insomnies. Elle se réfugiait dans la chambre de Stew, qui était tellement influençable qu'il finissait par prendre peur, lui aussi. Ils terminaient tous les deux dans ma chambre.

— Vous teniez votre rôle de grand frère.

— Si on veut, oui. On montait une tente avec les couvertures… une énorme tente instable, qu'on faisait tenir entre les rebords de la cheminée et mon lit. Stew s'endormait le premier, et je racontais des histoires à Emilia pour qu'elle se calme.

Un petit sourire pointe sur ses lèvres. Innocent et naturel, comme s'il venait du plus profond de lui.

— Ce n'est pas vraiment une anecdote liée au solstice d'hiver, mais cette soirée me fait penser à ma sœur, avoue-t-il. À ma famille. Et… si je m'en tiens à votre discours, il me semble que c'est un peu votre manière de concevoir l'esprit des fêtes. La famille… je veux dire.

Sa réflexion fait souffler un vent de douceur dans l'assistance. Même Norma et son cœur de chicaneuse semblent s'attendrir.

— Comment tu faisais pour faire tenir des couvertures sur une cheminée ? demande Bonnie, manifestement plus intéressée par l'aspect pratique que symbolique de ce souvenir. J'ai du mal à capter le principe...

— La plupart de nos cheminées ont des ornements au niveau de leurs jambages, souvent des roses. On se débrouillait pour accrocher le tissu sur les épines.

— Et ça marchait ?

— Bonnie, zut à la fin !

Elle jette un œil décontenancé à notre mère, qui n'en peut plus de la reprendre.

— C'est juste une question... Excuse-moi de m'intéresser à notre invité !

— Ça ne me gêne pas, assure Walter.

Il change de position, prenant appui sur son bras tendu en arrière, puis reprend :

— En fait, c'était un travail de groupe : Emilia coinçait les bouts dans les lattes de mon sommier, je m'occupais de maintenir ceux sur les épines de la cheminée, et Stew consolidait le tout avec les cordons des rideaux qu'il récupérait sur les fenêtres des couloirs. Une de ses nombreuses idées ingénieuses, il a toujours été futé.

— Je préfère même pas imaginer ce qui m'arriverait si je touchais à des affaires qui ne sont pas à moi... Pour un cordon de rideau en moins au cottage, c'est la guillotine assurée ! commente Bonnie.

— Stew savait déjà comment amadouer les gens, on ne lui refuse généralement rien. Je n'arrivais même pas à me disputer avec lui quand il volait mon vélo pour rendre visite à Robyn.

Mon prénom sonne d'une drôle de façon dans sa bouche. Je réalise soudain qu'il vient d'admettre se souvenir de moi, quand j'étais plus jeune. Le jour de notre « rencontre » au fumoir du château, il m'avait laissé entendre le contraire.

— Sérieux ? C'était le tien ? murmure Bonnie, confuse. Je suis désolée Walter, j'ai dû le griffer une fois ou deux... Ton frère explosait les carreaux de ma chambre, ça me faisait péter un câble.

— Les fissures sur ta vitre viennent de Stew ? intervient mon père, qui semble sortir d'un état de profonde léthargie. Tu m'avais dit que c'était l'œuvre des corbeaux, Bonnie !

— Si je t'avais dit comment elles ont été faites, tu aurais su que Stew emmenait Robyn avec lui et tu aurais piqué ta « super crise de père protecteur ». J'ai fait ça pour ta tension.

— Et puis, il n'y a pas de corbeau au cottage, souligne ma mère. Comment as-tu pu croire un mensonge si mal ficelé, Grant ?

Il pivote vers elle, estomaqué.

— Parce que tu étais au courant ? J'ai remplacé cette fenêtre de malheur au moins trois fois, et des rayures balafrent encore la dernière installée...

— Tout le monde sait que Stew embarquait Robyn le week-end pour aller déterrer des trésors sur les falaises.

— Uniquement quand elle y était autorisée, *aye* !

— Comme si nous avions élevé des enfants obéissants... D'où est-ce que tu sors, *mo leannan*[1] ?

1. « Mon/Ma chéri.e », en gaélique écossais.

De peur que mon père découvre par erreur d'autres secrets inavouables de mon passé – ou de celui de Bonnie, je fais dévier la conversation :

— D'ailleurs, on n'a jamais trouvé de trésor, là-bas. À peine quelques pierres qu'on rejetait à la mer.

Tandis que mes parents tentent de déterminer qui d'eux obtient le meilleur score au jeu des parents indignes, Walter plisse le front.

— Stew possède une malle entière de ces pierres, lance-t-il à mon attention.

— Quoi ? Non, ça m'étonnerait.

— Si. Il la gardait dans sa penderie, j'en suis certain.

À mon tour de froncer les sourcils.

— Alors elles ne proviennent pas de nos expéditions : on cherchait des trésors de pirates et de corsaires, mais tout ce que nos détecteurs de métaux repéraient, c'étaient de minuscules cailloux. Ils faisaient à peine la taille d'un doigt.

— Stew en avait plein les poches quand il rentrait au château, insiste-t-il.

— Non, c'est impossible, Walter. On jetait tout du haut de la falaise. C'était même un jeu entre nous...

Celui qui lançait la pierre ou le caillou le plus loin de la rive remportait le droit de tenir le guidon du vélo sur la route du retour. Un privilège qui m'était rarement accordé puisque, même enfant, Stew avait des bras plus costauds que les miens. Aussi larges et solides que des fûts de bière.

— Peut-être qu'il ne se débarrassait pas de toutes les pierres, suggère Walter.

— Peut-être, répété-je, peu convaincue.

Agir dans mon dos ne ressemble pas à Stew, même pour une histoire aussi futile qu'un tas de pierres dissimulées.

De plus, je ne suis pas aveugle, j'aurais bien vu ses poches pleines à craquer...

— Il ne remettait jamais les cordons des rideaux à leur place, non plus, se remémore Walter. Et mon vélo a fini par devenir le sien à force de lui servir.

Bonnie tend ses mains face au feu pour les réchauffer.

— Il a des tendances klepto, votre copain.

Une sensation désagréable m'envahit.

Elle me serre soudain la gorge.

Perturbée, j'échange un regard avec Walter : il a l'air d'être aux prises avec les mêmes pensées que moi.

Et si... non.

Si ?

30

Avis De Tempête

Le rituel prend fin quand le feu est complètement éteint, c'est une règle élémentaire. De cette façon, Mabel peut récolter les cendres de la bûche consumée pour permettre au cottage d'être protégé des mauvaises ondes et pour avoir de quoi célébrer le prochain Yule.

Hors de question de décamper sans un pochon bien rempli, donc. Or, le feu crépite pendant un bon moment… un *très, très* bon moment.

L'attente finit par me pétrifier de froid. Grelotter achève de me donner une migraine et mon estomac gronde de faim et d'embarras. Le visage souriant de Stew ne cesse de faire irruption dans mon esprit, à côté d'une énorme pancarte multicolore flanquée du titre : « Tu aurais dû t'en douter, espèce d'idiote ».

Et Walter ne m'aide pas à me détendre.

Son inquiétude, perceptible, vient remuer des braises déjà ardentes. *Aye, il faut absolument qu'on en parle, je sais bien, Walter. Aye, je ne comprends pas plus que vous ce qui se passe, Walter, c'est absurde. Et aye, Walter, ce fichu feu doit brûler plus vite, je suis bien d'accord !*

À force de hurler en silence, d'implorer des *brownies*, de parler à Nessie et de pester contre Mercure, le karma, épuisé, finit par jeter l'éponge. J'obtiens gain de cause.

— Il commence à neiger, murmuré-je, soulagée.

Une, dix, puis rapidement des milliers de perles blanches s'entassent sur la terre refroidie. Les flammes qui nous réchauffaient perdent en intensité, rapetissant dans la fosse pour finir par disparaître sous le niveau de la terre. Un dernier crépitement achève le rituel.

À peine la fumée crache-t-elle ses volutes que je souffle sur ma bougie pour me sauver ensuite vers le sentier par lequel nous sommes arrivés.

Walter ne tarde pas à me rejoindre. Ses effluves de cèdre et de cuir ont été remplacés par ceux du bois brûlé.

— Vous y pensez comme moi ? avance-t-il, le regard trouble.

— *Aye.*

Il ne fait pas état de la neige qui tombe par paquets dans ses cheveux, trop perturbé pour la sentir. Ses boucles s'aplatissent sous l'effet de l'humidité, celle de son front étant rejointe par quelques autres.

S'il n'avait pas les épaules solides, je lui trouverais un air abattu.

— Mon frère ne peut pas avoir volé les lettres, Robyn.

— Non... non.

Mais peut-être que si.

Évidemment que mon cœur l'innocente. Sauf que la réflexion de Bonnie a jeté un pavé dans la mare : s'il est capable de voler des cordons de rideau, de cacher des pierres et de s'attribuer la propriété d'un vélo, pourquoi n'aurait-il pas usurpé une liasse de lettres ?

Est-ce que je le connais vraiment ? Est-ce que l'image que j'ai de lui est la bonne ? Est-ce qu'il a changé après toutes ces années passées à Édimbourg ?

Je finis par secouer la tête, chassant ces questions absurdes de ma tête.

— Il n'aurait pas osé faire une telle chose à sa famille, renchérit Walter, tout aussi perplexe que moi.

— Et Holly Doyle ? Quel rapport pourrait-il y avoir entre votre frère et cette femme ?

Un nouveau trait moribond vient se greffer entre ses sourcils.

— C'est une excellente question. Je doute qu'ils se connaissent et vous l'avez entendu comme moi pendant le dîner de trêve : Stew n'a pas été pas capable de se souvenir de Jamie Sutherland, le cuisinier qui l'a nourri pendant des années. Comment pourrait-il avoir un lien avec une femme qui ne travaille à Ackergill que depuis trois ans ?

J'acquiesce, rassurée. Il a raison. Et puis, ça n'est pas logique : Holly Doyle aurait appelé la police non pas pour se protéger elle, mais pour aider Stew à dissimuler un vol qu'il aurait commis contre sa famille ? L'hypothèse est tirée par les cheveux.

— Ça ne peut pas être Stew, affirmé-je. Il faut qu'on se focalise sur Holly Doyle.

— Et si Holly Doyle n'était pas une piste sérieuse ? s'interroge-t-il, changeant d'avis comme une balle de ping-pong.

— Bien sûr que c'en est une.

— Nous n'avons rien sur elle, Robyn. À peine une conversation fugace entre deux adolescents. Je n'ai absolument rien trouvé de compromettant la concernant. C'est une employée modèle.

— Vous croyez que l'appel anonyme ne venait finalement pas d'elle ?

— Je ne sais plus ce que je crois, avoue-t-il.

Nous soupirons dans une synchronie parfaite.

Si même Walter en vient à s'emmêler les pinceaux, nous n'arriverons jamais à tirer cette histoire au clair.

— Vous ne pouvez pas faire perquisitionner le domicile des Doyle, comme vous l'avez fait avec nous ? reprends-je.

— Je pourrais, si, mais je n'en vois pas l'intérêt.

Il secoue la tête pour échapper aux flocons qui veulent s'écraser sur son visage.

— Si jamais elle est impliquée dans cette affaire, soyez sûre qu'elle aura caché les lettres ailleurs qu'au premier endroit où la police penserait à fouiller, se justifie-t-il. Il n'y a que vous pour dissimuler des choses importantes dans votre commode.

C'est faux : Mabel a une flasque de rechange dans son placard. Mais ça n'est pas le sujet.

— D'accord... Donc, partons du principe que nous avons deux suspects : Holly et Stew. L'appel anonyme d'un côté, la kleptomanie de l'autre, résumé-je.

Il acquiesce, concentré.

— L'appel anonyme ne vient pas d'une source fiable, mais au moins, c'est un fait. Tandis que la kleptomanie de Stew n'est qu'une supposition.

— Vous penchez définitivement pour Holly Doyle.

— *Aye*. Quel serait le mobile de Stew ? Causer du tort à sa famille ? Ne pas pouvoir contrôler ses pulsions ? Ça ne colle pas. Ce n'est pas parce qu'il gardait des pierres en cachette ou qu'il subtilisait des cordons de rideau qu'on doit le taxer de voleur compulsif.

Il réfléchit, le regard fixement planté dans l'obscurité enneigée.

— Il ne respectait pas les règles, relance-t-il comme une autre théorie possible. Stew sortait après le couvre-feu, il venait chez vous le week-end alors que ça lui était interdit. Je l'ai aussi surpris à faire le mur à de nombreuses reprises au pensionnat, quand j'étais dans ma dernière année. Il est de nature rebelle.

— C'est la description d'un ado tout ce qu'il y a de plus normal, ça. Bonnie est pareille à son âge. Vous n'avez pas quelque chose de plus « concret » ?

— Comme... ?

— Je ne sais pas... Vous l'avez déjà entendu parler d'Oliver Cromwell ? Est-ce qu'il s'intéressait à l'histoire de votre château ? Il posait des questions ? Il avait des livres sur le sujet ?

— Pas à ma connaissance, non. Mais nous ne sommes pas proches. Du moins, plus maintenant. Il a très bien pu changer entre le jour où il a obtenu son diplôme et auj...

Il se fige net. La fin de sa phrase s'envole dans une bourrasque de neige.

— Quoi ? Que se passe-t-il ?

Ses pupilles s'étrécissent d'un coup, pour devenir deux éperons insaisissables.

— Nous ne sommes pas proches, répète-t-il. Je ne suis pas proche de Stew...

— C'est une information supposée me faire pousser un cri strident ? Parce que je ne suis pas vraiment surprise...

Il fait non de la tête.

— Il y a eu une sorte de coupure entre nous, développe-t-il tandis que je m'emmitoufle dans les replis de mon manteau. Emilia, Stew et moi nous entendions bien quand nous étions petits. Il y avait en tout cas plus de hauts que de bas. Nos relations se sont détériorées à partir du moment où Stew est entré à Gordonstoun.

Il cligne des paupières, ennuyé par la neige qui essaye de les recouvrir.

— Je n'ai jamais prêté d'attention particulière à ce changement, admet-il. Je pensais qu'il était dû au fait qu'on se voyait moins souvent. Ça me semblait logique. Lui poursuivait sa scolarité loin du château d'Ackergill et je suis parti faire un cursus étudiant en Angleterre. Ma priorité à ce moment-là était d'obtenir mon diplôme supérieur, je n'avais plus d'interactions avec ma famille. Ils me sont un peu sortis de la tête.

Sans percevoir de connexion évidente entre le comportement de Stew et le vol des lettres, je note néanmoins qu'au même moment, il ne se comportait plus de la même manière avec moi.

Son entrée à Gordonstoun avait marqué le début d'une certaine distance entre nous, que j'avais bêtement mise sur le compte de l'éloignement.

— Mon amitié avec lui s'est modifiée à partir du pensionnat, commenté-je. On a perdu un peu de notre complicité.

— Ça ne me surprend pas. Mon frère ne voulait pas étudier loin de chez lui. Devoir s'y plier l'a mis en colère, à la fois contre nos parents, mais aussi contre le reste du monde. Il a très bien pu vous en vouloir de rester à Wick quand lui s'apprêtait à quitter le château.

Un poids me tombe sur l'estomac.

— Il considérait que d'être enfermé à Gordonstoun revenait à subir une punition, se rappelle Walter.

— Il ne m'en a jamais parlé…

— Des disputes ont éclaté entre mon père et lui à ce propos, ça rendait mes parents fous qu'il ne veuille pas suivre la tradition familiale. Contrairement à vous, nous n'en avons pas beaucoup, et celle-là compte d'autant plus qu'elle est liée aux études, et donc au prestige de notre nom.

Voilà pourquoi Stew, à cette époque, ne rentrait que très rarement à Wick. Je pensais que ses notes désastreuses l'empêchaient de retrouver les siens, mais en réalité, c'était dû à l'amertume qu'il éprouvait envers ses parents.

Encore une fois, les apparences sont trompeuses.

— Il en a voulu pendant longtemps à nos parents, me dit Walter. Puis un beau jour, sans raison apparente, ils se sont réconciliés. Emilia et moi n'arrivions jamais à modifier nos emplois du temps respectifs pour être présents à temps pour Noël, mais lui, si.

— Il n'a pas manqué une seule fête depuis qu'il vit à Édimbourg, renchéris-je.

La perspective que dessine cette discussion ne réjouit aucun de nous deux.

— Et s'il ne s'était pas réconcilié avec nos parents ? fait-il au bout d'un moment.

— Ça n'aurait pas de sens, Walter.

— Et s'il avait juste attendu le bon moment pour se venger d'eux ? Il leur rendait peut-être visite en fin d'année, comme un bon fils se doit de le faire, mais sa véritable motivation se trouvait ailleurs.

— Vous parlez de poignarder dans le dos une famille secrètement ruinée ? dis-je, mi-hilare, mi-consternée.

— C'est une probabilité, vous ne pouvez pas l'écarter.

— Non, c'est une supposition délirante et vous allez trop loin.

— Stew était sûrement le meilleur ami qu'on puisse avoir, mais ça ne veut pas dire qu'il est un fils exemplaire.

— C'est un homme de principes et de valeurs, contré-je.

— Les gens peuvent faire des choses terribles sous l'impulsion du chagrin. Arrêtez de croire que le monde entier est pavé de bonnes intentions, ça n'est…

— Ça ne tient pas debout !

Le froid inflige une douleur aiguë à ma peau, mais elle n'est rien comparée à celle qui s'insinue en moi.

— Stew est écossais, argué-je, piquée au vif. Il n'a qu'une seule parole et de la fierté à revendre. Jamais il n'aurait été assez vicieux pour monter un plan aussi invraisemblable !

Il me dévisage un instant, immobile dans le tourbillon de flocons.

— Vous vous énervez.

— Un peu !

— Beaucoup.

— Beaucoup ! concédé-je sans changer de ton. Ces accusations commencent à jouer avec mes nerfs, Walter. J'en ai assez que tout le monde soit coupable et innocent à la fois ! Assez de ne plus savoir à qui faire confiance ! D'entendre des rumeurs ! Des complots ! Des hypothèses ! Des idées ! J'en ai…

— Assez.

— *Aye !*

Ma tête va imploser.

Depuis le début, les projecteurs sont braqués sur les mauvais fautifs, comme si les indices glanés nous menaient invariablement vers des culs-de-sac. Tout ça pour quoi ?

Pour en arriver à un scénario ridicule où Stew Burns porte le chapeau.

— C'est n'importe quoi ! Je refuse de poursuivre cette conversation tant que nous n'avons pas de preuve concrète, tranché-je. Il nous faut de l'irréfutable, du clair et du sensé. Jusqu'à preuve du contraire, Stew est innocent.

Je m'essuie le visage du revers de la main avant de reprendre la route, aussi bougonne qu'une Mabel en manque de biscuits secs. Les bottines de Walter laissent bientôt leurs empreintes à mes côtés, dans la pellicule de neige qui s'accroche vaillamment au sol.

Il ne me parle plus du trajet, respectant mon besoin de faire le tri dans mes pensées.

31

Tic, Tac

Après le rituel s'enchaînent le repas, puis la musique et les discussions sans fin. Le cottage croule sous les plats aux rebords encroûtés de fromage grillé, les empilements d'assiettes sales, les serviettes froissées, les rires bruyants et les chants d'hiver.

Si je n'arrive pas à me sortir Stew de la tête, Walter parvient à donner le change aux Ferguson.

Il félicite mon père pour son *wassail* réussi, écoute Bonnie s'épancher sur l'haleine nauséabonde de son professeur d'histoire, et comble la curiosité de Norma grâce à quelques précieux renseignements sur ses habitudes londoniennes.

— Il pleut vraiment moins que chez nous, là-bas ? Dites-moi la vérité.

Il est officiellement adopté au cours de la soirée. Et je crois que cette entrée au sein de ma famille lui fait plaisir, eu égard à son regard qui s'éclaire et se réchauffe à mesure des heures qui passent.

Au moment de quitter le cottage, aux alentours de

2 heures du matin, il arbore un air plus serein et satisfait que ceux que je lui connais. Ses traits sont marqués par la fatigue, mais porteurs d'un certain apaisement.

— Merci. Pour tout.

Je ne sais pas s'il pense encore à son frère et à sa supposée trahison, mais je n'évoquerai pas le sujet. Le regarder s'ouvrir au monde et passer un bon moment avec ma famille est un changement que j'aimerais voir persister chez lui.

— Je vous en prie. Je suis ravie qu'on ait pu vous initier à Yule.

— Je suis ravi de l'avoir fait avec vous.

L'intensité de son regard me déconcerte jusqu'à ce qu'un petit sourire s'affiche sur ses lèvres. Celui-ci déborde de reconnaissance. Et il me touche peut-être plus profondément que les autres.

— Et n'oubliez pas Mme Simonsen, dit-il dans un dernier sursaut en se dirigeant vers la sortie. Elle risque de vous rendre visite incessamment. Bonne nuit, Robyn.

Bonne nuit, Walter.

Un peu plus de vingt-quatre heures plus tard, sa prédiction se réalise.

Tandis que je tente de décoller mes paupières bouffies du manque de sommeil, à moitié avachie derrière le comptoir de la chocolaterie, la collectionneuse américaine en passe le seuil.

— J'espère que je ne dérange pas !

Elle s'ébroue sur le tapis, libérant un parfum gourmand de beurre et de café. Son petit déjeuner a sans doute surpassé le mien – m'étant levée trop tard, j'ai tout juste eu le temps d'avaler une tranche de *bannock* séchée avant de débuter la journée.

La neige qui n'en finit plus de tomber a recouvert les bords de sa capeline, et parsemé son beau manteau d'éclats irisés. En comparaison, je ressemble à la chaussette solitaire restée trop longtemps dans le tambour de la machine à laver.

— Non, madame Simonsen. Bien sûr que non, vous êtes toujours la bienvenue.

Je redresse péniblement les coudes du comptoir pendant qu'elle époussette ses épaulettes.

— Quel temps ! Le ciel a l'air d'en avoir après nous.

— Une tempête est annoncée pour ce soir, lui dis-je. Le vent a commencé à se lever.

— J'en ai eu des échos, oui. C'est pour cette raison que les gens montent sur les toits ? J'ai vu au moins trois garçons s'amuser à grimper des échelles branlantes en me rendant ici !

— Les jeunes qui le peuvent aident à déblayer les toits avant les intempéries. Certaines maisons sont assez vieilles et les charpentes résistent mal aux chocs.

— Charmant. C'est tout à fait charmant.

Elle claque ses talons l'un contre l'autre pour en ôter le surplus de neige, puis pousse un soupir théâtral en me rejoignant.

— Je suis passée chez vous tout à l'heure, mais personne ne s'y trouvait… Votre voisin, un policier d'une amabilité à toute épreuve, m'a laissé entendre que vous travailliez à la Chocolaterie Ferguson. Il n'est pas encore 8 heures du matin, Robyn : je connaissais votre famille pour le feu d'artifice de tempéraments qui la composent, mais j'ignorais que vous étiez de tels lève-tôt !

— Ce n'est pas vraiment un choix, commenté-je, souriante. Nous avons commencé à préparer le dessert pour le réveillon de Noël.

— Celui qui prendra place au château des Burns, demain ?

— Celui-là même, *aye*. Le nombre d'invités est assez conséquent, et les intempéries n'aidant pas, on a préféré s'y prendre un peu à l'avance.

Mes parents ont claqué la porte du cottage aux aurores afin de récupérer les sacs de gouttes de chocolat qui font route depuis Inverness. Le transporteur avait prévu de les déposer à la boutique pour 11 heures mais, comme chaque fois que la météo annonce un déluge, nous prenons les devants. L'expérience finit par forger les habitudes.

— Ma tante et sa femme sont dans l'arrière-boutique en train d'organiser la répartition du travail, indiqué-je. Ma petite sœur devrait nous rejoindre d'une minute à l'autre.

Elle saisit rapidement la raison pour laquelle je lui livre ces informations.

— Il semblerait donc que je tombe plutôt mal...

Par souci de discrétion, je l'éloigne de l'arrière-boutique et l'entraîne sous les portraits de mes ancêtres, là où les oreilles curieuses ne pourront pas nous entendre. Les femmes Ferguson, enfermées dans leurs cadres abîmés, ont l'air d'avoir pris vie : les yeux de certaines semblent observer Mme Simonsen fixement, avec un certain mépris. Jane Ferguson s'avère être la pire d'entre toutes.

Je mets cette sensation dérangeante sur le compte de ma nuit bien trop courte, puis reviens à la collectionneuse.

— Le papyrus est au cottage, madame Simonsen, je ne l'ai pas avec moi, m'excusé-je.

Elle joint les mains devant elle, soudain plus sérieuse.

— Mon séjour à Wick ne durera pas éternellement, Robyn. Un avion m'attend sur le tarmac d'Aberdeen dès le 25 au matin. Si vous souhaitez me montrer cette pièce, il faudrait songer à se presser un peu plus.

— Je...

— Bien sûr, je ne néglige pas le fait que vous soyez fort occupée, ajoute-t-elle plus doucement en désignant la boutique, mais j'ai besoin d'étudier ce papyrus en détail afin de pouvoir me forger une opinion, voyez-vous ?

— Je comprends bien, *aye*.

— Une fois que je l'aurai vu, je serai en mesure de déterminer s'il m'intéresse ou si je passe mon tour, pardonnez-moi l'expression. Que je sois de retour aux États-Unis pour la suite de nos échanges ne posera aucun problème, mon expert et mes avocats font partie des personnes les plus compétentes de mon cercle. Travailler à distance est une habitude des plus banales, pour eux.

Son sourire dévoile deux rangées de dents joliment alignées.

— Mieux vaut s'assurer de la valeur d'un objet avant d'investir dessus. Et, si votre papyrus s'avère aussi impressionnant que vous me l'avez décrit, je ne rechignerai pas à faire un sacrifice ou deux.

Aux sous-entendus qui pointent dans son discours, je réalise qu'elle est réellement intéressée par cet objet de valeur. Est-ce une bonne chose ? Hier, j'aurais encore supposé que oui. Aujourd'hui, des doutes émergent.

— Voulez-vous convenir d'un rendez-vous plus formel, cette fois avec le papyrus ? me propose-t-elle. Je serai présente lors du dîner du réveillon de Noël au château d'Ackergill, nous aurons largement le temps de nous retrouver afin d'en discuter avant que les festivités ne débutent !

En toute franchise, je préférerais que les lettres des soldats de Cromwell soient retrouvées plutôt que d'avoir à trahir la confiance de ma famille, mais je dois me préparer au pire.

Soudain, la porte d'entrée s'ouvre à la volée. Elle claque contre le mur dans un bruit de boiseries amochées et permet à un torrent de neige de se déverser à l'intérieur. Le vent qui s'engouffre dans la boutique siffle avec une puissance hors du commun.

La silhouette de Bonnie émerge de la confusion.

Je la vois qui agrippe la poignée, recroquevillée sous son anorak et affublée d'une grimace ; elle parvient à refermer la porte caractérielle après un combat éreintant.

— C'est du délire dehors ! se plaint-elle, les cheveux emmêlés. Il neigeait à peine quand je suis partie du terrain… Oh. Bonjour, madame Simonsen.

Elle offre un sourire gêné à la collectionneuse, qui tient encore sa capeline d'une main et son manteau de l'autre.

— Kate et Norma sont dans l'arrière-boutique, lancé-je.

Bonnie saisit le sens de ma phrase.

— OK. Pig… Compris. Bonne journée, madame Simonsen. Ravie de vous avoir vue, c'était sympa.

Elle se sauve en longeant les meubles, heureuse de pouvoir écourter un moment d'embarras. Mme Simonsen profite de sa disparition pour me rappeler les consignes d'usage au château d'Ackergill.

— Vous avez mon numéro. Contactez-moi en arrivant sur le domaine. À tout à l'heure, et bon courage !

Ce coup-ci, j'ai le temps de me protéger le visage d'un bras avant que le vent ne vienne me gifler la peau. Le seuil est à peine franchi que le corps de Mme Simonsen s'estompe déjà dans un air opacifié et violent, aussi facilement et rapidement qu'elle a réussi à bouleverser ma journée.

Si je ne retrouve pas les lettres avant le réveillon de Noël, le papyrus sortira de ma famille sans retour possible, pour être exposé sous verre, dans la maison luxueuse d'une habitante richissime de Burlington.

Il me reste vingt-quatre heures pour réaliser l'impossible. Un seul petit jour.

Le regard indigné de mes ancêtres sous cadre me convainc de filer sur-le-champ.

32

Ferbez la borte !

L'humeur du ciel se dégrade au fil de la journée. Après le départ de Kate et Norma, la chocolaterie fait les frais d'une coupure de courant. La première d'une longue liste qui nous contraint, Bonnie et moi, à poursuivre la préparation des mignardises comme on peut, quand la lumière éclaire « à peu près » le plan de travail et que les machines ne nous lâchent pas en cours de route.

Ma petite sœur finit par rentrer au cottage en fin d'après-midi, exténuée par les imprévus et les déconvenues accumulés.

— Ça te met dans le bain pour plus tard, dis-je lorsqu'elle enfile son anorak.

— C'est mort... Quand la Chocolaterie Ferguson m'appartiendra, je ferai faire tout le boulot à des employés ultra compétents que j'aurai engagés dans mon bureau super bien décoré. Ils m'obéiront au doigt et à l'œil, y'a pas de doute là-dessus.

— Mettre la main à la pâte fera partie de ton job,

Bonnie. Tu ne seras jamais respectée si tu ne respectes pas les autres d'abord.

Elle semble réfléchir avant de secouer la tête.

— Non. Je préfère quand même être la patronne insensible dès le départ. J'aurai un regard à la Walter Burns, du genre tueuse en série, mais version chocolatière.

— Tu me désespères...

— Comme d'hab'. À tout à l'heure !

— Fais attention sur le chemin !

Les carreaux de la chocolaterie sont couverts de buée, mais je devine les rues désertes. Aucun client ne nous a rendu visite, et je n'ai pas entendu le moindre vrombissement de moteur de tout l'après-midi. Il faudrait être fou pour prendre le volant par un temps pareil.

Je suis en train de fourrer des choux d'une ganache montée au chocolat et à la noisette quand les ampoules claquent à nouveau.

— C'est pas vrai...

Je m'essuie les mains dans le torchon accroché à ma ceinture, traverse la boutique en vitesse et déplace la planche de bois qui permet d'accéder au tableau électrique.

Sauf que ce coup-ci, et malgré mes efforts, la lumière refuse d'obtempérer.

— Ce n'est pas le moment... Je n'ai pas fini mes choux.

Je manipule les boutons sans grande patience, les tourne dans tous les sens puis vais tester les interrupteurs. En vain.

— Je sais que c'est vous ! m'écrié-je à l'adresse des portraits.

Je lance un regard courroucé à Jane, la plus ancienne de mes aïeuls.

— Tu n'es pas contente que j'essaye de vendre la trouvaille de ton mari ? Je te comprends et je suis même d'accord avec toi. Je me comporte comme un monstre. Mais essaie de mettre ta rancœur de côté : il me reste une tonne de préparations à faire pour le réveillon de Noël ! Ils seront plus de trois cents convives, Jane, exactement comme le nombre de soldats spartiates qui ont affronté les Perses pendant la bataille des Thermopyles, et je te prie de croire que ça ne s'est pas terminé avec des poignées de mains et des tapes dans le dos ! Alors trouve autre chose qu'une panne d'électricité, je t'en conjure ! Tu n'as qu'à... je ne sais pas, moi, te venger sur la porte d'entrée ? On oublie régulièrement de la huiler, ça devrait te mettre en colère, ça, non ?

Je tente à nouveau de rendre un éclairage décent aux lieux, mais les esprits semblent déterminés à rendre ma vie infernale.

— Je sais que vous êtes énervées, mais ça n'est pas une raison pour saccager le travail de vos descendants ! Imaginez un peu qu'on débarque au château d'Ackergill sans dessert... Sans chocolat, vous entendez ! ? Un Noël sans chocolat Ferguson n'est pas un vrai Noël ! Alors, faites-moi le plaisir de remballer vos manières et de faire fonctionner ce fichu tableau électrique !

Je n'obtiens pas gain de cause.

Consumée de rage, je découvre même, de retour dans la pièce exiguë que constitue l'arrière-boutique, qu'une des plaques à pâtisserie déposée au réfrigérateur s'est effondrée sur celle stockée juste en dessous d'elle. Je déplore la perte d'une fournée entière de mini-tartelettes au whisky flambé. Une hérésie.

— Vous êtes des pestes, les Ferguson ! Toutes autant que vous êtes !

Je suis lancée dans un nettoyage de grande envergure

quand un vacarme éclate de l'autre côté du mur. Je me fige, un bras dans le compartiment du réfrigérateur et les tympans aux aguets.

Une succession de « boum » retentit, à intervalles réguliers. Ce sont des bruits sourds, répétitifs, comme si la porte de la chocolaterie était enfoncée par un tronc d'arbre dans le but d'en briser ses gonds.

Pensant d'abord au retour inattendu de Bonnie, je me précipite vers l'entrée, mais la silhouette qui se projette à travers la buée s'avère beaucoup trop imposante pour appartenir à une jeune fille de dix-sept ans.

— La poignée est bloquée ! entends-je entre deux coups portés.

C'est Walter.

Sa voix couvre le tapage de la tempête tandis qu'il écrase une épaule puissante sur le bois récalcitrant.

— Robyn !

— *Aye*, j'arrive !

Je m'empresse de l'assister, tout en combattant mes inquiétudes ; la raison de sa visite, qui m'apparaît plutôt claire, ne me ravit pas le moins du monde.

Je suppose que Mme Simonsen et son exubérance ont eu raison de notre alliance secrète, et du rendez-vous prévu le jour du réveillon.

Walter est ici pour me faire subir l'un de ses sermons. Malheureusement, j'ai trop d'humanité pour le laisser congeler dehors.

À deux, nous engageons nos forces pour décoincer le mécanisme. Il pousse, je tire. Je tire encore, il tape. Le vent redouble à l'extérieur ; son écharpe, d'ordinaire parfaitement nouée, s'envole comme un pantin désarticulé.

Les pans de son manteau claquent violemment contre son corps courbé pour résister aux rafales.

— ... tion !

Je plisse les yeux, comme si ça pouvait m'aider à mieux l'entendre.

— Qu'est-ce que vous venez de dire ?

— ... on... ez !

Il cogne une énième fois la porte avec les cheveux dressés sur le crâne. Une grimace d'effort lui pousse sur le visage.

Ensuite, tout devient flou.

J'entends un craquement, quelque chose de similaire au bruit produit par l'arbre coupé qui s'effondrerait au sol de sa forêt. Je perçois ensuite la morsure du froid, incisive et immédiate. Mais surtout, je sens une brûlure. Celle qui me perfore le front.

La douleur coule comme un œuf sur ma peau, avant de se propager avec une fulgurance intolérable à l'ensemble de ma face.

Le choc avec la porte est tel qu'il me fait reculer. Et parce que cette journée chaotique n'en finit plus, je ne trouve rien de mieux à faire que de me prendre les pieds dans le paillasson. Littéralement.

— Merde, Robyn !

Des étoiles apparaissent devant mes yeux. Je ne distingue qu'à moitié les contours de Walter ; il tente manifestement de me rejoindre au sol, où je gis avec la prestance d'une otarie ayant abusé de poisson frais.

— Ferbez la borte ! m'époumoné-je en appuyant sur mon front et mon nez des deux mains.

Il s'exécute pendant que je me fais la promesse de ne plus jamais contrarier mes ancêtres.

***

— Je vous avais dit de reculer…

— Je ne vous ai bas endendu. Il y a une dembête dehors, je vous rabelle !

J'aimerais lui offrir tout ce que j'ai de venimeux dans le regard, mais la violence du choc continue de m'étourdir, si bien que je peine à avoir une autre expression que celle de la douleur.

Les battements de mon cœur résonnent dans mon crâne pendant qu'il s'agenouille en face de moi. Avec une douceur teintée d'excuses, il retire mes mains et observe l'étendue des dégâts.

Le silence devient anxiogène. J'imagine que mon visage ressemble à une cloque hypertrophiée.

— Vous allez bien ? murmure-t-il.

Il donne l'impression d'établir un inventaire. De répertorier mes pores. De cataloguer mes ridules. D'énumérer mes imperfections et de se faire une idée bien précise de mon allure générale.

Comme je ne réponds pas, il interrompt brusquement son analyse ; son regard acéré effectue une halte dans le mien.

— Mon dez est cassé ? demandé-je, légèrement inquiète de ne plus sentir l'air y entrer ni en sortir.

— Ça n'en a pas l'air, mais vous saignez un peu. Vous avez du désinfectant ?

— Il y a du whisgy dans l'arrière-boudique.

Il se mord la lèvre inférieure dans ce qui ressemble à une tentative de sourire.

— Vous êtes parfois très écossaise… Ne bougez pas, je reviens.

Je lui indique les placards contenant du linge de cuisine propre tout en ajustant ma position ; je me tortille jusqu'au comptoir et m'y adosse avec l'énergie d'une nonagénaire, le temps pour lui de revenir avec la panoplie d'un infirmier de fortune.

— Dodez-boi ça.

— Je m'en occupe, réfute-t-il en éloignant la bouteille au verre ambré de mes mains. Je vous ai enfoncé cette porte dans la figure, c'est à moi de réparer ma bêtise.

Il prépare un torchon qu'il imbibe de Laphroaig – un acte qui aurait pu lui coûter une jambe si Mabel s'était trouvée dans les parages. Puis, précautionneux, il écarte ensuite les mèches de la plaie qui s'étend sur mon front.

— Ça risque de piquer un peu.

Dès que le tissu est posé sur ma peau, effectivement, la plaie s'enflamme.

Je retiens un arsenal d'insultes bien senties pendant qu'il frotte le tissu rugueux sur ma plaie. Et, si je bataille pour avoir l'air insensible, les larmes finissent quand même par monter. Il y répond par une moue amusée.

— Ne vous boquez pas, c'est douloureux, grommelé-je.

— Je ne me « boque » pas.

— Vous avez tenté de b'assassider, ça d'a rien de drôle.

— Avec une porte ? Ça aurait été idiot de ma part, vous êtes trop solide pour ça, rétorque-t-il. Non, si je voulais vraiment vous éliminer, j'opterais pour une solution plus radicale.

— Cobe quoi ?

Je suis sûre qu'il y a déjà réfléchi.

Le tissu descend entre mes yeux. Je le sens qui tamponne ma peau plus longuement à cet endroit, comme si du sang séché lui rendait la tâche plus difficile. À moins qu'il cherche simplement à gagner du temps pour pouvoir peaufiner ses méthodes de torture.

— Je commencerais par vous faire taire, vous parlez trop, entame-t-il.

— Vous êtes un hobbe charbant.

— Ensuite, je choisirais une mort simple et efficace. Probablement la guillotine.

— C'était très dendance au XVIIe diècle.

— Une injection de produits mortels demanderait moins d'organisation sur le plan logistique, mais j'ai peur que votre capacité de résistance compromette l'efficacité du poison.

— Ah ! *Aye*. D'autant que d'après le Dogteur Creighton, j'ai d'excellents andicorps.

— Ça ne m'étonne pas. Et vous ? Vous me verriez mourir de quelle manière ?

— C'est une question piège.

Poussée par un vent d'honnêteté, je lui raconte alors l'impression que m'a laissée la famille Burns lors du déjeuner d'ouverture hivernal.

— Les vampires sont déjà borts, bar définition, dis-je face à son air stupéfait. Je bourrais vous planter un pieu dans le cœur, mais je ne sais bas si j'ai la force suffisante bour qu'il s'enfonce assez loin.

— C'est un questionnement très pragmatique, concède-t-il.

— Vous commencez à dédeindre sur moi, c'est derrible.

Il secoue la tête, toujours flanqué de son microsourire.

— Quant à mon débit de barole supposément trop élevé, je vous rebercierais de ne pas vous en plaindre : il condrebalance votre côdé dacidurde.

— Je ne suis pas taciturne.

— Oh ! Si. Vous êtes le roi des dacidurdes, Walder. Le

chambion des renfrognés. Le seul et l'udique. Bais ça ne be dérange bas. Je veux dire, j'ai l'habidude, main… aïe !

Mon cri lui fait retirer précipitamment le tissu de mon nez, là où le frottement intempestif vient d'éveiller mes nerfs.

— Excusez-moi.

Mais comme l'éclat dans ses prunelles s'est intensifié, je ne suis pas certaine qu'il soit réellement désolé.

— Vous êtes sadique.

— Et vous, ensanglantée. Laissez-moi vous nettoyer, somme-t-il en déposant à nouveau le torchon imprégné d'alcool sur ma blessure.

— Alors soyez plus doux, je suis abîbée.

— Je vous demande pardon ?

— Abîbée. Je suis abîbée.

— Je ne comprends pas.

— A. Bî. Bée. Je suis abîbée, dis-je en pointant mon visage du doigt.

— Imbibée ?

— Non. Abîbée !

— Vous pouvez répéter ?

— Vous vous fichez de boi ?

Son air moqueur achève de me faire lever les yeux au ciel. Il reprend alors les soins avec application, tandis que je m'efforce de masquer le plaisir de le sentir d'humeur taquine.

Ses doigts frôlent mes pommettes, puis mes joues. Ils effleurent parfois le bout de mes lèvres, par inadvertance, et ce contact entraîne des frissons que je ne suis pas certaine de vouloir analyser. Ses gestes sont sûrs et ses mains libèrent le parfum sécurisant du cèdre et du cuir. Je me sens… bien. Trop, peut-être.

Nous n'étions jamais restés l'un contre l'autre aussi longtemps. Je n'avais jamais senti son souffle sur ma peau ni remarqué la finesse de ses traits.

Comme Stew, tout est noir chez cet homme. Sourcils, cils, yeux, et même ce début de barbe qui assombrit une mâchoire affûtée avec la précision d'une lame. En revanche, il possède quelque chose qui manque à mon ami.

Des taches de rousseur.

Elles sont minuscules et très nombreuses, étalées partout et sans distinction, comme ces ciels fourmillant d'étoiles qu'on peut voir en été, lorsque les nuages se dissipent assez pour les laisser briller.

— Je vous fais mal ?

Je reviens à son regard, dont la noirceur insaisissable ne me paraît plus si rebutante que ça.

— Vous froncez les sourcils, se justifie-t-il.

— Non. Non, vous êdes délicat. Ce sont vos taches de rousseur…

Incertain, il attend que je poursuive.

— Je n'avais jabais remarqué que vous en aviez, elles sont très discrètes. Comme vodre sourire qui n'abbaraît pas souvent.

— J'en fais rarement usage, admet-il.

— C'est dobbage, parce qu'il vous va bien.

Le torchon glisse avec une lenteur contrôlée sur ma pommette gauche. J'ignore si ce carré de peau a aussi fait les frais d'une porte vengeresse, mais c'est la dernière de mes préoccupations.

— Avec boi, vous souriez.

— Avec vous, je me sens en sécurité.

Le silence s'étend entre nous alors qu'il achève de me

désinfecter la peau. Le sang qui bat sous ma plaie adopte un tempo plus lent, plus paisible.

— Walder, je...

Je ne sais pas au juste ce que j'ai l'intention de lui dire. Que ses taches de rousseur me plaisent ? Que son charme se révèle de jour en jour ? Que je perds mes moyens de plus en plus souvent quand il me regarde, et que ça ne me ressemble pas ?

— Quatre.

Je cligne des paupières, fauchée par son intervention.

Lui entrouvre la bouche, aspirant un fin filet d'air. Le torchon s'éloigne de mon visage au ralenti.

— Vous avez quatre grains de beauté sous l'œil gauche, me dit-il. Je les ai remarqués le jour où vous êtes entrée dans le fumoir. Ils forment une ligne parfaitement droite, à égale distance les uns des autres.

L'aveu survient d'un coup, sans prévenir.

Si je sais bien une chose de Walter Burns, c'est que ses confessions sont comptées : mieux vaut ne pas les manquer. Alors, je m'installe plus confortablement au sol, une jambe repliée sous l'autre et l'arrière de la tête appuyée contre le comptoir.

33

Quatre

— J'ai remarqué que vous les regardiez souvent, murmuré-je en m'efforçant de réguler les soucis de prononciation dus à mon nez congestionné.

Il acquiesce. Dehors, le temps est aux bourrasques assourdissantes. En comparaison, la chocolaterie semble évoluer dans une bulle protectrice, isolée du tumulte par ses murs en briques et sa décoration de Noël.

— Quand une situation me met mal à l'aise, j'ai besoin de me raccrocher à quelque chose pour me recentrer. D'habitude, je compte ma respiration, me révèle-t-il. Par expérience, je sais qu'en inspirant et expirant quatre fois de suite, mon diaphragme se détend et la sensation d'oppression se dissipe.

— C'est une méthode de relaxation, constaté-je. Vous êtes sujet au stress ?

— Oui et non.

Il baisse la tête, un sourire pudique aux lèvres. Je me souviens de son comportement sur la route menant au lieu de la cérémonie de Yule : il observait les alentours avec une vigilance accrue, comme si un danger, n'importe lequel, s'apprêtait à lui sauter à la gorge.

Je n'avais pas imaginé que ce comportement cachait en réalité de l'anxiété.

— Quand nous nous rendions sur le lieu du rituel, je vous ai dit que je n'aimais pas l'inconnu parce que je ne pouvais pas le maîtriser. Il s'avère que le contact humain me fait aussi cet effet-là : comme je ne sais pas ce que pense la personne que j'ai en face de moi, je ne peux pas anticiper ses réactions. Est-elle heureuse ? Énervée ? Intéressée par ce que je raconte ou alors complètement réfractaire ? Est-ce que son langage non verbal est en accord avec ce qu'elle pense ? Les gens sont imprévisibles, parfois incohérents ou illogiques, et pour les comprendre, je dois dépenser beaucoup d'énergie.

Il m'explique avec ses mots qu'il n'est pas à l'aise en communauté. Qu'il doit étudier les plus infimes détails du comportement de chacun pour tenter d'interpréter leurs émotions de la bonne manière. Ça passe par l'observation des tics de langage, des expressions faciales, de la position des mains, des intonations de la voix, etc.

Tout s'explique.

— Mais malgré tout ça, ce n'est pas une science exacte. Je pourrai toujours répondre d'une mauvaise manière au cours de la conversation, dire une chose qu'il ne faut pas, blesser sans le vouloir… ne pas tomber juste. Les relations humaines sont naturelles et évidentes pour la plupart des gens mais pour moi, elles ressemblent souvent à un parcours semé d'embûches.

N'osant pas le couper et encore moins le brusquer, je me contente de hocher la tête.

— Avec le temps, j'ai appris à rester en retrait. J'ai arrêté de nouer de nouveaux liens pour éviter d'être confronté à ces situations-là. Et quelque part, je suis revenu à la case départ... Tout ce que j'avais appris à force de travailler sur moi-même s'est envolé ; mon retour au château d'Ackergill m'a permis de m'en rendre compte.

» Je me suis retrouvé dans un environnement peuplé d'inconnus avec toutes sortes d'événements imprévus, et je n'en avais plus l'habitude. Ce déjeuner d'ouverture hivernal m'a replongé brutalement dans tout ce qui me déstabilise. Je n'étais pas au mieux de ma forme, ce jour-là.

Je me rappelle l'intransigeance qui aiguisait son timbre de voix lorsqu'il s'adressait au personnel de maison. C'est la première impression que j'ai eue de lui : un homme autoritaire et glaçant.

— Dans ces moments-là, quand je me sens sombrer, deux options s'offrent à moi : me taire et laisser le temps agir, ou bien m'énerver en hurlant injustement sur le premier venu. Au fumoir, j'ai pris la deuxième solution.

— Mais c'est l'exception qui confirme la règle, contré-je aussitôt. Vous êtes la personne la plus taciturne et taiseuse que je connaisse.

Incroyable, comme je comprends mieux son tempérament à présent. Fou, comme on peut se méprendre sur une première impression, ou interpréter les gestes et les paroles de la mauvaise manière.

— Le silence m'évite de commettre des erreurs que je pourrais regretter. Cette stratégie est efficace, même si elle m'oblige à intérioriser.

— Ce qui vous empêche d'éliminer le mal et vous fait donc stresser plus longtemps, comprends-je.

Le tic nerveux de sa mâchoire m'indique que oui.

— J'ai besoin de respirer, de m'éclipser, de penser à autre chose ou bien… de me raccrocher.

L'embardée sur mes grains de beauté envoie une charge supplémentaire d'adrénaline dans mes veines. J'ignorais que ces taches brunâtres avaient la capacité d'apaiser un homme en apparence aussi stable que lui.

— C'est idiot, mais vos grains de beauté m'ont déjà aidé à me recentrer plusieurs fois, dit-il avec humilité.

— Ça n'a absolument rien d'idiot de vouloir garder la tête hors de l'eau, Walter. Quel que soit le moyen.

Une bouffée de compassion me rapproche soudain de lui. Sa vulnérabilité a rarement été aussi exposée, et je crois bien avoir un faible pour cette part-là de sa personnalité.

— Pourquoi mes grains de beauté, spécifiquement ? C'est parce qu'ils sont « parfaitement alignés » ?

— Pas tout à fait, non. Ce n'est pas tant la forme, mais plutôt le fait qu'ils soient quatre. Ce chiffre me rassure sans que je sache vraiment pourquoi… Je respire quatre fois de suite quand l'angoisse me prend. J'attends quatre secondes avant de m'exprimer lorsque je suis contrarié. Je compte jusque quatre pour tout et rien, c'est un peu comme un rituel.

Une pensée me percute soudain.

— *Aye*… ça tombe sous le sens.

— Que j'aie des manies ? avance-t-il.

— Non, que vous ayez porté votre dévolu sur ce chiffre en particulier.

Motivée par les nombreux enseignements de Mabel, je lui explique :

— Le chiffre 4 a une symbolique spéciale. En numérologie, il représente la stabilité, le concret.

Les individus dont le profil numérologique est le 4

portent les traits de l'organisation et de l'exigence. Ils agissent systématiquement de manière logique, et ils ont besoin de se créer un socle solide pour pouvoir avancer. Ils sont doués dans leurs domaines, parce que méthodiques et perfectionnistes. Ce sont des personnes à la fois fiables et de confiance, bien qu'elles démontrent une tendance à la rigidité.

C'est la définition même de cet homme.

— Dans le 4, vous retrouvez la sécurité d'un monde conforme et sans surprise, Walter. C'est pour ça que ce chiffre régit vos habitudes. Il vous tranquillise.

Il s'installe à son tour plus à son aise, venant s'adosser à mes côtés. Une de ses jambes s'étend près de la mienne, et il se met à observer les portraits des femmes Ferguson d'un air songeur.

— Mmh. C'est une théorie qui pourrait me parler.

— Elle va plus loin que ça.

Sa boucle noire se balance comme un pendule lorsqu'il m'adresse un regard interrogateur.

— Il n'y a pas que mes grains de beauté qui sont au nombre de 4. En fait, le monde entier fonctionne par 4 : on a les quatre points cardinaux, mais aussi les quatre phases de la Lune, les quatre saisons, les quatre éléments… même le cycle du soleil s'articule autour de deux équinoxes et de deux solstices.

J'ébauche un petit sourire avant de reprendre :

— Le 4 est partout autour de vous, même si vous ne le voyez pas forcément. Ça devrait vous rassurer un peu, non ?

Mon discours semble se frayer un chemin dans son esprit car il opine à plusieurs reprises.

— Quand vous sentez que vous vous apprêtez à

perdre pied, vous n'avez pas besoin de vous raccrocher à quelque chose de précis, comme les grains de beauté d'une Écossaise un peu trop bavarde. Connectez-vous plutôt au monde qui vous entoure, tout simplement. Il ne vous veut que du bien.

Il laisse mes paroles traîner dans le silence de la réflexion.

— Vous avez une façon étonnante de voir les choses, me dit-il au bout d'un moment.

— Pour ça, les relations humaines sont importantes : elles offrent d'autres angles de vue.

— Merci, Robyn.

— Avec plaisir.

Je m'appuie de nouveau contre le comptoir, ses yeux braqués sur mon profil. Je le devine qui m'étudie calmement, un sourire au coin des lèvres. Je sais aussi que je lui ai menti : je ne veux pas qu'il arrête de se raccrocher à moi quand les choses vont mal pour lui.

Une nouvelle rafale de vent me tire de mes pensées : dehors, l'ambiance a viré à l'apocalypse. Les rues s'apparentent à une soufflerie géante et les nuages s'agglutinent au-dessus de la ville, créant une masse épaisse et opaque où la neige déferle en cascade.

Les murs de la chocolaterie craquent comme de vieilles articulations. Plusieurs fois, je crains que le conduit de cheminée s'effondre sur lui-même, que les vitres explosent ou que la toiture s'envole.

Walter, lui, prend les choses en main : ne pouvant pas quitter les lieux pour le moment, il retrousse les manches de son pull et il consolide les fenêtres à l'aide d'objets dénichés sur les étagères de la boutique. Je ne suis pas sûre que les portraits de mes râleuses d'ancêtres seraient ravis de voir leurs moules à cake utilisés comme des volets intérieurs, mais comme j'ai déjà l'empreinte d'une porte sur la figure, je ne vois pas bien ce qui pourrait m'arriver de pire.

Me sentant mieux, j'en profite pour allumer un feu et sauver les préparations de desserts qui peuvent encore l'être.

— Combien de temps reste-t-il avant que tout doive aller à la poubelle ? me demande Walter.

Il jette un œil circonspect aux tables de l'arrière-boutique ; elles sont jonchées de matériel sale et de bols dégoulinants de pâtes en tous genres.

— Tout dépend de la sensibilité de l'estomac des convives...

Je soupire. Même lui n'est pas parvenu à ramener le courant. Le travail engagé avec Bonnie n'aura servi à rien si la tempête rechigne à nous rendre l'électricité.

Je mets une plaque de mignardises à la vergeoise et aux pépites de chocolat sous aluminium, quand j'aperçois Walter se prendre de passion pour l'un des saladiers.

— C'est une préparation de moelleux sans œufs, lui apprends-je. Vous pouvez goûter, ça n'est pas encore bon à jeter.

— Il y a du chocolat à l'intérieur ?

— Blanc, *aye*.

— Je n'aime pas le chocolat.

Je pose un poing contre ma hanche, le sourcil cynique.

— Ça, c'est l'excuse qu'on donne quand on fait attention à sa ligne. Essayez, je vous assure que vous allez vous régaler.

Il plonge un index dans la mixture épaisse et j'observe avec attention sa réaction, convaincue du talent de Bonnie pour les moelleux au chocolat blanc, et déjà prête à recevoir des éloges.

— C'est bien ce que je pensais : c'est dégoûtant.

— Quoi ? Non ! Vous exagérez...

— C'est immangeable, déclare-t-il sur un ton impeccablement neutre.

— Vous avez les papilles défaillantes, Walter !

— La vanille est nettement plus intéressante, insiste-t-il. Elle a plus de relief en bouche.

— De... *relief* ? Et vous dites ça à la chocolatière avec qui vous êtes coincé au beau milieu de sa chocolaterie ? Je croyais que vous saviez flairer le danger...

Il croise les bras contre son torse, soudain joyeux. Des rides s'étendent en arc de cercle aux coins de ses yeux pétillants.

— Vous êtes vraiment en colère pour une histoire si futile ?

— Je déteste quand vous utilisez ce mot !

Il secoue la tête, amusé. Une réaction inattendue qui me plaît plus que de raison.

— D'accord, alors faites-moi goûter une autre de vos créations, si ça vous tient tant à cœur que ça. Peut-être que les moelleux et moi n'avons pas d'atomes crochus.

Je récupère la plaque de mignardises à moitié emballée et le rejoins, déterminée à prendre ma revanche. Il en va de la réputation des Ferguson.

— Vergeoise et pépites de chocolat, annoncé-je. C'est l'un des mélanges les plus gourmands, les plus craquants, les plus réconfortants, les plus...

Le petit gâteau disparaît dans sa bouche. Je vois naître une ride de révulsion entre ses sourcils au bout de quelques secondes à peine.

— Vous avez mis quoi d'autre à l'intérieur ? demande-t-il, l'air d'endurer un supplice. Cet ingrédient laisse une impression de rance.

Mon regard s'assombrit.

Frustrée, je le contrains à tester la préparation de mendiants aux pistaches, les financiers aux deux chocolats, les truffes à la confiture d'orange, la mousse au praliné, le pain d'épices aux éclats de chocolat au lait, une tablette des plus basiques… sans résultats. Son palais est un spécimen incompétent, incapable de comprendre qu'il est en train de déguster les meilleurs mets chocolatés de sa vie.

— Robyn, non !

Walter rejette la tête en arrière quand je tente de déposer un énième carré de chocolat noir dans sa bouche.

— Celui-là a été fait à partir des fèves de cacaotiers d'Équateur.

— Vous allez me faire exploser ! dit-il en bloquant mon poignet dans sa main.

— Mais les arômes sont incroyables ! Floraux, avec une petite touche fruitée à la fin, ça ne vous tente pas ?

Son sourire s'élargit tandis qu'il se débat. Nous serpentons à travers l'arrière-boutique, moi essayant de lui enfourner mes chocolats pour lui prouver qu'il a tort, lui me repoussant à l'aide de la main ne tenant pas mon poignet.

Je le vois qui se retient de rire. Un détail non négligeable et qui me pousse à continuer.

— Je vais finir par vous faire mal si vous continuez !

— Je ne suis pas en sucre… contrairement à ce chocolat, qui en contient environ 20 %. Du sucre de première qualité et non traité pour préserver tous les arômes du…

— Robyn !

— Mettez-le juste dans votre bouche et laissez-le

fondre sur votre langue, je vous promets de vous laisser tranquille après…

Mon dos absorbe un choc. Une surface dure. Le réfrigérateur, j'imagine, vu ma position dans la pièce.

Walter maintient toujours mon poignet dans sa main. Son visage se confond à une obscurité dont je n'avais pas réellement pris conscience jusqu'ici ; et, faute de me rendre la parole, elle amplifie des sensations confuses.

Les terminaisons nerveuses de mon poignet sont en feu. Des gerbes d'étincelles crépitent dans le creux de mon ventre et se répandent partout dans mon corps sous l'attraction d'un regard d'obsidienne.

Walter me fixe, silencieux. Je m'efforce de ne pas laisser paraître ce que je ressens, mais la puissance de son regard amenuise mes forces.

J'y vois de l'assurance. Surtout, quelque chose d'enfoui. De plus énigmatique et troublant…

— Je suis désolé.

Son murmure frôle mon visage.

— Vous ne m'avez pas fait mal, dis-je en me retenant de déglutir.

Ses yeux quittent un instant les miens pour glisser plus bas. J'ai une conscience aiguë de l'énergie qui gravite entre nous, de l'air qui se charge d'électricité. Et des picotements sur mes lèvres.

Difficile d'ignorer ce qu'il provoque en moi.

— Je devrais…

Il ne finit pas sa phrase. Nos respirations se calent l'une sur l'autre tandis que son torse effleure ma poitrine, mu par une force irrésistible.

Sa boucle noire touche mon front. Des odeurs entêtantes m'enveloppent. Les siennes. La tiédeur de sa peau fait naître des frissons sur la mienne.

Il est si près que je me retrouve à ne plus pouvoir le regarder dans les yeux, et j'apprivoise ces besoins troublants. Petit à petit, j'accepte l'idée de ressentir du désir pour cet homme.

— Robyn...

Un fracas retentit.

Avant même que je comprenne que le bruit provient d'une fenêtre brisée à quelques mètres de nous, Walter m'a déjà écartée du danger ; son corps recouvre le mien comme une coque protectrice.

Quelques secondes brouillonnes s'écoulent, où mon cœur bat à mille à l'heure et mon cerveau s'emploie à reconnecter ses synapses abîmées par l'adrénaline.

— Je n'avais pas encore sécurisé celle-là, maugrée-t-il en se redressant.

Il s'empare de plusieurs plaques à pâtisserie et les arrange pour colmater le trou laissé par la vitre explosée, marchant sur des débris.

Moi, je reste un peu vaseuse. Mon cœur continue de tamponner, mes yeux refusent de le lâcher, mes jambes sont devenues cotonneuses. Si je reviens peu à peu à la réalité, mon esprit erre toujours dans un entre-deux étrange.

Dans une dimension parallèle où je voulais ce baiser.

34

Dans Les Décombres

La nuit débarque au milieu d'une tempête qui n'en finit plus de terrasser les environs. Moyens de communication inutilisables obligent, nous n'avons aucune nouvelle du monde extérieur ; Bonnie est-elle rentrée saine et sauve ? La toiture du cottage tient-elle le choc ? Autant de questions sans réponses.

Les murs de la chocolaterie se tapissent de la lumière orangée du bois qui craque dans l'âtre de la cheminée. Les *luminarias* dispersés çà et là parmi les branches de conifère et les rameaux de houx apportent eux aussi leur dose de chaleur. Ces petites touches lumineuses me permettent d'avoir autre chose à regarder que mon voisin.

Walter n'a pas dit un mot depuis tout à l'heure.

Nous avons retrouvé nos positions au sol, face aux portraits dont les ombres s'étirent au mur. Je ne sais pas à quoi il pense, mais je m'abstiens de le lui demander. Un goût d'inachevé me perturbe mais c'est surtout l'envie de recommencer qui me travaille.

Lasse de mes émotions, je pose une main sur mon ventre. Les sensations qui y papillonnent s'intensifient de minute en minute et je ne parviens pas à les contrôler.

— Vous devriez manger quelque chose.

Walter pose un regard sur mes mains. Je comprends alors qu'il se méprend sur mon geste mais, à nouveau, je ne dis rien.

Déjà debout, il contourne le comptoir et s'empare d'un bocal de pâtes de fruits, qu'il me tend une fois rassis.

— Merci.

Je les avale mécaniquement. Une à une, les pensées troubles. J'ai le temps de frôler une indigestion avant qu'il n'élève à nouveau la voix :

— J'irai parler à mon frère dès que le temps se sera calmé.

Je pose le bocal sur mes jambes, un peu surprise ; le ton de sa voix se veut décidé, il semble avoir réfléchi à cette idée.

— Je ne suis pas certaine que ce soit la bonne chose à faire, Walter…

— Il n'y a qu'en discutant avec lui que je pourrai savoir s'il a oui ou non pris les lettres.

— Mais il saura que vous avez des doutes sur sa culpabilité. Ça risque de le vexer. Vous n'avez pas peur d'abîmer votre relation avec lui ?

— Je n'ai pas le choix : le dîner de Noël se déroule demain soir, ou ce soir si nous avons passé minuit. Si je n'ai pas retrouvé les lettres d'ici là, Margot Simonsen nous réclamera un remboursement que nous ne serons pas en mesure d'honorer.

Il pivote vers moi.

— Je refuse d'entendre votre argument s'il y a le mot « papyrus » à l'intérieur, ajoute-t-il.

Je referme la bouche et serre la mâchoire, prise sur le fait.

— Ce papyrus pourrait quand même vous sortir d'affaire, vous et votre famille...

Il soupire avant de répondre :

— Nous n'aurons pas cette discussion à nouveau. De toute façon, c'est très simple : si vous vendez cet objet, nous refuserons votre argent.

— À moins que je sois votre dernière solution.

— Je m'assurerai qu'aucun des Burns n'accepte votre offre, soyez-en certaine. Il suffira de leur dire qu'une dette envers les Ferguson les attend et ils vous renverront d'où vous venez.

Il ramène ses genoux contre lui et y pose les coudes, les traits marqués par la fatigue. Au fond, je pense qu'il a conscience que ma proposition sauverait les Burns. La lutte qu'il mène activement afin de trouver une autre échappatoire lui esquinte les neurones.

— Que contiennent ces lettres ? lancé-je pour alléger un peu l'ambiance. On s'échine à les chercher depuis des semaines, mais personne n'a parlé de ce qu'elles racontent.

— Ce sont des lettres d'amour.

La faible luminosité de la pièce n'éclaire que certaines parties de son visage. Les endroits marqués et saillants. Pommettes. Mâchoire. Arc des sourcils. Il en ressort une impression de gravure qui m'impressionne autant qu'elle me fascine.

— Je ne saurais pas vous donner les mots exacts, mon grand-père ne les a ouvertes qu'une seule fois pour nous montrer, à Stew, Emilia et moi leur contenu, mais des bribes me sont restées en mémoire. Ce sont des mots adressés par les soldats à leurs compagnes.

— Les vingt-trois lettres ne parlaient que d'amour ?

Il hausse une épaule désinvolte.

— C'est tout ce dont je me souviens.

— J'imagine que c'est un sentiment qui doit aider à tenir bon quand on vit sur un champ de bataille.

Il ferme les yeux un instant, la tête en appui contre le comptoir ; je le vois déglutir puis se raidir très légèrement, comme s'il était soudain parcouru par une pensée désagréable.

Si je ne m'en formalise pas, la répétition de ces mouvements parasites au cours de l'heure finit par me rendre plus vigilante : il est enfermé dans un endroit qu'il ne connaît pas, sans savoir quand il pourra retrouver son frère ni à quel moment sa discussion avec lui aura lieu. J'imagine que l'accumulation d'imprévus commence à peser sur son moral, et son flegme s'en ressent.

En silence, je me redresse et je saisis précautionneusement la main qu'il a laissée pendre sur son genou ; il rouvre les yeux à mon contact.

— Laissez-vous faire, murmuré-je.

Sous son regard évaluateur, je pose alors mes doigts sur les siens. Index sur index, majeur sur majeur, annulaire sur annulaire… tous, excepté le pouce. Puis, j'effectue de légères pressions successives.

1, l'index. 2, le majeur. 3, l'annulaire. 4, l'auriculaire.

Je réitère le geste autant de fois que nécessaire, dans l'espoir qu'il dirige son attention sur ces points de pression plutôt que sur ses tourments.

— Je détestais le mardi quand j'étais plus jeune, dis-je en poursuivant ma diversion. C'était le jour de la poésie.

Mme Wagner, ma professeure de l'époque, vouait une véritable passion à Walter Scott : elle nous demandait régulièrement de mémoriser des passages du *Lai du dernier ménestrel* et de les réciter devant la classe… j'en faisais des cauchemars.

1, l'index. 2, le majeur. 3, l'annulaire. 4, l'auriculaire.

— Mabel a fini par remarquer que j'angoissais chaque mardi matin, avant d'aller à l'école. Mon porridge ne passait vraiment pas… Du coup, elle m'a donné un tuyau tout bête pour que je puisse monter sur l'estrade sans craindre de vomir mes tripes devant tout le monde : me pincer le pouce et l'index.

1, l'index. 2, le majeur. 3, l'annulaire. 4, l'auriculaire.

— Ça peut paraître bête dit comme ça mais le fait de concentrer son attention sur la pression des doigts permet au corps de penser à autre chose, et donc, d'oublier le problème qui nous encombre.

Une petite virgule apparaît au coin de sa bouche.

— Et ça fonctionnait ?

Je souris.

— Pas du tout, non. Je bégayais et je rougissais, c'était infernal. J'espère que ma variante sera plus efficace.

1, l'index. 2, le majeur. 3, l'annulaire. 4, l'auriculaire. Walter retrouve un silence observateur, me contemplant à travers l'obscurité magnifiée par le flamboiement des bûches.

Ses épaules se relâchent au bout de quelques minutes. Mieux, il finit par clore à nouveau les paupières, comme si la tension qui contractait son corps avait décidé de lui laisser un peu de répit.

1, l'index. 2, le majeur. 3, l'annulaire. 4, l'auriculaire.

Je continue d'appuyer sur la pulpe de ses doigts pendant

ce qui me semble durer une éternité. Les minutes deviennent des heures, le temps s'étire dans mes mouvements répétitifs.

La neige qui se déchaîne à l'extérieur ne forme bientôt plus qu'une mélodie lointaine à mes oreilles. Le crépitement du feu m'apaise. Mes yeux brûlent à force de lutter pour rester ouverts.

Le sommeil m'emporte doucement, quand une sensation de chaleur vient cueillir ma joue.

La main de Walter.

Elle m'attire vers lui avec une infinie délicatesse pour déposer ma tête sur son épaule, qu'il ajuste pour m'éviter d'avoir à me tordre le cou.

1, l'index. 2, le majeur. 3...

Je m'endors contre lui, ma main dans la sienne.

Il fait jour quand j'émerge. Les raideurs naissantes dans ma nuque s'ajoutent aux fourmis dans le bras que j'ai écrasé sous ma tête.

Je me redresse laborieusement, bouffie et courbaturée, tout en secouant mon membre endolori afin d'y faire circuler le sang à nouveau.

La lumière qui perce à travers les plaques à pâtisseries installées sur les fenêtres dessinent quelques faisceaux sur le plancher de la chocolaterie. Je réalise qu'il m'a servi de matelas inconfortable, cette nuit. Je grimace à l'éveil d'autres douleurs au niveau de mes lombaires, puis je me fige en sentant le poids d'une couverture sur mes épaules.

Elle est en laine, munie de manches et elle sent bon le cèdre et le cuir.

— Walter ?

Je place son manteau sous mon bras et m'empresse de faire un tour des lieux... en vain. Il est parti.

L'arrière-boutique porte encore les stigmates de notre soirée. Je déambule au cœur du désastre, déplorant les préparations de pâte à jeter, les gâteaux qui ont séché et les éclats de verre formant un tapis brillant et dangereux au sol. Le réfrigérateur ravive quant à lui des pensées déviantes.

Je soupire et entreprends de rendre les lieux plus présentables ; les rafales de neige ayant disparu, ma famille ne va pas tarder à quitter le cottage pour me rejoindre. J'aimerais leur éviter une crise cardiaque.

Je lustre les surfaces, remplis des sacs poubelles à la chaîne et passe le balai en combattant les images de Walter qui ne cessent de m'encombrer la tête ; ses taches de rousseur malmènent ma concentration ; sa boucle noire me fait déglutir ; sa bouche me…

Je suis tombée sous son charme. Impossible de le nier. Impossible de faire marche arrière.

Depuis quand je le trouve beau ? Vraiment beau, je veux dire. Beau à l'intérieur. Beau dans sa fragilité, dans son humanité. Quand est-ce que mon corps a décidé qu'il allait agir de façon disproportionnée en sa présence ? Depuis quand je suis attirée… à ce point ?

Je poursuis le décrassage du mobilier avec le double de rigueur, chaque tache effacée me donnant l'impression de remettre un peu d'ordre dans mon esprit.

En astiquant les pieds meurtris de la commode à ustensiles, à quatre pattes sur le plancher, j'aperçois un petit bout de ruban adhésif. Il est à moitié collé au bas de la commode, sous le caisson. Et il n'a rien à faire là.

Je gratte un peu, puis je tire dessus.

Quelque chose tombe.

Ma main tâtonne à l'aveugle puis saisit un objet coincé

sous le meuble. La texture me surprend, elle est râpeuse et douce à la fois, comme ces tissus de mauvaise qualité passés trop souvent en machine.

La curiosité grandit quand je l'amène devant mes yeux.

— Qu'est-ce que…

Ce sont des papiers, pliés et tassés. Tellement jaunis et maculés de bavures que j'ignore s'ils ont réellement été blancs un jour.

Du doute, je passe à l'incompréhension, puis rapidement, mon sang se glace.

— Non…

Mes tempes se mettent à battre furieusement. Je fais défiler les feuilles entre mes doigts tremblants, de plus en plus horrifiée à mesure du décompte.

Il y en a vingt-trois.

Vingt-trois lettres.

35

DÉCHIRURE

Ma voiture refuse de démarrer. J'imagine que la chute des températures a gelé ses tuyaux internes.

Frustrée au possible, je claque la portière et décide de parcourir le trajet à pied. Il est grand temps de prouver au monde que mes cuisses ont bel et bien le même talent que celles d'Usain Bolt.

Je traverse Wick avec le cœur au bord des lèvres. Ma main refuse de lâcher la liasse de lettres enfoncée dans la poche du manteau de Walter, que j'ai gardé sur le dos. Je n'arrive pas à croire qu'elles soient restées cachées ici pendant tout ce temps... À la chocolaterie. Chez nous. Dans l'arrière-boutique qui plus est, un endroit auquel personne n'a accès en dehors de ma famille.

Le voleur des lettres des soldats de Cromwell fait partie de mon clan. Bon sang... *le voleur des lettres est l'un des miens !*

Cette vérité refuse de s'imprimer dans ma tête. Toutes

ces hypothèses et ces théories, toutes ces recherches et ces désillusions… pour ça ?

Incapable de me réjouir, je passe complètement au-dessus du fait que Mme Simonsen va retrouver son bien, que le château n'aura pas à être vendu et que le papyrus de mon aïeul restera dans ma famille. Je ne pense qu'à la culpabilité, elle s'insinue en moi et me fait me sentir comme une pomme rognée jusqu'au trognon.

Il y a un fruit pourri chez les Ferguson.

Cœur loyal, esprit fidèle ? Tu parles ! Comment ce traître a-t-il pu garder ce secret aussi longtemps alors que nous croulions sous les problèmes ? J'en ai des envies de meurtre.

Le paysage fume au travers des rayons matinaux et aucune voiture ne me dépasse. Des arbres ont perdu leurs branches et des blocs de neige traînent sur le bas-côté, comme si le vent les avait poussés contre leur bon vouloir. Le même désastre s'étend à l'intérieur de moi.

Je ne saurais pas dire le temps que me prend ce trajet au pas de course, mais j'ai les poumons engourdis de froid au moment d'atteindre les grilles fermées du château.

— OK. Tu peux le faire, Robyn.

Je peux le faire.

Cette fois, hors de question de tripatouiller pendant des heures autour du domaine dans l'espoir de me faufiler à travers un trou ; Walter va confronter Stew. Pire, il portera les accusations sur lui. Or, j'ai désormais la preuve que son petit frère n'a pas la plus petite part de responsabilité dans cette affaire.

Je refuse que cette famille aux liens mal ficelés s'embourbe dans les complications d'une nouvelle mésentente. Ils ont déjà trop à faire avec leur passé pour que le présent vienne s'en mêler.

Déterminée, je m'élance et agrippe mes doigts aux barreaux.

Ai-je déjà escaladé une grille ? Non.

Ai-je déjà eu une idée aussi ridicule ? Difficile à dire.

Je me hisse comme je peux, mes bras se tordant dans des angles improbables et mes jambes se balançant comme une danseuse de claquettes du siècle dernier.

Si je parviens à atteindre le haut de la grille, ça n'est pas sans contrepartie : plusieurs moulures taillées en pointe se plantent dans mon ventre, entre deux côtes pour la première et dans le foie pour la seconde. Je grogne de douleur en entreprenant de passer de l'autre côté.

Une vaste blague.

Le manteau de Walter s'accroche à l'un des pics givrés avec une ténacité admirable et je reste à moitié coincée, une jambe tendue à l'horizontale, l'autre dégringolante. À croire que ce bout de laine a décidé de me compliquer la tâche, lui aussi.

— Allez... je t'en supplie !

Je tire sur le pan bloqué jusqu'à m'en dépêtrer, puis glisse le long des barreaux en produisant un horrible son strident.

À peine au sol, des aboiements me font tourner la tête. Quatre minuscules points émergent du fond du domaine. Petits. Puis plus ovales. Munis de pattes. Bientôt de dents.

Je détale comme si ma vie en dépendait

Je trace une ligne droite jusqu'au château dans la peur, la sueur et la confusion ; les chiens vocifèrent dans mon dos. J'entends leur course effrénée dans la neige, leur essoufflement dans l'air saturé de brume. C'est le moment que choisissent mes neurones pour me rappeler que Skye et Lassie peuvent arracher un mollet en quatorze secondes.

— Ouvrez-moi !

J'arrive aux abords de la porte cochère avec un bras en l'air. Par chance, des camionnettes sont déjà garées aux abords de l'entrée ; je reconnais les MacKinnon dans le coffre de l'une d'entre elles.

Le fils et le père extirpent d'énormes caisses isothermes qu'ils empilent entre leurs bras, les odeurs de marée et de hareng m'indiquant qu'ils viennent livrer les stocks de poisson pour le réveillon de Noël.

— La porte ! m'écrié-je, à bout de souffle.

Le fils MacKinnon m'observe avec un air perplexe.

— LA PORTE !

— Elle est ouverte, Miss Ferguson !

Je passe en trombe devant eux, pousse le bois de l'épaule et le referme aussitôt. *Plus jamais.*

Hors d'haleine, mais trop pressée par le temps pour m'en préoccuper, je me mets à explorer les salles crépitantes de monde. Mettre la main sur Walter aurait été plus facile si je connaissais précisément le plan d'Ackergill…

Le personnel du château ne se soucie pas de ma présence. Chacun est occupé à courir d'une salle à l'autre avec des guirlandes lumineuses sur les épaules et des nappes en tartan sous le bras. L'effervescence est partout, le stress, palpable.

Je visite les pièces communes du rez-de-chaussée, puis je monte au premier étage, où je répète le même manège : les portes sont ouvertes et refermées en vain. L'angoisse commence à me tordre les boyaux, quand un rire familier fuse dans mes tympans.

Le rire de Stew pourrait s'entendre à travers le mur d'une chambre capitonnée.

Je retrouve sa silhouette massive au bout du couloir, après une enfilade de bibliothèques aux portes en verre. Malheureusement, tout ce que j'avais d'optimisme s'effondre en un instant.

Mes efforts n'ont servi à rien.

Il est en train de parler avec Walter.

— Tu n'es pas sérieux ?

Je m'approche aussi discrètement que possible. L'hostilité dans leurs attitudes me somme de me faire petite.

— Tu as retourné les Highlands pendant des semaines pour finir par me mettre cette histoire sur le dos ? lâche Stew, d'une voix cynique. Tu déconnes, pas vrai ? Dis-moi que tu plaisantes.

— J'essaie de comprendre, c'est tout.

L'ours contre le loup. Les deux se font face avec leurs caractéristiques propres : le sarcasme pour Stew, l'impassibilité pour Walter.

Si l'un a l'air de voir un immeuble lui tomber sur la tête tant il paraît choqué, l'autre arbore une mine imperturbable. Enfin, aussi imperturbable que les apparences sont trompeuses quand il s'agit de Walter.

Stew se remet à rire. Le dédain et la blessure d'ego se ressentent dans ce bruit qui sonne faux.

— Il n'y a rien à comprendre, Walter : ce n'est pas moi qui ai volé tes putains de lettres ! J'arrive pas à croire que tu m'accuses d'un truc pareil ! Je savais que tu avais perdu la tête depuis que William était mort, mais pas à ce point !

— Grand-père n'a aucun lien avec la situation actuelle, objecte Walter.

Si son timbre est posé, une menace semble fermenter en dessous.

J'avance encore et ouvre la bouche, pensant que le moment est venu d'intervenir, mais Stew m'interrompt.

— Grand-père a tout à voir là-dedans. Tu étais le gamin le plus sympa du monde avant qu'il décède. Du jour au lendemain, tu t'es renfermé, tu es devenu cette espèce de glaçon calculateur qui ferait flipper n'importe qui.

— Ça n'est pas le sujet.

— Tu ne ressens aucune émotion, même pas pour ton propre frère ! Regarde-toi : rien qu'en ce moment, tu m'accuses d'une chose gravissime et tu n'as même pas un putain de froncement de sourcils ! Tu crois que je veux détruire notre famille ? Ce château est toute mon enfance, Walter, tu devrais le savoir !

— Et tu en veux à nos parents de t'avoir envoyé loin d'Ackergill.

— Quoi ?

Stew redresse la nuque, un peu perturbé. Walter en profite pour renchérir :

— Tu me parles de comportement, mais je ne suis pas le seul à avoir changé. Tu t'es transformé, et ça a conduit à une rupture. Tu étais enragé à l'idée de partir à Gordonstoun, Stew, au point d'avoir coupé les ponts avec ton entourage, qu'il soit amical ou familial.

— Et ? Quel rapport avec les lettres ?

— La vengeance. Gordonstoun ne te plaisait pas et tu en voulais aux parents. Tu as cherché un moyen de te venger d'eux pour ce qu'ils t'ont fait ressentir à l'époque.

Cette fois, Stew frappe dans ses mains, mimant un applaudissement avec toute l'ironie dont il sait faire preuve.

— C'est magique. Non, vraiment, tu es magique, grand frère !

Je ne sais soudain plus si je dois me mêler à leur jouxte ou non. Le ton qu'ils emploient a beau être taché de ressentiments, ils se disent enfin la vérité. Et ça, c'est une bonne chose. La franchise est un matériau indispensable aux relations durables. Et, quelque part, elle est aussi un passage obligatoire pour qui veut repartir sur de bonnes bases.

Pensant faire au mieux pour eux, je reste alors en retrait. Stew reprend d'une voix glaciale :

— Je n'avais aucune envie de partir à Gordonstoun, c'est vrai. Mais comme n'importe quel ado qui ne veut pas être envoyé loin de chez lui, Walter. Donne-moi le nom d'un seul gosse qui n'a jamais piqué de crise quand ses parents ont dit non à la nouvelle console de jeu ? Quand on l'a empêché d'aller voir ses amis ? Quand on l'a forcé à manger des légumes qu'il déteste ? J'ai réagi avec immaturité parce que j'étais jeune. Parce que j'étais comme ça. Parce que ça me rendait dingue et qu'il fallait que j'extériorise...

Il prend une longue inspiration.

— ... Mais tout ça, c'est du passé. J'ai grandi, je suis parti à Édimbourg. J'ai arrêté d'en vouloir aux parents il y a des années, sauf que tu n'étais pas là pour le voir parce que tu vis en Angleterre, et que ça t'arracherait le cœur de prendre de nos nouvelles.

— Arrête...

— Arrête quoi ? D'être franc ? *Tu* t'es éloigné de cette famille, qu'est-ce que j'y peux ? William est mort et tu...

— Arrête avec William !

Walter fait un pas en avant, défiguré par une émotion

que je ne parviens pas à déchiffrer. Une forme de colère et de chagrin entremêlés. De la douleur.

Stew lui tient tête, avançant également d'un pas pour mieux enfoncer l'acier de son regard dans celui de son frère. Ils se toisent. Se jaugent. Et ils donnent l'impression désagréable de vouloir en découdre.

— Je sais que tu t'en es toujours voulu d'avoir été le dernier à apprendre pour sa crise cardiaque, mais il fallait être là, Walter. Il fallait prendre ton téléphone. Il fallait lui demander comment il allait au lieu de te focaliser sur tes études. Tu ne…

— Tu penses que je ne le sais pas ! ?

La colère soudaine de Walter me fait sursauter.

— J'aurais dû être présent, je le sais. Évidemment que j'aurais dû !

Il écarte les bras, dans un geste à la fois furieux et incontrôlé.

— Si j'avais été plus vigilant, j'aurais vu les signes avant-coureurs et j'aurais pu réagir ! C'était moi, le plus proche de lui ! J'ai manqué de tout, de prévoyance, de prudence, d'attention… C'est avec moi qu'il… J'étais son petit-fils, Stew !

Il secoue la tête, pris dans sa propre confusion. Peinant à recouvrer son calme, il ajoute :

— William est parti et je n'ai rien pu faire contre ça. La culpabilité, je la ressentirai toujours, tu n'as pas besoin de me la rappeler. Elle a changé la personne que j'étais et je dois composer avec, c'est tout ! Ce n'est pas parce que je ne fronce pas les sourcils que je ne ressens rien, Stew. Ça n'est pas non plus parce que j'ai des doutes sur ton implication dans le vol des lettres que tu n'es plus mon frère !

Stew ne répond pas. Ses yeux sont arrimés aux miens et je crois qu'une part de pudeur l'a rendu muet.

Sentant que l'ambiance dans le couloir a brusquement changé, Walter cesse lui aussi de s'exprimer.

De l'explosion, il passe à l'incompréhension, puis à l'aberration de me voir ici.

J'aimerais leur expliquer que j'ai été coursée par des chiens, que j'ai escaladé une grille, que j'ai retrouvé les lettres à la chocolaterie, que je porte le manteau de Walter parce que je m'y sens bien et que le froid a tiré sur la blessure de mon visage à m'en donner mal à la tête. Mais je ne dis rien.

Les révélations dans ce couloir ont rendu l'air trop épais. Lourd de sens. Je ne me sens pas à ma place.

Walter se passe une main sur le menton, comme s'il reprenait peu à peu conscience de la réalité et qu'elle ne lui plaisait pas beaucoup. Il est blême, un peu avachi. Son honnêteté l'a vidé de ses forces.

Sans un mot, et sans un regard pour son frère, il tourne les talons ; je le vois s'éloigner d'un pas sec dans le couloir, pour prendre l'une des portes sur la droite, et emporter avec lui l'orage qui gronde au-dessus de sa tête. Il s'engouffre dans la pièce avec la résolution d'un point final.

— Il croit que j'ai volé les lettres des soldats de Cromwell.

Stew est blessé. Son air oscille entre amertume et virulence. Ses bras sont croisés contre un torse crispé.

Si je devais voir le côté positif des choses, je dirais que leurs réactions se ressemblent, et qu'elles prouvent combien ils tiennent l'un à l'autre.

— Je sais, *aye*, réponds-je. J'ai eu des doutes, moi aussi.

Interdit, il s'apprête à rétorquer, mais je l'arrête d'un pincement de lèvres désolé.

— Ça n'est pas toi, j'en suis maintenant sûre. Mais Walter n'a pas encore eu la preuve devant les yeux, alors essaie de ne pas trop lui en vouloir, s'il te plaît. Il lui faut une explication logique et concrète, et pour l'instant, il lui manque le concret.

— Attends... Tu prends sa défense, là ?

— J'aimerais juste que cette histoire ne reste qu'un malentendu, et que vous réussissiez à vous retrouver.

Comme il ne trouve pas quoi répondre, je poursuis.

— Vous vous entendiez bien quand vous étiez plus jeunes, non ? Vous êtes des frères, vous avez le même sang. Il n'y a pas de raison que vous n'arriviez pas à passer au-dessus de tout ça.

— J'ai l'impression qu'on n'a pas entendu la même chose, toi et moi. Comment est-ce qu'il peut ne pas me faire confiance à ce point-là ? C'est du délire !

— Ce n'est pas une histoire de confiance envers toi, Stew. Walter ne voit pas le monde comme nous. Il imagine le pire, tout le temps. Et il est persuadé que le pire va arriver. Qu'il doute de sa propre hypothèse, celle qui te place en tant que coupable, c'est presque une déclaration d'amour venant de lui.

Moyennement convaincu, il considère pourtant ma réflexion. S'il a réussi à pardonner à ses parents de l'avoir envoyé dans un pensionnat contre son gré, il est largement capable de dire à son grand frère qu'il n'est pas si imbuvable que ça, même quand il se trompe.

— Tu n'y as pas été de main morte avec lui non plus, ajouté-je.

Un éclair de culpabilité traverse ses pupilles meurtries. Il jette un bref coup d'œil à la porte derrière laquelle Walter a disparu, avant de fourrer une main nerveuse dans ses cheveux. Un soupir s'échappe de ses lèvres.

— Il faut que je prenne l'air, déclare-t-il finalement. Je vais finir par imploser si je reste ici.

— Tu ne veux pas essayer d'aller le voir, plutôt ? Vous crèveriez l'abcès plus vite.

— Pas maintenant, Robyn. J'ai besoin de décompresser, et je crois que ce serait une mauvaise idée d'entrer dans sa chambre en ce moment. Je verrai tout à l'heure.

— Promis ?

Il m'offre un sourire furtif puis s'engage déjà vers l'escalier, avec l'air de porter un sac de ciment sur les épaules. La charge d'ondes négatives qu'il emporte avec lui est monstrueuse, mais je ne désespère pas : il saura faire la part des choses.

— On se voit après ton bol d'air frais ? proposé-je.

— Oui. Tu en profiteras pour m'expliquer ce qui a causé cette balafre sur ta figure, et à quel moment tu es tombée amoureuse de mon frère.

36

L'IMPRÉVISIBLE

— Je peux entrer ?

L'absence de réponse me fait toquer à nouveau à la porte, plusieurs fois et sans résultats. Je me résous à la pousser.

Walter est là. Il se tient debout, face à la fenêtre, le corps baigné d'une lumière vaporeuse. Sa chambre, tout en boiserie et en bordeaux, s'avère aussi propre et rangée qu'on pourrait l'imaginer. Il n'y a qu'une veste à coudières qui traîne sur le lit, et un paquet de cigarettes ouvert sur le bureau laqué.

J'avais déjà senti l'odeur de la nicotine sur ses gants et dans son haleine. J'en déduis que c'est une habitude qui lui vient quand il est préoccupé.

— Votre santé vous le fera payer un jour.

La fumée qu'il expire s'envole par volutes épaisses dans le rai de lumière. Bien qu'il soit dos à moi, je ressens sa colère. Il irradie d'une rage électrique, sa fureur crachote des étincelles dans l'air coincé dans cette chambre.

Et il ne me répond toujours pas.

— Stew n'a pas cherché à vous blesser, Walter. Enfin, juste à vous piquer, parce qu'il s'est senti attaqué. C'était son moyen de défense.

Il porte la cigarette à sa bouche, inspire et expire la fumée. Son bras retombe le long de son corps dans un silence morne.

Je me sens un peu démunie face à la barrière invisible qu'il instaure. La discussion avec son frère lui a peut-être trop coûté, alors il préfère retourner dans sa bulle, là où tout est sécurisé. Un endroit où je ne suis manifestement pas la bienvenue.

— Vous voulez que je vous laisse tranquille ?

J'attends quatre secondes. À la cinquième, je me résigne à faire demi-tour.

— Ne partez pas.

Je me retourne, la main sur la poignée.

— Ne pars pas, Robyn.

C'est là. Là, à ce moment précis, que la carapace éclate en morceaux à ses pieds.

Il n'y a plus le plus petit grain d'autorité, d'antipathie, de prétention et de supériorité en lui. Son regard se fixe au mien, et je n'y vois que de la sincérité. De la peur, aussi. Celle qui accompagne le courage de se mettre enfin à nu.

Il sait que j'ai compris. La discussion avec Stew m'a permis d'emboîter une autre pièce de son puzzle.

La disparition de son grand-père a été tellement soudaine qu'il n'a rien pu y faire. Pris au dépourvu. Fauché par la mort. Même si tous les voyages ont une fin, on ne s'y prépare jamais vraiment. Un moment, le monde est beau. L'instant d'après, une tempête a dévasté le paysage.

Pour Walter, la culpabilité s'est immiscée dans le processus de guérison. Il n'a pas complètement fait son deuil.

Il aurait voulu détecter les signaux avant-coureurs, pour pouvoir les contrer et éviter l'inévitable. Comme s'il avait pu enrayer une machine qu'aucun humain n'est en mesure de contrôler. Je suppose que la survigilance dont il fait constamment preuve découle de là… Il compense aujourd'hui une erreur qu'il pense avoir commise dans le passé.

C'est peut-être pour ça qu'il est naturellement distant. Peut-être pour ça que la stabilité le rassure. Peut-être pour ça, aussi, qu'il a tendance à se montrer dur envers lui-même.

C'est peut-être pour ça que mon cœur a décidé de le prendre tout entier.

— Tu n'es pas responsable, dis-je.

Un muscle de sa mâchoire tressaute, seul témoin visible de son refus.

— Tu n'y es pour rien.

Un pêle-mêle d'émotions envahit son regard. Il a envie de me croire, j'en suis certaine. Mais ça n'est pas tout à fait gagné.

Je fais un pas en avant.

— Tu es un homme fort. À l'intérieur comme à l'extérieur. Le monde qui t'entoure n'est pas une bombe à retardement qui attend que tu détournes les yeux pour exploser. C'est un endroit complexe, avec plein de possibilités, d'incertitudes et d'imprévus, mais ce sont ces choses-là qui rendent la vie si incroyable. Ce que tu ne vois pas, ce que tu ne peux pas prévoir, ne conduit pas forcément au négatif.

Mon cœur se met à battre plus vite. J'esquisse un bref sourire, brimé par mes sentiments.

— Ne te bats pas contre l'imprévisible, Walter. Il peut aussi t'apporter de belles choses.

Le silence se prolonge un moment entre nous. Je ne sais pas ce qu'il pense. Comment mes mots sont perçus, évalués et interprétés. D'un regard extérieur, il incarnerait l'image parfaite du sang-froid. Je sais maintenant que l'équilibre de cet homme est aussi vacillant que celui du funambule.

Deux boutons ont été défaits en haut de sa chemise. Une trace de négligence sur le tableau. J'essaie de compter les secondes qui s'écoulent, mais elles dépassent largement les quatre habituelles. Finalement, il se dirige vers le bureau, et écrase le mégot de sa cigarette dans un cendrier.

L'instant d'après, il est devant moi.

L'air dans la pièce s'alourdit. Je me fais violence pour me contrôler, mais il est plus proche que nécessaire, et mon corps a du mal à y résister.

Un pouce glisse sur l'arête de ma mâchoire. Je ferme brièvement les yeux, le temps d'apprivoiser le frisson qui me secoue, puis je reviens sur lui.

Ses yeux ont quitté les miens pour se concentrer sur le mouvement initié par sa main. Il parcourt ma peau, perdu dans ses pensées, caressant la pointe de mon menton pour remonter sur ma joue. Il s'arrête, reprend. Du plat de la main, il s'acclimate à la chaleur qui émane de mon visage. À sa texture. Son relief. Il est en train de comprendre.

Je suis un imprévu, comme il en est un dans ma vie. Sauf que, contrairement à moi, lui a besoin de se rassurer, d'accepter le fait que je ne sois pas un danger. Il doit être sûr avant d'oser lâcher le filet de sécurité. Alors je le laisse faire, malgré l'éveil de sensations dans mon bas-ventre.

Je ne bougerai pas. S'il veut un pilier, j'en serai un. Je peux être son 4. Je veux l'être.

Sa respiration se modifie imperceptiblement quand la pulpe de son pouce effleure ma bouche. Il l'observe en contractant la mâchoire, toujours en proie à des questions auxquelles je n'ai pas accès. Puis, sa deuxième main vient empaumer ma mâchoire.

Les battements affolés de mon cœur bourdonnent dans mes oreilles tandis que ses pouces suivent le tracé de ma bouche. Il apprend. Je lutte. Son pouls devient visible au niveau du col ouvert de sa chemise.

Nos regards finissent par se percuter.

Une explosion.

Le désir qui brûle au fond de ses prunelles vaut tous les mots du monde.

— Walter…

Sa bouche s'écrase sur la mienne, emprisonnant son prénom. Ses doutes et ses craintes semblent alors s'envoler pour de bon.

Il prend le contrôle de ce baiser dans un abandon total de ses règles, libéré du cadre strict qu'il s'impose en permanence. Il n'est pas sur la réserve. Ni organisé ni réfléchi. Il est guidé par une passion dévorante, qui me consume en un instant. Sa bouche prend et donne comme s'il découvrait pour la première fois ce qu'est vraiment le plaisir.

Mes mains remontent sur sa chemise pour m'accrocher à ses épaules. Robustes et sûres. Je m'offre davantage, en voulant plus, lui en montrant plus, lui faisant comprendre que tout va bien. Que je resterai là. Ses doigts prennent alors possession de ma nuque, comme une réponse à ma permission. De sa bouche émane un grognement impatient.

Nos corps se perdent dans cette étreinte. Nous reculons

quelque part dans la chambre, vers un mur, n'importe lequel, nos bouches scellées l'une à l'autre.

On se découvre, on se touche, on s'oublie. Je savoure les sensations qui fleurissent partout en moi dès que la rugosité de ses doigts rencontre un carré de ma peau à nue, que ses baisers dévient vers ma mâchoire et que ses lèvres reviennent goûter aux miennes avec voracité. Il a confiance en moi...

La pensée me traverse, fugace.

Il a confiance en toi, Robyn.

L'onde de choc qui se propage soudain est si violente que je me sens me raidir. Ça ne dure pas plus qu'une fraction de seconde, mais Walter semble le ressentir.

Il pose une main contre le mur et détache sa bouche de quelques centimètres à peine. Sa boucle noire tombe dans mes yeux mi-clos. Nos souffles sont haletants. Ses lèvres sont gonflées.

L'intensité de son regard est saisissante, mais la sensation de mal-être qui se greffe à mes viscères m'empêche d'en profiter pleinement.

Ce que je suis en train de faire ne peut pas fonctionner. Non. Pas tant que je trahirai sa confiance.

— Je dois te dire quelque chose, murmuré-je, pantelante.

J'ai l'impression déplaisante de flotter dans mon propre corps.

J'ai toujours été considérée comme quelqu'un de loyal, et tenir mes promesses fait partie des principes que je respecte et applique à la lettre, quoi qu'il m'en coûte. Ça, c'est la Robyn Ferguson contractuelle, celle qui dissimule des clés dans sa commode pour protéger des ramoneurs, et qui enfouit les secrets des autres au fond de son esprit pour le bien de tous.

Sauf que mon histoire a changé. Notre histoire est différente.

Walter ne peut pas avancer sans sécurité. Et pour ça, je ne peux pas lui cacher la vérité. Absolument toute la vérité.

Je porte aussi le fardeau d'un secret sur sa famille, quelque chose dont il n'a pas idée et qu'il serait injuste que je garde pour moi. Je ne pourrais pas me regarder dans la glace s'il apprenait par quelqu'un d'autre que je sais pour Lucy Burns.

— C'est à propos de ta grand-mère.

Un courant d'air se faufile entre nous, premier symptôme d'un éloignement imminent. Je déglutis sans le quitter du regard, malgré la gêne qui reflue par tous mes pores. Lui redresse la nuque, un peu pris de court.

— Je sais quelque chose à propos d'elle... Je lui avais fait la promesse de ne pas te le révéler, elle ne voulait pas te blesser.

Une requête que je comprends, maintenant que je connais mieux l'ampleur de l'attachement de Walter envers son grand-père. Et surtout, l'impact que le départ de cet homme a eu dans sa vie.

Le sérieux de mes mots réduit à néant les dernières lueurs d'euphorie qui régnaient encore dans la chambre. Cette fois, Walter se décroche complètement du mur, poussé par la méfiance. Je pourrais entendre le cliquetis du cadenas se refermer autour de son cœur.

— C'est-à-dire ?

Il impose une distance réglementaire entre nous, sûrement par automatisme. Je n'en fais pas état et m'efforce de poursuivre sur ma lancée.

— Ta grand-mère n'est plus seule.

— Pardon ?

J'inspire, chancelante.

— Lucy est retombée amoureuse.

Je ne dis pas de qui. Je ne dis pas depuis combien de temps non plus. S'il a envie de me poser ces questions-là, j'y répondrai avec toute la franchise que je possède, mais je suis bien consciente de m'aventurer sur un terrain familial escarpé ; mon rôle de colporteuse devrait s'arrêter là.

Walter retombe dans les travers du silence. Il a récupéré son air inaccessible, celui qui lisse ses expressions et empêche le monde de saisir ses intentions. Je me sens soudain en trop dans cette pièce.

Le voir effectuer un pas en arrière confirme mon impression.

— Je vais te laisser y réfléchir. Je… suis sincèrement désolée. J'aurais dû être honnête plus tôt. Je… pardon.

Je baisse la tête dans un pincement de lèvres, puis je le contourne, des palpitations agitant mon cou. Avant de sortir de la chambre, j'ôte son manteau de mes épaules et plonge la main dans la poche avant, afin d'en saisir la liasse de lettres.

Elles sont déposées sur son bureau. Je préfère éviter son regard.

— Ça n'est ni Stew, ni Holly Doyle, dis-je d'une voix étranglée. Elles étaient cachées à la chocolaterie, scotchées sous un des meubles de l'arrière-boutique. Tu avais raison depuis le début : le voleur est quelqu'un de ma famille.

37

Les Fourneaux d'Ackergill

J'erre au sein du château dans un état second.

J'ai encore des palpitations et les jambes flageolantes. Ce qui vient de se passer dans la chambre de Walter caracole tout en haut du classement des événements les plus déboussolants de ces derniers jours.

L'agitation ne règne pas seulement dans mon cœur : les couloirs du château font eux aussi les frais d'une effervescence démentielle ; je n'en finis plus de voir des visages transpirants, des meubles déplacés et des uniformes pourpres courir d'un bout à l'autre d'Ackergill. Au cœur de cette cacophonie, et alors que je tente de trouver une porte de sortie afin de prendre l'air, je finis par croiser Emilia.

— Ah ! Tu es là ! s'écrie-t-elle, soulagée.

Elle se précipite vers moi sans que je comprenne pourquoi elle a l'air si heureuse de me voir.

Son regard s'attarde un moment sur la légère blessure qui me fend le visage, mais elle s'abstient de tout commentaire. Ce dont je lui suis reconnaissante.

— Tout va bien ? demandé-je.

Ses yeux écarquillés et les cheveux dressés au-dessus de sa tête m'indiquent que non.

— Magnifique ! répond-elle, en nage. On a perdu le poulet pour la soupe *cook-a-leekie.*

— Perdu ? Comment ça, perdu ?

— Envolé. Littéralement. Et une de nos servantes est allergique aux épines du sapin qui a été installé dans le Grand Hall, elle a gonflé comme un soufflé. L'ambulance est coincée à cause des dégâts de la tempête, mais le Dr Creighton a réussi à venir ici avec le vélo de sa fille. J'avais oublié que cet endroit fonctionnait sur la base du système D.

Elle reprend son souffle dans un sourire qui a tout d'une grimace. Je pose une main sur son épaule, compatissante ; nous sommes apparemment plusieurs à vivre une journée des plus chaotiques.

— L'avantage de Wick, c'est que tout finit toujours par rentrer dans l'ordre, avancé-je.

— Tu crois à ce que tu dis ?

— Non, mais tu as vraiment l'air mal en point.

Je parviens à lui arracher un petit sourire. Impossible pour moi de ne pas reconnaître dans son air dépité celui qu'arbore ma famille lors d'un rush à la Chocolaterie Ferguson. Je sais combien le stress peut ronger la patience dans ces moments-là.

— Robyn… à vrai dire, j'aurais aussi besoin de toi, m'avoue-t-elle, quelques instants plus tard.

— Bien sûr, *aye.* Tu veux que je te donne un coup de main ?

Ça me permettrait, entre autres, de m'occuper l'esprit

suffisamment longtemps pour ne plus penser à la bouche de son frère ou au voleur de lettres.

Elle dodeline de la tête, l'air de ne pas savoir comment formuler sa demande.

— En fait, ta famille a investi une partie des cuisines du château. Ils sont… Je crois qu'ils ont fergusonisé toute la brigade.

Avant d'entrer dans les cuisines, je n'avais pas d'idée précise sur ce que pouvait bien être le processus de fergusonisation.

— Attention !

— Bougez de là ! Ça brûle !

— Sotte de Mercure !

— Qui a pris ma spatule ?

Autant dire que l'entrée en matière est savoureuse.

Mes yeux voyagent entre les pianos en inox, les casseroles fumantes, les toques blanches et les cris d'une brigade montée sur un ressort. Tout le monde hurle sur tout le monde – c'est à ce moment-là que je saisis le parallèle d'Emilia avec les Ferguson.

La nourriture aux odeurs gourmandes et épicées saute des poêles pendant que Norma hausse le ton sur une motte de beurre semblerait-il « impossible à couper, bon sang de bonsoir ! ». Des peaux de légumes multicolores jonchent le sol alors que ma mère vocifère sur une balance à piles dysfonctionnelle. Des flammes s'élèvent quant à elles sur des plaques noyées sous les marmites bouillonnantes, aux côtés de Kate, Bonnie, Mabel et mon père…

— Pourquoi sont-ils tous ici ? demandé-je à Emilia.

Ébahie par le spectacle – dans le sens « horrifié » du terme - elle observe Norma et ma mère entrer dans un conflit d'anthologie pour une histoire de proportion de farine.

— Il y a eu un problème à la chocolaterie, d'après ce que j'ai compris. Les desserts n'ont pas pu être préparés à temps. Ta mère est arrivée en furie à Ackergill, j'ai cru qu'elle allait tuer quelqu'un.

Le souvenir désastreux des fournées de chocolats gâchées à cause des coupures de courant et des éclats de verre me revient soudain en mémoire. Ces dernières heures, j'avais la tête tellement ailleurs que j'en ai oublié l'un des points cruciaux du réveillon de Noël : son dîner.

— Du coup, je lui ai proposé d'utiliser une partie des cuisines pour pâtisser ses desserts, m'explique Emilia.

— C'est gentil de ta part.

— C'est pragmatique, surtout : un repas de Noël sans dessert, ça n'est pas un vrai repas de Noël.

— C'est un geste sympathique de ta part quand même.

Nous échangeons un long regard au sein duquel je sens passer une sorte d'accalmie. De l'apaisement. Comme si, tout compte fait, nos différends ne valaient plus la peine qu'on se chamaille pour eux.

Ce changement a beau me surprendre, il est bienvenu.

Emilia Burns-Schleifer n'est pas une femme à qui je confierais ma vie, mais je pense qu'elle recèle des qualités insoupçonnées. De petites touches de bonté, cachées sous les couches d'arrogance. Être capable de dissimuler sa vraie nature derrière d'apparents défauts est une faculté propre aux Burns. Je l'ai appris à mes dépens.

Elle me souhaite bon courage en quittant les lieux, les pensées déjà occupées par un autre contretemps, tandis que je rejoins les tables de préparation.

— Enfin ! réagit Norma à mon approche, dont les joues

sont couvertes de farine. Tu n'étais pas à la chocolaterie, tout à l'heure ! Elle est dans un état lamentable !

— La tempête a cassé le carreau de l'arrière-boutique, dis-je en enfilant le tablier que mon père me tend aussitôt.

Il darde un œil inquiet sur mon front.

— Qu'est-ce que tu as au visage ?

— Je me suis pris une porte, ce n'est rien. On m'a… je me suis soignée.

Et ma mère de renchérir :

— Nous avons récupéré ce que nous avons pu des gâteaux secs que Bonnie et toi aviez déjà préparés, mais ça ne suffira pas pour l'ensemble des convives. On va devoir mettre les bouchées doubles… tu penses y arriver ?

Je lui assure que je suis en pleine forme, même si mon entrain sonne comme un mauvais mensonge.

— Tu es certaine ? insiste-t-elle. Pour parvenir à sortir autant de desserts avant le lancement du dîner, il va falloir compenser le manque de temps avec le double d'énergie.

Afin d'éliminer ses doutes, j'attrape le bocal de sucre roux sur ma gauche, une feuille de recettes tachée sur ma droite, et je me lance avec l'air d'une conquérante dans la pesée d'un « moelleux au cœur meringué ».

— Qu'est-ce que vous attendez ? dis-je en relevant la tête. Au travail !

L'ordre agit comme un détonateur ; ils arrêtent de me scruter et retournent vaquer à leurs occupations, de nouveau pressés par le temps qui file. J'aimerais m'attendrir face à cette belle cohésion de groupe, mais la réalité qui me rattrape tandis que je pèse le sucre annihile toute envie de sourire.

Je dois impérativement découvrir qui, parmi eux, a

caché les lettres à la chocolaterie. Et ce, avant le début du réveillon de Noël.

Je passe la matinée à étudier leurs moindres faits et gestes.

J'établis des plans, je concocte des théories, je ficèle des hypothèses et je démantèle des a priori pour considérer chaque coupable présumé avec la plus grande objectivité possible.

Autant dire que je patauge.

Mon père, d'abord. Un suspect idéal ? Pas le moins du monde, non. Grant est un homme bien trop bienveillant pour pouvoir causer autant de problèmes à son propre clan. De plus, il a toujours porté Stew dans son cœur, et il ne manque jamais de dire bonjour à Hugh Burns lorsqu'il le croise au volant de sa Porsche de collection… sans oublier qu'il a appelé Walter « mon garçon » lors du sabbat de Yule. Un détail prouvant le respect et l'amitié qu'il éprouve pour cette famille. Cela dit, la caisse à outils du cottage lui appartient, et c'est à l'intérieur de celle-ci qu'est rangé le ruban adhésif ayant servi à plaquer les lettres sous le meuble de l'arrière-boutique.

Je déporte mon attention sur Norma. Ma tante ? Une évidence qui saute un peu trop aux yeux…

Faire peser les soupçons sur la plus extravagante et revancharde des Ferguson est la première idée qui me vient en tête. Mais en réfléchissant un peu plus en profondeur, je ne conçois pas qu'elle puisse se montrer aussi sournoise : avec un caractère aussi flamboyant que le sien, on préfère se pavaner plutôt que se cacher. Norma est une femme fière, colérique, explosive, et dotée d'une passion immodérée pour la moquerie. Si elle avait volé les lettres, elle aurait probablement ressenti le besoin de le dire à tout Wick, et exigé de recevoir une médaille pour service rendu à la communauté.

Il resterait donc ma mère, Mabel, Bonnie et Kate. Quatre femmes pleines de valeurs, et aucune d'elles ne m'inspire quoi que ce soit de négatif.

Je poursuis inlassablement mes observations, mais il est difficile pour moi de percevoir une attitude étrange chez elles puisque le stress les rend naturellement différentes de d'habitude ; la peur de ne pas réussir à achever les préparatifs à temps pour le dîner les rend fébriles.

Ma mère s'agace pour un rien – plus qu'à l'accoutumée, en particulier quand le pâtissier en chef, John Farris, ose lui demander si elle a utilisé « la bonne levure pour son appareil ».

— Vous me prenez pour qui, John ? Je suis encore capable de reconnaître la levure de boulanger de la levure fraîche.

Mabel a augmenté son débit de boisson et l'assume pleinement, sa flasque étant posée sur le plan de travail et non cachée sous sa ceinture.

Kate s'est terrée dans un silence monacal, entrecoupé de grognements chaque fois qu'elle plonge le fouet dans sa pâte à grumeaux.

Bonnie, elle, a cessé d'utiliser son téléphone : Norma l'a reprise sept fois de suite pour qu'elle arrête de « textoter » à ses amis. Avant la huitième, elle lui a promis qu'elle ferait des scones avec les composants électroniques de son engin, ce qui a fait céder ma petite sœur.

— Vous êtes des tortionnaires…, grommelle-t-elle.

Je m'embourbe. Plus je les regarde, moins je leur trouve les traits du coupable.

De dépit, je décide alors de remonter au jour du vol. De reprendre chaque événement de ce déjeuner d'ouverture hivernal dans l'ordre chronologique, en espérant qu'une anomalie me fasse percuter.

1. *La voiture.*

Je conduisais Gillis, Norma et Mabel sur la route menant au château. La première tâchait de se rendre présentable, la seconde croyait que les Burns s'apprêtaient à nous annoncer l'ouverture d'un commerce, la troisième contemplait le paysage.

2. *L'arrivée à Ackergill.*

Kate et mon père patientaient devant l'entrée avec le reste des convives. Elle était calme, il était dans la lune. Bonnie se trouvait déjà à l'intérieur de la bâtisse, accompagnée de ses amis. Elle a laissé le ballotin de chocolats sur un meuble.

3. *L'intérieur du château.*

J'ai brièvement discuté du marché de Noël avec le fleuriste, dont la petite fille voue une passion aux stands animés. Je me suis perdue dans les artères de la bâtisse. J'ai croisé Maxwell, qui rendait alors visite à Lucy. J'ai mis la main sur le fumoir. J'ai rencontré Walter, qui déchargeait son énervement sur le personnel de maison. Je suis ensuite revenue au Grand Hall. Je me suis servi une assiette de boudin noir. Les vampires ont débarqué. J'ai vu Stew pâlir. J'ai écouté le discours des Burns. Nous sommes partis.

Il y a forcément un détail qui m'échappe. *La voiture, l'arrivée à Ackergill, l'intérieur du château…*

— Bonnie, bon sang ! Qu'est-ce que je t'ai dit ? Tes amis ne vont pas se volatiliser !

Prise sur le vif, ma petite sœur envoie un SMS à la hâte

avant de glisser à nouveau le portable dans sa poche. Elle se remet au travail avec une moue grincheuse.

— Et ça ne sert à rien de m'insulter dans ta tête ! assène Norma.

— Bien, chère tante !

1, la voiture. 2, l'arrivée à Ackergill. 3, l'intérieur du château... 4, le coup de fil de Holly Doyle à la police.

Ce fichu appel anonyme n'a aucun lien apparent avec ma famille.

Que dois-je faire de lui ? Je ne parvenais déjà pas à établir de corrélation entre Holly et Stew – alors qu'il rentre au château chaque année et a donc forcément eu l'occasion de la croiser au moins une fois.

Comment trouver une connexion entre un Ferguson et une Doyle, quand les deux familles ne se côtoient pas ?

Et puis, est-ce que l'information divulguée par les adolescents, le jour du marché de Noël, était vraiment fiable ? On en revient encore et toujours à la même question. Est-ce que je peux leur faire confiance ? Ou bien, ça n'était qu'une rumeur de plus colportée par des adolescents ?

Plus tu es jeune, plus les choses vont vite. C'est une génération qui utilise les réseaux, un endroit qui pullule d'informations en tous genres, certaines étant véridiques, d'autres, déformées, et d'autres encore, détournées. Il faut être alerte, au risque de finir par croire des inepties... exactement comme ce « Gavin » dont parlaient les deux jeunes ce jour-là, qui était persuadé que la Terre était plate...

Je fronce les sourcils.

Gavin.

Le prénom sonne étrangement familier dans mon esprit.

Gavin ?

J'ai l'impression de l'avoir entendu plus d'une fois.

C'est en rembobinant le fil de mes souvenirs que des flashs me parviennent : le grenier poussiéreux du cottage. Des chandelles à graver. Le papyrus de Robert Ferguson dans la malle. L'appel que je voulais passer à Mme Simonsen... C'était la veille de Yule.

Bonnie cherchait le numéro de la collectionneuse sur son téléphone. Elle l'a trouvé grâce au « *stalk* », une pratique que les filles de sa classe utilisent pour sortir avec les garçons qu'elles trouvent mignons, notamment... Gavin.

Bonnie connaît Gavin.

Bonnie connaît le garçon qui a répandu la rumeur selon laquelle les Doyle auraient dénoncé les Ferguson via un appel anonyme. Pourquoi ne nous en a-t-elle jamais parlé ?

Je me tourne vers elle, secouée par une émotion incompressible. De la suspicion. *Aye*, je crois que ça en est.

Sentant que je l'épie, elle m'adresse un petit sourire.

— Les parents ont pas tort : tu devrais t'asseoir un peu, tu as une sale tête.

— Est-ce que tu as déjà entendu parler de la famille Doyle ?

Les mains qui servaient à rouler les truffes se figent dans la poudre chocolatée. Elle reprend son entreprise avec moins de vigueur.

— Vaguement, *aye*. Je sais qu'ils vivent près du terrain de football. Pourquoi ?

— Holly Doyle a deux fils, dont un qui a à peu près ton âge, dis-je en me rappelant les dires de Walter. Tu lui parles de temps en temps ?

À nouveau, ses doigts se crispent dans la préparation. Une coulée de lave m'enflamme la colonne vertébrale.

— On est dans le même lycée, mais ça veut pas dire qu'on se côtoie.

— Tu as entendu des rumeurs au sujet de sa famille ? Ou de la nôtre ?

— Hein ?

— Est-ce que des choses se disent sur les Doyle et les Ferguson dans ton lycée ?

— Je sais pas, moi, on est en vacances en ce moment…

L'interrogatoire attire les oreilles indiscrètes. Norma et ma mère se penchent sur le plan de travail pour avoir un meilleur angle de vue ; la curiosité plisse leurs fronts.

— C'est quoi toutes ces questions ? s'étonne Norma.

— Rien d'important.

Mais étant loin d'en avoir terminé avec Bonnie, je lui fais signe de me suivre à l'écart. Elle se détache à contrecœur de ses truffes, baissant le regard jusqu'au renfoncement, près de la porte d'entrée.

Mon sang bout de la voir si mal à l'aise. J'inspire profondément.

— OK. Maintenant, dis-moi la vérité.

— Y'a rien à dire, je sais pas de quoi tu parles.

Elle ne parvient toujours pas à m'affronter du regard. Je décide alors de jouer cartes sur table.

— J'ai retrouvé les lettres des soldats de Cromwell.

Elle se raidit imperceptiblement. Je poursuis.

— Ce matin, sous l'un des meubles de l'arrière-boutique de notre chocolaterie.

Son regard reste rivé au sol.

— Et je sais que Holly Doyle a appelé la police il y a quelques semaines pour nous accuser de ce vol, Bonnie. Je sais aussi que tu es au courant, puisque la rumeur a circulé dans ton lycée. Donc : tu veux bien m'expliquer, ou est-ce que je dois tirer des conclusions par moi-même ?

Une force surhumaine lui est nécessaire pour abandonner le carrelage des yeux. La détresse que j'aperçois derrière son rideau de cheveux renforce ma détermination à comprendre.

Je veux qu'elle le dise. Et en même temps, j'aimerais tellement qu'elle reste muette…

— Bonnie…

— Ce n'est pas Holly Doyle qui a appelé la police. C'est Elliott, son fils. Je n'ai jamais rien voulu de tout ça.

Bon sang de… merde.

38

Aveu De Culpabilité

— Depuis tout ce temps, c'était toi ?

— Laisse-moi t'expliquer…

L'horreur qui se peint sur mon visage attire l'attention du reste de la famille. Un à un, les postes sont quittés, et tous nous rejoignent. Mon père arbore une mine épouvantable.

Bonnie se tourne vers eux.

— Laissez-moi vous expliquer, d'accord ?

Mais elle fait face à une armée de déception et d'incrédulité, si bien que les mots ne sortent pas aussi facilement qu'elle l'aurait voulu.

Elle se racle la gorge, puis passe une main tremblotante dans ses cheveux.

— Le samedi du déjeuner, on s'était dit avec mes amis qu'on se retrouverait au château, entame-t-elle. Mais comme on ne voulait pas rester dans le Grand Hall avec les parents et tout, on a pensé que c'était une bonne idée de traîner derrière, sur la plage de rochers…

Je la regarde déglutir en me demandant si je l'ai déjà

vue aussi mal. Elle qui déborde habituellement d'énergie est à présent d'une pâleur maladive.

— C'est un endroit cool, enfin on croyait... On n'avait pas prévu que ce serait la marée haute, ça nous a un peu pourri le délire. Quand la mer remonte, là-bas, elle le fait quasi jusqu'aux murs du château, du coup, toute la plage se retrouve sous l'eau. Ça fait qu'on a été obligés de rester à l'intérieur, mais il n'y a vraiment rien à faire. Charlotte avait plus de batterie, Gavin essayait de se taper Fiona devant Guilhem, du coup Guilhem pétait un plomb... Franchement, l'ambiance, elle craignait à mort.

Ma mère s'avance d'un pas vers elle, les bras croisés contre sa poitrine.

— Tu as fait ça avec tes amis ? Vous avez volé les lettres ensemble ?

À l'évidence, elle cherche à disculper sa fille. En partie, du moins.

Bonnie émet un petit soupir.

— Pas vraiment... En fait, Elliott était dans le groupe. Elliott Doyle. À un moment, il a vu sa mère passer dans le couloir : il est allé la voir, il lui a dit quelque chose, on a pas entendu ce que c'était. L'instant d'après, il était devant nous avec des clés.

— Holly Doyle lui a donné des clés ? demandé-je, perplexe.

— Non, il les lui a prises pendant qu'il parlait avec elle. Elle avait un trousseau accroché à sa ceinture, il a réussi à en récupérer une. Ne me demande pas comment il a réussi, Elliott fait des trucs dingues...

Holly Doyle avait donc un des trousseaux de clés appartenant aux Burns sur elle ?

— Tu sais pourquoi sa mère se baladait avec des clés ? m'enquiers-je.

Elle hausse les épaules.

— C'était le bazar à ce moment-là. Tous les employés couraient partout, la mère d'Elliott et les autres nettoyaient plein de pièces du premier étage, ils avaient pas l'air bien.

C'était donc après l'épisode du fumoir.

Walter avait exigé de la gouvernante, Georgia Shankland, qu'elle s'occupe de préparer le premier étage pour l'arrivée des convives. Il lui avait précisé qu'elle pouvait « emprunter ses clés ». Georgia a dû prêter le trousseau à Holly Doyle. Manque de chance, son fils a dérobé celle qui ouvre la caverne d'Ali Baba.

C'est donc le trousseau de clés de Walter qui a servi au vol.

— Continue.

Bonnie reprend :

— À partir de là, Elliott s'est mis en tête de trouver quelle porte elle ouvrait. C'était un peu nul comme jeu mais on s'ennuyait à crever. Alors, on a commencé à essayer chaque pièce… Il y avait tellement de monde et de bruit partout que personne captait rien. On est… on est montés à l'étage au-dessus du Grand Hall, on testait chacun notre tour… et…

Elle déglutit à nouveau.

— … et Charlotte m'a filé la clé quand on est arrivés au dernier étage. C'était à moi. Il y avait deux portes, se rappelle-t-elle, fébrile. Je sais pas pourquoi, j'ai pris celle de gauche. Et… elle s'est ouverte.

Ma mère retient son souffle. Norma, elle, se tient la gorge, muette comme une carpe. Mabel, Kate et mon père ont quant à eux troqué le choc contre la résignation. Ils ont tous les trois l'air désemparé.

— Je ne voulais pas entrer ! s'empresse d'ajouter Bonnie. Je vous jure, je voulais vraiment pas m'attirer des ennuis... mais Elliott insistait. Il disait que c'était drôle, qu'on faisait rien de mal. Je sais pas... je crois que j'ai voulu l'impressionner. Alors je suis entrée dans cette pièce, toute seule parce que personne voulait me suivre. Je me souviens que Gavin a dit « vas-y, choure un truc ! », mais j'ai fait semblant de pas l'entendre... puis Elliott l'a dit aussi, et là j'ai pas réussi à résister.

Ses grands yeux se mettent à briller. Je sens combien elle s'en veut d'avoir cédé, de s'être laissé influencer par ce qui ressemble à des sentiments pour un garçon.

Cela dit, je n'arrive pas encore à la consoler. Pas pour le moment. Ce qu'elle a fait est d'une gravité sans nom, et même si sa douleur me fait mal au cœur, j'ai besoin d'entendre l'histoire complète avant de pouvoir me laisser aller à un « c'est fait, tant pis ».

— Pourquoi avoir pris les lettres, précisément ? la questionné-je.

— Parce que ça avait l'air d'être le truc qui avait le moins de valeur. Il y avait des tableaux, des objets qui brillaient... Je me suis dit que des lettres, c'était pas grand-chose. Je savais pas qu'elles étaient aussi importantes.

D'où son intérêt soudain pour Oliver Cromwell, le soir où Walter est venu nous annoncer au cottage qu'un vol avait eu lieu au château d'Ackergill.

J'aurais dû me douter qu'une Bonnie qui lâche son téléphone portable pour un cours d'histoire improvisé était une Bonnie qui couvait quelque chose.

— Et ces lettres, tu les as gardées avec toi ? l'interroge Norma, les yeux plissés.

Bonnie acquiesce.

— J'étais vraiment pas bien, mais je croyais que je pourrais les remettre à leur place avant de partir. Sauf qu'il y a eu tout ce délire pendant le discours, Mabel qui s'est énervée... On est partis un peu à l'arrache, j'ai pas eu le temps. Charlotte m'a envoyé un SMS dans l'après-midi pour me dire que Elliott avait remis la clé sur le trousseau de sa mère, du coup j'avais plus aucun moyen de les rendre sans devoir le dire à quelqu'un... Et j'ai pas osé me dénoncer. Alors je les ai cachées dans ma chambre, au cottage.

Immédiatement, je pense aux jours qui ont suivi, et plus particulièrement à la perquisition : si Walter n'y avait pas mis un terme précipité, les policiers auraient fouillé la chambre de Bonnie et mis la main sur cette liasse.

Elle confirme mon hypothèse quand je lui en fais part.

— C'est pour ça que j'ai sorti les lettres du cottage dès que j'ai pu. Je me suis dit que la chocolaterie, ce serait un endroit plus sûr... J'ai voulu les rendre un million de fois, il faut que vous me croyiez ! lance-t-elle, la voix tendue par l'émotion. Je vous jure que j'avais l'intention de le faire, mais venir au château, c'est quasi mission impossible... J'avais aucune occasion valable...

— Attends.

Kate l'interrompt, hésitante. Son regard s'assombrit sous une paire de sourcils froncés.

— Il y a un détail qui m'échappe, fait-elle. Pourquoi Elliott aurait-il appelé la police pour dénoncer les Ferguson, s'il savait que c'était toi qui avais les lettres ? C'est un de tes amis, non ? Il aurait dû te couvrir.

Le masque de Bonnie se craquèle un peu plus encore. Elle en vient à s'adosser contre le mur, les mains jointes dans le dos.

— La situation est vite devenue incontrôlable, lui dit-elle. Walter se mettait à retourner la ville, à interroger tout le monde… Ça a fait flipper Elliott. Il ne voulait surtout pas que ça retombe sur sa mère. Alors, il a dénoncé notre famille, pour que tout s'arrête.

— Peuh ! Quel trouillard ! marmonne Norma en secouant négligemment la tête.

— Il a fait ça pour protéger sa mère, ça se comprend.

— Quitte à te mettre dans la panade ? Toi, une amie ? Une amie qui a accepté de jouer à un jeu qu'*il* a orchestré ? Un garçon avec une paire de coucougnettes aussi minuscules ne devrait même pas avoir le droit de respirer le même air que celui de ma nièce !

Malgré l'ambiance pesante, cette intervention parvient à dérider quelques visages – les plus crispés. Je saisis mieux l'origine du comportement de ma petite sœur, à présent ; ce besoin irrépressible de rester collée à son téléphone, la crise de Banshee qu'elle m'a faite l'autre jour, lorsque j'ai essayé de le lui prendre… Elle dissimulait des indices. Je n'arrive pas à croire qu'elle ait résisté à la pression aussi longtemps.

Elle n'a rien dit pendant des semaines. Il faut au moins lui reconnaître ça.

— Les lettres sont toujours à la Chocolaterie Ferguson ? interroge mon père.

Bonnie jette un bref coup d'œil dans ma direction, ce qui me vaut rapidement l'intérêt d'une vague de curieux.

— Tu as quelque chose à voir dans cette affaire ? lance aussitôt ma mère, suspicieuse.

— Je…

— On les a retrouvées !

La porte des cuisines s'écarte à la volée. Je l'esquive de justesse, manquant de me prendre la poignée dans les reins – j'ai définitivement un problème avec les portes.

Emilia réapparaît en compagnie de Ann. Le châle mauve glisse des frêles épaules de sa mère, qui esquisse un sourire dévoilant un nombre incalculable de dents parfaitement rectangulaires. Elle a l'air heureuse. C'est la première fois qu'autant de bonnes ondes irradient de cette femme.

Emilia, elle, tient quelque chose entre ses mains. Je reconnais la liasse de lettres que j'ai laissée sur le bureau de son frère, tout à l'heure. L'émotion me serre la gorge.

— Nous avons récupéré les lettres des soldats de Cromwell ! s'écrie Ann, réjouie.

Tous la dévisagent avec hébétement. Entendre plus qu'un filet de voix chez Ann Burns est perturbant.

Emilia remarque notre confusion. Aussi, elle intervient :

— Maman ouvre chaque porte d'Ackergill depuis dix minutes en répétant la même phrase à tout le monde.

Les cuisiniers derrière nous la félicitent à l'aide de quelques exclamations joyeuses, avant de reprendre aussi vite la cuisson des dindes et des poissons. De notre côté, l'exercice est plus compliqué : Norma et mon père tentent de sourire mais l'entrain manque à l'appel. Mabel avale une gorgée de Laphroaig, préférant se soustraire à l'enthousiasme forcé. Bonnie n'en finit plus de déglutir.

La culpabilité flotte au-dessus de nos têtes.

— Quelle bonne nouvelle ! Où étaient-elles ? demande ma mère, l'air de rien.

— Walter vient de me les rapporter, répond Ann. Il m'a dit les avoir retrouvées après avoir déplacé les meubles de la chambre de sa grand-mère Lucy. Elles avaient simplement glissé derrière une commode ! dit-elle en riant de bon cœur. Nous pensions qu'elles étaient rangées dans une autre pièce, d'où la confusion ! Quelle histoire ! Tout ce dérangement pour découvrir qu'elles patientaient au bon endroit pendant tout ce temps !

À nouveau, le flair infaillible d'Emilia soupçonne un problème. Elle nous observe tour à tour, comme pour essayer de comprendre où le bât blesse.

Je m'efforce de ne pas penser au fait que Walter vient à nouveau de me couvrir. Moi, et ma famille. Cet homme est d'une droiture exemplaire, jusqu'au moment où j'entre dans la partie ; il en vient alors à transgresser les règles dans le seul but de me venir en aide.

Pendant que mon cœur bat la chamade, Bonnie se décroche du mur. Ses joues sont rouges de honte.

— Madame Burns, il faut que je...

— « que nous », la coupe ma mère.

Elle se place aux côtés de ma petite sœur, le chignon fatigué par les hauts et les bas de cette journée interminable.

— Votre fils vous a menti, Ann, déclare-t-elle sur un ton à la fois meurtri et vaillant.

Celle-ci se tend un peu.

— Je vous demande pardon ?

— Walter vous a menti pour nous protéger... ce que je ne suis pas près d'oublier. Et si je dis « nous », c'est bien parce que la faute ne revient pas uniquement à une seule personne, mais à tout un groupe. Un clan se doit de toujours prendre ses responsabilités ensemble, vous comprenez ?

Ma mère nous incite à la rejoindre, ce que nous faisons.

— Que se passe-t-il ? demande Ann, nous observant tour à tour avec une confusion grandissante.

— Nous avons des excuses à vous présenter, au nom de tous les Ferguson.

Clignant frénétiquement des paupières, elle écoute alors ma mère lui détailler l'intégralité des faits.

Emilia reste stoïque, un peu abrutie par le jeu de bêtises et de hasard qui a mené ma petite sœur dans un sac de nœuds à complications multiples. Des expressions percent sur son visage, allant de la contrariété à l'ahurissement, mais jamais elle ne lève la voix.

Pas un mot cynique n'est prononcé.

Pas un regard mauvais n'est donné.

Après que Bonnie s'est platement excusée, qu'elle a juré de ne plus jamais recommencer et qu'elle a assuré à trois reprises qu'elle avait appris la leçon, le silence envahit les cuisines.

Ann Burns ne lui sert pas la moindre remontrance. Zéro. Elle finit même par observer un moment d'attendrissement à l'égard de la voleuse : de la douceur se dégage de son attitude, comme une mère qui, malgré les déboires de son enfant, continue à lui porter de l'amour.

Elle redresse le pan de son châle dans un toc forgé par l'habitude, puis pose une main chaleureuse sur l'épaule de Bonnie.

— Les lettres sont revenues au château d'Ackergill, c'est le plus important, lui dit-elle.

— *Aye*, mais je suis vraiment désolée, madame Burns…

— Tout ceci n'aura qu'à rester entre nous.

La stupéfaction se généralise à tous.

— Vous… vraiment ? lance Bonnie, sidérée.

— Vraiment, assure Ann en souriant.

— Vous êtes sûre ? Je veux dire, j'ai quand même grave déc… enfin, j'ai été un peu… bête.

Ann opine, manifestement sûre d'elle.

— À partir de maintenant, les Burns et les Ferguson partagent un secret. De quoi rapprocher nos familles dans la plus pure tradition, vous ne pensez pas ?

Les sourires échangés sont sincères. Et dans les cuisines s'épanouit désormais une douce complicité.

39

Vérités

La nouvelle des lettres retrouvées fait rapidement le tour du château. Depuis les musiciens jusqu'aux conducteurs de camionnettes qui apportent les dernières caisses de guirlandes afin de peaufiner la décoration de Noël du Grand Hall, tous n'ont que le nom d'Oliver Cromwell à la bouche.

Les choses rentrent enfin dans l'ordre.

Le soleil se couche sur l'horizon lorsque nous posons officiellement la dernière fleur de chantilly sur les marbrés aux trois chocolats. Épuisés, mes parents s'accordent une pause à l'extérieur, aux abords du versant du château donnant sur la plage de rochers. Norma masse les lombaires endolories d'une Mabel éreintée dans la chambre qui a été mise à notre disposition par les Burns, tandis que Bonnie et Kate tiennent une discussion sérieuse dans un coin des cuisines.

Que ma petite sœur ait avoué avoir un faible pour un garçon est une nouvelle plutôt réjouissante. Mais qu'elle soit tombée amoureuse d'un idiot fini ne ravit clairement pas Kate ; depuis dix minutes maintenant, je l'entends qui tente de remettre les idées de ma sœur en place, avec toute la diplomatie qui la compose.

J'en profite pour m'éclipser, ressentant moi aussi le besoin de m'isoler avant d'être emportée par le tumulte du réveillon de Noël.

Hélas, la porte des cuisines rencontre à peine son chambranle que le karma me joue à nouveau un de ses mauvais tours.

— On m'a dit que vous étiez ici ! me lance Mme Simonsen sous sa capeline beige.

Aux effluves de bergamote qui embaument le couloir et à la rivière de pierres ostentatoires qui orne son cou, j'en déduis qu'elle est déjà apprêtée pour la soirée.

J'époussette ma tenue maculée de chocolat et de farine, dans l'espoir de me rendre plus présentable, mais cette journée harassante aura eu raison de moi, si bien que j'abandonne face à l'ampleur d'un désastre irrécupérable en tout point.

— Je suis désolée de ne pas être venue vous voir, lancé-je avec ce qu'il me reste de force. Il y a eu quelques imprévus aujourd'hui, et je sors à peine la tête de l'eau.

Elle prend un air entendu. Sa longue robe beige, doublée d'un tulle à pois noirs, flotte autour de son corps couvert d'une crème pailletée. Les éclats dorés font briller les bras qu'elle croise contre sa poitrine.

— J'ai entendu parler des desserts manquants pour le dîner, oui. Votre chocolaterie va bien ? J'ai cru comprendre que la tempête avait fait s'envoler votre toit… quelle triste nouvelle !

— Le toit ? Non, rien de tel, rétorqué-je, amusée de

découvrir cette fausse rumeur. Une de nos fenêtres s'est brisée et les coupures de courant intempestives ont fini par affecter nos préparatifs, mais tout est rentré dans l'ordre.

— Ah, bien. Tant mieux, tant mieux... Et vous ? Vous avez un joli souvenir sur le visage !

Je la rassure à nouveau, évitant les détails inutiles pour embrayer au plus vite sur la véritable raison qui l'a poussée à engager la conversation. À mon sens, du moins :

— À propos du papyrus, madame Simonsen, il faut que je vous dise que j'ai... que j'ai changé d'avis.

Une ombre passe soudain dans son regard d'habitude si joyeux.

— C'est pour le moins soudain, constate-t-elle.

— *Aye.* Ma décision s'est modifiée à la dernière minute.

— Je peux en connaître la raison ?

— Disons... que j'ai fini par retrouver le droit chemin.

J'ose un petit sourire contrit.

— Je suis désolée d'avoir soufflé le chaud et le froid auprès de vous pendant plusieurs jours, renchéris-je. Vous êtes une femme respectable et je n'ai jamais eu l'intention de me jouer de vous. Je pense simplement que ce papyrus devrait rester dans la sacoche de mon aïeul, comme ma famille l'a toujours souhaité.

Je vois bien qu'elle accuse le coup. Mais, obéissant aux convenances, elle met un point d'honneur à ne pas le montrer trop explicitement ; prenant une longue inspiration, elle rassemble les mains devant le tulle à pois de sa robe.

— Bien. Je ne peux pas vous forcer, n'est-ce pas ? Les Ferguson et leurs petites affaires, ma foi, c'est vraiment une longue histoire !

Une légère fissure vient fendiller son sourire, comme une miette de déception tombée au coin de la bouche.

— J'imagine qu'on ne devient pas une famille comme la vôtre en disséminant les souvenirs de chaque génération aux quatre coins du globe. Je n'ai qu'à accepter mon sort, puisse-t-il m'être favorable.

Son regard dévie au-dessus de mon épaule, se perdant dans l'immensité du couloir décoré de rubans rouges et or. Je le vois bientôt s'illuminer avec la même vivacité qu'un feu d'artifice.

— Madame Burns ! Justement, je vous cherchais, vous aussi !

En me retournant, je reconnais le port altier et la démarche princière de Lucy Burns. Son arrivée impromptue me saisit d'effroi.

Mes questionnements liés au papyrus et à l'abandon de la collectionneuse dans sa course à l'achat disparaissent aussitôt, remplacés par une horrible suée.

Je ne peux pas m'empêcher d'établir un lien entre Walter et elle… Se sont-ils vus, aujourd'hui ? Ont-ils discuté ?

— Dites-moi, avez-vous entendu parler de cette rumeur qui circule depuis ce midi au sein du château ? s'enquiert Mme Simonsen, indifférente à mon teint qui gagne en pâleur. Paraîtrait-il que les lettres des soldats de Cromwell ont été retrouvées. J'ignorais qu'elles étaient perdues…

La grand-mère de Walter parvient calmement à notre niveau, pas le moins du monde ébranlée par l'inquiétude de la collectionneuse. Pire, elle lui décoche un petit clin d'œil fripé, comme si Mme Simonsen lui offrait le trait d'humour qui, jusqu'ici, manquait cruellement à sa journée.

— Oh ! Vous savez, Margot, les rumeurs… On en entend tous les jours, mais de là à y trouver le plus petit soupçon de vérité…

— J'ai entendu des choses abracadabrantesques, notamment une histoire de vol.

— Pures foutaises ! acquiesce Lucy en souriant. Soyez rassurée, les lettres sont en sécurité. Je me ferai un plaisir de vous les faire apporter lors du dîner, nous aurons l'occasion d'évoquer plus en détail l'histoire de ce puritain controversé qu'est Oliver Cromwell.

Elles échangent quelques amabilités, Lucy déjouant le piège des questions embarrassantes en dirigeant la conversation sur la toilette élégante de son invitée. Complimentée jusqu'à l'excès, Mme Simonsen finit par nous laisser, prenant le chemin des escaliers pour terminer de se préparer. Sa grande capeline beige et son tulle à pois disparaissent dès les premières marches, laissant une traînée de bergamote dans leur sillage.

Je me refuse à jeter un coup d'œil à ma droite, où Lucy patiente en silence. Son aura, faite d'une autorité qui frôle la tyrannie, éveille des signaux d'alarme dans tout mon corps ; mes poils se hérissent et mes épaules se contractent. Elle ne me mettra décidément jamais à l'aise.

— Je n'ai pas cru Walter quand il m'a dit que vous étiez une femme bien.

Je ne réagis pas. À l'intérieur, pourtant, un déluge prend place.

Quand lui a-t-il dit ça ? Ils se sont donc bel et bien parlé aujourd'hui ? Il y a quelques minutes ? Plusieurs heures ? Avant ou après que j'ai honteusement balancé le secret de sa relation intime puisque je suis apparemment incapable de me retenir quand la bouche de son petit-fils se trouve sur la mienne ?

— Pas mauvaise, à la limite... Mais « bien » ? Non, « bien », c'est déjà beaucoup.

Je déglutis. Mais, poussée par l'envie de régler ce différend avant qu'il ne prenne trop d'ampleur, je prends aussi vite mon courage à deux mains, et pivote vers elle.

— Madame Burns...

Son regard incisif me transperce de part en part.

— Je n'imaginais pas que vous oseriez faire une telle chose, Robyn.

Elle sait.

Une masse s'effondre tout au fond de mon estomac, au milieu d'un pot-pourri de fatigue et de culpabilité. En une phrase, elle me rappelle que j'ai bafoué les valeurs que ma famille s'est échinée à m'inculquer depuis toujours.

Reprends le dessus, Robyn.

— Je sais que je vous avais promis de ne rien révéler, mais je n'ai pas pu tenir ma parole, entamé-je avec l'infime espoir que mon aveu de vérité la conduise à accepter mes excuses. Walter est un homme qui mérite tellement plus que des mystères... Je lui devais l'honnêteté. Il n'était pas question pour moi de trahir sa confiance. J'ai... fait un choix.

Je l'ai choisi, lui.

— Vous avez raison, madame Burns : je ne suis pas toujours quelqu'un de bien. Il m'arrive de mentir. De garder en moi ce qui ne devrait pas l'être. De souhaiter malheur. De m'énerver, d'avoir tort mais d'insister malgré tout, et j'en passe... Mais pas lui. Pas Walter. Votre petit-fils *est* quelqu'un de bien, et pour ça, je ne pouvais pas me permettre d'être malhonnête envers lui.

Quoi que veuillent faire croire les apparences, ce pétoncle mal luné est une personne qui recèle de nombreuses qualités.

Les yeux scrutateurs de Lucy semblent me faire passer l'épreuve du scanner. Impossible de deviner les pensées qui la traversent, même si j'ai ma petite idée sur la question – un chapelet d'insultes en ancien gaélique n'aurait rien de surprenant, pas plus que la liste des outils à réunir pour m'enfermer dans une caisse en bois que ses sous-fifres jetteront à la mer après le dîner de Noël ou encore, une prière auprès du dieu des Portes afin qu'une nouvelle balafre s'aligne avec la première sur mon visage.

Dans tous les cas, j'attends poliment sa sentence.

— Vouloir vendre un objet appartenant à sa famille pour sauver celle de ses ennemis, c'est valeureux, Robyn. Stupide, mais valeureux.

— Que… quoi ?

Elle lève un sourcil clairsemé. Je réalise alors que nous ne parlons pas de la même chose.

— Vous êtes dotée de certaines qualités, il faut bien l'admettre, poursuit-elle. Sans être aussi dithyrambique que Walter, je pense percevoir ce qui lui plaît en vous.

La seule personne en mesure de lui faire part des péripéties relatives au papyrus n'est autre que Walter. À part Mme Simonsen, personne en dehors de lui n'a été informé à ce sujet.

J'en déduis que l'entretien qu'ils ont eu s'est révélé particulièrement instructif.

Aussi, je me demande ce que Lucy entend par « dithyrambique » ; ce n'est pas un terme que j'associerais d'emblée à Walter.

— La bonté suinte, chez vous. *Aye*… vous êtes de ces jardiniers qui laissent les mauvaises herbes pousser sur leur parcelle parce qu'ils estiment qu'elles apportent de la diversité à leur culture. Vous trouvez des avantages là où personne n'en voit. Je ne sais pas si vous êtes une

« femme bien », Robyn Ferguson, mais votre regard sur le monde, lui, est une bouffée d'oxygène.

Elle m'adresse un regard pétillant. Un instant de gentillesse inattendu et qui me laisse pantoise. Vient-elle d'utiliser une métaphore pour admettre qu'elle éprouve un semblant de respect pour moi ?

— Je… merci.

Sans me répondre, elle se remet en route. Le bruit de ses talons résonne le long du couloir, au rythme d'une promenade de santé ; je la regarde s'éloigner en essayant de comprendre comment, en l'espace de quelques minutes, je suis parvenue à sauver le papyrus de mon ancêtre et à me mettre la matriarche des Burns dans la poche, le tout en n'ayant commis strictement que des erreurs.

Soudain, elle s'arrête et déclare :

— Quant à mon secret qui n'en est plus un depuis que mon petit-fils est au courant…

Je retiens mon souffle.

— … Estimons que nous sommes quittes.

Et elle quitte le couloir avec le style propre aux Burns : élégance et froideur.

Je me retrouve avec les bras ballants, incapable de savoir si ce que je ressens s'apparente à de la joie ou non.

Les choses rentrent dans l'ordre, *aye*. Les vérités ont été dites. Mais je n'ai pas revu Walter de la journée, et cette absence prolongée commence à m'inquiéter.

40

LE BAL DE NOËL

Le soir venu, le château d'Ackergill se pare de ses plus belles lumières ; chaque rambarde d'escalier porte une robe de clignotements raffinés, chaque fenêtre reflète la lueur des chandelles élégamment disposées au détour des couloirs, et chaque meuble est habillé de photophores scintillants. Les appliques de la chambre que les Burns ont mise à notre disposition déposent quant à elle des touches orangées sur le mobilier ancien. Le mélange entre la majesté du château et la magie de Noël commence à prendre forme.

Je m'empresse d'enfiler la tenue que Kate m'a rapportée du cottage en fin d'après-midi, avant de jeter un œil à mon reflet.

La robe est d'une simplicité sans appel. À manches courtes, cintrée au niveau de la taille, elle me sert uniquement pour les grandes occasions. Le velours émeraude me tombe sur les genoux et un petit nœud ferme le décolleté qui chute dans mon dos. C'est le seul spécimen du genre que je possède ; en tant que femme du Nord, je préfère nettement avoir les jambes couvertes sous une couche épaisse de vêtements.

Je me pince les joues et me mords les lèvres, histoire de leur redonner un semblant de vie. Le miroir sur pied, aux moulures sculptées dans la dorure, me renvoie l'image d'une personne exténuée et terrassée par la nervosité. Une combinaison ne faisant pas bon ménage. Les cernes sous mes yeux dénoncent l'impact des montagnes russes vécues ces dernières semaines.

— Robyn, on nous attend.

Ma mère m'offre un petit sourire qui m'incite à me presser. Je retrouve tout le panache des Ferguson dans la tenue qu'elle s'est choisie ; une chemise bouffante, pourvue de nombreux volants, et une longue jupe bordeaux, sa préférée. Nous quittons la chambre pour rejoindre le Grand Hall.

Des murmures d'ébahissement se répandent parmi les miens lorsque nous pénétrons dans le cœur des festivités. À l'évidence, les Burns n'ont pas fait les choses à moitié.

Les centaines de guirlandes lumineuses tombent comme un rideau d'étoiles depuis le plafond voûté. Elles illuminent les boiseries des murs, ornées de couronnes de houx aux feuilles dorées. Ici aussi, les flammes des bougies s'amusent à vaciller, brillant aux quatre coins de la pièce. Quant au tartan vert foncé entrelacé de bleu nuit et de noir, celui du clan Keith, les premiers propriétaires du château, il trône fièrement au-dessus de la famille Burns, installée dans le fond, au grand complet.

Walter accroche mon regard. Il est là, dans son costume sombre. Il est d'une beauté à couper le souffle.

Enfin, non.

Il est exactement comme d'habitude. Mais son « exactement comme d'habitude » est devenu une source inépuisable d'émerveillement chez moi. Sa boucle noire, témoin de ses humeurs, tombe dans l'un de ses yeux avec la même désinvolture que le jour de notre rencontre mais, ce soir, je la trouve infiniment plus captivante. Ce menton qu'il redresse avec une suffisance exaspérante ? Je pourrais désormais en sourire. Quant au tracé précis de sa mâchoire, il invite à la fascination. Tout chez lui a fini par m'attirer.

Walter n'est pas beau d'après les codes. Il est beau d'après mes yeux. Et pour ça, j'ai du mal à lui résister.

Nos regards ne se croisent pas une fois. La densité de la foule est telle qu'elle forme un maillage épais entre nous, et, de toute manière, il est plongé dans une conversation passionnante avec sa sœur et Jim Schleifer, le couple étant lui aussi tiré à quatre épingles.

— C'est du Laphroaig ?

Je pivote. À ma gauche, Mabel se saisit du verre de whisky tendu par le serveur qui vient d'acquiescer à sa question. Je fais de même lorsque le plateau garni effectue une halte devant moi ; et je l'avale d'un trait.

— Eh bien ! Tu as de qui tenir ! se réjouit ma grand-mère, pendant que l'alcool entame une combustion en règle de mon œsophage.

Je lui souris, n'osant pas révéler la véritable raison cachée derrière cette envie de me détendre.

Devrais-je aller voir Walter ? L'interrompre pour lui demander comment s'est passée la discussion avec sa grand-mère ? Peut-être que je pourrais l'appâter avec le nom du voleur de lettres.

Sauf s'il est déjà au courant.

Il a forcément déjà été informé puisque sa mère l'a été avant lui, et que Ann Burns s'est empressée de mettre le château entier dans la confidence...

Dans ce cas, pourquoi n'est-il pas revenu vers moi ? La recherche des lettres d'Ackergill a régi notre quotidien pendant des semaines, la logique aurait voulu que nous partagions la nouvelle de cette découverte ensemble. C'est un signe ? Comment dois-je le prendre ?

Submergée par une angoisse grandissante, je m'empare d'un second verre, sur le plateau d'un autre serveur vêtu d'un uniforme pourpre, que je vide aussitôt.

Me mettre dans un état pareil pour de simples suppositions manque clairement de bon sens, mais je ne sais plus quel comportement adopter. La tournure inattendue qu'a pris cette journée me désempare. La tournure de cette semaine, aussi. Et par extension, celle de ma vie, dernièrement...

Je n'avais pas prévu de sentir mon cœur battre pour cet homme. Pas de cette manière, non.

Pourquoi, soudainement, je me retrouve obnubilée par Walter alors que son petit frère, mon ami d'enfance, patiente lui aussi dans cette pièce en attendant que démarrent les festivités ? Pourquoi Stew passe-t-il au second plan ? Quand me suis-je mise à courir dans les débris d'une tempête pour parler à un homme ? À quel moment ce bloc de glace en apparence apathique m'a-t-il attendrie ? Et pourquoi une part de moi refuse de creuser ces questions alors qu'elle connaît déjà les réponses ?

Un troisième verre de whisky plus tard, mes pensées deviennent plus brouillonnes. J'entends vaguement la mélodie d'une flûte, celle de la cornemuse ou de l'alboka[1], ou peut-être même d'un tambour, quelque part dans mes oreilles. La foule du Grand Hall, qui formait une masse compacte et grésillante, se sépare brusquement en deux.

Comme un automate obéissant, je suis ma famille vers la rangée de gauche.

— Qu'est-ce qui se passe ?

Mabel m'observe avec malice.

— Tu as déjà oublié ?

Je fronce les sourcils. Du moins, j'essaie.

— La danse, Robyn. Avant le dîner, il y a le bal. C'est le moment de te souvenir de tes leçons de *jig*.

Mes leçons de jig ?

Mes leçons de *jig*.

Je prends alors conscience que les musiciens jouent un morceau rythmé, et non une mélasse de notes indistinguables. De quoi me frapper l'arrière du crâne contre un radiateur ; si j'avais su que nous devions nous soumettre au jeu du bal de Noël, j'aurais évité d'asperger mon foie de produit inflammable.

Dans un équilibre fragile, je redresse la tête. La musique s'intensifie, la flûte – probablement un *tin whistle* – émettant un chant harmonieux qui domine bientôt les autres instruments. C'est en balayant le Grand Hall du regard que je croise les rétines implacables de Walter.

Elles me transpercent avec une force manquant de me faire trébucher.

Il se tient en face de moi, dans la ligne interminable de robes somptueuses et de costumes éblouissants qui forme un rempart identique au nôtre.

1. Instrument à vent originaire du Pays basque. Le son produit par l'alboka ressemble à celui de la cornemuse.

Il sera donc mon partenaire pour la danse. Sublime. Et j'ai bu une quantité de Laphroaig supérieure à mon seuil de tolérance. Magnifique.

Les musiciens poursuivent leur introduction : la mélodie augmente en puissance pendant que la salle se prépare peu à peu à esquisser les premiers pas. Les sourires éclosent sur les visages. Les pieds s'échauffent sur le parquet. La fébrilité est palpable… et Walter refuse de détourner les yeux.

J'ai la gorge nouée quand le chant du *tin whistle* s'arrête.

L'alboka s'éteint à son tour.

Puis, le tambour se tait.

Une seconde durant, plus un bruit ne résonne dans l'immensité du château. Silence.

Un étrange sentiment d'apesanteur m'envahit, comme si je flottais dans le vide.

La seconde d'après, le tambourineur frappe son instrument avec toute la force qu'il possède, faisant exploser le son du tambour contre les murs.

Les autres musiciens le suivent aussitôt, reprenant leurs cordes et soufflant dans les becs pour faire éclater la mélodie dans une énergie folle.

Les deux lignes de danseurs et de danseuses, précédemment immobiles, se mettent alors en mouvement ; nous avançons les uns vers les autres afin de nous rejoindre au centre du Grand Hall. Digne, je soutiens le regard de mon partenaire, mais mon ventre brûle de savoir que nos corps vont se toucher à nouveau. Je ne suis pas prête à me faire envahir de cèdre et de cuir. Pas maintenant. Pas devant tout le monde.

Les contours de son visage se précisent. Je m'efforce

de rester focalisée sur ses prunelles sombres, même si sa bouche m'appelle irrésistiblement.

Il se rapproche.

Encore.

Encore un peu.

Un instant, nous sommes si proches que je perçois avec précision le nuage de taches de rousseur qui embellit sa peau. La lueur incandescente de son regard me saisit d'autant plus ; elle est parlante.

À l'évidence, il n'a pas oublié notre baiser.

La chaleur me monte aux joues. Je tangue un peu. *Le cèdre et le cuir.* Lorsque les lignes reculent, je retrouve enfin un semblant de dignité.

La suite de la *jig* exige que nous tournions l'un autour de l'autre, mais sans le moindre contact physique dans un premier temps. Alors, la torture reprend lentement, m'obligeant à maîtriser un corps qui peine à contenir ses envies.

Une parfaite agonie des sens.

Je me raidis à son approche et me détends dès qu'il s'éloigne. Mes muscles ne m'écoutent plus. Je frissonne comme si la neige tombait par paquets dans le Grand Hall. Mon cerveau peine à suivre le rythme. C'en devient ridicule d'être aussi réceptive.

Quand vient le moment de souder nos mains pour la suite de la ronde, je décide de changer de tactique ; rester muette et passive ne calme ni mes ardeurs ni mes pensées.

J'entrelace mes doigts aux siens. La rugosité de ses phalanges et la délicatesse de son toucher forment une dualité troublante. Obsédante. Il raffermit sa prise avec le regard toujours rivé au mien. Silencieux. Insondable.

Mon bas-ventre se contracte sous la force de cette observation.

— C'est Bonnie. Bonnie avait les lettres.

Nous tournons en rythme avec le sifflet de l'alboka. Sa boucle ploie sous l'effet du mouvement et son col s'envole légèrement, mais il continue d'arborer une mine concentrée. La maîtrise de ses émotions, toujours.

— J'ai parlé avec Stew, me répond-il.

Nous décrochons nos doigts. Deux danseurs de chaque ligne, situés au bout de la formation, crochètent leurs bras en l'air ; dès lors, ils se mettent à courir vers nous, obligeant l'intégralité des invités à se baisser pour les laisser passer. Recommencent ensuite les pas de danse depuis le début. *Stew et lui ont remis les choses à plat ?* J'attends d'être à nouveau à quelques centimètres de son visage pour lui demander :

— Vous vous êtes réconciliés ?

— Non. Mais on le fera sûrement un jour.

Nous reculons. Un coup d'œil. Nous nous rapprochons. Un regard persistant. Nous effectuons la première ronde, celle sans contact tactile.

— Il m'a demandé si je t'appréciais, reprend-il.

— Qu'est-ce que tu lui as répondu ?

— Que ça n'était pas le sujet.

— Qu'est-ce qu'il a dit ?

— Que j'étais un enfoiré psychorigide.

Il s'empare de ma main pour la deuxième ronde. Un sourire émerge au coin de ses lèvres lorsque nos paumes se scellent.

— Tu as menti à ta mère en lui faisant croire que tu avais retrouvé les lettres au château, lui dis-je.

— *Aye.*

Je hausse un sourcil amusé. L'entendre assumer ses racines écossaises est une grande première.

— Tu as dit à Margot Simonsen que tu ne voulais plus lui vendre le papyrus, renchérit-il.

— *Aye.*

Nous nous éloignons une nouvelle fois, le souffle raccourci par les innombrables allées et venues au centre du Grand Hall. Ses joues ont légèrement rosi.

Le *tin whistle* entame bientôt son solo, poussant les pieds des danseurs à battre la mesure et les têtes des danseuses à dodeliner. L'ambiance grésille, crépite, grossit comme un nuage trépidant, jusqu'à saturer tout l'espace.

Le tambour s'ajoute. L'alboka souffle un peu plus fort. La musique devient plus vivante. Le rythme accélère.

Nous recommençons.

Les lignes se rejoignent plus vite. Mes joues brûlent de ce regard flamboyant posé sur moi. Mon cœur s'emballe en synchronie avec la musique. L'euphorie me gagne.

— Je crois que ta grand-mère m'aime bien.

Walter ne peut pas s'empêcher de se pincer les lèvres, tout en reculant. J'en souris. S'il espérait me cacher le fait de m'avoir complimentée auprès de Lucy Burns, c'est qu'il n'a pas encore compris où il était tombé.

— Maxwell est un homme respectable, ajoute-t-il, faisant naître une pointe d'appréhension chez moi.

Le fameux sujet tant redouté.

J'enfouis mon envie de l'assommer de questions à propos du regard qu'il pose sur la relation qu'entretiennent Lucy Burns et Maxwell Pritchard. Je ne m'immiscerai dans ses pensées pas plus que ce qu'il veut bien me donner. J'en ai déjà assez fait.

Alors, je me contente d'aller à l'essentiel :

— *Aye.* Maxwell est discret et humain. C'est quelqu'un de bien.

— Comme avec Stew, je pense que j'aurai besoin d'avoir une conversation avec lui.

J'acquiesce.

Je n'ai jamais eu affaire à une situation similaire. Mabel vit encore dans le souvenir de son histoire avec Henry, elle n'a jamais voulu et ne souhaitera probablement jamais avancer avec un autre compagnon de route. Mais si ça devait arriver, j'aurais sûrement le même instinct de protection que celui qui transcende Walter à cet instant : je mènerais une enquête approfondie pour m'assurer de laisser le cœur de ma grand-mère à quelqu'un qui saura le mériter. C'est une évidence.

Walter fonctionne comme ça. Il ne dit pas les choses ouvertement et les montre à sa manière. Pour comprendre toutes les subtilités qui le composent, il faut prendre son mal en patience. Le laisser faire. Et surtout, accepter qu'il conserve une part de mystère.

La musique effrénée nous embarque dans des pas rapides et puissants. Nous tournons, virevoltons, dansons jusqu'à en perdre la respiration. À la fin du morceau, des applaudissements retentissent depuis les corps vidés d'énergie, mais ravis de s'être défoulés.

Mon souffle ne s'est pas calmé quand Emilia prend la parole.

— Merci pour cette belle entrée en matière ! s'écrie-t-elle, sous l'imposant tartan des Keith. Si vous le voulez bien, nous allons à présent préparer le Grand Hall pour le dîner. Le premier étage a été entièrement ouvert, vous trouverez de quoi patienter au boudoir et dans la salle de réception.

Instinctivement, je suis la masse de costumes et de robes vers la sortie, quand une main se pose dans le bas de mon dos. Des étincelles explosent en cascades depuis ce point de contact jusqu'à mon cœur.

Le souffle de Walter frôle mon oreille.

— Suis-moi.

41

Le Troisième Symbole

Nous serpentons entre les invités, Walter saluant à plusieurs reprises ceux et celles qui le félicitent pour l'organisation de la soirée et la beauté de la décoration. Je le suis en silence, à la fois confuse et curieuse, me demandant où il compte m'emmener.

Les couloirs du château sont longés et plusieurs escaliers grimpés, quand nous parvenons tout en haut de la tour d'Ackergill ; Walter déverrouille une succession de portes que le temps a usées, certaines exigeant d'être poussées par l'épaule pour accepter de nous laisser le champ libre.

La dernière donne sur les remparts extérieurs.

— Nous sommes sur les toits, murmuré-je, ébahie.

Le vent et les flocons se confondent dans la nuit sombre, mais je n'y porte pas grand intérêt ; jamais je n'avais encore pu accéder à cette partie du château. Et je n'imaginais pas en avoir la chance un jour.

Toujours dans ce silence confondant, nous cheminons sur le chemin de vieilles dalles. Je suis tellement ensorcelée par la magie qui se dégage des lieux que je ne sens pas immédiatement le poids qui me tombe sur les épaules.

C'est une veste de costume.

— Merci, dis-je à la moue sans équivoque de Walter.

Il a remarqué que je frissonnais.

Je m'emmitoufle dans le tissu qui a conservé la chaleur de son propriétaire et, les mains sur la pierre gelée du rempart, je m'octroie ensuite un instant de contemplation.

La vue est époustouflante.

Les lumières crachées par les fenêtres du château éclairent la mer en contrebas. Elle vient s'écraser contre les rochers, à quelques mètres à peine des portes arrière de la bâtisse. Le ciel est badigeonné d'étoiles scintillantes et l'air charrie un mélange envoûtant d'iode, de cèdre et de cuir.

Un objet glisse sur le rempart pendant que je m'émerveille du décor.

Je reconnais un petit paquet rectangulaire, surmonté d'un nœud en tartan rouge et vert. Je jette un regard interrogateur à Walter, qui s'accoude calmement à la pierre, le regard fixé sur un point lointain, quelque part vers l'horizon.

— La tradition veut qu'on offre un cadeau à Noël, dit-il pour seule explication.

— Tu as pensé à…

Comment ai-je pu oublier ? !

La culpabilité me ronge dans la seconde.

Avec les événements des derniers jours, la coutume des cadeaux m'était complètement sortie de la tête.

— Je n'ai rien pour toi, Walter. Je suis désolée…

— Ouvre-le. Et cesse de t'excuser pour tout et rien.

Je tente de refouler mon mal-être tandis qu'il braque à nouveau son regard sur l'eau qui s'étend à perte de vue.

Le paquet rectangulaire se révèle être un assemblage précis de morceaux de carton : ils sont scotchés ensemble avec une régularité et propreté désormais familière. Walter s'est chargé seul de l'emballage, je n'ai pas le moindre doute là-dessus.

En revanche, l'objet dissimulé à l'intérieur me laisse dubitative.

Perplexe, je découvre un morceau de plastique blanc, de forme carrée, et vraisemblablement destiné à être branché sur une prise puisqu'un fil pend sur l'une des faces.

— C'était ma veilleuse.

Walter, le regard toujours attiré par les rouleaux blanchâtres qui peignent le paysage, semble sentir ma confusion. Le coin de sa bouche se redresse un peu.

— J'étais terrorisé par le noir quand j'étais petit, me confie-t-il. Les monstres sous le lit prennent une toute autre ampleur quand on vit dans un château où les morts se sont accumulées au fil des siècles.

— Je pensais que tu ne croyais pas aux fantômes, rétorqué-je, amusée.

— Il m'est arrivé de douter. Je ne sais pas si tu as remarqué : le château émet des bruits étranges de temps à autre. Il craque. Il siffle. Plus jeune, j'avais l'impression qu'il…

— … prenait vie.

Il opine alors que je me rappelle cette même impression.

Je l'ai ressentie lors du déjeuner d'ouverture hivernal ; ce jour-là, j'aurais pu jurer que le château d'Ackergill avait une voix. Un caractère propre à lui, assez ronchon pour avoir une envie folle d'envoyer paître tous les humains qui salissaient alors son joli sol avec leurs bottines pleines de neige souillée.

— À l'époque, mon grand-père a remarqué que je ne dormais pas assez, reprend Walter. Il a vite fait le rapprochement. Il m'a alors acheté cette veilleuse, pour que je puisse « voir les méchants et me battre contre eux à armes égales ».

La portée symbolique de l'objet me fait soudain rentrer la tête dans les épaules.

— Walter, tu ne peux pas m'offrir quelque chose qui vient de ton grand-père…

— Ça me fait plaisir.

— Mais c'est un souvenir de lui, insisté-je, gênée.

— Tu aimes les souvenirs.

— *Aye*, mais… Walter, non.

J'ai beau le lui tendre, il refuse de s'en saisir. À vrai dire, il est si concentré sur le bruit des vagues qu'il ne se tourne même pas vers moi.

— Garde-la avec toi, Robyn, fait-il après un moment. Tu aimes les vieux objets pour leur histoire, et si mes souvenirs sont bons, tu m'as dit avoir peur du noir, toi aussi. Accessoirement, je n'ai pas eu le temps de me rendre en ville aujourd'hui, ce qui explique que tu n'aies pas eu droit à quelque chose de plus conventionnel…

Je manipule cette petite veilleuse poussiéreuse avec précaution, souriant justement à l'idée qu'elle représente tout sauf un cadeau conventionnel.

— … mais je pourrais.

Il pivote.

Les yeux mi-clos, il m'observe longuement, dépourvu du moindre masque. L'air salé fourrage dans ses boucles désordonnées.

— Je pourrais visiter chaque commerce de Wick, pour trouver le cadeau idéal, Robyn. Et si la recherche s'avérait infructueuse, je descendrais vers Inverness, où les boutiques sont plus nombreuses.

— Ça fait loin pour un cadeau…

Mais je me mords l'intérieur de la joue, touchée malgré moi.

— Je le ferais quand même, assure-t-il avec sérieux. Je pourrais aussi me rendre chez M. MacLeod, le primeur qui tient une épicerie à quelques mètres de ta chocolaterie.

— Pour quoi faire ?

— Y acheter tous les navets de ses étals, même si je ne trouve aucun intérêt à ce légume infect.

— Quel serait le but ? dis-je en riant.

— Te voir sourire. Tu souris quand tu en manges.

Mon rire s'éteint.

— Dans une autre mesure, je pourrais participer à un feu de Yule – une coutume que je ne connais pas – entouré d'une famille que je ne connais pas plus que le lieu du rituel. Trois inconnues pour le prix d'une, tu as désormais une idée des répercussions que ce genre de choses a sur moi… mais j'en serais quand même capable.

— Walter…

Il me fait désormais pleinement face, le corps parcouru d'une énergie nouvelle.

La noirceur bleutée de la nuit appuie sur les contours anguleux de son visage, marquant un peu plus l'assurance et les certitudes qui s'en dégagent.

— Je pourrais regarder ma grand-mère droit dans les yeux, et lui dire que tu es la femme la plus droite, la plus fière et la plus authentique qu'il m'ait été donné de rencontrer. Je pourrais dire à Jim que je comprends maintenant pourquoi il défend toujours ma sœur corps et âme, ou à mon père la raison qui le pousse à protéger ma mère du reste du monde, même quand le danger ne semble pas apparent.

Il inspire.

— Je pourrais faire toutes ces choses, Robyn.

Ses lèvres s'incurvent en un petit sourire malhabile et je me sens perdre le contrôle de mon cœur.

— Tu fais tourner mon monde d'une drôle de manière, dit-il avec l'impression d'y avoir sérieusement réfléchi. Tu t'es mise au centre et tu as changé l'axe de rotation. Sans me prévenir. Sans me dire que j'allais tanguer un peu. Que j'éprouverais de nouvelles sensations. Que mes émotions seraient moins maîtrisables. Que je me retrouverais souvent dans le brouillard... J'essaie de m'adapter à tout ça, aux changements que tu imposes en moi, mais certaines choses sont si confuses...

Il secoue la tête, comme pour chasser une pensée parasite. Puis il vient empaumer mon visage.

Surprise, je serre la veilleuse contre moi.

— Là, par exemple. Ce que je ressens en te touchant n'a pas d'explication rationnelle. Mon rythme cardiaque s'est modifié, il a accéléré de manière significative. J'ai le ventre qui se tord, comme si le stress m'envahissait. Mais je suis pas stressé. Je ne le suis pas avec toi.

Avec une lenteur infinie, il baisse la tête pour se rapprocher de mes lèvres. À peine un souffle nous sépare.

— Là, ça devient plus intense, chuchote-t-il. Je sens les contractions de ma mâchoire et j'ai de la difficulté à reprendre pleinement mon souffle. Tu sens le chocolat, en plus. Tu sens toujours le chocolat. Je ne devrais pas être perturbé par cette odeur, mais tu la rends... différente.

— Différente ?

— Meilleure.

Son pouce glisse sur ma joue pour s'arrêter à quelques millimètres de ma bouche ; je savoure les frissons qu'il égrène sur son passage.

— Quand nous étions dans les écuries d'Ackergill, tu m'as demandé si j'étais heureux, tu te rappelles ?

J'acquiesce lentement.

— Je n'ai pas su te répondre parce que le bonheur est un concept trop vague à mon sens. C'est impalpable, ça n'a pas de définition précise. C'est ce que je pensais, du moins… jusqu'à ce que Mabel en parle pendant la célébration de Yule.

Je suis touchée qu'il se souvienne du discours de ma grand-mère sur les petits plaisirs simples qui font cette fête.

— Être heureux, c'est se sentir bien où l'on est. Ne pas en vouloir plus, ne pas en chercher moins. C'est ce que je ressens quand je suis avec toi, Robyn Aingealag Ferguson. Je ne cherche plus à contrôler ce qui pourrait m'arriver quand tu es là. Je veux vivre l'instant tel qu'il est et pouvoir me le rappeler avec le sourire aux lèvres. Tu me donnes un présent qui vaut la peine d'être vécu dans sa totalité.

Chacun de ses mots laisse une empreinte indélébile au bon endroit. Sur mon cœur.

— Tu as peur de la suite ? demandé-je, un peu fébrile.

— Non. Pas si tu es là.

Du regard, je lui assure que ce sera le cas. Qu'il me donne sa confiance, j'en prendrai soin.

Il parcourt alors les derniers millimètres qui nous séparent et m'embrasse si doucement, si longtemps que j'ai le temps d'en savourer le plaisir jusque dans les dernières miettes.

Ce baiser est sincère. Intime. Et porteur de plusieurs messages. Ceux qui se démontrent plus qu'ils ne se disent.

Quand il marque une pause, son front contre le mien, je me fais une promesse : celle de faire en sorte que mon avenir ne soit qu'une succession de moments comme celui-ci. Parfaitement simples.

Reprendre ma vie où elle s'est arrêtée avant qu'il en fasse partie ? Je ne le conçois pas, non.

Walter aura toujours cette part insondable en lui, celle qui fait son charme autant qu'elle consolide sa carapace, et il me reste encore une palette entière de facettes à découvrir de lui, mais je suis intimement convaincue que nous nous complétons. À notre manière.

De l'arbre, il est les racines et je suis les feuilles. L'un s'ancre au sol et l'autre recueille les rayons du soleil. Or, pour fonctionner correctement et s'épanouir, l'arbre aura toujours besoin des deux.

Mabel ne s'est pas trompée lorsqu'elle m'a parlé du cygne : après la lumière et la pureté, le troisième symbole de cet animal est l'amour. Il vient d'entrer par la petite porte dans ma vie.

— Walter ?

Ses pouces effleurent la peau de mes joues avec une infinie douceur, me signifiant qu'il m'écoute.

— Est-ce que c'est de ce rempart que Helen Gunn a sauté ? dis-je en jetant un œil méfiant par-delà la pierre.

Il a un léger mouvement en arrière, surpris par ma question. La neige vient s'échouer sur la masse sombre de cheveux plaquée sur son front. J'ajoute :

— Je sais que tu accordes peu d'attention aux symboles mais, je t'en supplie : ne me dis pas que tu viens de me faire une déclaration à l'endroit exact où le fantôme de ton château s'est suicidé…

Il se mord la lèvre inférieure avec une innocence qui pourrait tout lui excuser. Puis, sans me laisser le temps d'en comprendre la signification, il part dans un éclat de rire.

C'est la première fois que j'entends son rire.

Des notes d'incrédulité résonnent dans ce son fascinant. Son visage change d'expression ; ses traits se détendent, libérant une joie inexplicablement communicative.

— Viens, on a un Noël à célébrer.

— Tu ne réponds pas à ma question…

Son bras glisse sous le mien, capturant ma taille pour mieux m'inciter à rejoindre la porte en bois qui mène à l'intérieur du château.

— Ça veut donc bien dire qu'on marche à l'endroit où Helen Gunn s'est…

A Mhuire Mhàthair, qu'est-ce que ça signifie pour nous ? Mabel possède sûrement un livre qui évoque les différentes symboliques de l'amour et leur lien avec des entités suicidaires.

— Le menu comprendra de la dinde farcie, du *soda bread*, de la purée de carottes, du hareng fumé, des pommes de terre rôties, et il me semble que mes parents ont fait acheminer plusieurs caisses de Laphroaig…

— Peut-on considérer qu'une histoire a de beaux jours devant elle si elle démarre sur le lieu d'un événement tragique ?

— Ta grand-mère sera ravie de constater que nous avons pensé à elle, même si j'ai quelques réserves quant à la pérennité du stock…

— Tu m'écoutes ?

Il darde sur moi un regard crépitant.

— Oui. Mais je préfère ne pas te répondre, ma façon de voir la situation risque de te perturber.

Mais parce que j'insiste, il consent à m'en dévoiler plus :

— L'Écosse était peuplée de chasseurs-cueilleurs et de pêcheurs il y a environ treize mille ans, à l'époque où elle était couverte de glace. Les Romains ont tenté d'envahir les terres au cours de l'Antiquité sans véritablement parvenir à dépasser le mur d'Hadrien. À ça, tu peux ajouter les invasions nordiques bien connues, la relation conflictuelle avec l'Angleterre, la dynastie des Stuart et ses batailles, les rébellions jacobites...

— Où veux-tu en venir ?

— Au fait que des hommes et des femmes sont décédés pendant des milliers d'années sur les terres que tu foules. De façon pragmatique, chaque fois que tu fais un pas, tu marches hypothétiquement sur au moins un mort.

Il pousse la porte du plat de la main, les gonds vétustes émettant un grincement strident dans l'infini silence de la nuit.

— Tu viens de mettre un uppercut à mon innocence...

— Je t'avais prévenue.

L'alcôve obscure de la cage d'escalier étant propice à l'intimité, il délaisse ses leçons pour un temps et s'approprie une dernière fois mes lèvres.

Noël sera célébré avec un nouveau secret : le nôtre. J'ai peu d'espoir quant au fait qu'il résiste à la curiosité maladive des commères de Wick, mais, comme je m'échine à le rappeler à Walter, ce sont les imprévus qui donnent à la vie la pincée de magie dont elle a besoin pour devenir inoubliable.

Alors, advienne que pourra.

ELLE

Walter

J'ai mis du temps à comprendre pourquoi, enfant, Stew n'aimait pas rester au château le week-end. Il disait qu'il s'y ennuyait.

Illogique.

On vivait sur un domaine vaste, plus vaste que ceux de la plupart des gens ; rien qu'en faire le tour à pied occupait une bonne partie de l'après-midi. On avait la mer à proximité, la terre à portée de main, et un nombre bien trop élevé de chambres. De quoi faire. Mais ça ne lui convenait pas. Il passait malgré tout son samedi sur les falaises à l'est de Wick.

Il rentrait toujours sale, trempé, avec un sourire qui fendait son visage en deux. Ça n'avait pas de sens. La pluie ne rend pas heureux.

Il me parlait bien de Robyn de temps en temps, mais elle n'était que la « fille de la chocolaterie » à mes yeux. Je n'ai pas tout de suite identifié la relation de causalité qui reliait la joie anormale de mon frère à l'existence de cette fille. Pour moi, elle était une personne comme une autre. Brune, aimable, elle aussi souriante. Une Écossaise, tout ce qu'il y a de plus banal.

Je ne la connaissais pas et je n'avais pas envie de le faire. Petit, mon monde tournait autour de mon grand-père, le reste ne m'importait pas vraiment.

Les amis n'étaient pas mes amis, juste des gens de passage. Je préférais rester avec William : il m'apprenait à m'occuper des objets précieusement conservés à Ackergill, ceux qui avaient appartenu au clan Keith. Emilia trouvait ça d'un ennui mortel. Moi, j'aimais bien. Je passais un plumeau en plume d'autruche – exclusivement – sur les bibelots que William était capable de contempler pendant des heures sous la lumière naturelle – exclusivement – de la fenêtre.

C'est la deuxième chose qui m'a frappé chez elle après qu'elle a fait irruption dans ma vie : les vieux objets, elle aime ça, elle aussi.

La première, ce sont ses grains de beauté. Ils sont apparus dans le fumoir.

— Bonjour. Je suis désolée, j'ai pensé que je pouvais entrer.

Ce jour-là, elle avait des plaques rouges sur les joues. Les mêmes que celles de sa mère, la loterie de la génétique.

Sa voix était douce, un peu caressante. Je la sentais navrée de s'être introduite dans la pièce sans mon autorisation, mais ce n'est pas à ce moment-là que j'ai remarqué la ligne de taches brunes sous son œil. Pas encore. Pour cause : mon sternum était écrasé par un poids à peu près équivalent à celui d'une camionnette blindée, je n'étais plus en état de voir ce qui aurait pu me sauver.

J'étais enragé. Je respirais mal. Il y avait trois cendriers sur la table basse, six foulards sur l'accoudoir du canapé, deux chapeaux sur le portemanteau, sept tableaux accrochés aux murs. J'essayais de retrouver la contenance de mon corps, d'éliminer la masse qui m'empêchait de remplir mes poumons, mais rien ne fonctionnait. Et elle, elle me dérangeait.

Sa présence me troublait. Elle était un imprévu.

— On m'a suggéré de déposer le cadeau pour votre famille ici. J'ai entendu votre... discours, je n'aurais peut-être pas dû. Je suis curieuse. Un peu trop, à ce qu'il paraît. C'est un défaut récurrent chez les Ferguson.

Le nom m'a fait tiquer.

Je me suis souvenu de la copine de mon petit frère, cette fille qu'il emmenait tous les samedis sur mon vélo, pour aller déterrer des trésors inexistants. Une partie de mon cerveau, la rationnelle, s'est dit « tiens, drôle de coïncidence ». L'autre, l'incontrôlable, se fichait de l'information. J'ai continué de compter ma respiration.

— J'ai été invitée. Vous connaissez peut-être la boutique de ma famille ? On tient une chocolaterie dans le centre de Wick.

Elle s'est raclé la gorge. Je sentais les battements de mon cœur dans la mienne. Si elle avait été observatrice, elle aurait vu ma peau se soulever à cet endroit. Peut-être qu'elle aurait remarqué la sueur sur mon front, aussi.

Mon mal-être s'empirait et je n'avais toujours rien pour le contenir. Elle avait un jean bleu, un manteau gris, un pull à col roulé, une écharpe bordeaux... Toujours des un. Non, ça ne m'aidait pas.

— On a dû se parler quand on était petits, tout le monde se côtoie dans les environs. Si je faisais un effort, peut-être que je me souviendrais de vous avec un crayon dans les mains ou du chocolat autour de la bouche, mais pour être franche, votre façon de me regarder me trouble un peu.

Sa phrase m'a désarçonné. Alors, j'ai remonté les yeux sur son visage. C'est là que je les ai vues. Ces quatre taches équidistantes, sous son œil gauche.

Le seul chiffre 4 présent dans la pièce. Ma porte de sortie.

Je n'ai pas réfléchi, on ne peut pas dans ces moments-là. Je me suis mis à fixer ses grains de beauté jusqu'à les imprimer dans mes rétines.

1, 2, 3, 4.

1, 2, 3, 4.

1, 2, 3, 4.

Il n'y avait que ça. Qu'eux. Il n'y avait qu'elle.

J'ai alors retrouvé assez de confiance en moi pour ouvrir la bouche sans craindre de bégayer.

— Qu'est-ce qu'elle a, ma façon de vous regarder ?

— Eh bien, disons qu'elle est aussi désagréable que votre façon de parler.

À partir de là, Robyn Aingealag Ferguson est devenue ma bouée de sauvetage.

Toutes les occasions étaient bonnes pour me le prouver.

Quand Stew l'a emmenée dans un coin du Grand Hall, ce même jour, mon cœur tambourinait tellement fort que je n'arrivais pas à suivre le débit de paroles de Norma, qui s'intéressait à mes affaires inintéressantes en Angleterre. J'ai dû attendre que ma mère débute son discours pour la retrouver dans mon champ de vision. J'ai pu braquer mes yeux où il fallait. J'ai pu respirer à nouveau.

Pendant l'inauguration du sapin de Noël sur le port, je ressentais une oppression similaire. Gorge serrée. Stress d'Emilia qui déteignait sur moi. Vigile incompétent. Trop de gens près des quais. Elle m'a sorti d'affaire.

Je pourrais établir une liste : la perquisition et sa petite sœur retranchée qui refusait de m'obéir ; la conversation avec ma grand-mère et les réflexions qui tombaient trop juste ; l'arrivée de Margot Simonsen et son envie soudaine d'aller se promener au marché de Noël. J'en passe.

Chaque fois, mon corps croyait pressentir un danger, alors il déclenchait l'état d'alerte : jet d'adrénaline, augmentation du rythme cardiaque, afflux sanguin dans les muscles, oxygénation des poumons. La machine s'emballait, jusqu'à ce que je rive mon attention sur la ligne des quatre points en priant pour qu'elle me sauve.

La ligne n'a pas failli. Jamais.

Robyn était une sorte de système de résolution à mon problème. Étrange, mais efficace. Je n'y trouvais pas de logique, comme je ne trouvais pas de logique au plaisir de mon petit frère quand il revenait de sa journée avec elle étant petit.

L'explication est pourtant simple : cette femme fait le bien autour d'elle.

Je m'en suis rendu compte quand j'ai commencé à regarder ailleurs que sous son œil gauche.

Au plus près, d'abord. Ses yeux. Bruns et constellés de pépites noires. Ils libèrent une assurance et une sincérité qui m'ont ébranlé plus d'une fois. L'honnêteté, quand elle est vraie, donne toute sa puissance à un regard. Celui de Robyn est transcendant. J'aime ça.

Ses joues, ensuite. Toujours roses, comme si elle passait son temps à courir. J'aime leur couleur.

Ses sourires, après : francs et engageants, comme ceux de son clan. Je les aime.

Puis, je me suis attardé sur ses attitudes. Sur la manière qu'elle a de baisser la tête quand elle laisse la parole à quelqu'un, et ce respect naturel qu'elle donne aux anciens.

Sur la douceur des mots qu'elle emploie pour parler du passé, et la délicatesse de ses mains quand elle manipule de vieux objets. Sur la passion qui jaillit d'elle dès que le chocolat devient le sujet de conversation. Sur le sarcasme dont elle use face au premier degré qu'elle ne comprend pas toujours. Sur la poésie de son regard. La finesse de ses traits. Le tracé de sa bouche.

Tout chez elle me fait du bien.

Tout chez elle s'oppose à moi. Elle est lumineuse et spontanée, touchée par une nature qu'elle considère comme magique, quand j'ausculte le monde comme un chimiste dans l'attente que sa mixture lui explose à la figure.

C'est peut-être pour ça qu'elle a fini par m'obséder.

Peut-être pour ça que la simple idée de devoir me passer d'elle ne m'est pas envisageable.

— Arrête de la regarder avec ces yeux-là.

Lucy pose une main sur la mienne, l'œil malicieux. Aussitôt, je reviens au dîner du réveillon de Noël. Au Grand Hall décoré. Aux bruits. Aux invités.

— Je t'ai connu plus discret sur tes sentiments, Walty.

Elle observe Robyn, en pleine discussion avec Stew, de l'autre côté de la table. Rien d'étonnant : Lucy est une femme curieuse.

J'avale une gorgée de Laphroaig en repensant à la conversation que nous avons eue tout à l'heure.

Est-ce que je suis dérangé par son histoire avec Maxwell Pritchard ? Pas vraiment, non. Elle m'en a expliqué les prémices, et je n'ai pas réussi à ressentir autre chose que du bonheur pour elle.

L'amour est un sentiment qui se cultive. Il devrait être donné à tout le monde, à tout âge. À toute époque d'une vie. Lucy Burns est une grand-mère au tempérament affirmé, elle a pu me mettre mal à l'aise, me dire des choses que je ne voulais pas entendre, mais je la respecte infiniment. Et j'espère que la réciproque est vraie.

Je ne me soulèverai pas contre une histoire capable de la rendre heureuse. Quoi qu'il arrive, William Burns restera mon grand-père. Mon ami d'enfance. L'homme qui m'a appris à épousseter de vieux objets et à ne plus avoir peur dans le noir.

— Elle est charmante, je dois bien l'admettre, susurre-t-elle.

Je repose mon verre, amusé par cette manœuvre peu discrète.

Je sais qu'elle espère plus de détails depuis que je lui ai vanté les qualités de Robyn, mais je ne me sens pas encore de taille à les lui donner. Il me manque les bons mots. Ceux qui lui permettraient de regarder cette femme avec les mêmes yeux que les miens. Je ne veux pas me tromper.

La seule certitude, c'est ma décision. Celle que j'ai prise à l'instant où j'ai compris que mon cœur battait différemment quand il pensait à elle.

— Je vais rester un peu plus longtemps que prévu dans les Highlands, Lucy.

— Tiens donc, c'est étonnant…

Elle glousse tout en se désaltérant à son tour.

Au même moment, Robyn rit à une remarque de Stew. Elle pivote ensuite vers moi, la fourchette au coin de la bouche, les yeux brillants.

Si elle rend le monde joyeux, c'est bien Noël qui fait naître le plus de plaisir chez elle.

Combien de temps je vais rester ici ? Je ne sais pas. Mais j'ai besoin d'être avec cette femme.

Je veux pouvoir l'embrasser quand je veux, la regarder

autant de temps que je le souhaite, compter ses grains de beauté et lui montrer qu'elle peut aussi se reposer sur mes épaules. Parler de chocolat et en goûter jusqu'à l'indigestion, découvrir sa famille sous d'autres aspects, lier mon quotidien au sien. Avancer à ses côtés.

Construire quelque chose avec elle. De ça, j'en suis certain.

Je ne crois pas aux théories hasardeuses, aux histoires qui lient des âmes, qui soudent des cœurs et qui justifient des comportements illogiques par des raisons encore moins logiques. Robyn, sûrement que si. Et s'il fallait faire une rétrospective des événements passés, je devrais bien reconnaître qu'elle n'a pas tout à fait tort.

Elle donne à ma vie la pincée de magie qui lui manquait. L'inattendu, si c'est elle qui me l'apporte, je l'accepte. Aujourd'hui, demain et les jours qui suivront.

— Joyeux Noël !

Elle lève son whisky, son regard pénétrant dans le mien pour ne plus le lâcher. J'attrape alors mon verre et baisse la tête, reconnaissant d'avoir reçu l'un des cadeaux les plus inestimables en ces temps de fêtes.

Mon 4.

Joyeux Noël, Robyn.

Remerciements

L'écriture de *Rendez-moi Noël !* est partie d'une envie (viscérale) de passer quelques mois imaginaires tout là-haut dans les Highlands, de quatre grains de beauté, et d'un entourage capable d'entasser assez d'objets dans une chambre pour en bloquer l'accès (malheureusement, ça n'est pas une image).

Le premier merci va donc à mes proches, sans qui Robyn Ferguson n'aurait jamais pu éprouver autant d'amour pour les vieilleries poussiéreuses qui s'accumulent un peu trop facilement (il faudra quand même qu'on songe à débloquer cette chambre, un jour).

Merci à ma sœur, qui m'a transmis sa passion pour le pays du chardon (et Jamie Fraser). J'insère ici ma deuxième sœur : aucun rapport avec le processus d'écriture de ce livre, mais je sais qu'elle piquera une crise si elle n'est pas citée.

Merci à toute l'équipe de HarperCollins France, et notamment à Sophie, d'avoir permis à cette histoire de prendre vie et aussi de me supporter depuis cinq ans, à l'heure où j'écris ces mots.

Merci à ma cafetière de ne pas m'avoir lâchée en cours de route.

Aussi et surtout, merci à vous.

Je me suis lancée dans l'écriture sans imaginer ce que ce grand saut impliquerait. J'ignorais que je me réveillerais en pleine nuit en hurlant « amalgame ! », un mot cherché en vain pendant la journée. Je ne pensais pas que je passerais par des phases d'euphorie, de doute, de peine, de frustration, de bonheur, d'abandon et de motivation en l'espace de vingt-quatre petites heures. Et je n'avais absolument pas réalisé qu'il existait une dimension humaine incroyable cachée derrière cette passion.

Merci à vous de me permettre de faire quelque chose que j'aime. Vous m'offrez une chance inestimable. Je ne sais pas si je le fais bien ou mal, mais je le fais quand même, et pour ça, je vous serai éternellement reconnaissante.

Merci pour votre présence, qu'elle soit proche ou lointaine. Merci de partager vos mots et vos ressentis. Merci pour votre gentillesse. Merci de lire des livres. Merci de faire de l'écriture, une activité plus-solitaire-tu-meurs, quelque chose d'humain.

En espérant que nous puissions nous retrouver dans une prochaine aventure, je vous souhaite en attendant d'excellentes lectures,

Prenez soin de vous.

Vous avez aimé *Rendez-moi Noël* ?
Découvrez les autres romans de Juliette Bonte !

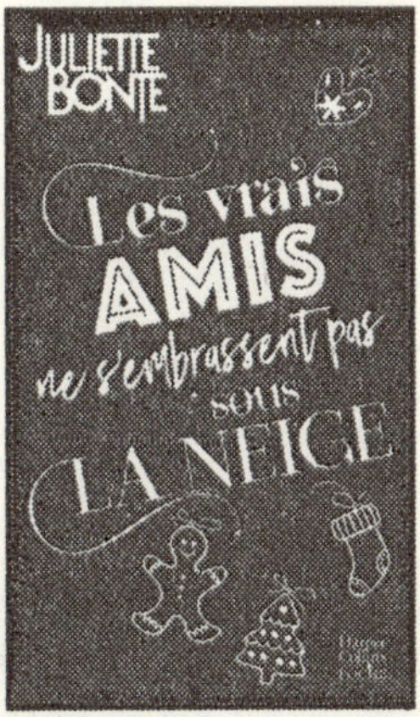

Tournez vite la page pour découvrir un extrait de *Promis, on reste amis* !

HarperCollins POCHE

JANHVI

Le téléphone en équilibre sur mes cuisses, je cherche mon souffle. Une boule s'est logée dans le creux de mon ventre, mélange indigeste de colère et de sidération.

Non, Jan. Je t'interdis de sangloter.

Mes doigts se mettent à trembler. Comme des feuilles. Merci, nervosité. Je m'accroche au rebord du lit dans l'espoir de rester digne, mais la réalité me donne plutôt envie de hurler.

Ne lui fais pas ce plaisir…

Pas question de flancher. J'ai les canaux lacrymaux solides – j'essaie du moins de m'en persuader.

Je me tapote les joues afin de me ressaisir. D'abord comme une précieuse, par petits coups délicats. Ensuite avec l'acharnement d'un Viking sanguinaire déterminé à mettre le pays à feu et à sang.

Hors de question que je m'abaisse à ça. Non. Je ne suis pas ce genre de personne. Janhvi Thapar pleure quand une giclée de shampoing lui pénètre dans l'œil, mais certainement pas pour un homme. Jamais.

Fermant les yeux une seconde, je les rouvre face à l'écran de mon portable.

Peut-être que j'ai mal lu ? Il est tôt, après tout. Le soleil file à peine à travers les vitres embuées de ma chambre. Il se peut que j'aie mal interprété son message, que...

> On ferait mieux d'arrêter là. Je suis désolé, J. Tu es quelqu'un de génial, vraiment. C'est ma faute. Je ne suis pas prêt à passer à l'étape suivante. Je suis conscient de te blesser et je m'en veux à en crever. Si un jour tu arrives à me pardonner, je serai là. Prends soin de toi.

Non. Il n'y a pas de doute. Cole Roston m'a bel et bien plaquée.

— Un « J ». Un ignoble petit « J » réducteur, vraiment ? Je rêve...

Parce qu'en plus de me quitter par texto, *aka* l'abandon le plus pitoyable de l'univers, mon apparemment-désormais-ex ne prend même pas la peine d'orthographier correctement mon prénom. Il faut dire qu'il n'a jamais su placer le « h » de Janhvi au bon endroit, à croire qu'il méprise cette lettre plus que les autres. Et je ne peux pas blâmer sa dyslexie puisqu'elle n'existe pas. À l'instar de son courage, d'ailleurs.

Foutu Cole.

L'écran que je fixe toujours, perdue dans une brume opaque de rage, s'éteint une seconde pour se rallumer l'instant d'après sur la quatrième alarme. Celle de 7 h 15. Elle me rappelle que je suis déjà en retard.

Je quitte mon lit avec la gorge nouée. Les vêtements de la veille forment un tapis de tweed que j'écrase d'une démarche lourde jusqu'à la salle de bains, où la douche est expéditive.

Foutu, foutu Cole.

Je m'abstiens de croiser mon reflet dans le miroir – autant s'éviter une attaque cardiaque de si bon matin – et file dans le couloir, où des odeurs entêtantes de peinture me ramènent momentanément à la réalité.

— Quelqu'un est en train de peindre ? hasardé-je, sourcils froncés.

— *¡Aquí !*

Leandro. Évidemment.

Suivant les effluves toxiques, je retrouve son corps dégingandé au milieu du débarras censé être une de nos chambres d'amis. Il y a peu, cette pièce contenait encore les cartons datant de notre emménagement à Dupont Circle, quatre ans plus tôt.

Dos à moi, engoncé dans un T-shirt maculé de taches, il dégage les angles avec une brosse à rechampir. J'aurais pu trouver la scène étrange pour un début de journée, mais rien ne me surprend plus chez Leandro Galeano.

— Le gris souris ne te convient pas, finalement ? demandé-je en constatant qu'un vert puissant recouvre l'ancienne peinture.

— C'était trop terne, *sí*. Graham pense qu'on a besoin de tons neutres, mais je trouve le gris trop malheureux pour un enfant. Ça, c'est du vert « Peter Pan ». Tu en penses quoi ?

J'en pense que Cole Roston m'a envoyé un texto à 7 h 03 pour m'annoncer qu'il me répudiait après sept mois de relation, et que j'hésite actuellement entre broyer ses bijoux de famille dans un concasseur d'ordures ou déclarer la période de la dépresso-rupture ouverte.

— C'est sympa. Mais Graham risque de râler en découvrant le changement ce soir.

Il pivote vers moi avec lenteur, le pinceau en équilibre au bout de son bras tendu.

— « Sympa » ?

— Joli, oui. C'est… coloré.

Il me sonde avec une curiosité presque suspicieuse. Mon absence d'entrain le déroute, j'imagine. Je m'empresse d'actionner les muscles endoloris de ma mâchoire pour lui offrir un sourire, histoire de ne pas l'affoler.

Je n'ai pas le cœur à m'épancher sur mes déboires sentimentaux. Pas maintenant, en tout cas.

— Je suis en retard, reprends-je en prenant un air assuré. Adele va m'étriper si je ne lui file pas le compte rendu de l'avancée de l'exposition, tu sais comment elle est. On se voit ce soir !

J'ai à peine le temps d'effectuer un demi-tour que son « Stop ! » tonne dans la pièce.

— Je suis pressée, Leandro…

Il pose le pinceau dans le pot de peinture traînant à ses pieds puis me rejoint en silence.

Tout est passé en revue. Je suis détaillée depuis mes orteils nus jusqu'à ma veste en tweed froissée. Il évalue ensuite l'état catastrophique de ma peau, trop rouge pour être honnête, et celui plus affreux encore de mes cheveux, trop brouillons pour être les miens.

À l'instant où il effectue une pause sur mes lèvres pincées, je comprends qu'il a senti ma fébrilité.

— Jan…

— Si tu oses en parler à Peter ou à Graham, je te vire de la maison, le menacé-je d'un regard noir, consciente qu'il vient de mettre le doigt sur mon problème.

La méfiance apparaît sur son visage.

— Tu veux que je leur dise quoi ? Que tu n'as pas l'air de te sentir bien ? J'ai besoin de plus de détails pour qu'ils s'inquiètent.

— J'ai juste eu un réveil un peu difficile, c'est tout.

— Tu mens, *mi llave*. Quand tu dors mal, ta peau devient grise. Là, tu as des cernes gros comme des pancakes.

— Cette expression n'existe pas, mais je te remercie, ce compliment booste ma confiance.

— Ça n'est pas un compliment. Tu portes les mêmes vêtements qu'hier, en plus.

— Je suis en retard, je te l'ai dit.

— Il s'est passé quoi ?

— J'y vais.

— Tu te retiens de pleurer.

— Bonne journée !

— Janhvi !

Je fuis lamentablement, peu désireuse de passer aux aveux. Annoncer cette nouvelle à voix haute la rendrait plus concrète. Or, si la pérennité de Cole est désormais mise en danger par mon envie profonde de l'encastrer dans un mur, j'aimerais que mes amis n'en soient pas avertis. Je ne suis pas prête à entendre le mot douloureux. Celui qui commence par un « c », et qui définit mon nouveau statut. Pas tout de suite.

Je fonce au vestibule et y déblaie le sol afin de dénicher mes mocassins parmi le monticule de paires présentes. Aucun des trois hommes avec qui je vis ne juge utile d'équiper l'entrée d'un meuble à chaussures ; par contre, un billard prend la poussière dans le garage. Allez comprendre.

J'ignore pourquoi ce détail m'agace. Ni la raison pour laquelle, quelques secondes plus tard, je peste face au journal jeté par le facteur dans notre allée, et qui entrave ma course jusqu'à la voiture.

Je dénombre trois « Mer... cantile ! » avant de clipser convenablement ma ceinture, auxquels s'ajoutent des soupirs rageurs sans cause véritable.

Extrait

Mes épaules frémissent. Mon ventre émet des râles plaintifs. Je tape du plat de la main sur le volant en m'insultant de perdre aussi facilement le contrôle de mes émotions. Puis j'inspire une longue goulée d'air.

— Tu vas tenir. Ce n'est rien. On s'en fiche. Tout va bien.

Enfin, et avec des larmes au fond de la gorge, je démarre. La journée va être longue.

Composé et édité par HarperCollins France

Achevé d'imprimer en France par CPI
en décembre 2021

Dépôt légal : octobre 2021
N° d'impression : 167656

Pour limiter l'empreinte environnementale de ses livres, HarperCollins France s'engage à n'utiliser que du papier fabriqué à partir de bois provenant de forêts gérées durablement et de manière responsable.

Hans Jürgen Heringer

...

Richtig GEGENDERT?